Hermann Robolsky

Am Hofe des Kaisers

Hermann Robolsky

Am Hofe des Kaisers

ISBN/EAN: 9783741184468

Hergestellt in Europa, USA, Kanada, Australien, Japan

Cover: Foto ©Andreas Hilbeck / pixelio.de

Manufactured and distributed by brebook publishing software
(www.brebook.com)

Hermann Robolsky

Am Hofe des Kaisers

Am Hofe des Kaisers.

<hr>

Inhalt:

Der Hofstaat.

Fürst Pleß.

Die Hohenlohe.

Der Herzog von Sagan und
das Berliner „high-life“.

Fürst Putbus.

Der fronbirende Adel.

Die Radziwill.

Das Herrenhaus.

Souveräne Häuser am Hofe.

Aus den Botschafter-Hôtels.

Wilhelmstraße 75/76.

Bismarck zu Hause.

Die Minister.

Die Prinzen des kaiserlichen Hauses.

<hr>

Viertes Tausend.

Berlin.

Walther & Apolant.

1886.

Inhaltsverzeichniß.

	Seite
Der Hofstaat	1
Fürst Pleß	27
Die Hohenlohe	46
Der Herzog von Sagan und das Berliner „high-life“	62
Fürst Putbus	73
Der fronbirende Abel	76
Die Radziwill	83
Das Herrenhaus	100
Souveräne Häuser am Hofe	108
Aus den Botschafter-Hôtels	148
Wilhelmstraße 75/76	192
Bismarck zu Hause	223
Die Minister	257
Die Prinzen des kaiserlichen Hauses	298

Der Hofstaat.

Der prachtliebende König Friedrich I. von Preußen hegte keine Sympathie für Ludwig XIV. von Frankreich; an Glanz aber wollte er es dem Könige von Frankreich und dessen so berühmtem Hofe in allen Dingen gleichthun. Er fühlte sich glücklich, wenn er in der Pracht seines königlichen Ornates auf dem Throne saß, umgeben von seinen Brüdern, den Markgrafen, die mit fürstlichem Pomp erschienen, den Rittern vom schwarzen Adlerorden, der alsdann an kostbarer Kette getragen wurde, seinen Kammerherren mit goldenen Schlüsseln, den Mitgliedern seines geheimen Staatsraths und Ministeriums in ihren gestickten Amtstrachten, den Generalen und Obersten seines Kriegsheeres. Was nur irgend zum Hofe gehörte, Garderobe und Stall, Keller, Küche, Bäckerei, Silberkammer, mußte Ueberfluß zeigen. Vierundzwanzig Trompeter riefen zur Mittagstafel. Die Jägerei und die Musikkapelle waren zahlreich besetzt.

Aus dem Jahre 1712 liegt uns ein Almanach vor, der zugleich ein Berliner Adreßbuch ist, freilich in sehr beſchränktem Sinne. Die Behörden, auch die ſtädtiſchen, ſind aufgezählt, die Beamten der Hauptſtadt, worunter z. B. die Thorſchreiber eine eigene Kategorie bilden, der geſammte Hofſtaat, die Ritter vom ſchwarzen Adlerorden u. dgl. m. In der Rubrik „Hofſtaat‟ figuriren u. A. elf „Geheime‟ Kammerdiener, darunter ein Kammertürke, zwei Kammerzwerge (einer Namens Schulze), der Leibſchneider, der Leibchirurgus. Als Hofbediente finden ſich auch verzeichnet: ein königlicher Intendant über die Ausziehung (?), ein Futter= und Vicefuttermarſchall, ein Hofreiſekonditor. Der heutige Hofſtaat bietet ein ſeitdem ſehr verändertes und namentlich erweitertes Bild. Kammertürken und Hofnarren ſind längſt abgeſchafft, zumal unter dieſem Titel. Auch „Geheime Kammerdiener‟ giebt es nicht mehr, nur noch „Geheime‟ Hofräthe und Hofſekretäre. Der Leibſchneider iſt Hofſchneider geworden, der Leibchirurg ein Leibarzt, der jetzt weit über den „Geheimen Kammerdiener‟ erhoben iſt. Der Unterſchied zwiſchen jetzt und früher beſteht darin, daß der Hofſtaat, trotz Beſeitigung und Einſchränkung gewiſſer Kategorien von Hofbedienten, trotz Abſchaffung manchen Luxustroſſes, mit dem Staate Preußen gewachſen iſt, und daß er gleichzeitig, als ein Staat im Staate, eine ſchärfere Abgrenzung gegen den Staatsdienſt erfahren hat, während ehedem jeder königliche Beamte in der Monarchie Hof= und Privatbeamter des Königs war, wenn auch nicht gerade Leib= oder Kammerdiener, wohingegen wiederum Hofſchneider und andere jetzt nicht mehr zur eigentlichen Hofbienerſchaft gehören. Dieſer

Staat im Staate umfaßt Kammerherren und Kammerdiener, Kammerräthe, Hofräthe, Hofkammerräthe, Ober-Hofkammer-räthe, Hofmeister, Oberhofmeister, Erbhofmeister, Hofstaats-sekretäre, Hofmarschälle, Hofjägermeister und Hofjagdräthe, Hofschauspieler, Kammersänger, Hofpianisten, Leib- und Hofärzte, Hofbauräthe, Hofstallmeister, Hofgärtner, Hof-fouriere, Hofkellermeister, Hofstaatsholzverwalter, Hofküchen-kommissarien, Hofpagen u. s. w. Eine Verfassung im modernen Sinne des Wortes hat der Hofstaat nicht. Das Regiment ist absolutistisch. An der Spitze der hierarchischen Rangordnung stehen zwei Minister, von denen nur der eine diesen Titel führt, nämlich der Minister des könig-lichen Hauses und der Oberst-Kämmerer. Vom Ministerium des königlichen Hauses ressortiren: die persönlichen An-gelegenheiten des Königs und der Mitglieder des königlichen Hauses, die Verwaltung des königlichen Kron-Fideikommiß fonds, des Krontresors und des königlichen Familien-Fidei-kommisses, sowie die obere Leitung der Verwaltung der könig-lichen Haus- und Fideikommißgüter. Vom Oberst-Kämmerer ressortiren: die Hofetikette und das Hofzeremoniell, die Be-aufsichtigung der königlichen und prinzlichen Hofstaaten und der großen Hofämter im Königreich Preußen. Unter beiden Ministern gemeinschaftlich, also unter dem Hof-Finanzminister und dem Minister des Innern, wie man die Herren nennen könnte, stehen die Angelegenheiten der Chefs und Mitglie-der der einzelnen königlichen Hofverwaltungen, sowie der Provinzial-Erbämter. Dem Finanzminister sind mehrere Kollegien mit Direktoren und Präsidenten untergeordnet.

Ein Kollegium von Geheimen Regierungsräthen mit Gehei=
men Hofräthen als Subalternen verwaltet den Kron=Fidei=
kommißfonds und den Krontresor, ein Kollegium von Ober=
und anderen Hofkammerräthen bildet die Hofkammer der
königlichen Familiengüter. Das Kollegium der vortragen=
den Räthe, welches dem Kron=Fideikommißfonds und dem
Krontresor vorsteht, hat auch Vorträge bei dem Minister
des Innern, d. h. bei dem Oberst=Kämmerer. Den verant=
wortlichen Posten eines Ministers des königlichen
Hauses verwaltete vom Oktober 1861 bis zu seinem Tode
im Februar 1885, also beinahe ein viertel Jahrhundert
lang, Graf Schleinitz, der bekannte Vorgänger Bis=
marcks im Auswärtigen Amt. Schleinitz war seit 1865
mit der als Wagner=Verehrerin bekannten Gräfin Maria
vermählt, einer Tochter des preußischen Ministerresidenten
in Rom von Buch und dessen Gattin, einer geborenen von
Nimptsch, die sich später mit dem Fürsten Hatzfeldt ver=
mählte. Auch die Gräfin Schleinitz hat bald den Witwen=
mit dem Brautschleier vertauscht und wurde deßhalb in
den letzten Wochen viel genannt als die Verlobte des öster=
reichischen Botschafters in Petersburg, des katholischen
Grafen Wolkenstein, der jetzt doch schon in der Mitte der
fünfziger Jahre stehen dürfte.

Als Oberst=Kämmerer und General=Intendant
der königlichen Hofmusik hat viele Jahrzehnte hindurch
Graf Wilhelm von Redern eine hervorragende Rolle
am Hofe gespielt. Mit seinem] Tode — er starb kurz vor
dem Grafen Schleinitz — fand ein überaus reiches Leben

seinen Abschluß. Graf Redern hat unter dem Titel „Unter brei Königen" Memoiren hinterlassen, die besonders Einblicke in das rege gesellschaftliche Leben gewähren, das sich im Palais Redern, jenem palastartigen Eckhause am Pariser Platz, abspielte, und an dem die Elite des Adels der Geburt und des Geistes von Berlin theilnahm.

Beide Würden, deren Träger den Hofstaat zu leiten haben, die des Ministers des königlichen Hauses und diejenige des Oberst-Kämmerers, sind jetzt in einer Hand vereinigt, in der des Grafen Otto zu Stolberg-Wernigerode.

Bevor wir nun eingehender die Organisation des königlichen Hofstaates betrachten, wollen wir der interessanten Lebensgeschichte dieser beiden Repräsentanten des preußischen Hofstaates, des Grafen Wilhelm von Redern und des Grafen Otto zu Stolberg und ihrer Familien, einige Augenblicke widmen.

Bei dem Kongreß von Verona war der 20jährige Graf von Redern zuerst mit seinem späteren königlichen Gönner, dem Könige Friedrich Wilhelm III., in persönliche Beziehungen getreten. Die Anknüpfung war ihm durch seine Familie, die zu den ältesten der Mark gehört, wesentlich erleichtert. Zudem hatten sein Vater wie sein Großvater große Hofstellungen bekleidet. Zu diesen günstigen Verbindungen kam noch seine äußere Unabhängigkeit durch die glänzende Vermögenslage, in welcher der 1816 verstorbene Vater seine beiden Söhne, den Oberst-Kämmerer und den späteren preußischen Gesandten und jetzigen Ober-Gewand-Kämmerer,

Grafen Heinrich von Redern, zurückgelassen hatte. In letzter
Instanz war, wie in allen Lebensverhältnissen, die Persön=
lichkeit das Ausschlaggebende, eine jugendlich = aristokratische
Erscheinung, vortreffliche Erziehung und ein trotz großer
Jugend schon fertiger Charakter. Dabei kam ihm seine
Kenntniß der italienischen Sprache wohl zu Statten. Er
übersetzte für den König die Operntexte und war dem Für=
sten Wittgenstein für die Erledigung von Kurialien und dem
Kabinetsrath Albrecht zur Begutachtung der an den König
gelangenden Bittgesuche beigegeben. Graf Wilhelm von
Redern begleitete den König auf dessen Reise nach Rom
und Neapel; er war in der Umgebung des Königs, als am
Grabmal des Virgil Friedrich Wilhelm III. die Nachricht
von dem in Genua erfolgten Tode des Staatskanzlers Fürsten
Hardenberg erhielt; er war Zeuge der letzten persönlichen
Zusammenkunft Friedrich Wilhelm's III. mit dem Kaiser
Alexander I. zu Innsbruck am heiligen Weihnachtsabend,
dem Geburtstage des Kaisers 1822. Dann wurde er mit
Depeschen an den damaligen preußischen Gesandten Fürsten
Hatzfeldt nach Wien geschickt, verkehrte dort viel im Hause
des österreichischen Staatskanzlers, Fürsten Metternich, mit
dem er später in verwandtschaftliche Beziehungen treten
sollte, da sein Bruder, Graf Heinrich von Redern, eine
Nichte des Fürsten, eine Prinzessin Odescalchi, heirathete.
Treu in seinem Gedächtnisse, bewahrte er die Erzählung
des Fürsten Metternich über dessen historisch entscheidende
Zusammenkunft mit Napoleon I. in Dresden, und nach den
Aufzeichnungen des Grafen hat die Erzählung des Fürsten

in dem erwähnten Memoiren-Manuskripte einen Platz gefunden. Nachdem der Graf bei dem Garde-Schützen-
bataillone, den sog. Neufchatellern, sein Jahr abgedient,
seine juristischen Examina absolvirt hatte, und 1824 beim
Stadtgericht in Berlin eingetreten war, lenkte seine künstlerisch angelegte Natur, seine hervorragende Begabung für
Musik die Aufmerksamkeit des Königs auf ihn. Er ging
in die Verwaltung der königlichen Theater über.

Zum definitiven Chef der königlichen Theater wurde
Graf Redern im Jahre 1828 ernannt. Durch 14 Jahre, zwei
Jahre über den Tod seines königlichen Herrn und Gönners
hinweg, blieb er in diesem Amte, und diese Zeit gehört zu
einer der glänzendsten Epochen der dramatischen Kunst in
Berlin. Sie begann mit dem Enthusiasmus für die
Sonntag, in deren Zauberkreis auch Graf Redern gezogen
wurde. Henriette Sonntag hatte in den Jahren 1830 und
1831 ihren Siegeszug fast durch ganz Europa gemacht, war
aber wieder in dankbarer Erinnerung nach Berlin zurückgekehrt. Für den Sommer hatte sie der König nach Schloß
Fischbach in Schlesien eingeladen. Friedrich Wilhelm III.
erwartete dort seine Tochter, die Kaiserin von Rußland, und
seine Familie; es sollten kleine theatralische Abendunter-
haltungen stattfinden. Der König lebte dort vollständig
als Landedelmann, und die Kaiserin Charlotte fühlte sich
in der schlesischen Heimath mit ihren Brüdern und ihren
Frauen in den Räumen des Schlosses, die eher an alles
Andere, als an königliche Pracht erinnerten, in der stärken-
den, erquickenden Luft der Berge so wohl und heiter, daß

sie die Kaiserin aller Reußen abstreifte und die anspruchslose Tochter ihres einfachen Vaters war. Sie traf darin den Geschmack des Vaters, dem die Kaiserin hier auf dem Lande unbequem gewesen wäre. „Werden sich doch nicht einbilden, daß ich mich vor meiner Tochter geniren soll?" äußerte er einmal in Bezug auf die kaiserliche Tochter. Hier in Fisch= bach wurden des Tages über Partien gemacht, weitere Ausflüge in das Gebirge, des Abends war Musik, Theater, oder auch Ball. Zu diesem wurden die Offiziere der Gar= nison von Schweidnitz befohlen. Wie sich denken läßt, zeigten sich die jungen Krieger in dem Hofzirkel befangen, und obwohl, oder vielmehr gerade weil die Kaiserin mit ihnen tanzte, so wagte keiner „Demoiselle Sonntag" zum Tanze aufzufordern. Der König bemerkte das und veran= laßte den Grafen Redern, dafür zu sorgen, daß „Demoiselle Sonntag" Tänzer habe. Der Graf erklärte dem Könige, daß er das bereits gethan, aber mit so wenig Erfolg, daß er nun wohl selbst mit gutem Beispiel vorangehen müsse. Er engagirte Fräulein Sonntag, und so kam es, daß das Paar in die Quadrille der Kaiserin gerieth. Nach Be= endigung des Tanzes nahte dem Grafen der Minister des kaiserlich russischen Hauses, Fürst Peter Wolkonski, und apostrophirte ihn in folgender Weise: „Depuis quand est-ce d'usage aux cours d'Europe, mon cher comte, que les chanteuses de l'opéra dansent dans le quadrille de l'im= pératrice de toutes les Russies?" — „Ce n'est pas d'usage, mon cher prince, c'est l'ordre du roi!" — „Ah! C'est différent!" — war Wolkonski's Antwort.

Im Jahre 1826 war die Oper: „Die Stumme von Portici" in der großen Oper in Paris in Scene gegangen — mit einem Welterfolge. Die kunstgeschichtlichen Relais waren damals zwischen der französischen Hauptstadt und Berlin noch nicht der Art organisirt, wie heute, wo man die Geisteswerke so rasch und frisch bezieht, wie frische Gemüse. Eine Oper brauchte damals länger, namentlich aber, wenn sie nicht nach dem Geschmack Maestro Spontini's war, der eigentlich nur noch Cherubini neben sich gelten ließ. Aber der Erfolg war ein so riesenhafter, daß sich die Kunde davon dem Könige aufbrängen mußte. Bei des Grafen Rückkehr nach Berlin brachte der König selbst das Gespräch darauf, ob er nichts von der Oper gehört habe, sie bilde den Stoff für alle Feuilletons. Graf Redern überraschte den König mit der bereits gestochenen Partitur und entgegnete auf die mißtrauische Bemerkung, daß die Musik noch gar nicht im Handel sein könnte: „Majestät kennen mich nicht näher, bin kein Windhund, vertrete, was ich sage. Aber wenn ich mir erlaubte, Eurer Majestät gegenüber bei meiner Meinung stehen zu bleiben, müssen Eure Majestät sich überzeugen, ob ich die Wahrheit gesprochen habe. Also meinetwillen bitte ich Eure Majestät gehorsamst, herauszukommen und sich bei der Lampe zu überzeugen. Es liegen sämmtliche fünf Akte da." Diese Geschichte war dem Grafen in seinen Beziehungen zu dem Könige von großer Förderung. Sie erwarb dem Grafen das Vertrauen des Königs in vollstem Grade, als hätte dieser ihn schon seit langen Jahren erprobt; dieses Verhältniß kam Redern in seiner Amtsführung ganz ausnehmend zu Statten. In seiner Führung der Geschäfte der königlichen Theater war Graf Redern allerdings auch vom Glücke begünstigt. Er fand produktive Opernkräfte, er fand dramatisch darstellende Persönlichkeiten ersten Ranges. Unter erstere gehörte Spontini. Die fast mit dem Wechsel der Jahreszeit sich wiederholenden Mißhelligkeiten und Kämpfe zwischen dem bisherigen Generalmusikdirektor und dem Chef-Intendanten führten zum Sturz Spontini's. Es mag allerdings kein angenehmer amtlicher Verkehr mit Spontini gewesen sein, denn die Prätensionen dieses Mannes waren keine geringen, und Unterordnung stand nicht in seinem Wörterbuch. Eine Medaille, welche 1829 beim Hallenser Musikfest auf Spontini geprägt wurde, liegt uns vor; sie zeigt Spontini's feingekräuseltes Lockenhaupt in scharfer erhabener Prägung. Die Umschrift der Vorderseite aber besagt: Spontinio equiti claro primo musici agonis sui directori. Die Rückseite zeigt einen dichten mit Orden behangenen (!) Lorbeerkranz, innerhalb dessen die Namen seiner Hauptopern stehen. Die Umschrift lautet: Lyricae tragœdiae principi Germania meritorum cultrix. Diese Medaille pflegte Spontini seinen Freunden zum Andenken zu verehren, er fügte dann wohl ein paar freundliche Worte auf seiner Visitenkarte bei. Diese Visitenkarte! Auch sie verdient unvergessen zu bleiben:

Le Chevalier Spontini.
Surintendant général de la Musique de S. M. le Roi de Prusse. Membre de l'Institut de France etc. etc.

Ja, mit dem Manne war nicht gut Kirschen essen, das hat auch unser guter Graf Redern erfahren.

Mit Giacomo Meyerbeer verband den Grafen von Jugend an eine enge Freundschaft, die aus dem innigen Verkehr der Mutter des Grafen, einer geborenen Freiin von Otterstedt, mit Madame Beer sich herleitete. Ebenso war Graf Redern von Jugend an mit Felix Mendelssohn liirt; mit ihm zusammen hatte er Generalbaß bei Zelter studirt. Nicht bekannt dürfte es sein, daß die Initiative zur Aufführung der „Antigone" und zur Komposition der Chöre durch Felix Mendelssohn von dem damaligen Intendanten der königlichen Theater ausging.

Graf Redern hatte auch die Aufführung des „Faust" vorbereitet und in mehreren Konferenzen in Weimar mit Goethe die Kürzungen und Aenderungen besprochen. Den Dichter Immermann hätte Redern gern als Dramaturgen berufen, er ließ ihn nach Berlin kommen und bei sich wohnen. Schließlich gelang es Raupach, die Stelle zu erhalten.

Mit dieser reichen offiziellen künstlerischen Thätigkeit ging ein gastliches, geselliges, durchgeistigtes Leben im Hause Unter den Linden Hand in Hand. Die Gräfin Redern, die Tochter des Senators Jenisch in Hamburg, mit der sich der Graf 1834 verheirathet hatte, setzte die Tradition des Redernschen Salons fort. Ihre Schwiegermutter hatte diesen begründet, indem sie einen großen Kreis von Gelehrten und Künstlern um sich versammelte. Alexander von Humboldt, Rauch, Schadow, Tieck, Raupach, Mendelssohn, Meyerbeer, Liszt gehörten zu den Habitués des Hauses.

Die Gräfin Redern erhielt den gesellschaftlichen Ruf des Hauses auf seiner Höhe. Als sie vor mehreren Jahren starb, setzte ihr Kaiser Wilhelm das schönste Epitaphium in den Worten, daß er selten eine Frau gekannt habe, welche von ihren reichen Mitteln einen so edlen Gebrauch gemacht habe.

*　　*　　*

Graf von Redern lebt noch in der Erinnerung der Berliner fort. In den letzten Jahren war seine hohe Greisengestalt schon seltener bei den Hoffesten zu entdecken; andere als Repräsentationspflichten schlossen sich nicht an seine Charge. Hin und wieder sah man am Thiergarten einen Greis, dessen rechte Hand sich fest auf den gelbbraunen Rohrstock stützte, um dem rechten Bein, das dem linken nicht mehr gut zu folgen vermochte, ein wenig zu Hilfe zu kommen. Trotzdem legte dieser Mann, der stets im Cylinder, im hochgeschlossenen schwarzen Rock (oder im Winter dunkelblauen Ueberzieher) und schwarzen Beinkleid erschien, noch viele Wege zu Fuß zurück. Auch liebte es der Oberst der obersten Hofchargen des Kaisers, der Kanzler des hohen Ordens vom schwarzen Adler, auf einem einfachen Rohrstuhl vor seiner Hausthür die lange Pfeife zu rauchen, wie es unsere Väter und Altväter thaten.

Jetzt wohnt sein Bruder, Graf Heinrich, Ober-Gewand-Kämmerer im Hofstaate des Kaisers, in dem Hause Unter den Linden 1. Es ist schon gesagt worden, daß derselbe eine Gräfin Odescalchi heirathete. Eine jüngere Verwandte derselben ist die bekannte Freundin und

Gastin des Bismarck'schen Hauses, Fürstin Valerie Gobertine Odescalchi, eine geborene Gräfin Erdöby. Die Gemahlin des bisherigen österreichischen Botschafters am Berliner Hofe, Grafen Karolyi, Tochter des Grafen Ludwig Erdöby, ist eine Cousine dieser Fürstin Odescalchi. Die „Freundin des Karbinals Ledochowski", Fürstin Sophia Odescalchi, geborene Gräfin Braniska, ist die Gemahlin des Chefs des fürstlichen Hauses Odescalchi, Don Livio III., Fürsten Odescalchi, Herzogs von Syrmien u. s. w., sie ist 1821 geboren, also um fast dreißig Jahre älter, als die Freundin des Bismarck'schen Hauses.

Daß in unserer Hofgesellschaft die Verlobung des Grafen Wilhelm Redern, Sohn des Ober-Gewand-Kämmerers, vor einigen Monaten einiges Aufsehen erregte, erscheint erklärlich, da man den Bräutigam, der vierundvierzig Jahr alt geworden, stark im Verdacht gehabt hatte, er wolle gar nicht mehr heirathen. Wer aber beim dritten Ballfeste, welches das Kaiserpaar diesen Winter im Schlosse gab, die anmuthige Gräfin Lichnowsky am Arme ihres Bräutigams, des Grafen Redern, der die rothe Uniform der Zieten-Husaren trug, in ihrer Jugendschönheit glänzen sah, der begriff, daß der Junggeselle Redern bekehrt wurde. Bei diesem Feste trat die gräfliche Braut mit vor Glück strahlendem Gesicht unter ihre Freundinnen und dankte durch herzlichen Händedruck für alle ihr dargebrachten Gratulationen. Sie war bräutlich ganz in Weiß gekleidet und trug ein Riesenbouquet frischer Maiblumen in der Hand.

Die nüchternen Verstandesmenschen behaupten allerdings,

die Rücksicht auf die Erhaltung des Namens und Geschlechts habe mitgesprochen, als Graf Redern sich entschloß, in die Ehe zu treten, denn Graf Wilhelm Redern ist der einzige Sohn seines Vaters und hat keine männlichen Verwandten, die seinen Namen führen. Nun, jedenfalls hat die lieb= reizende Gräfin Lichnowsky ihm den Entschluß leicht gemacht.

Graf Redern ist einer der reichsten Erben im preußischen Staate, da der ungeheuere Besitz, den der vor einigen Jahren kinderlos verstorbene alte Graf Wilhelm Redern zunächst seinem Bruder hinterließ, schließlich ihm zufallen muß. Von der Größe des Grundeigenthums der Familie Redern mögen folgende Ziffern eine Vorstellung geben: Graf Heinrich Redern besitzt im Kreise Niederbarnim Güter in Größe von 4282 Hektaren mit einem Reinertrage von 28,225 Mark, im Kreise Osthavelland 1070 Hektaren mit 9488 Mark Rein= ertrag, im Kreise Angermünde 10,644 Hektaren mit 128,631 Mark Reinertrag. Das sind allein in der Provinz Branden= burg (Graf Redern hat außerdem noch große Besitzungen in Pommern) Güter mit einem Reinertrag von 167,347 Mark, also im Werthe von mindestens 10 Millionen Mark. Der Sohn und jetzige Bräutigam hat im Angermünder Kreise ein kleines eigenes Besitzthum von etwa 2500 Morgen. Seine beiden Schwestern, die (wegen der Mutter, jener Prinzessin Odescalchi) der katholischen Konfession folgten, sind an zwei Grafen Zichy verheirathet. Seine Braut, die Tochter des Fürsten Lichnowsky, ist ebenfalls katholisch, und wenn auch der Vater keineswegs der ultramontanen Richtung huldigt, so ist doch die Familie der Mutter um so streng=

gläubiger. — Beiläufig sei bemerkt, daß der Erbprinz von Hohenlohe-Oehringen, der sich ebenfalls vor einigen Wochen verlobt hat (mit dem einzigen Kinde des Fürsten Carolath und seiner von ihm geschiedenen ersten Frau), auch der Sohn einer katholischen Mutter und Bruder katholischer Schwestern ist. Beim hohen Adel sind überhaupt die Misch=ehen verhältnißmäßig häufiger als beim niederen.

*　*　*

Graf Otto zu Stolberg=Wernigerode, der jetzige Hausminister und Oberst=Kämmerer, hatte, wie sein Vorgänger Graf Schleinitz, eine große politische Laufbahn hinter sich, ehe er in den Hafen des Hofstaates einlief. Erst dreißig Jahre alt, übernahm Graf Otto Stolberg, der dem Reichstag des Norddeutschen Bundes angehörte, im Jahre 1867 den Posten eines Ober=Präsidenten der Provinz Han=nover, eine Stellung, welche er bis zum Jahre 1873 be=kleidete. Noch während dieser Periode wurde er zum Präsidenten des preußischen Herrenhauses gewählt, dessen Verhandlungen er bis 1876 leitete, während er zugleich als Mitglied des Reichstages an dem politischen Leben des Reiches in dieser glänzenden Versammlung einen reichen Antheil nahm.

In die Zeit dieser doppelten Thätigkeit fiel endlich noch — gegen Ende des Jahres 1875 — das Präsidium der außerordentlichen Generalsynode, welche die Verfassung der Evangelischen Kirche in Preußen feststellte.

Die Thätigkeit auf dem Felde der inneren Politik

wurde im nächsten Jahre unterbrochen, als Graf Stolberg zum Botschafter des deutschen Kaisers am Wiener Hofe ernannt wurde, eine Stellung, welche er während der schweren Zeiten bekleidete, in denen sich die Wolken im Orient immer dichter zusammenballten, bis sie sich in dem Gewitter des russisch-türkischen Krieges entluden.

Ungefähr gleichzeitig mit dem Frieden von San Stefano wurde Graf Stolberg wieder der diplomatischen Thätigkeit entzogen und mit der Stellvertretung des Fürsten Bismarck im deutschen Reich und Preußen betraut. Er traf unmittelbar nach dem Attentat vom 2. Juni 1878 in Berlin ein, und sein Name steht neben dem des Fürsten Bismarck unter den Aktenstücken, welche die Stellvertretung des Kaisers durch den Kronprinzen regelten, während der Zeit, in der der greise Monarch an den von Meuchlerhand beigebrachten Wunden darniederlag.

An dem wenige Tage nachher eröffneten Berliner Kongreß nahm Graf Stolberg keinen Antheil, und nur einmal noch hat er in jenen bänglichen Tagen, die sich um die Zusammenkunft von Alexandrowo (1879) drängten, eine Sendung nach Baden-Baden übernommen, über welche noch ein dichtes Geheimniß verbreitet ist, von der aber unwidersprochen behauptet wird, daß sie die Genehmigung Sr. Majestät des Kaisers zu dem deutsch-österreichischen Bündniß erlangte. Im Jahre 1881 (Mai) schied der Graf Otto wieder aus der Stellung als Vicekanzler. Selten drängt sich in eine so kurze Zeit der Thätigkeit eine solche Fülle von Arbeit und Leistungen zusammen. Graf Stolberg

hat zu sehr außerhalb des parlamentarischen und außer-
parlamentarischen Handgemenges der Parteien gestanden,
als daß Gunst und Haß dieser sein Charakterbild ent-
stellen sollten. Im Gegentheil verwischt nur die Rasch-
lebigkeit der Zeit die Züge desselben, und sie nur einigermaßen und zwar ohne jede Bemerkung festzuhalten, möge
uns hier gestattet sein.

Als Graf Otto von Stolberg mit der Stellvertretung
des Fürsten Bismarck im Reich und in Preußen betraut
wurde, schrieb ein Mitglied der deutschen Reichspartei:

„Graf Stolberg bringt eine junge, in den verschiedensten
Verhältnissen und im öffentlichen Dienste mannigfacher Art
erprobte Kraft mit in sein verantwortungsvolles Amt. Er
ist von Jugend auf an große Auffassungen und hohe Gesichtspunkte gewöhnt, er hat überall bewiesen, daß ihm über
der persönlichen Unabhängigkeit und der freien Hingabe an
seine Neigungen die Pflichten stehen, die mit seiner hohen
Lebensstellung verknüpft sind.“

Man kann, wie wir glauben, die Stellung des Grafen
nicht schöner charakterisiren, als es in diesen Worten geschieht, zu denen die vierzehnjährige öffentliche Thätigkeit
desselben einen Beleg lieferte, der keines Kommentars bedarf. Graf Otto Stolberg-Wernigerode ist politisch ein
liberaler Mann, der auch im Kulturkampfe immer auf
Seiten des Staates gestanden hat, vom Schulaufsichtsgesetze
im Jahre 1872 an bis zu der neuesten kirchenpolitischen
Vorlage, wo er im Herrenhause zu den Wenigen gehörte,
die gegen die Amendements des Bischofs Kopp stimmten.

Es sitzen im Herrenhause noch die Grafen zu Stolberg-Stolberg, Graf Franz zu Stolberg-Wernigerode, Graf Udo Stolberg-Wernigerode, Graf Wilhelm zu Stolberg-Wernigerode. Sie gehören verschiedenen Linien an und sind theils in der Provinz Sachsen, theils in Schlesien und Westfalen ansässig. Graf Franz ist katholisch und hat den übrigen Stolberg immer als Parteimann gegenüber gestanden.

Graf Otto hat erst im Jahre 1882 in dem früher gräflich von Schwerin'schen Palais in der Wilhelmstraße sein Heim in der Residenz gegründet. Kein anderes Privathaus Berlins kommt an Reiz, Anmuth, Pracht und Geschmack der Einrichtung diesem gleich. Die Eintrittshalle am Fuß der Treppe mit ihren alten und neuen Boiserien, mit ihrem Schmuck an Waffen und Gefäßen, die Treppe selbst mit ihrer Dekoration von Gobelins und orientalischen Teppichen, die Entrées zu den Gesellschaftsgemächern mit ihren prächtigen Holzschnitzereien, der halbrunde Empfangssalon in Weiß mit farbenprächtigen Stoffen dekorirt, der daneben liegende Salon der Gräfin mit seinen Kunstwerken, auf der andern Seite des Empfangssalons eine Art Galerie, mit rothem Damast garnirt, mit den lebensgroßen Bildern des gräflichen Ehepaares und einigen Meisterwerken altdeutscher und moderner Malerei. — In diesen Räumen hat auch der Kaiser schon oft seinen Besuch gemacht. Was bei solcher Gelegenheit die Palmen- und Treibhäuser des Schlosses zu Wernigerode zur Dekoration der Gemächer, der Korridore und der Haupttreppe liefern, läßt sich kaum schildern. Palmen, Orchideen, Kamelien und Azaleen bilden eine tropische Vegetations-

fülle, die sich durch die Beleuchtung der Säle in den Spiegel-
wänden vertausendfältigt. Graf Stolberg trägt dann die
Uniform des Regiments der Gardes du Corps, und der
Kaiser erscheint aus Courtoisie gegen den Grafen in Uniform
desselben Regiments. *) Die Gemahlin des regierenden
Grafen, geborene Prinzessin Reuß, entwickelt als die Wirthin
der hohen Gäste die liebenswürdigsten Eigenschaften; sie
schmückt sich gern mit Zweigen von weißem Flieder, in
denen Brillantsterne funkeln.

———

*) Anmerkung: In den Berichten über größere Festlichkeiten
bei Hofe und solchen, bei denen der Hof erscheint, wird so vielfach hinsichtlich der Uniformen des Kaisers gesündigt, in welchen derselbe
unter seinen Gästen erscheint, obwohl der Monarch hierin an einer
unabänderlichen Konsequenz festhält, die dem Eingeweihten nichts Neues
ist. Bei dem Ordensfest und der großen Hofcour trägt der Kaiser
stets die große gestickte Generaluniform, bei dem ersten Hofball den
rothen Galarock des Regiments der Gardes du Corps, und beim zweiten
Hofball den rothen Galarock der Garde-Kürassiere, der sich von ersterem
durch die Paspoilirung unterscheidet, welche bei den Garde du Corps
schwarz, bei den Garde-Kürassieren weiß ist. Bei dem Palaisball, der
in den letzten Jahren auch in die Prunkgemächer des Schlosses verlegt
ist, erscheint der Kaiser stets im Waffenrock des 1. Garde-Regiments
zu Fuß, und im Fastnachtsball wieder im rothen Rock eines der beiden
obengenannten Garde-Kavallerie-Regimenter, dazu stets in weißen Unter-
kleidern. Auf den Bällen und zu den Diners bei dem russischen und
österreichischen Botschafter legt der Monarch stets die Uniform seines
russischen resp. österreichischen Regiments an. Folgt derselbe Einladungen
fürstlicher oder sonstiger hochgestellter Personen, welche die Erlaubniß
haben, die Uniform eines bestimmten Regiments zu tragen, so erscheint
der Kaiser zu Ehren seiner Gastgeber in der kleinen Uniform dieser
Regimenter; so z. B. bei dem Fürsten Hatzfeld in Garde-Kürassier-,
beim Prinzen Albrecht in 1. Garde-Dragoner-, beim Prinzen Friedrich
von Hohenzollern in 2. Garde-Dragoner-Uniform u. s. w.

2*

Die großen Jagden, die Graf Otto zu Stolberg=Wernigerode in seinen Besitzungen am Harz giebt, sind berühmt, und zumal wenn der Kaiser daran Theil nimmt, wetteifern sie mit denen des Fürsten Pleß. Der Kaiser fragte diesen einmal in Versailles während der Belagerung von Paris: „Sagen Sie, die Einberufung Ihrer Forstleute zur Armee hat Sie wohl recht unbequem betroffen?" — „Ach nein, Majestät," erwiderte der Fürst. — „Nun, wie viel sind Ihnen denn fortgenommen worden?" — „Oh, nur einige vierzig, Majestät." — Graf Otto zu Stolberg=Wernigerode kann ähnlich sprechen.

*　　*　　*

Nachdem wir uns bei Erwähnung dieser Spitzen des Hofstaates etwas lange verweilt haben, wollen wir kürzer die übrigen Obersten=Hofchargen anführen.

Die Region der Obersten=Hofchargen, die Region der Fürsten, umfaßt neben dem Oberst=Kämmerer den Oberst=Marschall, Se. Durchlaucht Alfred Fürst und Altgraf zu Salm=Reifferscheid=Dyck, den Oberst=Truchseß, Se. Durchlaucht Wilhelm Fürst und Herr zu Putbus, Erb=Land=Marschall im Fürstenthum Rügen und der Lande Barth, den Oberst=Jägermeister, Se. Durchlaucht Hans Heinrich XI. Fürst von Pleß, Grafen von Hochberg, freien Standesherrn zu Fürstenstein, und endlich den Oberst=Schenk, Fürst Hatzfeld=Trachenberg. Diese durchlauchten Herren sitzen auch im Herrenhause, gehören zu den liberalen Politikern, zwei von ihnen sind katholisch, was sie jedoch nicht gehindert hat, im Kulturkampf dem Ultramontanismus gegenüberzutreten. Das Herrenhaus zählt nicht weniger als drei Salme. Sie haben einmal die Rolle dort gespielt, als ein Gesetz betreffend die Fischerei auf der Tagesordnung stand und zur Vorberathung einer Kommission überwiesen wurde. Das hohe Haus wählte zu Mitgliedern dieser Kommission den Oberbürgermeister Hering aus Stettin, einen Herrn von Plötz, den Kanzler von Zander und die drei Fürsten Salm. Auch das Herrenhaus kann witzig werden! Nähere Bekanntschaft werden wir mit diesen Herren noch in ihren Palais und im Herrenhause machen. In wirklicher Funktion ist von diesen höchsten Würdenträgern am Hofe nur der Oberst-Kämmerer.

Zu den Ober-Hofchargen gehören: der Ober-Gewand-Kämmerer, der Ober-Küchenmeister, der Ober-Schloßhauptmann, der Vice-Ober-Schloßhauptmann, drei Ober-Jägermeister, ein Ober-Zeremonienmeister, ein Vice-Ober-Zeremonienmeister, ein erster Zeremonienmeister, ein Ober-Hof- und Hausmarschall, ein Hofmarschall. Auch von dieser Kategorie figuriren mehrere Chargen nur bei besonderen festlichen Gelegenheiten. In permanenter Thätigkeit sind die Ober-Zeremonienmeister, der erste Zeremonienmeister, der Ober-Jägermeister, der dem königlichen Hof-Intendant vorsteht, bestehend aus Hof-Jagdräthen, Hof-Jägermeistern und Hof-Jagdjunkern, dann der Ober-Schloßhauptmann, nicht als solcher, sondern als Intendant der königlichen Gärten, endlich der Hof- und Hausmarschall, zugleich Ober-Stallmeister und Intendant der königlichen Schlösser. Es sind

interessante und zum Theil in Berlin sehr populäre Per=
sönlichkeiten, welche diese hohen Chargen ausfüllen. Erst
vor Kurzem ist der Nestor unter ihnen, Graf Pückler,
Ober = Hof = und Hausmarschall, von seinem Posten zurück=
getreten und durch den Grafen Perponcher ersetzt. In
der Hand dieses Mannes vereinigen sich alle Zweige des
Haushaltes des deutschen Kaisers; er ist der Chef des Hof=
staates und vertritt den Kaiser, dem er fast täglich Vortrag
hält, als Hausherr gegenüber seinen direkten Untergebenen.
Graf Perponcher ist der Cavalier par excellence; die Figur
ist imposant, das Haar glatt an den Schläfen nach vorn
gekämmt, die Spitzen des stattlichen Schnurrbartes stehen
schnurgrade von der Oberlippe ab, und lässig hängt das
selten benutzte Monocle herunter. Ob Graf Perponcher in
der reichen goldgestickten Gala = Uniform oder im eng an=
sitzenden Civilrock erscheint, der feine und gewandte Hofmann
ist mit dem ersten Blicke zu erkennen. Es ist schwer, sich
diese Erscheinung mit dem Modellirstock vorzustellen, und
dennoch ist Graf Perponcher mit Begeisterung bildender
Künstler. Er opfert einen großen Theil seiner Zeit dem
Bildhaueratelier, in dem er als eifriger Schüler eines be=
kannten Berliner Meisters arbeitet. Der Vice=Ober=Zere=
monienmeister und Introducteur des Ambassadeurs,
Herr von Roeder, ist eine kleine behäbige Figur, deren
Kopf einen südlichen Typus zeigt, mit dunklem Schnurr=
und kleinem Kinnbart und lebendig blickendem Auge. Die
Aufgabe des Herrn von Roeder ist es, die Gesandten und
Botschafter bei den Kaiserlichen Majestäten einzuführen

unb alle perſönlichen Angelegenheiten zwiſchen bieſen unb
ben Erſteren zu vermitteln. Auf Graf zu Eulenburg,
früher Hofmarſchall des Kronprinzen, ruhen jetzt bie
Pflichten eines Ober-Zeremonienmeiſters, zu beren Kennt=
niß gewiſſermaßen ein völliges Stubium nöthig iſt; ihm
allein liegt es ob, bei allen Feſten, Beſuchen fremder Fürſten
u. ſ. w. für die Beobachtung ber nöthigen Formen Sorge
zu tragen reſp. bieſelben anzugeben. Eine größere Hof=
feſtlichkeit, wo es Tauſende von Gäſten giebt, wie etwa
eine Sprech= unb Defilircour nebſt Konzert ober gar eine
Hochzeit im königlichen Hauſe, gehört zu ben Haupt= unb
Staatsaktionen, bie als bie größten Probeſtücke ber wahren
Ober-Zeremonienmeiſterſchaft, im eigenſten Sinne bes
Wortes, gelten können. Sie erforbern bie vorher be=
rechnenbe, erfinbenbe, erwägenbe Kraft unb bie reichſte Er=
fahrung bei bem Träger jenes Amtes, bamit Alles prompt
unb richtig funktionire, ineinanbergreife unb klappe. Man
muß ähnliche Feſte in Paris unb Verſailles mitgemacht
haben, um ſolche Leiſtungen, wie biejenigen unſerer Zere=
monienmeiſter, ein ſolches Organiſationstalent unb, —
was bemſelben freilich weſentlich zu Hilfe kommt — eine
ſolche Feſtigkeit in ber Trabition unb Disziplin wie bie
an ſolchem Abenb in ben Paraberäumen bes Berliner Schloſſes
bewieſenen, in ihrem vollen Umfang zu würbigen. Graf
Eulenburg hat einen großen Vorgänger. Am 13. April
1853 ernannte König Friedrich Wilhelm IV. ben Grafen
Stillfried, welcher ſchon bei ber Hulbigung am 18. Oktober
1840 als Zeremonienmeiſter fungirt hatte unb am 9. Auguſt

1843 als Vice-Ober-Zeremonienmeister angestellt worden war, zum Ober-Zeremonienmeister. Als derselbe im Jahre 1878 sein fünfundzwanzigjähriges Jubiläum feierte, überraschte ihn der Kaiser mit einem eigenhändigen, huldreichen Handbillet und seiner Marmorbüste. Die Kaiserin sandte ihr von theilnehmenden Zeilen begleitetes Portrait. Auch der Kronprinz schrieb anerkennende Worte und betonte ganz besonders, daß der Mann, der seit fast 50 Jahren so erfolgreich der Familiengeschichte des Hauses Hohenzollern seine Kräfte widme, auch noch Zeit gefunden habe, seit einem Vierteljahrhundert mit so vieler Hingebung ein nicht eben leichtes Hofamt zu verwalten. Viele Freunde und Kollegen des Grafen erinnerten sich des Ehrentages, und die Mitglieder des Ober-Zeremonienmeisteramtes erschienen in corpore, um ihren Chef zu beglückwünschen, der sich seinerseits darüber aussprach, daß er zwar die Herausgabe des „Zeremonienbuches für den königlich preußischen Hof" eben vollendet habe, welches dem Nachfolger in seinem Amte einigermaßen als Stützpunkt werde dienen können, daß er aber auf Wunsch der Majestäten trotz seines hohen Alters seinen in öffentlichen Blättern oft besprochenen Abgang noch einige Zeit hinausschieben wollte. Vor wenigen Jahren ist er gestorben. Sein Nachfolger steht auf der Höhe seiner schwierigen Aufgabe. Erwähnen wir noch, daß Graf zu Eulenburg mittelgroß und von wohlproportionirter Gestalt, sein Haar gelichtet und der dunkelblonde Bart nichts weniger denn dicht ist.

Bei Kanth in Schlesien ist das Domizil des Ober-

Jägermeisters Excellenz von Meyerinck, welcher vor zwei Jahren sein 50 jähriges Dienstjubiläum feierte. Er ist der Schöpfer der bekannten Letzlinger Hofjagd, welche wohl als einzig in ihrer Art zu bezeichnen ist und auf welcher alljährlich ca. 1000 Hirsche und Sauen abzuschießen sind. Herrn von Meyerinck's Schriften über Wild und Jägerei zählen zu den bekanntesten dieses Genres und zeichnen sich dadurch aus, daß sie ohne Ausnahme naturwissenschaftlich belehrend wirken. In den Büchern desselben Verfassers über die Jagdschlösser der Könige von Preußen ist eine Fülle geschichtlichen Materials enthalten. Herr von Meyerinck kommt zu allen größeren Festlichkeiten nach Berlin und fehlt sehr selten bei einer Hofjagd, bei welcher ihm, falls der Fürst von Pleß nicht anwesend ist, die Ehrenrechte desselben zustehen. Seine Gestalt ist groß, was jedoch durch die ein wenig gebückte Haltung nicht so ins Auge fällt. An Gestalt noch überragt wird Herr von Meyerinck durch den Vice-Oberstallmeister Herrn von Rauch, den Chef des königlichen Marstalls. Vielen Berlinern ist wohl die hohe Gestalt bekannt, die oft durch die Straßen der Hauptstadt die feurigen Rosse selbst lenkt und sie in leichten, hochsitzigen, königlichen Wagen einfährt, bevor sie in die Equipagen der königlichen Herrschaften gespannt werden. Herr von Rauch begleitet den Kaiser fast auf allen Reisen und ist ein steter Gast bei den Hofjagden. Eine der bekanntesten Persönlichkeiten des Hofstaates ist der ebenfalls zu den Oberhofchargen zählende General-Intendant der Königlichen Schauspiele, Herr von Hülsen, deſſen Verdienſte und umfaſſende Thätigkeit zu würdigen hier nicht der Ort ſein kann; weit über die Kreiſe des Hofs hinaus wird Hülſen als ein einflußreicher Förderer der Kunſt verehrt.

Zu den „Hofbehörden" werden auch die Abjutantur des Königs, beſtehend aus Generaladjutanten, Generalen à la suite Sr. Majeſtät, und Flügeladjutanten, ſowie das Geheime Kabinet, ſowohl für die Civilangelegenheiten, als für die Militärangelegenheiten, gerechnet. Hier berührt ſich aber der Hofſtaat ſtark mit dem größeren Staate. Denn die Adjutanten und das geheime Militärkabinet ſtehen im Etat des deutſchen Reiches und das Geheime Civilkabinet in dem des preußiſchen Staates. Ich ſchließe die Serie von Männern aus der Umgebung des Kaiſers mit zwei Generälen à la suite Sr. Majeſtät, welche dem Kaiſer beſonders naheſtehen. Da iſt zunächſt der Verwandte des Kaiſers, General-Lieutenant Fürſt Radziwill, eine nicht über mittelgroße Figur, bei der ſich ein wenig Embonpoint zu zeigen beginnt. Der dunkle Bart iſt ſtellenweis ſchon ſtark ergraut, doch macht ſein Träger den Eindruck, als wäre er circa zehn Jahre jünger als er es thatſächlich iſt. Aelter erſcheint der erſt ſeit wenigen Jahren verheirathete General=Lieutenant Graf Lehndorff, deſſen Haar und Bart ganz ergraut ſind. Die Rieſengeſtalt des Grafen Lehndorff iſt in Berlin ziem=lich bekannt. Der Graf gilt vornehmlich als der Vertraute des Kaiſers, und zweifellos iſt es, daß er ſich bei ſeinem hohen Herrn großer Gunſt erfreut. Beiläufig ſei noch der

Generalmajor Fürst Dolgorucki genannt, der in der That eine der imposantesten Erscheinungen am Berliner Hofe war, eine Hünengestalt von vollendetem Ebenmaß. Der Fürst hat regelmäßige Züge, einen langen dunkelen Vollbart, eine hohe Stirn, kühn gebogene Nase und ein blitzendes Augenpaar. Fürst Dolgorucki ist General-Adjutant des Kaisers von Rußland und war als erster Militärbevollmächtigter nach Berlin kommandirt; er fehlt bei außerordentlichen Gelegenheiten fast nie in der Nähe Kaiser Wilhelms. Seit Kurzem ist er durch einen Kutusow ersetzt worden.

Die Kategorie der bloßen Hofchargen, wie die den entsprechenden Ober-Hofchargen untergeordneten Zeremonienmeister, Hofstallmeister, Hofjägermeister übergehe ich an dieser Stelle. Die interessanteren Persönlichkeiten, ebenso wie die unter den Kammerherren und Kammerjunkern, werden uns gelegentlich anderswo begegnen.

Fürst Pleß.

Fürst Pleß ist der vornehme Grand Seigneur, für den die Charge eines Oberst-Jägermeisters geschaffen wurde, um ihm einen seiner hohen Stellung passenden Rang im Hofstaate zu geben. Er hat den Ehrendienst bei den Hofjagden, überreicht dem Kaiser für den erlegten „jagdbaren" Hirsch den üblichen grünen Bruch (Baumzweig) auf dem Griffe seines Hirschfängers und sitzt bei Tafel dem Kaiser

vis-à-vis. Die Gestalt des Fürsten Pleß ist über Mittel=
größe, er trägt einen dunkelblonden, dichten Vollbart; sein
Gesichtsausdruck hat etwas Gewinnend=freundliches.

Statten wir, sonder Zagen, dem Fürsten in seinem
`Berliner Palais, das der Berliner Witz der wunderbar
unförmigen und ins Auge springenden Schornsteine halber
„die Schornsteinakademie" nennt, einen Besuch ab.

In der letzten, an Umwälzungen so reichen Bauperiode
Berlin's hat keines von den vielen neu erstandenen Werken
der Architektur einen so heftigen Meinungsstreit hervor=
gerufen, wie jenes Palais, welches vor nunmehr bald zehn
Jahren vollendet wurde, und das die starre Regelmäßigkeit
der Wilhelmstraße schonungslos durchbrochen hat. Der
Erbauer der Schlösser des Fürsten von Pleß in Berlin und
Pleß ist der Pariser Architekt Destailleurs. Das Berliner
Palais ist im Stil Ludwig des XIV. entworfen, aber ohne
sklavische Nachahmung, sagen unsere Architekten. Seine
Vorbilder würde man in der Uebergangszeit zu suchen haben,
in der sich die schweren Formen des französischen Barockstils
zu der Grazie und Zierlichkeit des auflebenden Rococo hin=
zuneigen begannen. Das Rococo ist eigentlich kein neuer
Baustil, sondern nur eine neue Dekorationsmanier, die sich
naturgemäß zunächst in der Ausstattung der inneren Räum=
lichkeiten kundgab. Die schweren, strengen Gesimse lösen
sich allmälig in leicht geschwungene, graziöse Linien auf.
Die Profile gewinnen an Mannigfaltigkeit und Gefälligkeit,
und die Farbe belebt das dunkle Getäfel der holzbekleideten
Wände. Luft und Licht — die Lebensprinzipien des Menschen,

finden zum ersten Male ungehinderten Eingang in die mensch=
liche Wohnung, ohne die Gemüthlichkeit, die Traulichkeit
des häuslichen Herdes zu mindern.

Die Paläste der italienischen Renaissance sind kalt und
frostig; sie haben das Licht ohne die Wärme. Ihre Räume
begünstigen die Entfaltung festlichen Pompes, aber sie zer=
stören die Entwicklung des intimen, häuslichen Lebens im
Keime. Die Häuser der deutschen Renaissance hatten die
Wärme ohne das Licht und die Luft. In ihnen entwickelte
sich das deutsche Familienleben, aber die eigentliche Gesellig=
keit, der freie, ungezwungene Verkehr in größerer Gesellschaft
verbot sich in den engen, winkligen und niedrigen Stuben.
Der Zug ins Große aus der kleinbürgerlichen, beschränkten
Atmosphäre heraus, die Kunst im großen Stile zu leben,
ohne die Gemüthlichkeit des Hauses preiszugeben, fehlt den
Deutschen noch bis auf den heutigen Tag. Die Franzosen
üben diese Kunst seit zwei Jahrhunderten. In den Palästen
Ludwig's XIV. entwickelte sich zuerst das gesellschaftliche
Leben, das von so großem Einflusse auf die geistige Bildung
der Zeit war. Die Reunions des Hôtels Rambouillet sind
weltbekannt geworden.

Licht, Luft und Wärme — das sind auch die Grund=
prinzipien, welche bei dem Bau des fürstlich Pleß'schen
Palais maßgebend waren. Alle Räume des Hauses sind
gleichmäßig beleuchtet, alle Räume können durch eine wohl
praktikable, leicht zu regulirende Luftheizung gleichmäßig
erwärmt werden und eine vortreffliche Ventilation, die
durch zwei an den Seiten angebrachte Lichthöfe wesentlich

unterstützt wird, sorgt für das dritte Lebensbedürfniß des Menschen.

Ist nach dieser Richtung hin das Palais des Fürsten das Muster eines Wohnhauses, so ist es hinsichtlich seiner inneren Ausstattung ein Muster von Harmonie, die ebensosehr dem Geschmack des fürstlichen Besitzers wie dem strengen Stilgefühle des Architekten zuzuschreiben ist. Es mag dabei noch bemerkt werden, daß bei dem Bau außer an den Fußböden, Thüren, Fenstern u. dergl. kein Holz verwendet worden ist. Die struktiven Glieder bestehen durchweg aus Eisen. Durch diese Eisenkonstruktion ist der Architekt in die Lage versetzt worden, eine größere Mannigfaltigkeit und Ungebundenheit im Grundriß zu entwickeln als es bei der in Deutschland üblichen Balkenlage aus Holz möglich gewesen wäre.

Das Souterrain des Hauses birgt die umfangreichen Küchenräume, die Anrichtezimmer, eine Wasch= und Plättküche, ein Speisezimmer für die Dienerschaft, einen Aufenthaltsort für die nichtbeschäftigten Diener, die Vorrathskammern u. dergl. m. Aus dem Souterrain bis ins Dachgeschoß führen eiserne, mit Holz belegte Treppen, welche den Verkehr für die Hausgenossen und die Dienerschaft vermitteln. — Die Haupttreppe liegt in dem rechten Flügel. Man tritt zunächst in ein Vestibül von doppelter Stockwerkshöhe, dessen Wände mit weißem schlesischen Sandstein bekleidet sind. Die Treppenstufen, die Hauptgesimse, die Panele sind theils aus schwarzem französischen, theils aus dem leuchtenden, rothen, stark mit weißen Adern versetzten

Langueboc-Marmor hergestellt. Ein großer Kamin mit mächtigem Spiegelaufsatz verbreitet in dem hohen Raum, den drei Glasthüren von dem Hofe trennen, eine behagliche Wärme. Eine Gruppe von hochstämmigen Blattpflanzen, von breiten Marmorborden umschlossen, erhöht den freundlichen Eindruck des Vestibüls.

Aus dem Vestibül führen einige Stufen in das geräumige Treppenhaus. Eine breite Marmortreppe mit schmiedeeisernem Geländer, dessen innere Ornamente vergoldet sind, vermittelt in zwei Zügen die Verbindung mit dem oberen Stockwerk. In das untere gelangt man direkt aus dem Treppenhaus. Hier liegen die Gesellschaftszimmer und der Speisesaal in geschickter Gruppirung um den vornehmsten Raum, den mittleren Salon, der das Centrum der ganzen Anlage bildet. Auf drei Seiten wird dieser Salon, dessen Möbel mit gelbem Damast überzogen sind, von dem Empfangszimmer, dem Herrensalon und dem Bouboir der Fürstin eingeschlossen. Die vierte Seite öffnet sich zu einem Wintergarten, den eine gewölbte Glaswand gegen den Hof abschließt. Ein weiß und hellgestreiftes Velarium, das wie ein Zeltdach unter die Glasdecke gespannt ist, hindert den direkten Eintritt der Sonnenstrahlen. Eine kolossale Majolikavase, ein italienisches Prunkstück der Wiener Weltausstellung, hebt sich aus der Mitte dunkler Baumgruppen. Rechts davon leuchtet aus dem dunklen Grün Ginotti's graziöse Marmorstatue, Nibia, die Blinde, die tastend vorwärts schreitet, in jenen belikat und minutiös ausgeführten Figuren, die wir der wunderbaren Kunst-

fertigkeit der modernen italienischen Bildhauerkunst ver-
danken. Ein paar Schritte nach rechts führen uns in ein
lauschiges Boudoir, dessen kostbarer Schmuck das Portrait
des Fürsten von Pleß von Gustav Richter bildet, eine der
vornehmsten Zierden der letzten Kunstausstellung, die noch
in Jedermanns Erinnerung ist. Dem Boudoir entspricht
auf der andern Seite des Wintergartens der Speisesaal,
nur in räumlich verschiedener Ausdehnung. Die Dekoration
dieses Saales bildet ein dunkles Grün in verschiedenen Abstufungen mit bescheidenen Goldverzierungen. Es ist, nebenbei bemerkt, der einzige Raum des ganzen Palais, in welchem
Gold zur dekorativen Verwendung gelangt ist. Die Panele
des Speisezimmers sind mit einem überaus feinen, zart-
polirten Oelanstrich überzogen. Die Wände decken große
Gobelins aus dem vorigen Jahrhundert von seltener Farben-
frische. Der Kamin ist aus dem schon erwähnten groß-
geäderten Languedoc-Marmor hergestellt.

Es würde zu weit führen, wollte ich die einzelnen
Räume des Palais in gleicher Ausführlichkeit beschreiben.
Selbst die größte Anschaulichkeit der Schilderung würde
den Eindruck nicht wiedergeben, den man beim Durchschreiten
der einzelnen Gemächer empfindet. Das Behagliche, das
Anheimelnde, das Harmonische läßt sich nur fühlen, nicht
definiren. Im April 1878 gab es ein großes Ballfest in
dem neuen Palais. Es waren Einladungen in großer
Zahl an die vornehmste Gesellschaft der Hauptstadt zu
einem Thé dansant ergangen, welcher, ziemlich an den
Schluß der Saison fallend, noch manchem der Eingeladenen

die Gelegenheit bot, die wahrhaft glänzenden Räume des
neuen Hôtels unter dem doppelten Zauber der glänzendsten
Gesellschaft und einer Erleuchtung zu sehen, welche alle
Schönheiten der Architektur und allen Komfort des Hauses
zur höchsten Wirkung brachte.

Schon bald nach der für den Beginn des Festes be=
stimmten Stunde begann die Auffahrt der Equipagen, be=
gannen die Räume sich zu füllen. Es erschienen der Kron=
prinz in der Uniform seines Schlesischen Dragoner=Regiments
und die Kronprinzessin mit der Prinzessin Charlotte. Sie
wurden von dem Fürsten empfangen und in die Empfangs=
räume geleitet, wo schon die Mehrzahl der Gäste ver=
sammelt war. In der links anstoßenden Galerie machten
der Fürst und die Fürstin von Pleß und die Gräfin Ida
von Kleist die Honneurs des Hauses und empfingen die
fortwährend eintreffenden Gäste, während in dem Saale
der Tanz schon kurz vor 10 Uhr lebhaft begonnen hatte.

Der Saal, welcher in der Mitte einer peripherischen
Flucht von Galerien liegt, nach denen auf allen Seiten
Thüren hinausgehen, so daß die Cirkulation nach allen
Richtungen vollkommen frei ist, erschien bei dem milden
Lichte, welches Hunderte von Kerzen eines mächtigen kry=
stallenen Kronleuchters darüber ausgegossen, wie ein luftiges
Zelt, aus dem jeder Gedanke an Massivität und Schwere
verbannt ist. Das zarte Blau der Decke drückt sinnig den
Gedanken des freien Raumes aus, und nur der kostbare
Schmuck der Wände und die mächtigen Spiegel, welche
immer den Raum zwischen den Thüren decken, erinnern

daran, daß man sich in einem für die Dauer bestimmten Palaste befindet. In den weitläufigen Galerien, die mit überaus reichen Tapisserien, mit Gemälden und Gobelins geziert sind, ist das Mobiliar in solcher Fülle verstreut, daß selbst eine so zahlreiche Gesellschaft Platz zur Ruhe und zur Konversation fand, auch wenn der Tanzsaal sich für Augenblicke in den Pausen leerte.

Unter den Anwesenden befanden sich unter Anderen die Erbgroßherzöge von Mecklenburg-Strelitz und Oldenburg, der Erbprinz von Sachsen-Meiningen, der Prinz zu Lippe, die Herzoginnen von Ujest und von Ratibor, Fürst Hohenlohe-Langenburg, Fürst Carolath, Graf und Gräfin Maltzahn, die Botschafter von Oubril und von Gontaut-Biron, die Minister von Kameke, von Stosch und von Schleinitz, die Prinzessin von Hohenlohe-Oehringen, Prinz und Prinzessin Liechtenstein, die Frau Minister Friedenthal, Gräfin Bethusy-Huc, die Gräfin Perponcher, der Gesandte von Radowitz und viele Mitglieder des Reichstages und Offiziere der Berliner Garde-Regimenter. Der Kronprinz und die Kronprinzessin bewegten sich wie immer in lebhaftester Unterhaltung. Balb nach 11 Uhr wurde das Zeichen zum Souper gegeben, welches auf einem glänzend ausgestatteten Buffet in einem der an den Tanzsaal grenzenden Räume aufgestellt war.

Nach halb zwölf Uhr verließen die Kaiserlichen und Königlichen Hoheiten das Hôtel, während die übrige Gesellschaft sich bis zur frühen Morgenstunde in bester Laune den Freuden des Tanzes und der Konversation hingab.

In der Saison von 1880 hatten der Fürst Heinrich XI. Pleß und seine Gemahlin, die eine geborene Gräfin Kleist-Zützen ist, ihre Salons für größere Festlichkeiten nicht geöffnet. Im Februar 1881 fand wieder ein großes Ballfest statt, welches um so höheren Glanz erhielt, als sowohl der Kaiser und die Kaiserin, der Kronprinz, die Kronprinzessin sowie die königlichen Prinzen und Prinzessinnen, mit Ausnahme der Prinzessin Friedrich Karl, und ferner folgende fürstliche Herrschaften: die Prinzessin Christiane zu Schleswig-Holstein, der Großherzog und die Großherzogin von Baden mit dem Erbgroßherzog und der Prinzessin Viktoria und der Herzog und Herzogin von Ossuna, daran Theil nahmen. Das Vestibül des Palais' war auf das Reichste mit den mannigfachsten Gewächsarten und Blumen dekorirt; die sämmtlichen Salons, der große von Säulen aus schlesischem Granit getragene Ballsaal, der nach der Gartenseite hin mit einem pompösen Wintergarten abschließt, und der Gobelin-Saal waren von einer Menge Blumen und Dekorations-pflanzen geschmückt. Unten im Portal stand der große Huissier in reich gestickter Livrée, welche die Farben des Hauses in Blau und Roth zeigte, mit dem Stabe salutirend, sobald ein Gast in das Vestibül eintrat. Der Fürst, Oberst à la suite der Armee, in der Uniform der Garbes du Corps, und die Fürstin empfingen ihre Gäste in dem Gobelinsaal; ihnen zur Seite machte die Tochter, Gräfin Luise von Hoch-berg, die Honneurs. Von 8½ Uhr an fuhr Wagen auf Wagen durch das mächtige eiserne Gitterthor in den Vor-hof des Palais. Die Prinzen und Prinzessinnen des könig-

3 *

lichen Hauses und die fremden Fürstlichkeiten mit ihrem
Gefolge und Ehrendienst waren nach und nach erschienen,
als ungefähr um 9³/₄ Uhr die Anfahrt der Majestäten erfolgte. Der Kaiser erschien in geschlossener Stadtkutsche,
während die Kaiserin mit der Großherzogin von Baden in
einer großen Galaequipage, der ein Spitzreiter mit bren-
nender Fackel vorauftrabte, in den Vorhof einfuhr. Das
Kaiserpaar begab sich sodann, der Monarch die Fürstin
Pleß führend, während die Kaiserin am Arm des Fürsten
folgte, in die Festräume. Nachdem die Majestäten kurze
Zeit Cercle gehalten, währenddessen der Thee eingenommen
wurde, ertönten die Klänge des ersten Walzers aus dem
Ballsaal. Lieutenant Freiherr von Reischach vom Regiment
der Gardes du Corps eröffnete den Reigen als Vortänzer
mit der Tochter des Hauses, Gräfin Luise Hochberg. Der
Kaiser durchwandelte fast ununterbrochen die Reihen der
Tanzenden. Gegen die im Ballsaal herrschende Hitze bot
der anstoßende Wintergarten, in dem sich auch der Kaiser
mit großer Vorliebe aufhielt, angenehme Kühlung. Eine
kostbare, auf einem von Schlingpflanzen bekränzten Podest
stehende Kolossal-Vase, ein königliches Familiengeschenk, erregte hier allgemeine Bewunderung. Unter den anwesenden
Gästen bemerkte man von den landsässigen Fürstlichkeiten
die Fürstin Bismarck, den Herzog und die Herzogin von
Sagan, Herzog von Ratibor mit seinen Söhnen und Töchtern, Prinzessin Biron von Kurland mit dem Prinzen Gustav,
Fürst Hatzfeldt-Trachenberg, Fürst Anton Radziwill mit
Familie, dann die Botschafter und Gesandten mit ihren

Damen, kurz, die ganze Gesellschaft, welche man auf den Hofbällen bei den Majestäten zu sehen gewohnt ist. Von fremden Uniformen fiel besonders diejenige des Herzogs von Offuna auf, der in großer spanischer Marschallstracht erschienen war, sowie diejenigen seiner drei Begleiter. Die Toilette der Kronprinzessin bestand aus heliotropfarbener damassirter Seide, die einen überaus reichen Besatz an Duchessespitzen trug, wozu die hohe Frau ein Diadem von Smaragden und Brillanten nebst einem Epheukranz, und um den Hals ebenfalls Brillanten und Smaragden gewählt hatte. Bald nach 11 Uhr erfolgte Seitens der Majestäten und des gesammten königlichen Hofes der Aufbruch zum Souper, für das im großen Speisesaal die Kaisertafel mit wahrhaft fürstlicher Pracht gedeckt war. In den anderen Sälen waren für die übrige Gesellschaft luxuriös besetzte Buffets aufgestellt. Die Liebigsche Kapelle ließ nach dem Souper abermals ihre Weisen erklingen, und nun begann mit einem Walzer der Tanz. Erst um 3 Uhr erreichte derselbe in einem an Ueberraschungen reichen Kotillon sein Ende.

*　　*　　*

Haben wir den Fürsten Pleß in seinem Berliner Schloß als einen der vornehmsten Kavaliere am Hof, als einen der Großen des Reichs kennen gelernt — er ist in der Berliner hohen Gesellschaft doch immer nur einer unter vielen gleich Hochstehenden —, in seinen schlesischen Herrschaften ist er der Fürst, hier in seinen weit ausgedehnten Jagdgründen ist er der Serenissimus.

Das Fürstenthum Pleß ist das Eldorado der Jäger. Hier harrt ihrer stets reiche Waidmannslust. Der Hof bis zum Kaiser hinauf ist häufig Gast des Fürsten. Besonders der verstorbene Prinz Friedrich Karl sprach gern von den Tagen, die er beim Fürsten Pleß verlebt hat. Im Dezember 1880 verweilte er bei ihm drei Tage hintereinander. Auf Station Kobier empfing der Fürst seinen hohen Gast und geleitete ihn nach dem Jagdhause Promnitz, das der Prinz kennen zu lernen wünschte. In der mit Geweihen reich gezierten Halle des Jagdhauses, welche eine herrliche Aussicht über den Promnitzer See bietet, wurde ein Frühstück eingenommen und dann nach Pleß durch den Thiergarten gefahren. Am anderen Morgen brachten zwei rasche Juckerzüge die Jagdgesellschaft von 12 Herren nach dem Mezerzitzer Revier, wo sie am Eingang des Saugartens von der fürstlichen Jägerei mit Hörnerklang begrüßt wurde. Die erste Frage galt dem vornehmsten Wilde des Tages, dem starken Auerstier, welcher wo möglich von Sr. Königl. Hoheit erlegt werden sollte. Der hohe Jagdherr und die Jägerei hatten alle waidgerechten Mittel aufgeboten, um den Stand des Wildes zu bestätigen und um es in einem eingestellten Jagen fest zu machen. Wenig erfreulich war daher die Meldung des Wildmeisters Stange: ein Auer sei diesen Morgen wohl bestätigt worden, aber, ehe das Jagen abgestellt war, flüchtig ausgebrochen.

Rasch war eine neue Disposition der Jagd gegeben,

und in lautloser Stille begaben die Schützen sich auf die
Stände. „Kein Schuß auf anderes Wild, bis der Auer
nicht vorgetrieben ist!" so lautete die Ordre des Jagd-
herrn. Das Treiben begann und die Herzen der erprobten
Jäger in den Ständen kamen in eine fieberhafte Aufregung;
galt es doch einem gewaltigen Wilde, über dessen Kraft und
Grimm die Waidmänner der Vorzeit wundersame Dinge
berichteten; Rothwild und Schwarzwild brachen aus der
Dickung hervor — aber der Auer blieb aus. Die Treiber-
linie kam heran und der Wildmeister meldete: Er war
schon wieder weiter gewechselt, jetzt aber haben wir ihn
wohl sicher. Hohe 100jährige Kiefern mit Unterwuchs von
Fichten wurden jetzt getrieben. Se. Königl. Hoheit stand
am rechten Flügel. Plötzlich trat der Gesuchte gerade vor
der Mitte der Schützenlinie aus einem Horste hervor. Das
gewaltige Haupt hoch erhoben und mit dem Wedel die
Flanken schlagend, sicherte er um sich. Einen Moment
darauf ging er flüchtig vorwärts und nahm die Richtung
schräg gegen Se. Königl. Hoheit. Die Sicherheit des
Prinzen war bedroht. Da aber bog der Stier ein wenig
aus und passirte in voller Flucht die Schützenlinie. Einen
Augenblick darauf traf ihn die sichere Kugel des Prinzen
und bald nachher eine zweite. Auf diese brach das gewaltige Thier hinten nieder, hob sich aber sofort nochmals
und zog langsam und schwerkrank in dichteres Holz. Der
Prinz und seine Nachbarn schlichen vorsichtig nach, um
einen Fangschuß anzubringen, aber die Schüsse schienen
wirkungslos. Bald jagte der Jagdherr heran und befahl,

einen Schweißhund auf der Fährte zu lösen. Drei firme Hunde nahmen den reichlichen Schweiß wohl auf — aber die Fährte verfolgte seltsamer Weise keiner. Eine kurze Weile verging, da kam Meldung, der Stier sei noch hoch und wende sich wieder den Ständen zu. Alles eilte zurück, und kaum war der Prinz, der nunmehr auf den anderen Flügel geführt wurde, zur Stelle, als der Auer schon hervorbrach. Der Herzog von Ratibor gab ihm auf 30 Schritt eine Kugel auf den Stich, der Prinz traf ihn noch zweimal, da erst war der Gewaltige gefällt und verendete in Mitten der jubelnden Gesellschaft. Die Jägerei trat zusammen und verblies in schmetternder Fanfare das edle Wild.

Nun aber ging's ins Frühstückszelt unter lebhaftem Gespräche, und hier begrüßten die Fürstin von Pleß mit ihrer Tochter und Gräfin Frankenberg den königlichen, glücklichen Jäger. Zwei Treiben folgten nach und gaben reiche Beute. Um 3 Uhr waren auf der Strecke, um den riesenhaften Auerstier gelegt, 6 Stück Rothwild, 2 Stück Dammwilb und 31 meist grobe Sauen, darunter mehrere Hauptschweine mit weißschimmernden Gewehren, und endlich ein Hase, der in dieser Gesellschaft sich äußerst seltsam ausnahm. Der Prinz hatte noch erlegt 1 Rothspießer und 4 Sauen. Für den anderen Tag war die Parole: Fasanen und Hasen.

*　*　*

Der noble Wirth von Pleß und Fürstenberg ist auch der bei seinen „Unterthanen" beliebte und gefeierte Fürst. Die Macht seiner Persönlichkeit hat sich in einer schweren

Probe bewährt, auf welche sie durch eine wilde ultramontane Agitation, wie sie kaum anderswo im deutschen Reiche vorgekommen ist, durch alle die unlauteren Mittel der Hetzerei oder Verdächtigung, die gegen die Wahl des „Ketzers" zum Reichstage Seitens der katholischen Geistlichkeit in Anwendung kamen, gestellt wurde. Wir können in dieser Beziehung ein Schreiben mittheilen, das im Jahre 1871 Fürst Pleß an einen katholischen Geistlichen seines Kirchenpatronats richtete, und in dem es u. A. hieß:

„Daß ich persönlich alle Ursache habe, mit dem Verhalten der Geistlichen meines Patronates bei den letzten Wahlen unzufrieden zu sein, werden Sie aus meinem Schreiben um so besser erkennen, wenn Sie sich erinnern, welche Stellungen die Herren Geistlichen bei den Wahlen eingenommen haben. Wie der ganzen Welt, so mußte es auch der Geistlichkeit bekannt sein, mit welchen Lügen die Wahl des geistlichen Raths Müller unterstützt wurde. Man hat gesagt, daß der Herzog von Ratibor ein halber Protestant sei, daß man ganz Oberschlesien mit Gewalt protestantisch machen würde, sobald nicht Katholiken einer besonderen Gattung gewählt würden, und ähnliche nichtswürdige Lügen. Ich bin weit davon entfernt, zu behaupten, daß die Geistlichen so nichtswürdige Lügen verbreitet habe, aber es wäre ihre Pflicht gewesen, aus solchen Lügen nicht Nutzen zu ziehen, sondern die Aufmerksamkeit des gemeinen Mannes auf das, was wahr und falsch ist, zu lenken. Seit langer Zeit bemühen sich die sogenannten „Hausblätter", die in großer Anzahl unter dem Volke und unter der Geistlichkeit verbreitet sind, den Einfluß des Herzogs von Ratibor wie den meinigen, namentlich bei den Wahlen, zu bekämpfen. Diese „Hausblätter", von Geistlichen geschrieben, gefallen sich darin, über mich die nichtswürdigsten Lügen zu verbreiten, z. B. ich sei ein Feind der katholischen Kirche, ich nehme keinen Katholiken in meinen Dienst und dergl. mehr. Obgleich nun die Herren Geistlichen meines Patronats „jeden Sonntag von der Kanzel für mich beten", obgleich sie ohne Ausnahme wissen müssen, daß ich, wenn es sich um Anstellungen handelt, oder wenn Bittgesuche an mich gelangen, sei es von einzelnen Personen oder öffentlichen Anstalten, keinen Unterschied im Bekenntnisse mache — obgleich, wie Jedermann weiß, in meinen Diensten mehr Katholiken als Protestanten sich befinden, und obgleich die Herren alle diese über mich verbreiteten Lügen wiederholt lesen, ist es doch keinem in den Sinn gekommen, daß es doch eigentlich ihre Pflicht gewesen wäre, mich gegen solche Verleumdungen zu vertheidigen. Wie man nun behaupten kann, daß „meine Person bei den letzten Wahlen von feindseligen Verleumdungen unberührt geblieben ist", das verstehe ich nicht. Ich verstehe ferner nicht, wie die kirchlichen Oberen immer behaupten, daß sie auf die Thätigkeit der untergebenen Geistlichen in Betreff der Wahlen oder in Sachen, die das kirchliche Gebiet kaum berühren, keinen Einfluß ausüben können oder wollen — die untergebenen Geistlichen und Lehrer aber umgekehrt behaupten, daß sie nicht aus eigenem Willen, sondern nur auf Befehl so und nicht anders gehandelt haben. Niemand mehr als ich kann es bedauern, daß in der jüngsten Zeit ein konfessioneller Haber absichtlich hervorgerufen worden ist, wovon ja die letzten Wahlen ein offenkundiges Zeugniß ablegen. Daß solcher Streit nicht durch mich, sondern durch die Geistlichkeit hervorgerufen ist, wissen Sie aber ebenso gut als ich.

Ich habe um des Bekenntnisses willen Niemand bevorzugt oder benachtheiligt, Niemand angegriffen oder ihm mehr oder weniger Gutes erwiesen. Wenn aber die Geistlichkeit in Sachen der Politik mit konfessionellen Dingen hervortritt und sie in einen Kreis zieht, in den sie gar nicht gehört — wenn sie in solcher Weise mich überwältigen und zeigen will, daß ihr Einfluß in rein weltlichen Dingen weiter reicht, als der meinige, so zwingt sie mich, so sehr und so aufrichtig ich dies bedauere, nicht aus persönlicher Herrschsucht, sondern um meine Pflichten gegen das Vaterland zu erfüllen, zur Abwehr und führt mich leider auf ein Feld, welches zu betreten ich, wie ich durch viele Jahre bewiesen, allen Widerwillen habe, d. h. einen Unterschied zwischen den Konfessionen zu machen.“

Fürst Pleß hat den ultramontanen Orgien zum Trotze sich die Liebe und Verehrung der großen Mehrzahl der Bevölkerung seiner Besitzungen zu erhalten verstanden. Bei seiner Beliebtheit am Hofe vernahm man hier die Zeugnisse dieser Haltung der Bewohner des Fürstenthums immer gern. Im September 1881 gab es im Schloß Fürstenstein ein Doppelfest: das des Geburtstages des Fürsten und die Vermählung seiner einzigen Tochter, der Komtesse Luise von Hochberg, mit Graf Friedrich von Solms-Baruth. Das

stolze Schloß, auf dessen Thurmspitze die Flagge der Reichs-
grafen von Hochberg — auf rothem Felde drei blaue Berg-
spitzen — wehte, und das umgeben von herrlichen Gärten
und Anlagen zu den schönsten Punkten Schlesiens gehört
und wohl keinem Touristen unbekannt sein dürfte, beher-
bergte eine große Zahl vornehmer Gäste, und jeder Zug
brachte deren neue. Es waren anwesend: die Eltern des
Bräutigams Graf und Gräfin zu Solms-Baruth, Prinz
Heinrich XIII. Reuß mit Gemahlin, geborene Gräfin von
Hochberg, Prinz Heinrich XVIII. Reuß, Lieutenant im
Husarenregiment Nr. 12, die Geschwister des fürstlichen
Paares, Graf Hochberg auf Rohnstock mit Familie, Oberst
Graf Leopold von Kleist und Fräulein von Kleist, Frau von
der Decken, die Gräfinnen Wilhelm und Friedrich Hohenau,
die gräfliche und freiherrliche Familie von Saurma, Graf
und Gräfin Kanitz, Baron und Baronin Vay, Graf Wurm-
brandt u. s. w. Aber auch die zahlreichen Beamten und
Untergebenen feierten aus vollem Herzen diese Festtage mit.
Ueberall wehten Flaggen in den Farben der beiden Häuser,
die sich durch die zu schließende Ehe verbinden sollten.
Um 3 Uhr Nachmittags nahm das offizielle Programm mit
dem Einzug von etwa 500 Landleuten aus Salzbrunn,
Neu- und Alt-Liebichau, Ober-Kunzendorf, Sorgau,
Christinenhof u. s. w. seinen Anfang. Sobald der Zug
das Schloßthor passirte, senkte sich auf dem Thurme die
Hochbergsche Fahne, um der Fürstlich Pleßschen Flagge —
im weißen Felde das fürstliche Wappen — Platz zu machen,
die während der Dauer der Festlichkeiten gehißt blieb.

Der Zug nahm der offenen Säulenhalle gegenüber Auf=
stellung, vor welche alsbald das Brautpaar in Begleitung
des Fürsten und einiger Herren trat, während die Fürstin
mit der übrigen Gesellschaft auf dem Balkon des ersten
Stockwerks erschienen. Darauf wurde das Brautpaar in
schlesischer Mundart von der schönsten der Mägde begrüßt,
aus deren Händen es einen prächtigen Erntekranz entgegen=
nahm. Im Schloß versammelten sich die Herrschaften so=
dann zum Hochzeitsmahle.

Denselben Antheil an den Familienereignissen des
Fürsten nahm die Bevölkerung im Januar 1883, als die
Fürstin Marie starb, Tochter der Grafen Eduard von Kleist
auf Zützen und der Luise geb. Gräfin von Hochberg, Freiin
zu Fürstenstein.

Ein freudiges Fest für die Bevölkerung gab es wieder
im April 1886, als der Fürst von Pleß, Hans Heinrich
XI., und die Frau Fürstin Mathilde, geborene Burggräfin
zu Dohna, ihren Einzug in das Schloß zu Pleß hielten,
von ihrer Hochzeitsreise nach Italien und Frankreich zurück=
gekehrt.

Ueberall aber in Preußen und Deutschland finden die
Verdienste Anerkennung, die der regierende Fürst Pleß in
seiner langjährigen Wirksamkeit als Militärinspekteur der
freiwilligen Krankenpflege sich erworben hat. Besonders
im 70er Kriege fand der Fürst auf diesem Gebiete Gelegen=
heit, segensreich thätig zu sein. —

Die Hohenlohe.

Wir eröffnen die lange Reihe der ursprünglich fränkischen Hohenlohe, die der vornehmen Welt von Berlin einen besonderen Glanz verleihen und in der Hauptstadt· ganz heimisch geworden sind, mit dem Herzog Viktor von Ratibor.

Der Herzog Viktor von Ratibor, Fürst von Corvey, Prinz zu Hohenlohe = Waldenburg = Schillingsfürst, Besitzer des Herzogthums Ratibor in der Provinz Schlesien und des Fürstenthums Corvey in der Provinz Westfalen, General der Kavallerie à la suite der Armee, ist jetzt 68 Jahre alt. Im Jahre 1845 hat er sich mit Herzogin Amalie, des verstorbenen Fürsten Karl Egon von Fürstenberg Tochter, vermählt. Er hat sein Palais in der Moltkestraße, empfängt aber auch in der Leipzigerstraße Nr. 3, wo ihm in seiner Eigenschaft als Präsident des Herrenhauses eine fürstliche Wohnung eingeräumt ist. Der Herzog ist mittlerer Größe, hat schon graues Haar, ist aber sonst der Typus eines frischen Lebemannes. Seitdem das Herrenhaus besonders durch den Kulturkampf anfing, für ein weiteres Publikum interessant zu werden, ist auch der Herzog von Ratibor eine bekannte Erscheinung geworden, die man oft von den Tribünen des hohen Hauses beobachten konnte. Ein anderes Publikum kennt ihn von den Rennplätzen. Der Herzog von Ratibor ist Präsident des Unionklubs, wie ein anderer Hohenlohe, der Herzog von Ujest, Vice = Präsident. Beide

Gestalten sieht man regelmäßig auf dem Platze, wenn der kaiserliche Herr ein Rennen mit seiner Gegenwart beehrt.

Der Herzog von Ratibor überließ seinem jüngeren Bruder, dem Fürsten Chlodwig, die Hohenloheschen Güter und übernahm hierauf die Verwaltung der 1834 vom Landgrafen von Hessen-Rheinfels-Rotenburg ererbten Besitzungen Ratibor und Corvey, welche 1840 zu einem Herzog- bezw. Fürstenthume erhoben worden waren. Im Jahre 1847 war Herzog Viktor Mitglied der Herrenkurie des Vereinigten Landtages, von 1849 an Mitglied der preußischen II. Kammer bis zur Bildung des Herrenhauses, zu dessen erblichem Mitgliede er 1850 berufen wurde, nachdem er vorher noch dem deutschen Parlament in Erfurt angehört hatte. Während der Kriegsjahre 1866 und 1870/71 fungirte der Herzog als Vorsitzender des Vereins der schlesischen Malteser-Ritter bei der freiwilligen Krankenpflege. Das Jahr 1867 führte ihn als Vice-Präsidenten der Jury-Gruppe „Gartenbau“ zur internationalen Welt-Ausstellung nach Paris, in gleicher Eigenschaft war er 1873 in der Jury-Gruppe „Kunst u. s. w.“ bei der Welt-Ausstellung in Wien thätig. Seit 1867 Mitglied des Reichstages des Norddeutschen Bundes, sodann des Deutschen Reichstages, erfolgte 1877 seine Wahl zum Präsidenten des Herrenhauses, nachdem derselbe über 20 Jahre Landtags-Marschall von Schlesien gewesen. Der Herzog ist außerdem Vorsitzender des schlesischen Provinzial-Landtages.

Als Vorsitzender des Malteser-Ordens hatte der Herzog von Ratibor einen Konflikt mit demselben. Wegen einer mit anderen Mitgliedern des Vereins an den Kaiser gerichteten Adresse, welche gegen den Versuch der extremen ultramontanen Partei, sich als alleinige Vertreterin der Katholiken Deutschlands hinzustellen, sich verwahrte, trat diese Partei mit Verdächtigungen der katholischen Gesinnung der Unterzeichner hervor und erklärte es als befremblich, daß Mitglieder eines streng katholischen Ritterordens sich einer solchen Kundgebung angeschlossen hätten. Bei der Neuwahl des Vorstandes der Malteser wurde der bisherige Vorsitzende des Vereins, Herzog von Ratibor, ausgeschlossen. Dieser Schritt war um so bezeichnender für den Geist der ultramontanen Mehrheit der Ritter, als der Herzog sich um das Aufblühen des Vereins, welcher übrigens nach seinen Statuten die Politik ausschließt und ebenso wie der evangelische Johanniterorden die Krankenpflege im Kriege und im Frieden zur Aufgabe hat, die größten Verdienste erworben hatte, Verdienste, welche von dem Ordensmeisterthum zu Rom durch die Ernennung des Herzogs zum Ehrenbailli des Ordens und damit eben zum Vorsitzenden des Vereins anerkannt worden waren. — Ebenso wie der Herzog wurden andere verdiente Vorstandsmitglieder, welche die Ergebenheitsadresse an den Kaiser unterzeichnet hatten, aus dem Vorstande ausgeschlossen. Nach erfolgter Wahl erklärte der Herzog von Ratibor tief bewegt, daß er in Folge des ihm ertheilten entschiedenen Mißtrauensvotums aus dem Vereine scheide, welchem er mit ganzem Herzen angehört, und dessen Gedeihen unter seiner Leitung ihn mit Stolz und Freude erfüllt habe. Diesen Worten folgte von Seiten zahlreicher anderer Ritter die Erklärung: „Nachdem die Absetzung des Bailli Herzog von Ratibor vom Vorsitze unseres Vereins, sowie die Zusammensetzung des neuen Vorstandes uns die Ueberzeugung gegeben haben, daß durch diesen Vorgang der Verein die Grundlage verlassen hat, auf welcher wir zu freudiger Mitarbeit ihm verbunden waren, sehen wir uns — zu unserem tiefsten Bedauern — genöthigt, unsern Austritt hiermit zu erklären." —

„So bricht denn," hieß es in einem Bericht aus Schlesien, „ein bisher von echt christlichem und ritterlichem Sinne getragenes Unternehmen, welches allein dem Dienste der leidenden Mitmenschen gewidmet war, durch das Auf= treten einer Partei zusammen, welche täglich mehr ihre ab= solute Unfähigkeit beweist, mit irgend einer anderen Meinung oder abweichenden Gesinnung sich zu vertragen und eine andere Ueberzeugung außer der eigenen zu dulden, einer Partei, welche das erhabene Versöhnungswerk unseres Königs damit beantwortet, daß sie den Männern, an welche es gerichtet war, ihre Mißachtung klar und deutlich ent= gegenbringt. Diese Vorgänge in dem engen Kreise einer Genossenschaft weisen drohend darauf hin, wessen sich der Staat und jedes Gemeinwesen zu versehen haben werden, wo diese Partei zur Macht gelangt."

Der Herzog von Ratibor ist auch mit der konservativen Partei in Konflikt gekommen, und es war ein liberales Blatt, das sich seiner annahm, als ihm in seinem alten Reichstagswahlkreise ein unbekannter Kammerherr, der evan= gelisch, aber der ultramontanen Sache zugethan war, ent=

gegengestellt wurde (1878, nach Auflösung des Reichstages, der das erste Sozialistengesetz verworfen hatte). Das liberale Blatt bemerkte äußerst charakteristisch über das Verhältniß des Kleinadels zum Hochadel: „Das erste Opfer des durch den Auflösungsbeschluß der Regierung heraufbeschworenen Wahlkampfes ist der Herzog von Ratibor. Im Landkreise Breslau=Neumarkt hat man zuerst mit der Parole „Frisches Blut in die Parlamente" Ernst gemacht und anstatt des alten Blutes der Hohenlohe das frische und bisher weniger bekannte Blut derer von Stößer substituirt. Wer ist der Herzog von Ratibor, der „Berufsparlamentarier"? Nun, Alles in Allem genommen, ist er kein unbekannter und kein übler Mann. Erstens ist er Vorstandsmitglied derjenigen Fraktion, die über den Doppelnamen der Freikonservativen und der deutschen Reichspartei zu verfügen hat, die sich zuerst das Verdienst erworben hat, den praktischen Nachweis zu führen, daß in Preußen verfassungstreue Ideen und konservative Traditionen sehr wohl Hand in Hand gehen können, der Fraktion, mit welcher wir zwölf Jahre lang mit Stolz Schulter an Schulter gefochten.

Der Herzog von Ratibor ist ferner ein Hohenlohe, ein Mitglied des Fürstenhauses, das mit den Hohenzollern vom Fels zum Meer geflogen ist und durch vier und ein halbes Jahrhundert seit der Schlacht am Kremmer Damm demselben so nahe gestanden hat, wie die Montmorency den Valois. Der Herzog von Ratibor ist drittens der Präsident des preußischen Herrenhauses, des konservativsten Faktors unseres Staatslebens. Und viertens ist der Herzog von

Ratibor ein Mann, der um seines geraden Verstandes, seines aufrichtigen Patriotismus willen auch von Denen aufrichtig hochgeschätzt wird, die seine politischen Ansichten in vielen Punkten nicht zu theilen vermögen.

Diesen Herzog von Ratibor beschließen die „königs- und verfassungstreuen" Wähler des Landkreises Breslau-Neumarkt als nicht konservativ genug fallen zu lassen und ihm das frische Blut des Kammerherrn von Stößer zu substituiren. Ueberrascht fragen wir uns: Was hat der Herzog von Ratibor gethan, wodurch er sich losgesagt hat von den Prinzipien der freikonservativen Partei, von den Traditionen der fürstlichen Familie von Hohenlohe, von den Gewohnheiten des preußischen Herrenhauses, von den Grundsätzen, die ein warmer und klarer Patriot befolgen muß? Hat er die Regierung im Stich gelassen im Kampf gegen die Sozialdemokratie? O nein, er hat am 24. Mai für die Sozialistenvorlage gestimmt. Hat er die Regierung im Stich gelassen bei ihrem Streben nach „nationaler" Wirthschaftspolitik? O nein, er hat in jeder namentlichen Abstimmung für Beibehaltung oder Wiederherstellung der Eisenzölle gestimmt. Hat er die Regierung im Stich ge- lassen bei ihren Versuchen einer Steuerreform? O nein, er hat zwar noch keine Gelegenheit gehabt, in dieser Be- ziehung seinen Ansichten Ausdruck zu geben, aber wer einigermaßen mit seinen Anschauungen bekannt ist, kann keinen Zweifel darin hegen, daß er zu einer Erhöhung der indirekten Steuern, namentlich vom Tabak, sehr gern seine Hand bieten wird.

Nun denn, was hat er denn verbrochen? Heraus mit der Sprache! Sein Hauptgegner, ein evangelischer Land= edelmann, hat es ausgesprochen, daß für den katholischen Herzog von Ratibor die Katholiken nicht stimmen werden, weil er zu denjenigen Katholiken gehört, welche, dem Staate nicht minder treu als der Kirche, nicht nach Canossa gehen wollen. Man verlangt an seine Stelle einen Abgeordneten, welcher in eine „Reform der Kirchengesetzgebung", das heißt, in ehrliches Deutsch übersetzt, in die Aufhebung der Mai= gesetze willige. Und darum mußte das alte Blut der Hohen= lohe dem frischen Blute derer von Stößer weichen. Ver= gebens hat ein Graf Limburg=Stirum, ein Diplomat aus der Schule Bismarck's, ein Landtagsabgeordneter der neu= konservativen Fraktion, ein Mann, der in diesen schwierigen Tagen besonders in das Ministerium einberufen wurde, um seine Kräfte der Durchführung der Bismarck'schen Ziele zu widmen, vor einem solchen Wechsel gewarnt. Vergebens schloß sich ein des Radikalismus so unverdächtiger Mann, wie der Graf Pinto=Mettkau, der Warnung an; die königs= und verfassungstreuen Wähler des Landkreises Breslau= Neumarkt beharrten darauf, das alte Blut der Hohenlohe durch das frische Blut derer von Stößer zu ersetzen, um eine „Reform der Kirchengesetzgebung" herbeizuführen.

* * *

Der Herzog von Ratibor und seine Familie bewegen sich viel auf den Festen des Hofes und der Gesellschaft. Ihre eleganten Räume in der Moltkestraße stehen weiten

Kreiſen offen. Auch mit der diplomatiſchen Welt hat die Familie ſtets enge Beziehungen gehabt. Es ſei hier nur eines Diners gedacht, welches der großbritanniſche Botſchafter Lord Odo Ruſſel der Familie des Herzogs zu Ehren veranſtaltete, und zu welchem größtentheils Einladungen an Perſönlichkeiten ergangen waren, welche der Familie des Herzogs nahe ſtehen und derſelben befreundet ſind. Die Gäſte wurden von Lord und Lady Ruſſel in dem großen Empfangsſalon des großbritanniſchen Botſchaftshotels begrüßt, von wo aus ſie ſich durch das Bouboir der Lady in den großen Speiſeſaal begaben. Der Herzog von Sagan führte Lady Ruſſel, Lord Odo Ruſſel die Herzogin von Ratibor zur Tafel; beide Paare nahmen einander gegenüber Platz. Ihnen folgten der Herzog von Ratibor mit Frau von Schrader; Prinz Heinrich XVIII. Reuß mit der Herzogin von Sagan, der ſpaniſche Geſandte Graf Benomar mit Frau von Arapoff, Prinz Egon von Ratibor mit Frau von Perigord, Lieutenant Graf von Schlippenbach mit der Gräfin Joſephine Dönhoff, Graf Lüttichau mit Miſtreß Klaring, Graf C. Dönhoff mit der Prinzeſſin Eliſabeth von Ratibor; ferner bemerkte man an der reich beſetzten Tafel den ruſſiſchen Botſchaftsrath von Arapoff, den Prinzen Maximilian und die Prinzeſſin Maria von Ratibor, den Baron von dem Kneſebeck, den Chevalier de Sorwal, den franzöſiſchen Botſchaftsſekretär Graf de Langier-Villars, Herrn von Schrader, Lieutenant von Nimptſch, den braſilianiſchen Sekretär Moreira di Carvalbo und einzelne Sekretäre der großbritanniſchen Botſchaft. — Nach dem Diner verab-

schiebeten sich der Herzog von Ratibor und seine Familie
von Lord und Lady Russel und begaben sich in ihr Palais
zurück, von wo aus der Herzog mit seinen Söhnen der
Herzogin das Geleit nach dem Bahnhof gaben, welche mit
ihren Töchtern zum dauernden Aufenthalt nach Schloß
Rauden bei Ratibor in Schlesien zurückkehrte.

Der jüngere Bruder des Herzogs von Ratibor, Fürst
Clodwig von Hohenlohe-Schillingsfürst, Prinz von Ratibor
und Corvey, ist ein häufiger Gast in Berlin. Er ist der
bekannte Statthalter von Elsaß-Lothringen, der frühere
deutsche Botschafter in Paris. Die Berliner kennen ihn
noch vom Zollparlament und seinen glänzenden Ansprachen
her, die er bei Annahme des ihm übertragenen zweiten
Präsidentenamtes hielt. Clodwig von Hohenlohe ist von
kaum mittlerer Größe, schmächtiger Figur und diplomatisch
geschnitzter Physiognomie; er pflegte eine der zum Präsidentensitz führenden Stufen hinan zu steigen, um von hier aus
die Versammlung mit seinen großen Augen überblicken zu
können, und sie durch sein zündendes Wort zu beherrschen.

Mit dem Vertrauen des Kaisers, welches dem Fürsten
Hohenlohe den Statthalterposten des Reichslandes überträgt,
folgt ihm dorthin das Vertrauen des deutschen Volkes.
Bevor Fürst Hohenlohe in langjähriger Thätigkeit als
Botschafter in Paris die auswärtige Politik des Reiches
an einer wichtigen Stelle erfolgreich zu vertreten berufen
war, hat er sich als liberales Kammermitglied und dann
als leitender Minister Bayerns, als ein nationaler Staatsmann von weitem Blick und freiem Sinne bewährt. Er,

der fast zuerst unter den damaligen Leitern europäischer Regierungen die Gefahr signalisirte, welche der durch das vatikanische Konzil bezeichnete neue Anlauf des Ultramontanismus für die moderne, staatliche Entwickelung in sich barg, wird nicht, wie der verstorbene Feldmarschall von Manteuffel, sich versucht fühlen, Elsaß-Lothringen für das deutsche Reich durch Zugeständnisse an die Klerikalen moralisch zu erobern.

Erbprinz Philipp Ernst Hohenlohe, ein Sohn des Fürsten Clodwig von Hohenlohe-Waldenburg-Schillingsfürst, steht im 33. Lebensjahre und ist Offizier im 2. Garbe-Dragoner-Regiment; er hat sich mit Prinzessin Chariklea, ältesten Tochter des griechischen Gesandten in Paris, Fürsten Gregor Ypsilanti, verheirathet. Die Mutter der Gemahlin ist eine Tochter des verstorbenen Barons Simon Sina, der, an der Spitze eines der größten Wiener Bankhäuser stehend, sich bald ein großartiges Vermögen erwarb; man schätzte seine Hinterlassenschaft bei seinem im Jahre 1876 erfolgten Tode auf 60 Millionen Gulden und mehr; sie enthielt an vierzig große Güterkomplexe in Nieder-Oesterreich, Böhmen, Mähren, Ungarn, der Walachei und Griechenland. Als er sich von der thatsächlichen Leitung der Firma „Simon G. Sina" zurückgezogen und dieselbe seinem Halbbruder Johann und seinem langjährigen Prokuraführer und Freunde überließ, wurde er in das österreichische Herrenhaus berufen und zum Wirklichen Geheimrath ernannt. Griechenland betraute ihn mit der Eigenschaft eines außerordentlichen Gesandten und bevollmächtigten Ministers, mit seiner Vertretung an den Höfen von Berlin und München. Seiner Anhänglichkeit an das Heimathland seiner Eltern gab Baron Sina durch einige großartige Schenkungen Ausbruck, deren bedeutendste wohl die Stiftung einer Universität in Athen ist. Auch anderweitig hat sich das Mäcenatenthum Baron Sina's — sein Vater wurde im Jahre 1832 in den österreichischen Freiherrnstand erhoben — in hervorragender Weise bewährt: es galt für eine nie versagende Quelle, wo es sich um Förderung bedeutsamer öffentlicher Zwecke handelte; seine Wohlthätigkeit war unbegrenzt. Nebenbei war er ein origineller Mann, ein gut Stück alten Wienerthums steckte in ihm und gelangte oft zu charakteristischem Ausbruck; als er starb, wußte man viel davon zu erzählen. Die dritte Tochter, Helene, verheirathete sich, wie erwähnt, mit G. Ypsilanti, der — in Griechenland giebt es keinen Adel — als walachischer Großgrundbesitzer zur Zeit der russischen Okkupation, als viele Bojaren zu Fürsten erhoben wurden, den Fürstentitel erhielt. Der Großvater hat die aus dieser Ehe entsprossene Tochter wie seine anderen Enkelkinder in seinem Testamente besonders und in glänzender Weise bedacht.

Herzog Hugo von Ujest, aus dem Hause Hohenlohe-Oehringen, der Senior des fürstlichen Hauses Hohenlohe, ist, wie der Herzog von Ratibor, Berliner Bürger. Er hat seine prächtigen Räume in der zweiten Etage Unter den Linden Nr. 8. Diese Wohnung wurde zum ersten Male im Februar 1886 der Aristokratie Berlins geöffnet. Es waren erschienen: der Oberst-Kämmerer Graf Stolberg-

Wernigerode mit Gemahlin, Fürst und Fürstin zu Hatzfeldt-Trachenberg, Prinz Georg Radziwill mit Gemahlin, Herzog und Herzogin von Sagan, Prinz Heinrich XIX. Reuß mit Gemahlin, der ältesten Tochter des Fürsten, ein großer Theil der Offiziere des Regiments der Gardes du Corps, bei dem Prinz Max zu Hohenlohe steht, u. a. m. Neben der Fürstin empfing deren jüngste, erst kürzlich bei Hofe vorgestellte Tochter, Prinzessin Margarethe, und die jüngste Tochter des Herzogs und der Herzogin von Ratibor, welche ebenfalls den Vornamen Margarethe führt, und während der Zeit der Abwesenheit ihrer Eltern von Berlin bei ihren hohen Verwandten wohnte. Bis Mitternacht vergnügte sich die junge Welt am Tanz, worauf das fürstliche Paar zum Souper in den Speisesaal nöthigte.

Seine ständige Residenz aber hat der Herzog zu Slawentzitz in Oberschlesien. Er ist erbliches Mitglied des preußischen Herrenhauses und erbliches Mitglied der Kammer der Standesherren in Württemberg; als Mitglied des deutschen Reichstages gehört der Herzog von Ujest der sog. deutschen Reichspartei an; er ist mit der Fürstin Pauline vermählt, einer geborenen Fürstin von Fürstenberg. Das fürstliche Haus Fürstenberg ist in Baden ansässig, katholischer Konfession, verkehrt aber, besonders auch durch mehrfache Verschwägerung mit den Hohenlohes, viel am Berliner Hof. Der Erbprinz von Fürstenberg ist Offizier in Berlin.

Die Hohenlohe-Ingelfingen und Hohenlohe-Langenburg sind, so weit nicht Prinzen aus diesen Häusern der Garnison Berlin angehören, in Berlin nicht wohnhaft, aber häufig am Hofe. Im November 1884 fand auf dem Schlosse zu Langenburg die Vermählung des Erbprinzen Heinrich XXVII. Reuß j. L. mit der Prinzessin Elise, ältesten Tochter des Fürsten Hohenlohe-Langenburg, statt. Zu der Feier waren auf Langenburg eingetroffen: Die Eltern des Bräutigams, Herzogin Agnes von Württemberg, Fürstin Leiningen mit Tochter, zwei Prinzen von Meiningen, Herzog Günther von Schleswig-Holstein-Augustenburg, Herzog Johann Albrecht von Mecklenburg, Prinzessin Mary von Baden, Fürstin Lippe-Detmold, Erbprinz zu Schönburg-Waldenburg, Erbprinz von Hohenlohe-Waldenburg, Fürst von Hohenlohe-Jagst-berg u. s. w. Die Herzogin Adelheid von Augustenburg, Mutter unserer Prinzessin Wilhelm, ist ebenfalls eine Hohen-lohe-Langenburg.

Unter den hervorragenden Mitgliedern der Familie Hohenlohe, welche dem preußischen Staate ihre Dienste ge-widmet haben, leuchtet besonders der Ministerpräsident von 1862, Adolf von Hohenlohe-Ingelfingen, hervor. Er war königlich preußischer General der Kavallerie, Ritter des hohen Ordens vom Schwarzen Adler, des Groß-Kom-thur-Kreuzes des Königlichen Haus-Ordens von Hohen-zollern u. s. w. Geboren am 29. Januar 1797, nahm er im Jahre 1815 Theil an den Kämpfen gegen den von Elba zurückkehrenden Feind des Vaterlandes. In den dar-auf folgenden Jahren des Friedens lebte er erst seinen Studien, dann der Landwirthschaft. Im Jahre 1819 den 19. April vermählte er sich mit Luise, Prinzessin zu Hohenlohe-Langenburg. In den unruhigen Zeiten der polnischen Revolution vom Jahre 1830 nahm er thätigen Antheil an der Bewachung unserer Grenzen in seiner Thätigkeit als Landraths-Amts-Verweser und Königlicher Kommissarius. Er hatte hierbei Gelegenheit, eine Anzahl russischer Offiziere und Soldaten vor dem Untergange zu retten, wofür ihm der verewigte Kaiser Nikolaus den Dank wiederholt und gern aussprach. Mit Vorliebe widmete er sich der Entwickelung unserer Wehrkraft, im Speziellen der Landwehr, durch Theilnahme an den Uebungen derselben, und dem inneren politischen Leben durch Theilnahme an den Sitzungen des Provinzial-Landtages. Seine Majestät der in Gott ruhende König Friedrich Wilhelm IV. zeichnete ihn deshalb auch durch Ernennung zum Chef des 23. Landwehr-Regiments aus, und ernannte ihn zum Landtags-Marschall des schlesischen Provinzial-Landtages.

Seit dieser letzten Ernennung hat der Prinz eine hervorragende Stellung in der Geschichte des inneren politischen Lebens Preußens eingenommen, sowohl auf den Provinzial-Landtagen Schlesiens, als auch im vereinigten Landtage von 1847 und 1848, im Erfurter Parlament von 1850, in der Zweiten Kammer und in der Ersten Kammer im Herrenhause. Im Jahre 1856 zum Präsidenten des Herrenhauses ernannt, leitete er dessen Berathungen, bis im März 1862 Se. Majestät der König ihm den Vorsitz im Staats-Ministerium übertrugen. Da erlahmten seine Kräfte. Die geistigen Anstrengungen zogen ihm eine lebensgefährliche Krankheit zu, in Folge deren er genöthigt war, Se. Majestät um Entbindung von dieser Stellung zu bitten, in der der jetzige Reichskanzler Fürst Bismarck sein Nachfolger wurde. Seit jener Krankheit nahm der Prinz nur noch zeitweise an den Berathungen des Herrenhauses Theil. Jeder Winter warf ihn wieder auf das Krankenlager, von dem ihn der nächstfolgende Sommer durch Badekuren befreien mußte. Am 10. März 1873 erkrankte er wieder plötzlich. Sein Leiden nahm neue, noch nicht bemerkte Gestaltungen an, welche keiner Hilfe wichen und allmälig erkennen ließen, daß sie nur der Ausdruck der unwiderstehlich eintretenden Abnahme der Lebenskräfte waren, bis er sanft verschied, in der Mitte der Seinigen, die ihn beweinten, und aufopfernd gepflegt von seinen treuen Dienern, welche durch ihre unermüdliche, bis ans Ende ihrer Kräfte gehende Sorgfalt bewiesen, wie groß ihre Anhänglichkeit und Treue war.

Ein Zug ging durch sein ganzes politisches Leben, das war die unverbrüchliche Treue für seinen König und Herrn. Da er hiermit einen hohen Sinn für alle nützlichen und verständigen Verbesserungen und Fortschritte im edelsten Sinne des Wortes verband, so gereichte sein Rath und Einfluß allseitig stets zum Segen des Königs und Vaterlandes. Zu der Treue für seinen angestammten Monarchen gesellte sich eine seit seiner Jugendzeit tiefgewurzelte, nie erkaltende, natürliche Zuneigung und Hingebung für die Person des Prinzen Wilhelm von Preußen, späteren „Prinzen von Preußen", unseres jetzt regierenden Kaisers und Königs Majestät. Unser Herrscher beehrte ihn auch vielfältig mit

Beweisen seines Vertrauens, seiner Gnade und seines Wohlwollens. Und noch die letzten Tage seines schweren Krankenlagers wurden wie durch einen Sonnenblick erheitert durch ein Telegramm des Kaisers voll Gnade und warmer Theilnahme. Seine letzten Gedanken, seine letzten Worte waren bei seinem Kaiser und König. Im geselligen Verkehr war er leutselig, gern zu einem Scherzchen im Freundeskreis aufgelegt; er war gastfrei, unnützem Luxus und prunkenden Festen abhold. In den Jahren der Hungersnoth 1846 und 1847 erlag er fast den Anstrengungen, denen er sich unterzog, um das Elend der Leute auf seinen Besitzungen zu lindern. Seine Freude war, den Armen zu spenden.

Noch bis drei Tage vor seinem Tode ließ er sich vor die Thür tragen, und man sah ihn armen Kindern Almosen und Backwerk austheilen. Streng gegen seine Untergebenen, war er ihnen doch ein wohlwollender Vater, der für sie Alle sorgte und Allen half, die seiner Hilfe bedurften.

Ein Sohn des Verstorbenen, Prinz Friedrich Wilhelm, ist Flügeladjutant des Kaisers. Ein jüngerer Bruder des Herzogs von Ratibor und des Fürsten Clodwig ist der Kardinal Hohenlohe, den Berlin auch ab und zu zu sehen bekommen hat. Bismarck wollte bekanntlich 1872 das Deutsche Reich durch den Kardinal Hohenlohe, den er zum Botschafter bei der Kurie designirt hatte, vertreten lassen; der Papst wies aber diesen letzten entgegenkommenden Schritt der preußischen Regierung zurück.

Der Herzog von Sagan und das Berliner "high-life".

Der 4. Juli dieses Jahres wurde im Schlosse Sagan, dem Sommersitz des Herzogs und der Herzogin von Sagan, feierlich begangen; an diesem Tage gelangte vor hundert Jahren Herzog Peter von Kurland in den Besitz von Sagan. Herzog Peter, letzter Herzog von Kurland, entsagte als solcher 1795. Seine Tochter Dorothea heirathete den Fürst Herzog Edmund von Talleyrand-Perigord, aus welcher Ehe der Herzog Napoleon Ludwig, Herzog zu Sagan und von Valençay, stammt. Derselbe erhielt nach dem Tode seiner Mutter das Lehnfürstenthum Sagan (Wohnsitze: Sagan in Schlesien und Valençay in Frankreich, Departement Indre). Er vermählte sich 1861, den 4. April, mit der Gräfin Pauline, Tochter des Grafen de Castellane, Marschalls von Frankreich. Das Paar feierte seine silberne Hochzeit am 4. April 1886 in Berlin. Nachdem schon vom frühen Morgen Glückwunsch-Telegramme und Briefe eingelaufen waren, fanden sich vom Mittag ab die Verwandten und zahlreiche Familien der Hofgesellschaft ein, um dem Jubelpaare ihre Glückwünsche persönlich darzubringen. So war von auswärts auch der Vater des Schwiegersohnes, Fürst Karl Egon von Fürstenberg mit seiner Tochter, ferner die Baronin von Welczeck, Tochter der Herzogin, und deren jüngster Sohn, Graf Bonifacius Hatzfeldt, zu dieser Familienfeier eingetroffen. Aeußerst zahlreich waren die von Nah und Fern eingegangenen Geschenke. Voran vor Allem prangte die Gabe Ihrer Majestäten, Allerhöchstderen Bildnisse mit eigenhändigen Unterschriften, in einem prachtvollen Rahmen von rothem Sammet. Arabesken von Gold ranken sich um die ovalen Photographien, die beide von einer goldenen Königskrone überragt sind. Die Kronprinzlichen Herrschaften hatten einen Riesenkorb der schönsten Blumen übersandt. Die Kinder des Herzoglichen Paares hatten gemeinsam einen von rothem Sammet eingefaßten Glasschirm dargebracht, dessen untere Felder Amoretten in kunstvoller Malerei enthalten. Die Familie Radziwill hatte einen liegenden Christus in oxybirtem Silber, die fürstliche Familie Fürstenberg ein Kännchen aus demselben Metall gespendet. Von den Grauen Schwestern war ein Myrthenbaum eingegangen, dessen Blüthen aus Silber hergerichtet waren. Magistrat und Stadtverordnete von Sagan, die dortige Schützengilde und die Herzoglichen Lieferanten daselbst hatten prachtvoll ausgestattete Abressen, die beiden in Sagan erscheinenden Blätter Festnummern übersandt, von denen das eine in silbernen Lettern gedruckt war. Unter den übrigen zahlreichen Geschenken befinden sich schön gestickte Kissen und ein Blumenflor, wie man ihn nur selten zu sehen bekommt. Vor Allem erregten zwei Körbe von ungeheueren Dimensionen, von denen der eine mit Hunderten weißer Kamelien, der andere mit Maréchal ·Niel = Rosen gefüllt war, allgemeine Aufmerksamkeit. Große Freude wurde dem Herzoglichen Paare dadurch zu Theil, daß im Laufe des Nachmittags Se. Majestät der Kaiser und auch der Kronprinz bei dem Palais Unter den Linden vorfuhren und ihre Glückwünsche persönlich abstatteten. Abends fand ein Diner von 22 Gedecken statt, an dem außer den bereits oben erwähnten Verwandten Fürst Hermann zu Hatzfeldt-Trachenberg, Herzog und Herzogin von Ratibor, Erbprinz und Erbprinzessin zu Fürstenberg, Prinz und Prinzessin Biron u. a. m. theilnahmen. Den Toast auf das Jubelpaar brachte der Herzog von Ratibor aus. Die Kapelle des 2. Garde-Regiments konzertirte während der Tafel.

Der Herzog von Sagan hat seine Wohnung Unter den Linden. Seine Diners erhalten oft einen besonderen Glanz durch die Anwesenheit des Kaisers. Die Treppenhalle, in welcher der Galawagen desselben einfährt, findet sich immer so reich mit Blumen geschmückt, daß der Kaiser sich niemals ohne sichtliches Staunen dabei aufhält. Die Soirées musicales bei dem Herzog und der Herzogin von Sagan sind berühmt. Wie der Herzog ganz besonders die Botschafter der fremden Regierungen zu seinen Gästen zählt, so steht er überhaupt mit denselben in lebhaftem Verkehr. Besonders ist dies gegenüber dem französischen Botschafter der Fall. So war es mit Vicomte Gontaud Biron, dessen Tochter sich mit einem Neffen des Herzogs von Sagan, der preußischer Rittmeister ist, vermählte, was die Franzosen ihrem Berliner Gesandten sehr übel genommen haben. Er sollte seine Tochter nicht einem preußischen Offizier geben, wenn dieser auch halb und halb vermöge seiner Abstammung ein Franzose ist. Auch Graf Saint Vallier stand dem Herzog von Sagan nahe. In der Saison von 1883 gaben der Herzog und die Herzogin von Sagan zu Ehren des Barons und der Baronin de Courcel ein großes Diner, zu welchem auch Einladungen an den Staatssekretär Grafen Hatzfeldt und Tochter, Ober-Haus- und Hofmarschall Grafen Pückler, den Herzog und die Herzogin von Ratibor, Graf und Gräfin W. Hohenau, Gräfin Metternich, Hofmarschall Grafen Perponcher und Gemahlin, Baron von dem Knesebeck, Rittmeister Grafen Lüttichau, Baron Fürstenberg, Lady Walsham, den Sekretär der großbritannischen Botschaft Mr. Gosselin und den Prinzen Arenberg ergangen waren. Die Hauptzierde der Tafel bildete ein prachtvolles Blumen-arrangement, welches der Herzog aus den Gewächshäusern seines Schlosses zu Sagan hatte schicken lassen. Nach dem Diner versammelte sich in den neu dekorirten Räumen der herzoglichen Wohnung noch eine weitere Gesellschaft zu einer Soirée, in welcher man den Erbprinzen von Ratibor mit Gemahlin, die Prinzessinnen von Ratibor, die Gräfinnen Oriola und Nesselrode, sowie mehrere Familien aus den Hofkreisen bemerkte.

Ein Verwandter des Herzogs von Sagan ist Prinz Gustav Biron von Curland, er ist jetzt 27 Jahre und wohnt mit seiner Mutter Ecke der Behren- und Charlotten-straße, wo häufig glänzende Festlichkeiten stattfinden, denen der Kaiser nicht selten beiwohnt. Sein erst kürzlich ver-storbener Vater war Oberst-Schenk im Hofstaate des Kaisers. Von den Fürstlichkeiten, die in Berlin eigene Wohnung haben, sind noch Fürst Blücher Wahlstatt, der sein Palais am Pariser Platz, und Fürst Salm-Horstmar, der es in der Leipzigerstraße besitzt, zu erwähnen. Eine lange Reihe anderer Fürstlichkeiten, wie Fürst Lichnowsky, Fürst Croy, Fürst Carolath-Beuthen, Fürst zu Bentheim und Steinfurt, zu Bentheim-Tecklenburg, Fürst Putbus, Fürst zu Wied, Fürst zu Sayn-Wittgenstein-Hohenstein und viele Andere, die in Berlin kein besonderes Absteigequartier haben, erscheinen fast alljährlich zu den Hoffestlichkeiten in Berlin.

Wir werden diesem Kreis der früheren reichsständischen, fürstlichen und gräflichen Häuser und der landsässigen Fürsten mit Gemahlinnen, Prinzen und Prinzessinnen im Verein mit anderem Adel wiederholt am Hofe begegnen und überall, wo die „Berliner Gesellschaft“ im engeren Sinne des Wortes sich bewegt, auf den Kavalierbällen, wo sie mit Exklusivität auftritt, auf den Hofbällen, wo sich das längst courfähig gewordene gebildete Bürgerthum mit ihr mischt, bei einer ersten Aufführung im Schauspielhause, in einer Lucca-vorstellung, in einem großen Konzerte, auf einem vornehmen Wohlthätigkeitsbazar. Die verschiedenen Abstufungen der Gesellschaft durchbringen sich bei solchen Aufführungen und Schaustellungen. Der Hof, die Beamtenhierarchie, die Kauf-mannswelt — die, wenn es sich um die „Leiblichkeit“ der Geselligkeit handelt, um weite und schöne Räume zur Auf-nahme, um Speise und Trank zur Verpflegung der Gäste, allein noch, von einer kleinen Zahl der vornehmsten Aristo-kraten abgesehen, in Berlin fähig geblieben ist, „Gesell-schaften“ zu veranstalten — die Wissenschaft, die Künste senden ihre Vertreter und, was der ganzen Versammlung die Farbe und den Ton giebt, ihre Vertreterinnen dahin. Eine gewisse Entfaltung des Toiletten-Luxus gewähren außerhalb der exklusiven Gesellschaften die Vorstellungen im Opernhause und die Aufführungen in der Singakademie. Hier kann auch der arme Gelehrte, der bescheidene Kunstfreund, im halbdunklen Parterre, auf den oberen Rängen seinen Antheil an den Genüssen nehmen und seine Stimme zu dem Gesammturtheil abgeben. Der in den Räumen des Opernhauses abgehaltene Subskriptionsball zieht um den Hof sehr weite Kreise. Das Gepräge wie das Programm dieser Festlichkeit ist ein sehr konservatives. Veränderungen in der äußeren Ausstattung der Räume kommen im Laufe der Jahre nur höchst selten vor und werden auch von Niemandem erwartet. Im Gegentheil scheint man allerseits ein besonderes Vergnügen darin zu finden, sich genau auf denselben Plätzen wiederzusehen, die man im vorhergehenden Jahre eingenommen hat. Alljährlich derselbe feierliche Um= zug der höchsten Herrschaften unter Anführung desselben Herrn von Hülsen, alljährlich dieselben Gesichter in den Logen und in den Gruppen des Parquets. Dennoch ist auch diese scheinbar stationäre Welt wie Alles unterm Monde dem Wandel unterworfen; nur muß man, um ihn gewahr zu werden, längere Zeiträume überblicken. Wir brauchen gar nicht bis auf die Tage Friedrich Wilhelm's III. zurück= zugreifen, in denen der Hof sich auf den Subskriptionsbällen mit patriarchalischer Biederkeit zu den „Unterthanen" herab= ließ, die mit kindlicher Ehrfurcht zu ihm hinüberblickten; noch in den ersten, heiterprächtigen Jahren Friedrich Wil= helm's IV. waren diese Bälle glänzende Hoffeste, die vor den bewundernden Augen eines profanum vulgus auf=

geführt wurden; die Courrobe herrschte durchaus im Saale, nur wie erratische Blöcke, versteinert vor respektvoller Zurückhaltung, standen dazwischen vereinzelte Emporkömmlinge müßig umher. Jetzt lagern umgekehrt die Damen des Hofes als unthätige Zuschauerinnen in den Logen, das eigentliche Feld aber unten behaupten die Damen der Finanz, des Mittelstandes, d. h. nicht mehr jenes wackeren Philisterthums, von dem das Berliner Sprichwort sagt: „der Mittelstand kann's nicht", sondern des Standes, dem „seine Mittel es erlauben". So stehen, respektive sitzen sich die alten Gegensätze, nur in umgekehrter Ordnung, doch wieder unversöhnt gegenüber wie nur je zuvor. Doch sieh, es giebt ihrer, welche sie wenigstens kühn überspringen! Der tanzlustige Offizier, der tabellos gescheitelte Lieutenant kennt kein Vorurtheil; mit merkwürdigem Freisinn in sozialer Hinsicht schwingt er die freundblickblickende Tochter des Courszettels mit stürmischer Grazie in dem kleinen, durch stattliche, zuschauende Mütter verengten Tanzkreise umher.

*　　*　　*

Zu den Hauptvergnügungen für die junge, aristokratische Welt Berlins gehören schon seit einer Reihe von Jahren die sogenannten **Kavalierbälle**, die in ihren Scenen und Gestalten vor allen anderen Amüsements der Wintersaison gewissermaßen etwas Originelles voraus haben. Die Kavaliere, welche mit Talent, Geschmack und Umsicht die Leitung des ersten dieser Bälle in der Saison von 1886 übernommen hatten, waren Rittmeister Graf Lüttichau vom

Regiment der Garde-Kürassiere, Rittmeister von Schmeling vom Regiment der Gardes du Corps und Lieutenant Graf von Schwerin vom 1. Garde-Feld-Artillerie-Regiment. Nach alter Gewohnheit waren auch für diesen Ball die große bedeckte cour d'honneur, der Speisesaal und die angrenzenden Räume des „Kaiserhof" gemiethet, die, von der Direktion auf das Komfortabelste ausgestattet, für dergleichen Reunions ihresgleichen suchen. Der große, als Tanzsaal benutzte Speisesaal war durch eine renommirte Blumenhandlung Unter den Linden mit blühenden Pflanzen und Gewächsen zauberhaft dekorirt. Den Hauptanziehungspunkt bildete ein aus schwarzen Blumen auf weißem Grunde künstlerisch gefertigter preußischer Adler mit Krallen und Schnabel von rothen Blumen. Dahinter war das Orchester an einer grünenden Wand etablirt. Im Ganzen mögen etwa 200 Damen und Herren an dem Feste theilgenommen haben. Der Saal mit seinem Lichtmeer, mit seinen den hervorragendsten Kreisen der Residenz angehörenden Personen, mit den vielen wunderbaren Frauenerscheinungen, deren Schönheit durch geschmackvolle, elegante Toiletten, durch kostbare, funkelnde Juwelen noch gehoben wurde, bot einen wahrhaft fascinirenden Anblick. Besonders glänzende Erscheinungen in der Damenwelt waren Gräfin Königsmark und Tochter. Erstere erschien in einer goldburchwirkten Gobelintoilette, deren Devant mit antiken Silberspitzen garnirt war, wodurch der Effekt der reichen Toilette noch erhöht wurde. Komtesse Königsmark, welche schon im vorigen Jahre und auch bei der diesjährigen Cour und

auf dem Subskriptionsball im Opernhause die Aufmerk=
samkeit auf sich gelenkt, zeichnete sich auch hier durch die
duftige Toilette in ivoire Seidentüll aus. Der schleierartige
Ueberwurf aus Seidentüll war durchweg mit Kornblumen
und goldenen Zweigen gestickt; auf der einen Seite be=
grenzte eine Kornblumenranke mit Goldhafer und Aehren
die Tunique; Taille aus Satin Duchesse mit einer franzen=
artigen Ranke aus Kornblumen und gleiches Diadem im
dunkelen Haar vollendete die kleidsame Toilette der bewun=
derten Trägerin. In ebenfalls auffallend eleganter Toilette
bemerkte man Baronin von Loë, deren imposante Figur
purpurrother Tüll umhüllte; den wolkenartig drapirten
Schleier in gleicher Farbe hielt eine Ranke aus Gold=
Disteln mit Hafer. Die Taille umschloß ein kurzer Sammet=
Spenzer. Als neue Erscheinung glänzte Fräulein von
Bolschwing in weißer Tüll=Marion=Toilette mit großen
Marguerites. Gräfin Blumenthal erschien in einer à la
Watteau gestickten Robe, die mit großen Marabout=Tuffs
besetzt war; dazu trug die Dame eine Taille aus drap
d'argent mit Maraboutfranzen. Baronin von Plessen aus
Potsdam entzückte durch eine kurze opalfarbige Crep de
Chine=Robe, deren Devant mit orientalisch gestickter Tuni=
que garnirt war, welche durch einen großen Flieberstrauß
mit Rosen und moosgrünen Bandschleifen graziös gerafft
war. Frau von Plüskow hatte ein buftiges weißes Gaze=
kleid gewählt, das mit grauen Wachsperlen und Goldähren
besät war; das buftige Ueberkleid zierte ein großes ab=
schattirtes Tulpenbouquet. Die Liebig'sche Kapelle lud mit

einem Walzer zum Tanz ein, und Paar auf Paar schwebte über den glatten Parquetboden. Anwesend waren die Fürsten Putbus und Carolath, Herzog von Sagan, Prinz Lichnowsky, Erbprinz Fürstenberg, der bayerische Gesandte Graf Lerchenfeld, die Familien des Grafen Vitzthum, von Dönhoff-Friedrichstein, von Seckendorff, von Reichenbach, von Bernstorff, von Schwerin, von Kanitz, von Hohenau, von Asseburg, die Prinzen Heinrich XXIII. Reuß, Friedrich von Meiningen, von Pleß, Georg von Radziwill, Matthias von Radziwill, von Hohenlohe, die Erbprinzen Reuß j. L. und von Löwenstein, die Familien der Freiherren von Loë, von Solemacher, von Maltzahn, des österreichischen Militärbevollmächtigten Freiherrn von Steininger, Landrath von Balack, ferner Gräfin York, Gräfin Blumenthal mit Tochter, Gräfin Dankelmann, Frau von Bonin mit Töchtern, Frau von Schraber, Generaladjutant von Rauch mit Familie. Das stärkste Kontingent hatten selbstredend die Offiziercorps der Berliner und Potsdamer Garde-Kavallerie-Regimenter gestellt.

Als auf einem Subskriptionsballe ein ehrsamer Hofschneidermeister zum Prinzen Friedrich Karl äußerte, es sei doch eine recht gemischte Gesellschaft zugegen, antwortete bekanntlich der Prinz: „Aber Bester, es können doch nicht alle Schneider sein!" Nach einer anderen Version passirte dieser Scherz dem Kronprinzen, der in seiner huldvollen Art versöhnlich-ausweichend erwiderte: „Ja, Herren und Damen!" In diesem letzteren Sinne „gemischt" sind natürlicherweise auch die Kavalierbälle, und nur eine

Reunion der vornehmen Welt darf hiernach den Anspruch auf absolute Exklusivität erheben: Der Unionklub, — denn hier verkehren nur Herren. „Ma, anche il sole a delle macchie", selbst der Unionklub bleibt nicht ungerupft, und die Nothwendigkeit, welche sich kürzlich ergab, als § 12a in die Statuten des Unionklubs die These aufzunehmen: „Es ist nicht erlaubt, in den Räumen des Unionklubs Hazard zu spielen", hat den umlaufenden Gerüchten traurige Bestätigung gebracht. Ja, in Folge gewisser, viel besprochener Vorgänge (Selbstmord eines Offiziers), veranlaßte Prinz Wilhelm, daß den Offizieren seines (Garde-Husaren-)Regiments untersagt wurde, Mitglieder des Unionklubs zu sein, bezw. zu bleiben. Die übrigen Garde-Kavallerie-Regimenter sind diesem Beispiele gefolgt, so daß alle Offiziere derselben — wie man sagt, bis auf einen — ihren Austritt aus dem Klub erklärt haben. Diese Vorgänge hatten auch im Abgeordnetenhaus in diesem Februar ein Nachspiel. Der Abgeordnete von Schorlemer-Alst benutzte dieselben als schneidige Waffe in seiner Polen-Rede. „In den Ausführungen des Herrn Ministerpräsidenten," sagte er, „kam ein Wort vor, welches, glaube ich, uns Alle gleich unangenehm berührt hat, das Wort „expropriiren". Ich glaube, das wäre besser nicht gesprochen worden. Ich will nicht näher auf diesen Punkt eingehen, aber an jene Ausführungen knüpfte sich ein Nachsatz, den ich noch mehr beklage: nämlich über den Verbrauch des Geldes, welches die Expropriirten bei der Expropriation bekämen, gab der Ministerpräsident den Polen mehrere Rathschläge, darunter auch den: sie könnten's allenfalls in Monaco verwenden. Ich glaube, daß Jeder fühlt, daß das die Polen aufs Aeußerste verletzen und schmerzlich berühren muß, wenn man ihnen erst die Eventualität vorhält, wie man sie aus ihrem Eigenthum mit Gewalt entfernt, und ihnen dann den Makel des Spielens an den Kopf wirft. (Sehr richtig! im Centrum.) Und wenn der Minister=präsident einem gewiß sehr berechtigten Gefühl gegen das Spielen Ausdruck geben wollte, dann hätte er auch nicht soweit zu gehen brauchen, wie nach Paris und Monaco. Das könnte er hier in Berlin besorgen. (Zustimmung links und im Centrum.) Wenn er hier einmal aufräumen wollte unter den Spielhöllen, in denen sich sehr viele vornehme Leute befinden (Zuruf links: „Sr. Majestät Garde!"), dann würde er viele junge Leute vom Untergange retten."

Fürst Putbus.

Die sagenumklungene Insel Rügen, deren Namen schon in der altgermanischen Götterlehre eine Rolle spielt und die den Tempel der heidnischen Göttin Hertha getragen haben soll — trägt heute die Residenz des Fürsten Putbus, dessen Name in den Gründerjahren viel genannt wurde. Tempora mutantur! Der Fürst hatte es sich erlaubt, in das Handwerk der Gründer, auf welches gewisse Leute ein Monopol zu haben glaubten, hineinzupfuschen und dabei 8 Millionen Thaler zugesetzt, alles im Interesse der Insel Rügen, die durch die Nordbahn dem Binnenlande näher gebracht werden sollte. Dafür mußte er sich noch gefallen lassen, öffentlich gebrandmarkt und zerzaust zu werden. Wofür? Er hatte geglaubt, das Lasker'sche Aktiengesetz auch für sich verwerthen zu dürfen. Die Standesgenossen des Fürsten von Rügen suchten ihn zu bewegen, sich eine persönliche Genugthuung zu verschaffen, ein Bestreben, das durch Lasker's Anspielung auf den militärischen Charakter des Fürsten provozirt war. Der liberale Finanzminister Camphausen sprach von der „Rancune" Lasker's gegen den Fürsten Putbus. Die geflissentliche Kompromittirung hoch= stehender Persönlichkeiten erreichte für den Augenblick ihren Zweck. Doch konnte es nicht ausbleiben, daß die spekuliren= den Aristokraten den Spieß umdrehten und ihn gegen die bürgerlichen Gründer wandten, in deren Gesellschaft sie ihre Operationen getrieben hatten, nur daß die Aristokraten nicht so geschickt waren und ihr Geld zusetzten, und sogar hier und da unter Kuratel gestellt werden mußten. Auch die Vermögensverhältnisse des Fürsten Wilhelm zu Putbus unterlagen einer fremden Verwaltung.

Der jetzt „regierende" Fürst Wilhelm zu Putbus ist von Geburt ein Graf von Lottum aus Schlesien. Seine Mutter, Gräfin Clotilde von Lottum, ist eine geborene Fürstin zu Putbus, deren Vater, Fürst Malte zu Putbus, das Fürstenthum seinem Enkel, dem Grafen Wilhelm

von Lottum, vermachte. Wir haben den Fürsten von Put=
bus schon als Oberst=Truchseß und Erblandmarschall im
Fürstenthum Rügen erwähnt. Im Herrenhause hat er ein
erbliches Recht auf Sitz und Stimme. Dort hat er sehr
kräftig seine Stimme zu seiner Vertheidigung gegen Lasker's
Angriffe im anderen hohen Hause erhoben.

Der Fürst ist von kaum mittlerer Größe, schmächtig,
fast zierlich, mit einem frischen, feingeschnittenen Gesicht,
von tabellos aristokratischem Ausbruck. Seit der Kata=
strophe von 1873 ist er parlamentarisch ziemlich passiv.
Er lebte lange fern von Berlin, in der Schweiz ober
Italien.

Die jüngste Tochter des Fürsten Putbus, Gräfin
Wanda Lottum, hat sich mit dem Erbprinzen von Löwen=
stein=Wertheim=Freubenberg verlobt; sie hatte die hohe
Freude, die Glückwünsche des Kaisers diesen Winter auf
einem Hofballe im Schloße entgegenzunehmen.

Auf ben Majorats=Herrschaften des Fürsten merkt man
nichts davon, daß ber schnöbe Mammon dem durchlauchtigen
Fürsten und Herrn berselben jemals Kopfzerbrechen verur=
sacht hat. 120 Landgüter mit 45 Dörfern nennt der Fürst
sein Eigen! Das herrliche Schloß zu Putbus, das Jagd=
schloß in der Granitz bergen seltene Kunstschätze unb werben
von Jedem, der Rügen besucht, als hervorragende Sehens=
würbigkeiten in Augenschein genommen. Unabsehbare
Forsten umgeben die Schlösser des Fürsten. Die inneren
Wänbe des hohen Wartthurmes, der das Jagbschloß in
der Granitz überragt, sinb bis zur Höhe mit Geweihen von

Hirſchen geziert, die der Fürſt und ſeine geladenen Gäſte im fürſtlichen Jagdgebiet erlegt haben, wahrlich ein Zeugniß für die Ergiebigkeit dieſer Jagden! Bei jedem Geweih iſt der Name des glücklichen Jägers vermerkt und ſomit zu einer gewiſſen Unſterblichkeit gelangt.

Der frondirende Adel.

Es giebt in Preußen viel fronbirenden Adel, der ſich von Berlin möglichſt fern hält. Die widerwillig annektirten Landestheile können gerade in den oberen Schichten der Bevölkerung ſich am wenigſten mit ihrem Schickſal ausſöhnen, zumal die ſyſtematiſchen Gegner des proteſtantiſchen Preußens widerſtreben heftig der Amalgamirung und ſcheuen die Berührung mit der Dynaſtie. Der Gegenſatz, in welchem der münſterländiſche Adel ſich dem preußiſchen Staatsweſen gegenüber befindet, iſt älter als der Kulturkampf und wird auch dieſen überbauern. Das Bild eines weſtfäliſchen Frondeurs bietet die Lebensſkizze des Grafen Weſtphal, der erſt vor Kurzem, 80 Jahre alt, verſtarb. Der Verewigte gehörte früher als erbliches Mitglied dem Herrenhauſe und dem weſtfäliſchen Provinzial-Landtage, ſowie dem Landtage des Herzogthums Weſtfalen an. Nachdem derſelbe aber 1866, weil er den durch Preußen begangenen „Rechtsbruch“ der Sprengung des Bundestages und der

Annektionen von Hannover, Nassau, Hessen und Frankfurt nicht anerkennen und gutheißen wollte, seinen Sitz im Herren=hause niedergelegt hatte, wurde er von der Staatsregierung auch aus beiden genannten Provinzial = Landtagen aus=geschlossen. Seitdem lebte er von der Politik zurückgezogen nur seiner Familie und der Verwaltung seines Vermögens. Schon 1840 hatte er sich auf dem westfälischen Landtage in Münster hervorgethan durch seinen Antrag auf Zurück=berufung des Erzbischofs Klemens August von Köln, und als die Deputation des Landtages, wozu er auch gehörte, in Berlin diesen Antrag dem Könige überbrachte, aber, ohne Audienz zu erhalten, wieder abreisen mußte, zog der Graf ganz aus Preußen fort. Er lebte dann bis 1848 in Oesterreich und Erbach (Rheinhessen). 1848 verbrannten die aufständischen Bauern ihm das Archiv auf dem Schlosse Fürstenberg (im Paderborn'schen), weil sie meinten, dadurch die Urkunde ihrer Schulden und ihrer Abgabepflicht zu be=seitigen. Seit 1848 lebte er dann wieder auf dem Schlosse Laer. Um die Politik kümmerte er sich seit 1866 wenig mehr, außer daß er bei den Wahlen stets für das Centrum seine Stimme abgab. Die beiden ältesten Söhne dienten 1848—49 unter Radetzky in Italien. Der dritte Sohn entzog sich 1866 dem Eintritte in das preußische Heer als Reservelieutenant, ging nach Oesterreich und wurde dann in Preußen als Deserteur behandelt und verurtheilt. Er ist jetzt Generalbevollmächtigter und „Minister" des Fürsten von Liechtenstein und lebt in Wien. Der älteste Sohn und Fideikommißfolger lebt auf Schloß Kulm in Böhmen. Die

zweite Gemahlin und jetzige Witwe des Verstorbenen konvertirte einige Zeit nach der Heirath.

In der Provinz Hannover hat das Welfenthum erst
kürzlich, als es sich um den Nachfolger des verstorbenen
Herzogs von Braunschweig handelte, gezeigt, welche Stützen
es unter Adel und Geistlichkeit in Mecklenburg-Schwerin,
in Mecklenburg-Strelitz, wo obenein die verwandtschaftlichen
Bande des Großherzoglichen Hauses mit der Welfendynastie
der Sache des Herzogs von Cumberland zu gute kommen,
in der Provinz Hessen, in der Provinz Westfalen findet.
Im deutschen Reichstage hat ein hannoverscher Abgeordneter
die Tendenzen jener Frondeurs in den Worten geoffenbart:
„Darf eine Regierung, die den Kulturkampf begonnen hat,
sich über Mangel an Religiosität beklagen? Eine Regierung,
die Fürsten depossedirt, Volksstämmen ihre Selbständigkeit
nimmt und Privatvermögen konfiszirt? Können in einem
Lande, wie Hannover, die Gefühle für den jetzigen Herrscher
innige sein? Müssen sie nicht an diejenigen erinnern, die
unter der Fremdherrschaft Napoleon's herrschend waren?"

Die im Jahre 1878 in Kopenhagen vollzogene Vermählung des Herzogs von Cumberland mit der Prinzessin
Thyra von Dänemark war ebenfalls von der hannoverschen
Ritterschaft zu welfischen Kundgebungen benutzt worden,
welche den unerschütterlichen Trotz gegen Preußen zur Schau
trugen. Beim Ausbruch des Krieges 1870 wurde es in
demselben Lager lebendig. Es fanden sich mitten in Deutschland einzelne seiner Söhne in geheimer Konspiration mit
dem Feinde. Viele Verhaftungen erfolgten. Das Kanzler-

blatt schrieb: „Der Graf Kielmansegge, früher hannoverscher Oberstlieutenant, und der Graf B., beide entschieden verdächtig, mit den Franzosen verrätherische Verbindung unterhalten zu haben und denselben zu einer Landung an der deutschen Nordseeküste behilflich zu sein, sind noch nicht in Haft. Es ist daher patriotisch gesinnten Bürgern und allen Solchen, die von einer Landung des Feindes zu fürchten haben, bringend zu empfehlen, auf die genannten zwei Individuen zu vigiliren und sie im Betretungsfall sofort zur Haft zu bringen. Das Signalement Kielmansegge's lautet: „Mittlere Statur, schlank, elegant, kurzgeschorenes Haar, graumelirt wie der Schnurrbart, sonst rasirt, Auge anscheinend kurzsichtig, große Thränensäcke, rothes, etwas gedunsenes Gesicht."

Unter den Polen ist es wiederum vorzugsweise der Adel, der sich frondirend verhält. Seine Sympathien, in Preußen sowohl wie in Oesterreich und Rußland, gehören Frankreich an. Als im Mai 1871 der Kommuneaufstand in Paris niedergeschlagen war, richteten die Führer des konservativen Theiles der polnischen Emigration in Frankreich, Fürst L. Czartoryski, die Generale Rybinski, Bystrzonowski, Breanski, die Männer der Wissenschaft Ostrowski-Januszkiewiz, Chodzko, der Minister von 1831 Morawski u. a. m., an die Nationalversammlung eine Denkschrift, welche den Nachweis zu führen suchte, daß, wenn eine gewisse Anzahl von Polen in die Dienste der Kommune getreten war, die große Masse dieser Emigranten nicht aufgehört hatte, die Sympathien der französischen Nation zu verdienen. Die Dombrowski und Okolowicz wurden darin auf das Entschiedenste desavouirt; es wurde versichert, daß weniger Polen als Belgier, Italiener und Deutsche an dem Aufstande Theil genommen und daß Keiner sich mit Plünderung, Brandstiftung oder Ermordung von Geiseln befleckt hätte. Nachdem die Denkschrift sodann den großen Antheil der Polen an den Kämpfen gegen die Preußen, namentlich gegen die Belagerer von Paris hervorgehoben, fuhr sie fort: „Die polnischen Abgeordneten des Herzogthums Posen im deutschen Reichstage haben durch ihr Votum ihren Gefühlen für Frankreich Ausdruck gegeben. Im galizischen Landtage, im Wiener Reichsrath, in den Delegationen zu Pest haben die Polen beharrlich ihre Stimme zu Gunsten Frankreichs erhoben und sich so den Injurien und dem Hohne der Deutsch-Oesterreicher ausgesetzt, welche Bewunderer des Herrn von Bismarck und Anhänger der Annexion an Preußen sind. Die französischen Gefangenen, die aus Deutschland zurückkehren, können sagen, welche Aufnahme sie bei den Polen in Posen, in Westpreußen, in Dresden gefunden, was unsere Landsleute zur Erleichterung ihres Looses unter den Augen der preußischen Behörden, welche diese Sympathien für Hochverrath ansahen, und trotz aller Verfolgungen der preußischen Polizei gethan haben. Unsere Bauern in Galizien ließen Messen lesen für den Erfolg der französischen Waffen. In allen unseren Provinzen wurden Sammlungen für die französischen Verwundeten und Hinterbliebenen veranstaltet; unsere Gemeindeverwaltungen selber votirten Summen für biesen Zweck unb für ben Ankauf von Getreibesaaten zu Gunsten ber unglücklichen Lanbleute von Frankreich. Bei Beginn des Felbzuges hat ein hervorragenbes Mitglieb unserer Emigration eine halbe Million für die Kriegs= bebürfnisse beigesteuert."

Die Sache ber Fronbeurs aller Arten, ber Welfen, Polen unb Ultramontanen, hat burch ben Kulturkampf eine geringe Verstärkung erfahren. Hat bieser boch selbst mitten in ber Mark Branbenburg altpreußischen, evan= gelischen Abel auf bie fronbirenbe Seite geführt unb hier unb ba einen Geist erzeugt, ber an bie Zeit erinnern konnte, wo, als bie märkischen Junker bie Aufhebung ihrer Privi= legien als einen Ruin bes Lanbes barstellten, Friedrich Wilhelm I. barauf erwiberte: „Tout le pays sera ruiné? nihil credo, aber bas credo, baß ber Junkers ihre Autorität soll ruiniret werben: ich aber stabiliere meine Autorität als einen rocher de bronze."

Die Fürstentreue ber „Junkers" hat von ben Tagen bes Kurfürsten Friedrich I. unb ber „faulen Grete" an bis heute nicht immer bie Probe bestanben. Es waren bie Junker aus ben Kreisen Teltow, Beeskow unb Storkow, welche ber Regeneration Preußens nach ber Katastrophe von 1806 mit bem Geschrei entgegentraten, „baß unser altes, ehrwürbiges Preußen in einen mobernen Jubenstaat verwanbelt werben soll", unb zwar so entgegentraten, baß Graf F. unb Herr von ber M. beshalb in bie Festung Spanbau eingesteckt werben mußten. Es war Herr von K., welcher im Jahre 1858 bem jetzt regierenben König unb seinem Hause in einer noch heute nirgends vergessenen Weise gegenübertrat; von Herrn von W. erzählt man, er habe einmal erregt ausgerufen: „Ich war früher in der Mark als die Hohenzollern!“ Derartige Ergüsse gehörten in den Jahren von 1857 bis 61 nicht zu den Seltenheiten.

Antidynastisch wird man die Fronde eines Theils des altpreußischen kleinen Adels zur Zeit des Kulturkampfes und der liberalen Gesetzgebung nicht nennen dürfen. Sie ist vielmehr mit einer großen Devotion gegen das Königshaus verbunden. An den Hof drängt sie sich nicht, so wenig als die polnische, welfische, ultramontane. Es giebt freilich Hof und Hof. Wenigstens hat der Kaiser seinen eigenen Hofstaat, die Kaiserin hat ihren eigenen, ebenso wie die Prinzen. Man kann es eine eigenthümliche Erscheinung nennen, daß ein Pole und ein Ultramontaner in der Hofgesellschaft von Berlin einen hervorragenden Platz einnimmt. Er hält ein überaus gastliches Haus, und er ist selbst als Gast überall willkommen, im königlichen Hause, bei den Hofstaaten, bei den Botschaftern, bei der höchsten Aristokratie. Er ist ein Verwandter des königlichen Hauses, demselben treu ergeben, wie durch seine persönlichen Eigenschaften mit der am Hofe vorherrschenden liberalen Gesellschaft befreundet. Er ist das Muster eines loyalen Polen und Ultramontanen.

Die Radziwill.

Als mit dem Uebergang des Herzogthums Preußen von Polen an Brandenburg Fürst Boguslaw Radziwill, welcher auch in Preußen Besitzungen hatte, für diese Brandenburgischer Unterthan wurde, ernannte ihn der Große Kurfürst zu seinem Statthalter in Preußen, zum General-Lieutenant und Chef seines Regiments zu Roß und eines Dragoner-Regiments, die neu in Preußen errichtet wurden. Fürst Boguslaw war seinem neuen Landesherrn ein treuer Diener, präsidirte 1661 dem Preußischen Landtage und vertheidigte das Recht des Kurfürsten gegen die aufsässigen Königsberger. Schon in jenen Tagen führte ein Hohen-zoller eine Radziwill als ebenbürtige Gattin heim. Die Verwandtschaft und die Freundschaft beider fürstlichen Häuser hat die Radziwills nicht gehindert, der polnisch-nationalen wie der ultramontanen Sache treu ergeben zu sein, während wiederum ihre politische Haltung die persönliche Zuneigung unseres Regentenhauses, namentlich beim Kaiser Wilhelm, unberührt gelassen hat. Wie die Polen agiren, zeigte sich u. A. nach dem Regierungsantritt Friedrich Wilhelm's IV. Der König wurde durch Glieder des fürstlich Radziwill'schen Hauses bewogen, eine von demselben vorbereitete Rundreise bei dem Adel des Großherzogthums Posen zu machen. Bei dieser Gelegenheit wurde dem Monarchen gegenüber von den polnischen Herren und Damen jede Liebenswürdig-keit entwickelt und keine Versicherung der Treue und An-

6*

hänglichkeit gespart. Das Ergebniß der Rundreise war
die Abberufung des Oberpräsidenten von Flottwell, die
Ernennung des Grafen Arnim znm Nachfolger und ein
Wechsel im System, durch welches Vertrauen an Stelle
der Vorsicht gesetzt wurde. Der Irrthum eines edelen
Herzens, um mit den Worten des Fürsten Bismarck vom
29. Januar d. J. zu sprechen, wurde wenige Jahre später klar-
gestellt durch die Empörung von 1846 bis 1848. Dennoch
scheint man im polnischen Adel Hoffnung zu haben, dasselbe
Manöver mit demselben Erfolg wiederholen zu können,
wenn wiederum ein Regierungswechsel eintreten sollte. In
einer Schrift unter dem Titel: „Lettre ouverte d'un
Polonais au Prince de Bismarck", welche in den hohen
Kreisen Berlin's von gewisser Seite erst vor Kurzem vertheilt wurde, schließt sich an eine Reihe von Ausfällen
gegen den Reichskanzler und dessen Politik folgende Anrede
an den Kronprinzen an:

„Wir verlangen so wenig. Seine Kaiserliche Hoheit
der Kronprinz hat noch nichts für uns gethan; wir haben
ihn nur flüchtig bei uns gesehen und bei dem kurzen Aufenthalt, welchen er hier nahm, hat er uns die höfliche Liebenswürdigkeit eines Souveräns gezeigt. Er hat uns einen so
angenehmen Ausdruck gemacht, in seinen edelen Zügen war
kein Eindruck von Haß und Verachtung zu lesen, so daß
viele unter uns bedauerten, nicht die Erlaubniß zu einer
Annäherung an seine erhabene Person erbeten zu haben.
Wenn er jemals die Gnade hat, unser Land wiederzusehen,
wird es ihm an Beweisen ehrfurchtsvoller Sympathie nicht

fehlen, und wie leicht würde es sein, dieselben in Enthusias=
mus zu verwandeln."

Im Jahre 1796 hatte des Prinzen Ferdinand von
Preußen, des jüngsten Bruders von Friedrich dem Großen,
einzige sechsundzwanzigjährige Tochter Luise nach langem
Kampfe den um fünf Jahre jüngeren, liebenswürdigen und
talentvollen polnischen Fürsten Anton Radziwill geheirathet.
Ja, nach langem Kampfe! — Denn waren die Radziwills
auch in Polen eines der ältesten und angesehensten Fürsten=
häuser, dessen Ahnherr schon 1405 als Marschall von
Lithauen mit Ehren genannt wird, und überstrahlte auch
dieses lithauische Dynastengeschlecht durch Reichthum und
geschichtlichen Ruhm manches deutsche Fürstenhaus, so war
es doch den Hohenzollern nicht mehr ebenbürtig. Und doch
wurde die Prinzessin Luise von Preußen, des genialen „preußi=
schen Alcibiades", Prinzen Louis Ferdinand's Schwester,
als Fürstin Anton Radziwill eine glückliche Frau. Das
Palais Radziwill am Berliner Wilhelmsplatze war ein Sitz
häuslichen Glücks, heiterer Künste und fröhlicher Geselligkeit.
Prinz Anton spielte vorzüglich Violoncell, sang mit an=
genehmster Stimme und komponirte den „Faust". Seine
Faustkompositionen leben noch heute auf der Bühne fort.
In seinem Palais fand die erste Faust=Aufführung überhaupt
statt, die Goethe in Weimar nie wagen wollte.

Der alte Berliner Musikmeister Zelter, Direktor der
Singakademie, schreibt darüber am 18. Februar 1816 an
seinen Freund Goethe: „Unsere königlichen Prinzen haben
den heroischen Entschluß gefaßt, Deinen „Faust" unter sich

aufzuführen und darzustellen, wie er leibt und lebt. . . . Auch ich habe die Rolle des Schauspieldirektors übernommen. . . . Der Kronprinz lebt und webt im „Faust", der ihn — wie ich ihn kenne — wohl anziehen kann. Mephistopheles wird vom Prinzen Karl von Mecklenburg gegeben."

Jene „Faust"-Aufführung im Palais Radziwill wurde bahnbrechend, wenn der Faust auch erst sechszehn Jahre später auf die Bühne kam. Diesen ersten glücklichen Bühnenversuch mit dem „Faust" machte Klingemann am 18. Januar 1829 zu Braunschweig, Tieck und die Dresdener Bühne folgten.

Aber auch zu heiteren Spielen reichten sich das preußische Königshaus und das Palais Radziwill damals stets herzlich die Hand. Wie Geschwister wuchsen die Kinder des Königs und die jungen Radziwills mit einander auf. Auch im Alter paßten sie gut zu einander. Prinz Wilhelm Radziwill war nur drei Tage älter, als unser Prinz Wilhelm, „Sohn des Königs". Einige Jahre später wurde die liebliche Elise Radziwill geboren. Ihr liebster Spielkamerad und erster Tänzer war Prinz Wilhelm von Preußen. In Freundschaft und Liebe wuchsen sie mit einander auf.

Und es war eine glückliche Jugendzeit, welche diese Königs- und Fürstenkinder mit einander verlebten — nachdem die schwere Zeit der Franzosenherrschaft in Deutschland vorüber und das erste, tiefe Weh um den Tod der Königin Luise verblutet war. Aber es fehlte auch hier wieder dem Glücke nicht der Schatten.

Prinz Wilhelm liebte die Prinzessin Elise Radziwill, die schönste und holdeste unter den jungen Damen des

Hofes. Sie schien wie für ihn geschaffen, aber ihre Eben=
bürtigkeit ward bestritten. Denn obwohl, wie bemerkt,
schon in den Tagen des großen Kurfürsten ein Hohenzoller
eine Radziwill als ebenbürtige Gemahlin heimgeführt hatte,
so waren doch neuerdings am preußischen, wie an allen
deutschen Königshöfen strengere Rechtsbegriffe zur Herrschaft
gelangt. Seit den Zeiten Friedrich's des Großen stand der
Grundsatz fest, daß nur die Töchter der regierenden Fürsten=
häuser und der vormaligen reichsständischen Landesherren
für ebenbürtig gelten sollten. Fünf Jahre hindurch wurde
nun von beiden Seiten Alles aufgeboten, um die Zweifel
zu beseitigen und dem Prinzen sein ersehntes Glück zu er=
möglichen. Durch den Fürsten Anton Radziwill aufgefordert,
schrieb K. Fr. Eichhorn ein Rechtsgutachten, das sich für
die Ebenbürtigkeit des Hauses Radziwill aussprach, jedoch
die Ansicht des großen Staatsrechtslehrers stieß bei anderen
namhaften Juristen auf wohlbegründeten Widerspruch. Dann
tauchte der Vorschlag auf, Prinz August von Preußen solle
die Prinzessin an Kindesstatt annehmen; aber fünf der
Minister erwiberten nach ihrer Amtspflicht, die Adoption
könne das Blut nicht ersetzen. Unterdessen vermählte sich
der dritte Sohn des Königs, Prinz Karl, mit einer weimari=
schen Prinzessin, und der großherzoglich sächsische Hof er=
klärte nachdrücklich, daß er für die Kinder dieser Ehe das
Vorrecht beanspruchen müsse, falls der ältere Bruder seiner
Neigung folge. Nunmehr war die Frage sehr ernst; es
drohte ein Streit um die Erbfolge, der vielleicht den Be=
stand der Dynastie gefährden konnte. Auf die wiederholten

Vorstellungen seiner Räthe beschloß der König, tief bekümmert, sein Ansehen zu gebrauchen (1826). In einem von Zärtlichkeit überströmenden Briefe hielt er dem Sohne vor, was Alles vergeblich versucht worden sei, und wie nun doch nichts übrig bleibe, als die harte Pflicht, dem Wohle des Staates, des Königlichen Hauses eine eble Neigung zu opfern. Als der Prinz das Schreiben durch General Witzleben empfing, war er Anfangs ganz zerschmettert; dann raffte er sich zusammen und noch am selben Abend schrieb er dem Könige, daß er gehorchen werde. In jener einfachen, kunstlosen und doch so tief zur Seele bringenden Sprache, die ihm natürlich ist, schüttete er dem Vater sein Herz aus. Er versprach das Vertrauen des Königs zu rechtfertigen, durch Bekämpfung seines tiefen Schmerzes, durch Standhaftigkeit im Unabänderlichen, und bat um Gottes Beistand, daß er ihn nicht verlasse in dieser schweren Prüfung. Dem theuren Vater aber solle sein Herz jetzt inniger denn je angehören, denn dessen väterliche Liebe sei nie größer gewesen, als in der Art der schweren Entscheidung. Witzleben bemerkte in seinem Tagebuche: „Welch ein Sohn, welch ein Mann!"

Der Sohn des obengenannten Prinz Wilhelm Radziwill, des Altersgenossen unseres Kaisers, ist Fürst Anton, der 1833 geboren· wurde und sich 1857 mit der Fürstin Marie vermählte, einer Tochter des Marquis von Castellane und der Prinzessin Pauline von Talleyrand-Périgorb. Dieser Ehe entsprossen der Prinz Georg (1860) und die Prinzessin Elisabeth (1861).

Fürst Anton Radziwill, General und Flügeladjutant des Kaisers, ist Mitglied des Herrenhauses, wo er stets an der Seite seiner engeren Landsleute, der Skorzewiki, Slaski, Sulkowski, Koscialski, Zychlinski 2c. stimmt, ebenso wie der Graf Maximilian Nesselrode, Kammerherr und Oberhofmeister Ihrer Majestät der Kaiserin.

Von dem Vatersbruder des Fürsten Anton, Boguslaw Radziwill, stammt Fürst Ferdinand, der ebenfalls dem Herrenhause angehört. Ein jüngerer Bruder desselben ist der bekannte Kaplan von Ostrowo und Reichstagsabgeordnete Edmund Radziwill. Ferdinand ist 1843 geboren, Edmund 1842. Wegen seines Antheils an der Grafschaft Przygobzice bei Ostrowo war Boguslaw Radziwill Herrenhausmitglied mit erblichem Rechte ebenso wie sein Bruder Anton. Prinz Edmund Radziwill ist eine hohe, schlanke, ein wenig vorgebückte Gestalt. Sein Benehmen hat etwas Vornehmverhaltenes; der Eindruck des geistig Ueberlegenen, den er wohl auch auf Jeden machen würde, dem seine hohe Stellung unbekannt wäre, wird durch das melodische, milde Organ des Prinzen verstärkt. Die feinen Züge des länglichovalen Gesichtes, der frische Teint des bartlosen Aristokratenkopfes, die stark ergrauten Haare des noch immerhin jungen Mannes — dies alles macht den Prinzen Edmund zu einer höchst anziehenden, interessanten Erscheinung. Es geht seit kurzem das Gerücht um, daß dieser weltgewandte Prinz der Welt entsagen und den Rest seiner Tage im Kloster beschliessen wolle.

Prinz Edmund hat sich als ein besonders eifriger

Centrumsmann bekannt gemacht. Im Jahre 1875 wurde in Dublin der hundertjährige Geburtstag des großen irischen „Befreiers" Daniel O'Connel zur Entfaltung der katholischen Streitkräfte Englands benützt. 4 Erzbischöfe, 40 Bischöfe, gegen 50 Priester wohnten am 5. August dem Hochamt in der Kathedrale zu Dublin bei. Auch das Ausland war durch Deputationen vertreten. Fürst Edmund Radziwill und einige andere Herren erschienen aus Preußen. Der Fürst that sich durch Reden hervor, die selbst für Herrn Windthorst des Guten zu viel geleistet haben sollen. In seiner Schrift: „Canossa oder Damaskus" nahm er für das Centrum eine sehr selbständige Haltung in Anspruch und wollte keine friedlichen Weisungen von Rom, wie sie damals in den ersten Monaten der Regierungszeit Leo's XIII. an das Centrum ergangen sein sollen, annehmen. Im Mai 1880 reiste Prinz Edmund mit seinem Freunde Majunke und Anderen nach Rom. Es kam in dem Augenblicke, wo sehr lebhafte Unterhandlungen zwischen Berlin und Rom im Gange waren und das erste Friedensgesetz in Aussicht stand, dem Centrum darauf an, seine Taktik zu erläutern, sie zu vertheidigen und sich die Erlaubniß zu erwirken, dieselbe fortzusetzen. Fürst Edmund war stets im hohen Grade Vertrauensmann in Rom und hielt sich daselbst häufiger auf. Er zeigte sich als ein ebenso intimer Freund und Verehrer des Kardinals Graf Ledochowski, wie ein erbitterter Gegner des Fürsten Bismarck.

Im Herbst 1881 wurde seitens der Presse auf Prinz Radziwilli mit einem Male eine Fülle hoher Kirchenämter gehäuft. Den Vortritt hatte dabei die „Post", die aus „höheren Gesellschaftskreisen" zu erzählen mußte, daß dieser polnische Centrumsmann der dem Kaiser genehmste Kandidat für den fürstbischöflichen Stuhl in Breslau sein würde. Ein wuchtiger Fußtritt aus den Spalten der „Norbb. Allg. Zeitung" belohnte sie für diese Enthüllung. Die Post registrirte die „Belehrung", indem sie den Artikel abdruckte und nun zufügte:

„Auch wir hören, daß man in polnischen Kreisen die Besetzung eines preußischen bischöflichen Stuhles durch den Prinzen Radziwill für eine Unmöglichkeit hält. Die höheren gesellschaftlichen Kreise, als deren Echo wir jene (einleitende) Mittheilung bezeichneten, mögen sich wohl von einer gewissen tendenziösen Auffassung haben leiten lassen."

Die „Germania" äußerte wiederholt die Vermuthung, daß der erste Artikel von der „Post" gebracht werden mußte, nur damit er in der „Norbb. Allg. Zeitung" abgefertigt werden könne! Das ultramontane Blatt war natürlich von dem Vorgang wenig erbaut, namentlich da auch die „N. Pr. Ztg." in die Kontroverse eintrat und meinte, die Versöhnung mit Rom müßte sich jedenfalls schon in einem viel weiteren Stadium befinden, wenn Prinz Radziwill, welcher an dem Kampf einen sehr hervorragenden Antheil genommen, den Staatsbehörden eine persona grata sein sollte. Außerdem habe derselbe neben den geistlichen Forderungen speziell polnische Gesichtspunkte stets mit besonderer Energie vertreten.

Die „Germania" ihrerseits schrieb:

„In politischer Richtung liege doch zur Zeit kaum ein Anlaß vor, einen „defensiven Vorstoß" gegen die polnischen Staatsbürger vorzunehmen, und wenn ein Anlaß vorliegen sollte, so sehe man wiederum nicht ein, warum ein Geistlicher in diese Angelegenheit gezogen wird, der durch seine politische Haltung und seine Familienbeziehungen den gewöhnlichen Verdächtigungen enthoben sein sollte."

Diese Bemerkung der „Germania" zielte in ihrem ersten Theil wohl auf die Thatsache, daß das Reichstagspräsidium durch die ausschlaggebenden Stimmen der Polen gewählt worden war; der Dank dafür könnte wohl kein geringerer sein, als daß ein polnischer Eiferer auf den Stuhl Diepenbrock's oder Förster's gesetzt werde. Uebrigens hatte auch der Reichskanzler wohl auf den Fall Radziwill hingewiesen, indem er bemerkte, er werde in Polen eher mit dem Fortschritt, als mit dem Centrum gehen.

Die Auseinandersetzungen über den Beruf des Prinzen Radziwill zum preußischen Bischof dauerten noch einige Zeit. Die „Norbb. Allg. Ztg." wendete sich gegen die Stimmführerin der Ultramontanen in folgender Weise:

„Wenn die „Germania" die politische Haltung des fraglichen Geistlichen in Schutz nimmt, so ist daran zu erinnern, in welcher Weise Prinz Radziwill als Redner aufgetreten ist, obwohl er durch seine Jugend sowohl als durch seine nahe Stellung zur königlichen Familie davon dispensirt war. Noch kürzlich hat er in Oberschlesien gesprochen und dabei den Beweis geliefert, daß er nicht nur auf kirchlichem Gebiete sich mit der Regierung im Kampf befindet.

Die Bemerkung der „Germania", daß „polnische Gesichts=
punkte" ein ungemein vager Begriff sei, kann jedenfalls auf
diese Rede keine Anwendung finden, denn in derselben sind
polnische Gesichtspunkte in korrektester und bestimmtester
Weise zum Ausdruck gebracht. Wir müssen die „Germania"
schließlich darauf aufmerksam machen, daß unsere Er=
örterungen bezüglich des Prinzen Radziwill sehr wohl sub=
stantiirt sind, und zwar durch die Bestrebungen, diesen polo=
nisirenden Klerikalen sowohl in Breslau als auch in Pelplin,
also in Bisthümern mit Millionen polnisch sprechender Ein=
wohner, als Kandidaten in den Vordergrund zu schieben.
Wir wären auf die in Rede stehende Angelegenheit nicht
wieder zurückgekommen, wenn nicht die „Germania" an eine
einfache Berichtigung eines unrichtigen Zeitungsartikels Ent=
stellungen des Sachverhalts geknüpft hätte."

Die Affaire Radziwill war für die augenblickliche Lage
ungemein charakteristisch; sie hing in erster Linie mit der
Wiederbesetzung des Breslauer Stuhles zusammen. Die
Nachrichten über die Vorschläge des Breslauer Kapitels
waren vielleicht nicht ganz korrekt. Thatsache war nur, daß
der Name des polnischen Centrumsmannes sich auf der
Liste befand und der an maßgebendster Stelle erwünschteste
Name n i c h t. Die „Post" hatte sich zur Mystifikation ge=
brauchen lassen, den Prinzen Radziwill als den dem Kaiser
genehmsten Kandidaten zu bezeichnen; die Wahrheit war
indessen die, daß, wo man den Namen des Kardinals Fürsten
Hohenlohe erwartete, auf der Breslauer Liste jener polnische
Prinz figurirte, der die Erfahrungen, welche Preußen mit

Lebochowski in Posen gemacht hatte, wohl für Schlesien erneuern sollte.

Seit der eben geschilderten Zeit hat sich in der Kirchenpolitik ein großer Umschwung vollzogen, der durch das Hervortreten des Fuldaer Bischofs, Dr. Kopp, charakterisirt wird.

Bereits der diesjährige Fastenhirtenbrief gab zu denken. Dieser Erlaß beschäftigte sich vornehmlich mit der heiligen Elisabeth von Thüringen, die auf Bitten des deutschen Episkopats vom Papste zur Patronin der deutschen Frauen und Jungfrauen ernannt worden sei, und die ihr gottgefälliges Thun zum größten Theil im Gebiete der jetzigen Fuldaer Diözese geübt habe. Die Befolgung des von der heiligen Elisabeth gegebenen Beispiels wird allen weiblichen Angehörigen der Diözese bringend ans Herz gelegt.

„Doch, geliebte Diözesanen," — fügt Bischof Kopp hinzu — „ich würde ungerecht sein, wenn ich vergessen wollte, daß es auch in unseren Tagen noch Herzen voll Nächstenliebe und Barmherzigkeit giebt; ich finde sie in unserer Diözese, im weiten Vaterlande, überall; ja auf der Höhe des ersten Thrones der Welt sehen wir eine hohe Frau aus demselben thüringischen Fürstengeschlechte, welches die Heiligthümer der heiligen Elisabeth hütet, unsere erhabene Kaiserin, die mit dem Diadem der Herrscherin das noch schönere eines christlich frommen und christlich liebenden Herzens vereinigt und allen Bestrebungen, Vereinen, Anstalten zur Linderung der Noth und des Elends durch Wort und That unterschiedslos ihre Huld und För-

berung spendet. Können solche Beispiele wirkungslos
bleiben, die Wunden der Zeit zu heilen?"

Solche Wendungen hatte man in den letzten Jahren
aus bischöflichem Munde schwerlich vernommen!

In den nun folgenden Monaten vollzog sich Schlag
auf Schlag die freundschaftliche Annäherung der preußischen
Regierung an die Kurie. Bismarck trug bei parlamentarischen Diners den ihm vom Papst verliehenen Christus-
orden in Diamanten, der Kaiser beehrte den Papst, die
Kaiserin den Bischof Kopp mit kostbaren Geschenken. Fürst
Bismarck hat den Eindruck, daß er „bei dem Papste Leo XIII.
mehr Wohlwollen und mehr Interesse für die Befestigung
des deutschen Reiches und für das Wohlergehen des preußischen Staates finden würde, als er zu Zeiten in der
Majorität des deutschen Reichstages gefunden habe". „Ich
bin auch," sagt er ferner, „entschlossen, in den weiteren
Phasen auf diesem Wege fortzufahren, da ich von der
Weisheit und Friedensliebe Leo's XIII. mehr Erfolg für
den inneren Frieden Deutschlands erwarte, wie von den
Verhandlungen im Reichstage." —

Doch kehren wir zu Prinz Anton Radziwill
zurück. Er ist eine nicht über mittelgroße Figur, bei der
sich ein wenig Embonpoint zu zeigen beginnt. Der dunkle
Bart ist stellenweis schon stark ergraut, doch macht sein
Träger den Eindruck eines Mannes, der in der Fülle
seiner Kraft steht. Die ausgedehnte Familie, die Fürstin,
ihre Kinder Elisabeth und Georg, Prinz Ferdinand und
dessen Gemahlin (eine geborene Fürstin Sapieha), deren

Söhne Boguslaw, Prinz Wilhelm, Bruder des Fürsten Anton, und noch andere Verwandte sieht man überall, wo ein Hof= und Kavalierball stattfindet, ein Kostümfest im Kronprinzlichen Palais, eine Aufführung lebender Bilder im Schauspielhause, wobei sogar die Fürstin Ferdinand bei der „Ankunft auf der Wartburg" mitwirkte, wo es einen Empfang in der italienischen oder französischen Botschaft, oder einen Wohlthätigkeitsbazar oder dergleichen giebt.

Die Prinzessin Georg Radziwill, geborene Gräfin Branizka, war im Februar 1884 auf dem ersten Hofball eine neue Erscheinung. Sie trug eine einfache, aus weißem Atlas und Tüll gefertigte Robe, die nur mit wenigen Bouquets dunkelrother Blumen geziert war. In der Gesellschaft bei Ihren Majestäten am 6. März 1885 sah man Se. Majestät den Kaiser unter den unverheiratheten Damen schnell auf die Prinzessin Elisabeth Radziwill zugehen und dieser zu ihrer Verlobung Glück wünschen. Auch der Bräutigam, Graf Potocki, und dessen Mutter, Gräfin Potocka, befanden sich in der Gesellschaft. Ihre Majestäten sind häufig Gäste im Hause der Radziwills. Ihr schönes Palais in der Wilhelmstraße, das eine lange und berühmte Geschichte hat, hat die Familie an den Reichskanzler abgetreten, und in den Räumen, wo Kaiser Wilhelm einst als Knabe Festspiele mitmachte, tagen heute Kongresse oder nimmt der deutsche Reichstag den Frühschoppen zu sich. Fürst Anton Radziwill residirt jetzt Pariserplatz 3.

Dort statteten zur Feier des achtzigsten Geburtstages

der Fürstin Mathilde Radziwill, der Mutter des Generals
à la suite, am 13. Januar 1885 auch die Majestäten Gra-
tulationsbesuche ab.

Fürst Anton ist ein eifriger Jäger, der auch am Hu-
bertustage im Grunewald sich einfindet. Auf seinen Besitzungen in Lithauen hat Prinz Wilhelm von Preußen
kürzlich die Bärenjagd mitgemacht und vier Bären erlegt.
Man sagt jetzt in Lithauen: „Prinz Wilhelm ist ‚znah‘, d. h.
tapfer bis zur Verwegenheit." Diese Jagden erforderten
150 fürstliche Jäger und täglich über 1500 Bauern zum
Treiben, was erklärlich ist, wenn man hört, daß die fürstlichen Forsten über eine Million Morgen Fläche innehaben.

Im Jahre 1882 hatte Fürst Radziwill eine außerordentliche Mission nach Konstantinopel. Er überbrachte
dem Sultan die Insignien des Schwarzen Adler-Ordens
und das Großkreuz des Rothen Adler-Ordens, zur Erwiderung
auf die im Jahre vorher erfolgte Zusendung des türkischen
Jschani-Jmtiaz-Ordens.

Die Mitglieder der Mission wurden von Seiten des
Sultans und der türkischen Würdenträger mit überraschenden Aufmerksamkeiten überhäuft. Feste und Diners zu Ehren
der deutschen Gäste lösten einander ab. Zu den ihnen zu
Theil gewordenen Auszeichnungen gehörte auch die Erlaubniß zur Besichtigung des Kronschatzes des Sultans, eine
Vergünstigung, welche seit 1869 keinem Europäer mehr zu
Theil wurde. Die Kaiserin Eugenie war die Letzte, welche
den Schatz besichtigen durfte.

Der deutsche Geschäftsträger hatte zu Ehren der

Mission eine große Ballfestlichkeit im Botschaftspalais an=
sagen lassen, zu der etwa sechshundert Einladungen er=
gangen waren. Doch erfolgte plötzliche Absage, da die Ge=
mahlin des belgischen Gesandten wenige Stunden vor dem
festgesetzten Beginn des Festes verschieden war. Der Ball
wurde nunmehr verschoben. Der Sultan hatte gewünscht,
daß an dem Ballfeste nur Deutsche und Türken theilnehmen
möchten, welchem Wunsche jedoch Herr von Hirschfeld nicht
nachkommen konnte. Der Sultan zog die Mitglieder der
Mission sowie Herrn von Hirschfeld zur Tafel, welche zu
Ehren der deutschen Gäste mit märchenhaftem Luxus aus=
gestattet war. Einzelne Platten, welche herumgereicht
wurden, bestanden aus gediegenem Golde und waren reich
mit Edelsteinen besetzt. Das Menu, welches unter An=
derem als nationale Gerichte Pilaw — eine Reisspeise —
und Ekmek=Chabaiff, Kaiserbrot (ein aus Mandeln bestehen=
des Zuckergebäck) — aufwies, bestand aus vierzehn Gängen.
Ohne Pilaw ist eine türkische Mahlzeit undenkbar. Die
kaiserliche Privatkapelle, deren Chef ein Pascha ist, spielte
während der Tafel unter anderen auch mehrere deutsche
Piecen. Ein Toast wurde nicht ausgebracht. Nachdem
die Tafel aufgehoben war, ließ der Sultan die Herren
der Mission und außer diesen nur Herrn von Hirschfeld
und Baron Testa in sein Privatkabinet entbieten. Von
Türken waren nur Munir Pascha und Assym Pascha, der
Minister des Aeußern, zugegen. Der Sultan selbst bot
hier seinen Gästen Cigaretten an, man nahm den Kaffee
und Fürst Radziwill zeigte und übergab dem Großherrn

die Bilder der Hohenzollernschen Königsfamilie, welche von dem Sultan mit lebhaftem Interesse betrachtet wurden. Zur Erinnerung an den Tag ließ der Sultan seinen acht=jährigen Sohn Memmed Selim Effendi und seinen Neffen, jüngsten Sohn des Abdul Assiz, vor sich bescheiden und ernannte sie in Gegenwart der preußischen Gäste zu Lieu=tenants (Mulasim). Fast eine Stunde hatte das vertrauliche Beisammensein gewährt. Während die Mission nach herz=licher Verabschiedung nach Dolma=Bagdsche in Galawagen zurückgeführt wurde, hatte Herr von Hirschfeld noch eine kurze Audienz beim Sultan. Das Ballfest zu Ehren der deutschen Deputation im russischen Botschaftspalais trug einen überaus glänzenden Charakter, was wohl mit der Politik in Verbindung stand, die sichtlich bemüht war, nach Möglichkeit allen üblen Schlußfolgerungen, welche aus der, damals Staub aufwirbelnden Skobelew'schen Rede in Paris auf das Verhältniß zwischen Rußland und Deutschland ge=zogen werden könnten, zu dementiren.

Prinz Radziwill erzählte nach seiner Rückkehr gern von einem Vorgange am letzten Tage seines Aufenthalts in Konstantinopel. Die deutsche Mission hatte abreisen wollen, da sie sich einen Tag in Bukarest, mehrere Tage in Wien aufhalten und am Vorabende des Geburtstages des deutschen Kaisers wieder in Berlin eintreffen wollte; da wurde ihr aber zu ihrem Erstaunen mitgetheilt, daß der Sultan sie nicht empfangen könne, weil er sich die Hand verrenkt habe, und sie daher bitte, ihre Abreise zu verschieben. Mehr als einmal sind Audienzen von Botschaftern und einmal sogar eine Einladung zum Diner im letzten Augenblick abbestellt worden, weil der Sultan Zahnschmerzen hatte; eine verrenkte Hand ist jedenfalls ein noch triftigerer Verhinderungsgrund. Das ist orientalische Offenherzigkeit. Sonst gelten in der Hof- und diplomatischen Sprache Zahnschmerzen, Handverrenkungen für zu triviale Ausbrücke, denen man vornehmere und bedeutendere substituirt. Uebrigens munkelte man, daß gar nicht Se. Großherrliche Majestät, sondern ein ehrsamer Handwerker an der Verschiebung der Audienz Schuld gehabt habe. Der Sultan beabsichtigte nämlich, dem deutschen Kaiser ein kostbares Album mit Ansichten der schönsten Punkte Konstantinopels und des Bosporus zum Geschenk zu machen, und dieses Album — war nicht fertig geworden!

Das Herrenhaus.

Mit dem Lärm des Reichstages und mit dem Toben des Abgeordnetenhauses noch in den Ohren habe ich mir einmal wieder ein stilles, friedliches Plätzchen in einer dritten gesetzgebenden Körperschaft aufgesucht. So entflieht der Städter auf Stunden dem Straßen-Gerassel und läßt Augen und Ohren im einsamen Walde sich erholen. So athmet der Schiffer frei auf, wenn der rasende Sturm sich legt und das Boot ruhig über den glatten Spiegel des Meeres hingleitet. Es war in den letzten Monaten mir

zu viel der Unruhe am Dönhoffsplatze und im proviso-
rischen Reichstagsgebäude. Da ist denn das Herrenhaus der
rechte Ort, das Gemüth einmal wieder zur Sammlung
zurückzuführen. Welcher Gegensatz in der Physiognomie der
beiden hohen Häuser des Landtages! An dem einen Ende
der Leipziger Straße brüstet man sich mit Vollzähligkeit,
Beschlußfähigkeit, mit dicht besetzten Sesseln. Hier an dem
anderen Ende macht ein Häuflein von Vierzig und Einigen
es sich auf den vereinsamten Sitzen bequem. Das hohe
Haus der Lords sagt nicht gerade: tres faciunt collegium,
aber ungefähr so; von drittehalbhundert Mitgliedern genügt das Viertel zur Beschlußfähigkeit. Ist aber auch
dieses nicht beisammen, so behilft man sich mit einer noch
bescheideneren Anzahl von Anwesenden. Es ist ordentlich
einsam in dem weiten Raum, wie in einem hohen Dome,
dessen stolze Säulen und lange Schiffe nur durch einige
Andächtige aufgesucht sind. Die äußere Form des Sitzungssaales verstärkt diesen Eindruck. Der Grundriß des Saales
entspricht der Basilika. Auf erhöhter Ebene, an der nörd-
lichen Schmalwand, befindet sich der geweihte Raum,
gleichsam der hohe Chor des Tempels. In der größeren
Tiefe dieses Chors und zwar in einer von einem Flach-
bogen überwölbten Nische, thront der Präsident auf er-
habenem Sitze, von seinem Bureau d. h. den Schriftführern umgeben. Die Sitzreihen der Lords, welche parallel
nach der südlichen Wand des Saals hin aufsteigen, hat
er sämmtlich vor sich, und sein Auge beherrscht mit Sicherheit jeden Platz. Tritt man aus der Nische nach dem

Saale zu eine Stufe niedriger, so gelangt man auf das Plateau, wo die Rednerbühne errichtet ist. Dieselbe befindet sich unmittelbar vor dem Präsidententhron, so daß der Inhaber des letzteren den Redner unter sich hat. Steigt man weiter von dem Niveau der Rednertribüne eine Stufe hinunter, so gelangt man zum Ministertische. Da die Parlaments=mitglieder wieder eine Stufe niedriger sitzen, als das Niveau, welches den Kanzler und seine Kollegen, sowie den Steno=graphentisch trägt, so ist die Erhabenheit des Präsidenten eine ganz respektable. Derselbe ist während der Reden oft mit ganz anderen Dingen beschäftigt. Bald schreibt er, bald liest er, bald neigt er sich flüsternd nach rechts oder links zu den Schriftführern, bald zu einem der Lords, der mit einem neuen Amendement hinzugetreten ist, oder sonst etwas auf dem Herzen hat. Ist er unbeschäftigt, so daß er ausschließlich auf das Reden unterhalb seines Thrones achtet, so legt er sich in seinem Sessel hinten an, stützt den linken Arm auf die Lehne, vereinigt die rechte Hand mit der linken und senkt das Haupt, um unter den dichten Augenbrauen den Blick etwas verstohlen über die Ver=sammlung schweifen zu lassen. Jetzt richtet er das Haupt empor, beugt sich mit dem Körper vor, die rechte Hand nimmt die Richtung nach der Glocke hin; doch nein, es ist nicht nöthig zu läuten; in diesem Hause giebt es keine Stürme. Hier herrschen gute Sitten und feine Manieren, keine parlamentarische Unart regt den Präsidenten fieber=haft auf, oder übergießt sein Antlitz mit Leichenblässe, dieses Haus ist ruhig, sehr ruhig. Kann man auch die

Glocke auf dem Präsidententische nicht immer Concordia nennen, so ist doch ihr Geläute ein viel sanfteres, melodischeres, als dort im anderen Hause, wo vielmehr so oft das Wort des Dichters gilt: „Hört ihr's wimmern hoch vom Thurm? Das ist Sturm."

Die Tribünen strotzen von Ueberfluß an Besuchsmangel. Mir gegenüber auf der Galerie für das größere Publikum beugt sich eine einsame Seele über die Brüstung und stellt vielleicht dieselben Reflexionen an wie ich. Kein Gesandter, kein Attaché, keine schöne Ambassatrice, keine fremde Uniform ziert die Diplomatenloge. Sie ist ganz verlassen. In der kaiserlichen Loge dieselbe Anzahl von Personen, und auf der Journalistentribüne — wo ist das bunte und rege Treiben aus dem Abgeordnetenhause, wo sind die Vierzig, die durch ihre Werke Unsterblichen, wie die Vierzig der französischen Akademie, wo sind die Telegraphenboten, die aus- und einstürzenden Druckerjungen? Vier oder fünf Berichterstatter, aus dem anderen Hause deputirt, werden für genügend angesehen, um die Reden, die hier gehalten werden, mit ehernem Griffel der Nachwelt zu überliefern, und im Hintergrunde gähnt ein einzelner Redaktionsbursche, der an Krücken geht und humpelnd das Manuskript fortträgt. Es ist ja Zeit damit.

Aus dem Häuflein der Ritter und Fürsten löst sich hier und da manche Gestalt ab, die ich von früher kenne. Die Redner, die das Wort ergreifen, sind sogar sehr alte Bekannte, es sind Graf zur Lippe, Herr von Kleist-Retzow u. s. w. Mein Opernglas weilt aber nicht bei ihnen, es richtet sich vielmehr auf Gestalten, die mir von früheren Zeiten her nur noch dunkel erinnerlich, die zu erkennen mein Gedächtniß sich etwas anstrengen muß. „Wer ist doch der alte Herr mit grauem Kopfe, den steifen Vatermördern und den hellen Pantalons?" -- „Wer dort der jüngere Herr mit der bunten Kravatte und ohne irgendwelche durchblickende weiße Wäsche?" Ich gestehe, hätte ich mir solche Fragen beantworten wollen, indem ich nur aus dem Aussehen auf den Stand geschlossen, ich würde mich fast regelmäßig im Irrthum befunden haben. Denn diese echte Professorenerscheinung da entpuppt sich mir als der Fürst R., und jener hochgeschossene Herr mit dem blonden Vollbarte, den Jeder auf den ersten Blick für eine Hauptzierde des Gothaischen Grafen-Almanachs gehalten hätte, als der Bürgermeister H. Die Menschheit ist jetzt wirklich in ihrem äußern Erscheinen recht nivellirt, und die „schlanksten Stämme im Hain" sind noch lange keine oberschlesischen Tories. Der Universitätsprofessor ist der vollendetste Gentleman in seinem Auftreten, und nachlässige Toilette, struppige Haarfrisur verhüllen nur zu oft den Herzog oder Grafen. Daß dies aber doch die Gesellschaft der Häupter der ehemals reichsständischen Häuser, der Fürsten, Grafen und Herren der Herrencurie von 1847, der Inhaber der vier großen Landesämter, der durch Familienbesitz ausgezeichneten Geschlechter, der auf Rittergütern angesessenen Grafen ist: das fühlt man doch heraus, trotz mangelnder Insignien und trotz der Abwesenheit von auffallend blendender Wäsche. Daß dies kein Haus der Gemeinen ist, keine Gesellschaft, die der

plebejischen Wahlurne als dem Schooße ihrer Mutter ent=
sprungen ist, das bezeugt die besser duftende Atmosphäre.
Ich denke nicht an materielle Wohlgerüche — darin hat
das Oberhaus nichts vor dem anderen voraus, aber man
fühlt sich in „besserer" Gesellschaft. Es geht hier aristo=
kratischer, vornehmer zu, als im anderen Hause, und die
Salonluft, die von den preußischen Ritterschlössern hier=
hergeweht ist, ergreift auch die Bürgermeister und Pro=
fessoren. Der Kavalier verräth sich nicht bloß auf der
Tribüne, wo er Herr seines Zornes bleibt, er verräth sich
auch außerhalb derselben. Da ist ein hoher Herr, der jetzt
eintritt, das Alter seines Abels reicht an das der Mont=
morency, der ersten Barone der Christenheit, heran, und
was seine Devise betrifft, so könnte sie wie die der Rohaus
lauten: „König kann ich nicht sein, Fürst will ich nicht sein,
ich bin ein — Dohna."

Doch welchem Traume gebe ich mich hin? Ich skizzire
ein Bild, das für jene Sitzung wohl paßt, wo auf der
Tagesordnung stand: „Mündlicher Bericht der Agrar=
kommission über den Gesetzentwurf, betreffend die Auf=
hebung der Ufer=, Wald= und Hegeordnung für das Her=
zogthum Schlesien und die Grafschaft Glatz vom 21. Sep=
tember 1763." Auch die Debatte über die geschäftliche Be=
handlung des eben frisch vom anderen Hause herüber ge=
kommenen Kirchengesetzes hat in die Idylle noch keinen
Aufruhr nach der Weise anderer gesetzgebender Körperschaften
hineingeworfen. Wie aber, wenn das Kirchengesetz selber
auf der Tagesordnung erscheint? Hat denn nicht die Luft=

erschütterung der letzten Jahre auch biesen Friedensort oft schon in einen Kampfplatz umgewandelt und damit den alten guten Ton, den ich eben so sehr gerühmt habe, verdorben?

Dieses Haus der Ruhe, der Versammlungsort von Männern, denen der ungestörte Genuß des Lebens durch ihre Geburt privilegirt ist, der Hafen, in welchen sich die großen, verdienten Staatsmänner zurückziehen, wenn ihre Arbeit gethan — wie oft hat die Leidenschaft dieses Haus der Alten verjüngt — so weit das möglich ist — diesen Hafen in wilde Brandung — so weit Privilegirte und Erschöpfte wild sein können, verwandelt! Diese Arena war es einst nicht gewohnt, laut zu erdröhnen und Staub aufzuwirbeln. Erst die „Mediatisirung" Preußens durch das Reich hat den Frieden von ihr genommen und den Krieg auch in diese stille Einsamkeit getragen. „Frommer Stab, o hätt' ich nimmer mit dem Schwerte dich vertauscht," so seufzt wohl Mancher, den die neue Zeit „in des heißen Streites Wuth" jetzt reißt. Das Abgeordnetenhaus hat nicht mehr das Privileg wie ehedem, das Haus der harten Arbeit und der Parteikämpfe zu sein. Auch hier, auf diesen stillen Bänken unter mir, wird oft wacker gekämpft. Bismarck's Schritte lassen überall die Spuren der Kriegsfurie zurück, auch hier. Dafür ist es aber auch jetzt oft interessanter in unserem Oberhause als früher. Herrenhaus und Langeweile waren einst unzertrennliche Begriffe, wie heute noch in England.

Ich erinnere mich einer Nummer des „Punch", in

welcher bei Lord Ruffel's Eintritt in das Oberhaus ihm ein „Mögest Du glücklich sein" nachgeweint wird, und Earl Granville den Neukreirten, welcher mit der Earlskrone und einer thönernen Pfeife sehr kümmerlich basitzt, mit den Worten begrüßt: „Ei, Johnny, Du wirst es hier recht langweilig finden." Unsere Witzblätter konnten einst neu-kreirte Pairs ebenso begrüßen, jetzt dürfen sie es nicht mehr, dies haben die eben erlebten interessanten kirchenpolitischen Debatten bewiesen. Nur Ordnungsrufe und lautes Glocken-läuten darf man hier nicht erwarten: das sind die Zu-thaten der gesetzgeberischen Arbeit im Abgeordnetenhause und im Reichstage, welche beiden Körperschaften sich dafür auch dicht besetzter Galerien erfreuen.

Der Reichstag hat ein Vorrecht vor dem Herrenhause. Das direkte allgemeine Wahlrecht schickt auch Prinzen sou-veräner Häuser in das deutsche Parlament. So gehörten ihm einst die verstorbenen Prinzen Albrecht und Friedrich Karl, ebenso wie Prinz Wilhelm von Baden an. Das preußische Herrenhaus hat solche Mitglieder souveräner Häuser nicht in seiner Mitte. Desto größer ist die Zahl von anderen Fürstlichkeiten, die durch Geburt ihm angehören. Nur ein Theil davon wird vom allgemeinen Wahlrecht gewürdigt, die Schwelle des Reichstags zu betreten. Hier halten sie, so weit sie nicht der ultramontanen Partei angehören, zur freikonservativen Partei. Der Großadel ist auch im Herren-hause, dem Zuge des Hofes folgend, politisch gemäßigt und überläßt dem Kleinadel die Opposition. —

Haben wir den Edelstein „Aristokratie" im Herrenhause

in seiner parlamentarischen Fassung kennen gelernt, ohne gerade vom Leuchten und Glanz geblendet zu sein, so mag dies seinen Grund darin finden, daß der vornehmen Gesellschaft in diesen politisch-geschäftlichen Räumen die schönere Hälfte fehlt: was ist „Gesellschaft" ohne die Damen!?

Souveräne Häuser am Hofe.

Am Geburtstage des Kaisers sammelt sich in Berlin eine deutsche Fürstengesellschaft, eine Vereinigung von Kronenbürtigen, wie sie kein anderer Hof der Welt in dieser Zahl, mit diesen großen, von der Geschichte gehobenen Namen wohl wieder zusammen führen wird, wie hier um das Kaiserpaar von Deutschland, huldigend der Macht, aber mehr noch den persönlichen Eigenschaften, welche die Kaiserkrone von Deutschland verklären. Als regelmäßige Gäste kann man ansehen: den König von Sachsen, die Großherzöge von Baden, Mecklenburg-Schwerin, Oldenburg, Weimar, die meisten Herzöge und Fürsten, nebst Gemahlinnen, Prinzen und Prinzessinnen. Einige wenige Höfe enthalten sich des Besuchs, einige Souveräne schicken das eine oder andere Mitglied ihres Hauses. Eine Reihe von Angehörigen deutscher, souveräner Häuser gehört ständig der Berliner Gesellschaft an. Sie residiren als Offiziere der Garde in Berlin oder Potsdam. Andere sind so häufig Gäste des Hofes und der Gesellschaft, daß sie als Elemente derselben erscheinen. Die Bande naher Verwandtschaft mit dem Königshause muß natürlich den Verkehr mit demselben ganz besonders beleben und ein Verhältniß der Zugehörig= keit zum Berliner Hofe schaffen.

Das Herrscherpaar in Karlsruhe sucht das Eltern= haus in Berlin mit der ganzen Anhänglichkeit treuer und liebender Kinder auf. Es steht ebenso geschwisterlich zum Kronprinzlichen Paare. Als der Großherzog Friedrich von Baden im Jahre 1856 sich mit der Prinzessin Luise von Preußen vermählte, stand er noch politisch im österreichischen Lager. Er hatte in dem jugendlichen Alter von 26 Jahren unter schwierigen Verhältnissen die Regierung seines Landes übernommen. Die Ausschreitungen, zu denen die liberalen Ideen bei einem Theil unreifer Politiker gefürt hatten, mußten nach der Unterbrückung des Aufstandes naturgemäß zu einer Reaktion führen. So liberale Anschauungen der junge Prinz sich auch bei seinen Studien zu eigen gemacht hatte, er folgte der allgemeinen Strömung der deutschen Höfe und suchte die Sicherung seiner Regierung in einem festen Zusammengehen von Thron und Altar. Der italie= nische Krieg hatte die Ohnmacht Oesterreichs offen kund= gegeben und andererseits die Eroberungslust Frankreichs gereizt. Deutschland mußte fürchten, das nächste Angriffs= objekt für Frankreich zu werden, und besaß weder in seiner politischen noch in seiner militärischen Organisation ein kräftiges Mittel zur Abwehr. Die Situation drängte zu einer einheitlichen Leitung der politischen und militärischen Angelegenheiten Deutschlands hin. Eine erste Bewegung zu diesem Ziele zeigte sich in dem Fürstentage von Baden, bei welchem die versammelten deutschen Fürsten zwar beschlossen, keinen Fuß breit deutschen Landes an eine fremde Macht kommen zu lassen, bei welchem aber in Bezug auf alle inneren Angelegenheiten sich noch die alte Eifersucht und Mißgunst zeigte. Nur Baden machte auch in Bezug auf diesen Punkt eine ruhmvolle Ausnahme. Nachdem es mit der Aufhebung des Konkordats die nationale Fahne aufgepflanzt hatte, fand es auch seine alte Stellung im deutschen Reiche wieder. Der Großherzog und das ganze badische Volk waren bereit, sich der Führung Preußens anzuvertrauen und die Verwandlung des deutschen Staatenbundes in einen Bundesstaat zu unterstützen. Zur Durchführung dieser Politik berief der Großherzog den Freiherrn von Roggenbach zum Minister, der den Austritt Oesterreichs aus dem Bunde als die nothwendige Bedingung der Verbesserung der politischen Lage Deutschlands erkannte und die Bildung eines engeren Bundes unter Preußens Führung anstrebte. Der Großherzog schloß sich diesen Bestrebungen aufs wärmste an. So ist das Familienband zwischen Berlin und Karlsruhe noch durch die Politik verstärkt worden. Großherzog Friedrich, der treffliche Gemahl „unserer Luise", steht bei den Berlinern so hoch, als der durch und durch nationale Fürst, der bei Beginn des Krieges mit Frankreich, obwohl sein Land unmittelbar bedroht erschien, keinen Augenblick schwankend über die Erfüllung der im Jahre 1866 dem König von Preußen zugesagten Heeresfolge war; der, als die vereinigten deutschen Waffen unter der glorreichen Führung des Königs Wilhelm von Sieg zu Sieg bis ins Herz Frankreichs vorgeschritten waren, am 15. November 1870 als der Erste unter den südbeutschen Fürsten den Vertrag zu Versailles über den nunmehrigen Zutritt Badens zu dem Norbbeutschen Bunde abschloß, durch welchen Vertrag der entscheidende Schritt zur Errichtung des beutschen Reiches gethan wurde, der enblich, als nach dem Beitritt aller beutschen Fürsten die Grünbung des Reiches vollenbet und mit Anregung König Ludwig's von Bayern dem König von Preußen die beutsche Kaiserwürbe entgegengebracht war, derjenige Fürst war, aus dessen Munbe zuerst der Hochruf für den beutschen Kaiser ertönte.

Die großherzogliche Familie aus Karlsruhe gehört in Berlin zu den populärsten. Als es vor einigen Jahren, es war am Geburtstage des Kaisers, wieder eine glänzende Auffahrt in Galawagen vor dem Königspalast gab, fielen in einem der Wagen zwei sehr jugenbliche Erscheinungen auf, die eine in glitzernder Uniform, die anbere in schwarzer Civil-Kleibung. Auf die Frage eines aus der Mitte des Publikums, das der Auffahrt neugierig zuschaute, wer wohl die jungen Herren sein könnten, gab es von allen Seiten bieselbe Antwort: „Wer bas nicht sieht, baß der in Uniform in „unser Haus" schlägt, unb der jüngere seinem Vater aus ben Augen geschnitten ist, der muß ben Großherzog unb die Großherzogin von Baben nicht kennen." Es waren die Enkelsöhne unseres Kaisers, der Erbgroßherzog Friebrich Wilhelm unb sein jüngerer Bruder Lubwig.

Auch der Bruder des Großherzogs, den Berlinern als

Reichstagsabgeordneter bekannter geworden, ist häufiger Gast von Berlin. Alle Welt erkennt ihn an den bei Nuits an der Spitze seiner badischen Brigade empfangenen Wunden, die er als höchsten Ehrenschmuck trägt.

Am 22. März 1886 wurden die fürstlichen Herrschaften aus Baden schmerzlich vermißt. Sie saßen an jenem Tage, fern von Berlin, am Krankenbette des ältesten Sohnes, der sich erst im Jahre zuvor mit der Prinzessin Hilda von Nassau vermählt hatte. An Stelle der Eltern waren aber zwei andere Kinder anwesend, die Kronprinzessin von Schweden, Viktoria, mit ihrem Gemahl und Prinz Wilhelm Ludwig von Baden. Die badischen Herrschaften bewohnen in Berlin das niederländische Palais. Der frühere Besitzer desselben, Fürst zu Wied, der Gemahl der Fürstin Marie, einer Tochter des Prinzen Friedrich der Niederlande und der Schwester des Kaisers, Luise, hatte jenes Palais geerbt, und verkaufte es vor einigen Jahren an den Kaiser. Der Fürst zu Wied hat daselbst, so oft er nach Berlin kommt, sein Absteige-Quartier im Parterre-Geschoß. Einige historische Notizen über dieses interessante Haus mögen hier Platz finden. — Nr. 35 (Hôtel du Nord) und 36 (das Niederländische Palais) Unter den Linden (Nr. 37 ist das Palais des Kaisers) waren zwei dem General von Weiler gehörige Artilleriehäuser, welche 1753 ein Kriegsrath Schmidt niederreißen und auf deren Stelle zwei Wohnhäuser neu erbauen ließ. Nr. 36 besaß später der Minister von Görne und Kriegsrath Gravius, von welchem es der König kaufte und dem Grafen von der Mark gab. Hiernach besaß es die Gräfin Lichtenau, deren Vermögen konfiszirt ward und dem Armenwesen zufiel. Im Jahre 1752 nach Dieterich's Rissen von A. Krüger erbaut, hatte es 1777 den von acht gekuppelten Säulen getragenen Balkon erhalten. Nach der Lichtenau ging es auf den Erbprinz von Oranien über und von diesem auf den Kaiser.

Es verlautete schon früher, daß der **Erbprinz von Nassau**, Bruder der jetzigen Erbgroßherzogin von Baden, geneigt sei, sich mit Preußen auf einen besseren Fuß zu setzen als dies bisher sein Vater, der 1866 depossedirte Herzog, gethan hat. Selbstverständlich hat er sich dieserhalb, wenn auch mit Mühe, der Zustimmung seines Vaters versichert. Er hat diese seine gute Absicht durch sein Erscheinen bei den Einzugsfeierlichkeiten in Karlsruhe bewiesen, die im September vorigen Jahres dem Erbprinzen von Baden und seiner Neuvermählten galten. Wie berichtet wird, war der Verkehr des Erbprinzen in dem fürstlichen Kreise ein durchaus unbefangener. Sein Entgegenkommen wurde aber namentlich auch durch die größte Liebenswürdigkeit des deutschen Kronprinzen erwibert. Beide Herren machten zusammen einen Ausflug nach Wolfach im Schwarzwald zur Besichtigung der Basilika von Albirsbach. Seither ist der Erbprinz in Berlin wiederholentlich aufgetaucht. — Eine andere Depossedirung von 1866 hat einen Schlußakt gefunden, wie er nicht versöhnlicher gedacht werden kann, nämlich in dem Herzensbunde, den der einstige Erbe des Thrones von Preußen und der deutschen Kaiserwürde, Prinz Wilhelm, mit einer Prinzessin aus dem Hause

Schleswig-Holstein-Sonderburg-Augustenburg schloß. Im Jahre 1880 starb Herzog Friedrich VIII. Seitdem er sich 1866 in das Unvermeidliche gefügt hatte, lebte er als Privatmann in Gotha und (nach dem Verkauf von Dolzig) auf Schloß Primkenau in der Niederlausitz. Den deutsch-französischen Krieg machte er im Stabe des Kronprinzen von Preußen mit. Seitdem hatte er wenig von sich hören machen. Herzog Friedrich hinterließ als Witwe die Herzogin Adelheid (geb. 20. Juli 1835, vermählt 11. September 1856), eine Tochter des verstorbenen Fürsten Ernst von Hohenlohe-Langenburg, und aus der Ehe mit ihr fünf Kinder: die Prinzessinnen Auguste Viktoria, Karoline Mathilde, den Erb-prinzen, jetzt Herzog Ernst Günther (geb. 11. August 1863), die Prinzessinnen Luise Sophie und Feodore. Die Ehen im preußischen Hause mit Prinzessinnen aus dem Hause Holstein der verschiedenen Linien sind weniger zahlreich, als die mit anderen nordischen Fürstenhäusern. Es kam durch die Verlobung des Prinzen Wilhelm mit der Prin-zessin Augusta Viktoria ein neues Wappenschild an den Stammbaum des brandenburg-preußischen Hauses. Am 1. Juni 1880 kam die Prinzessin mit ihrer Mutter, der Herzogin Adelheid von Schleswig-Holstein-Sonderburg-Augustenburg, ihrer Schwester Karoline Mathilde, ihrem Bruder, dem Herzog Günther, und dem Oheim Prinzen Christian nach dem Neuen Palais zum Besuch. Bei der Verlobungsfeier am nächsten Tage erschien der Groß-vater, der Vater und Sohn in der Uniform des Ersten Garde-Regiments. Der Kronprinz hatte zu den preußischen

Ordenszeichen, wie er das immer bei Festlichkeiten in seiner Familie zu thun pflegt, das blaue Band des Hosenband-ordens angelegt. Prinz Christian trug die Uniform eines englischen Generals. Der Herzog Günther erschien in der Uniform seiner neuen Charge à la suite des 2. Schlesischen Dragoner-Regiments Nr. 8.

Mit der Prinzessin Wilhelm sind der Berliner Ge-sellschaft zugleich ihre Verwandten zugeführt worden, die innerhalb derselben eine hervorragende Stellung einnehmen. Man sah dieselben mit dem Prinzen von Preußen in Primkenau versammelt, als im August 1884 Herzog Ernst Günther für großjährig erklärt wurde. Es trafen dort ein: Prinz und Prinzessin Christian zu Schleswig-Holstein mit ihren Söhnen, Prinzen Viktor und Albert, die Frau Her-zogin Adelheid mit ihren Prinzessinnen-Töchtern Karoline, Mathilde, Luise, Sophie und Feodore; die Tanten des Herzogs, Prinzessin Amalie und Henriette, letztere mit ihrem Sohne aus der Ehe mit dem Geh. Medizinalrath Professor Dr. Esmarch. Außer der Linie Augustenburg erscheint auch die Linie Glücksburg am Hofe, wenigstens bemerkten wir am letzten Geburtstage des Kaisers den Herzog Friedrich Ferdinand und den Prinzen Albrecht von Schleswig-Holstein-Sonderburg-Glücksburg.

Es wird von Interesse sein, hier einige Notizen über die Herrschaft Primkenau, den Besitz des Hauses Schleswig, einzufügen.

Die Stadt Primkenau ist zwischen 1280 und 1290 von dem schlesischen Herzog Primislaus I. angelegt. Derselbe, mit seinem abgekürzten Kosenamen „Primko" genannt, ist ein Enkel Herzog Heinrichs II., des Frommen, jenes heldenhaften Fürsten, der in dem furchtbaren Kampfe gegen die asiatischen Barbaren, die Mongolen, am 9. April 1241 sein Leben opferte. Herzog Primislaus, der Gründer Prim= kenau's, wohin er deutsche Ansiedler aus Thüringen gezogen hatte, regierte 1273 — 1289, er fiel in der Schlacht bei Siewierz im Februar 1289. Seitdem hat die Herrschaft Primkenau häufig den Besitzer gewechselt. Im September 1853 brachte der Herzog Christian August von Schleswig= Holstein die Herrschaft käuflich an sich und arrondirte sie nach und nach auf 54,500 Morgen. Nach dem 1869 er= folgten Ableben des Herzogs trat sein Sohn, der Herzog Friedrich, die Erbschaft an, der in der Erkenntniß, daß die richtige Ausnutzung so großen Grundbesitzes, wie die Herr= schaft Primkenau, nur in Verbindung mit Industrie zu er= reichen ist, die Stärkefabrik Lauterbach neu erbaute und das Hüttenwerk Henriettenhütte vergrößerte. Seit dem Tode Herzog Friedrich's, 14. Januar 1880, hatten Herzogin Abel= heid und Prinz Christian die Vormundschaft übernommen.

Drei Jahre früher als Prinz Wilhelm vermählte sich seine Schwester, Prinzessin Charlotte, dem Erbprinzen Bern= hard von Sachsen=Meiningen. Der Großvater des= selben, Herzog Bernhard, hatte auch zu den Fürsten gehört, die sich der nationalen Erhebung Deutschlands widersetzten. Er legte die Regierung in Folge der Verwickelungen des Jahres 1866 am 20. September 1866 zu Gunsten des Erb= prinzen Georg nieder. Durch seine Gegnerschaft gegen die

preußische Hegemonie, die ihn veranlaßte, als einer der
Letzten damals mit Preußen seinen Frieden zu schließen, war
diese Thronentsagung, bei der Gründung des Norddeutschen
Bundes, eine nothwendige geworden. Seit 1866 war der
Herzog aus der Zurückgezogenheit des Privatlebens in
Meiningen und Altenstein nicht mehr hervorgetreten und
ist vor Kurzem gestorben. Sein Enkel gehört nunmehr zur
Familie derselben Dynastie, mit der der Großvater nicht
Frieden schließen wollte. Er residirt jetzt in Charlotten-
burg und weiß durch glänzende Eigenschaften seinen Platz
in der höchsten Gesellschaft auszufüllen.

Politisch hat Herzog Ernst von Gotha Anspruch
darauf, neben dem Großherzog von Baden genannt zu
werden; wenn er in seinen Ansichten über deutsche Politik
zuweilen geschwankt hat, so muß ihm die Entschlossenheit
dafür desto höher angerechnet werden, mit der er sich, als
jede vermittelnde Thätigkeit zu Ende sein mußte, 1866 auf
die rechte Seite stellte und zur glücklichen Entscheidung das
Seinige beitrug. Vordem wollten die Deutschen ihr Land
bei großen Schützenfesten einig singen und trinken, und wenn
es nach den Schützen in Frankfurt am Main gegangen sein
würde, so wäre Herzog Ernst von Koburg zum Kaiser gemacht worden. Der Herzog und Bismarck trugen im
Uebrigen ein und dieselbe Uniform, jener war Chef und
dieser Major à la suite. Man sieht, das Offizierkorps
des siebenten Kürassierregiments repräsentirte damals große
Gegensätze.

Herzog Ernst läßt sich, als der nahe Verwandte des

kronprinzlichen Paares und von alter Zeit her mit ein=
zelnen Größen der Berliner Gesellschaft befreundet, noch
ab und zu in der Hauptstadt sehen.

Im Februar 1884 wurde in vielen Kreisen mit großer
Befriedigung bemerkt, wie überaus herzlich die Aufnahme
war, welche dem Herzog Ernst von Sachsen=Koburg=Gotha
bei seinem Besuche am kaiserlichen Hofe zu Theil wurde.
Es war das sicher das letzte Dementi aller jener grund=
losen und thörichten Mittheilungen, welche einige Zeit in
offenbar feindlicher Tendenz gegen den Herzog durch ver=
schiedene Blätter die Runde machten. Auch jetzt hatten
einige Zeitungen wieder sich bemüht, irrige Gerüchte in
die Oeffentlichkeit zu bringen, so z. B. die Nachricht von
einer einstündigen „Besprechung" des Herzogs mit hohen
Verwandten über angebliche Differenzen in dem herzoglichen
Hause. Es wurde aufs Neue die Fabel aufgetischt, der
Herzog von Edinburgh habe im vergangenen Herbst aus
Verstimmung über gewisse Vorgänge auf dem Hofball zu
Koburg diese Stadt plötzlich verlassen, und ferner, daß auf
Wunsch des deutschen Kronprinzen jetzt auf neutralem
Boden Vermittelungsversuche angestellt seien. Alles dies
beruhte auf Erfindung. Der Herzog von Koburg hat von
seinem Rechte als Souverän Gebrauch gemacht, wie dies
jeder Hausherr in seinem Hause zu thun in der Lage ist
und in gleichem Falle auch thut. Damit war die Ange=
legenheit erledigt und von „Vermittelungen" oder der=
gleichen konnte keine Rede sein.

Zu den dem preußischen Hofe freundlich gesinnten

kleineren Höfen hat auch immer Oldenburg gehört. Die Vermählung des Erbgroßherzogs August von Oldenburg mit der Prinzessin Elisabeth, der zweiten Tochter des Prinzen Friedrich Karl, welche an ein und demselben Tage mit der Vermählung des Erbprinzen Bernhard von Sachsen-Meiningen (18. Febr. 1878) stattfand, hat natürlich die Beziehung nur inniger gestalten können.

Das fürstliche und katholische Haus Hohenzollern, das seiner Regierung im Jahre 1849 zu Gunsten des Königs von Preußen entsagte, ist mit dem königlichen und evangelischen Hause immer sehr befreundet gewesen, ohne verwandt zu sein. Beide Familienzweige haben sich bereits seit mehr als vierhundert Jahren getrennt. Doch ist jetzt der König von Preußen das Haupt der ganzen Familie und die Prinzen des Fürstenhauses zählen zu den Prinzen vom Geblüte. Fürst Karl Anton ist seit Kurzem todt. Er war in den preußischen Staatsdienst getreten und nach Manteuffel Ministerpräsident, ein verfassungstreuer Mann, von freisinnigen Grundsätzen.

Der älteste Sohn des Fürsten Anton, der jetzige Fürst Leopold, dessen spanische Thronkandidatur 1870 der Vorwand zur französischen Kriegserklärung wurde, ist preußischer Generallieutenant, findet aber am Soldatenleben weniger Gefallen als an den Wissenschaften. Als sein jüngerer Bruder Anton bei Königgrätz fiel, war er Premierlieutenant. Er hat durch seine ernste Richtung, die er hauptsächlich der tüchtigen häuslichen Erziehung und der hohen Natur seiner Mutter, einer geborenen Prinzeß von Baden, verdankt, auf seine Brüder stets großen Einfluß geübt. Der Reichthum des Vaters gestattete den Söhnen jeden Lebensgenuß, die Einfachheit ihrer Lebensart ist daher doppelt anzuerkennen, und gerade sie ist es, die nicht zum geringeren Theile durch Erbprinz Leopold's Vorbild ein charakteristischer Zug der Prinzen von Hohenzollern wurde. Mit dem Vater hat der Erbprinz ein und dieselbe politische Ansicht. Die fürstlich Hohenzollersche Familie ist gut liberal. Als der Krieg von 1866 sich einleitete, wurde Fürst Anton mit einer gewissen Demonstration bei Seite geschoben; die Treskow, Alvensleben und Roon wollten nichts von ihm wissen. Der Erbprinz Leopold nahm an dem Feldzug nicht Theil, was auch bemerkenswerth ist. Als die spanische Kandidatur auftauchte, wurde in Berlin aus liberalem Munde geäußert: „Ob er König wird, steht ja noch dahin, aber wird er's, so haben die Spanier nicht eine ganz schlechte Wahl getroffen." Der Erbprinz ist als ein Mann von streng konstitutionellen Grundsätzen der Ansicht, daß Jeder im Staate das Gesetz zu achten habe, der zufällig höher Gestellte mehr noch wie die Uebrigen, weil auf sein Beispiel viel ankomme.

Prinz Leopold hat sich nach dem Kriege noch viel in der Berliner Gesellschaft bewegt.

Sein jüngerer Bruder Karl, heute König von Rumänien, hat Berlin schon seit dem April 1866 verlassen, aber er ist schon wiederholt zum Besuche in der Kaiserstadt gewesen und alle Welt erkennt ihn wieder in der Uniform seines preußischen Dragoner-Regiments. Der Kopf des im besten Mannesalter stehenden Monarchen, mit dem ernstblickenden

Auge, dem sehr dunklen Teint und einem schönen schwarzen
Vollbarte, gehört zu jenen, welche sich dem Gedächtnisse ein=
prägen. Kronprinz Friedrich Wilhelm und Prinz Wilhelm
sind ihm besonders zugethan, und der Empfang des selten
gewordenen Gastes ist stets ein sehr herzlicher. Als er im
Jahre 1866 die Wahl als Fürst von Rumänien annahm,
äußerte sich Fürst Bismarck einem Diplomaten gegenüber:
„Man schiebt mir Vieles in die Schuhe, woran ich ganz
unschuldig bin, und ich erfahre erst durch die Zeitungen,
daß ich es sei, der an diesem oder jenem Ereignisse die
Schuld trage. Andererseits rechnet man mir wieder Ver=
dienste zu, die ich nicht habe. So hielt man es für ein
Werk meiner Schlauheit, daß ich vor Beginn des Feldzuges
gegen Oesterreich den Prinzen Karl von Hohenzollern auf
den rumänischen Thron gebracht hätte. Und doch hatte ich
daran einen sehr geringen Antheil. Der Prinz kam eines
Tages zu mir, theilte mir zu meiner Ueberraschung mit,
daß ihm von Seiten rumänischer Bojaren der Thron an=
geboten worden sei, und frug mich um meinen Rath. Nun,
sagte ich, das ist ja immerhin ein hübsches Avancement für
einen preußischen Lieutenant, und den Versuch könnten Sie
wohl machen. Doch Rumänien ist ein sehr schwer regier=
bares Land mit halbasiatischen Zuständen. Vergessen Sie
nicht, daß Sie ein Hohenzoller sind, der nur würdig handeln
darf. Sehen Sie, daß Sie dort nicht nützlich wirken können,
nun so gehen Sie wieder fort, aber wie ein Cusa lassen
Sie sich nicht behandeln. Dann meinte der Prinz, er sei
Offizier, und es bleibe ihm keine Zeit, Urlaub oder Ab=

schied regelrecht zu erbitten; er könnte als Deserteur behandelt werden. Dafür will ich bei Sr. Majestät die Verantwortung übernehmen, erwiderte ich. Dies war mein ganzer Antheil, den ich an der Sache nahm."

Prinz Friedrich, der jüngste der drei Brüder, ist längst Berliner geworden und steht dem königlichen Hause nicht bloß äußerlich nahe. Am 23. November 1879 traf er mit seiner jungen Gemahlin, einer geborenen Prinzessin von Thurn und Taxis, in Berlin zu bleibendem Aufenthalt ein. Zur Begrüßung der Prinzessin hat sich damals im Auftrage der Kaiserin der Ober=Zeremonienmeister Graf Still=fried=Alcantara auf dem Bahnhofe eingefunden. Von dort fuhr das hohe Paar in fürstlicher Equipage in das von dem Prinzen bereits vor längerer Zeit gemiethete und in gediegenstem Geschmacke ausgestattete Palais in der Wil=helmstraße Nr. 23. Das Innere der Einfahrt sowie die Absätze der Marmortreppe, welche zu den Wohn= und Festräumen im ersten Stocke führt, waren auf das Prächtigste mit blühenden Gewächsen und hohen Blattpflanzen dekorirt; der Schweizer und die übrige Dienerschaft parabirte in der Gala=Livree des Hohenzollernschen Hauses, kurz es war Alles geschehen, dem jungen Paar bei seiner Ankunft einen freundlichen Empfang zu bereiten. Am 21. Juli war das Paar nach voraufgegangenem standesamtlichen Akt in der katholischen Kirche St. Emeran zu Regensburg durch den bortigen Bischof im Beisein des königlich sächsischen Herrscher=paares getraut worden, hatte dann seine Hochzeitsreise an=getreten, weilte zuerst auf Schloß „Hans" bei Regensburg,

dann in Tegernsee; von dort begaben sich sich nach Sig=
maringen.

Auch die Familie des Fürsten Thurn und Taxis ist
durch den Prinzen Friedrich Berlin näher gebracht worden.
Den Fürsten Maximilian zu Thurn und Taxis, Bruder der
Prinzessin von Hohenzollern, sieht man z. B. häufig in
der Hauptstadt. Als der Kronprinz von Preußen im Sep=
tember 1884 in Regensburg war, erfreute er den Prinzen
Maximilian mit einem längeren Besuche. Im Jahre dar=
auf starb der junge Fürst im Alter von dreiundzwanzig
Jahren. Er hatte mit aufrichtiger Verehrung zum Kron=
prinzen gehalten und aus seiner Freude, ihn während der
Manöver von 1885 als Gast bei sich aufnehmen zu können,
kein Hehl gemacht: „Diesmal wohnt er bei mir!" hatte
er noch im Mai freudestrahlend vom Kronprinzen gesagt.

In Mecklenburg=Schwerin wie im Ländchen
Strelitz murrt Adel und Geistlichkeit, als wären es annek=
tirte Lande. Berlin wird wie ein Herd der politischen
Verpestung verabscheut und gemieden. Das Mekka der
mecklenburgischen Gläubigen ist Rom. Zwar der Hof ist
gut national gesinnt, die verwandtschaftlichen oder freund=
schaftlichen Beziehungen sind alt. Die ehrwürdige Gestalt
der 83 jährigen Großherzogin Mutter, die sich in dem
Kreise der Berliner Hofgesellschaft mit der Rüstigkeit ihres
kaiserlichen Bruders bewegt, hat einen regen Verkehr zwischen
dem Großstaat und Kleinstaat herzustellen verstanden. Eine
Frau von seltener Festigkeit bei allen Schicksalsschlägen, hat
sie es erleben müssen, daß ihr Gemahl und alle ihre Kinder

vor ihr ins Grab sanken. So steht die greise Fürstin am Abend ihres Lebens allein da, aber eine Schaar von Enkeln und Urenkeln sind ihr Trost und Stolz.

Am Berliner Hof bilden die Mitglieder des mecklenburgischen Herrscherhauses auch nach dem 1883 erfolgten Tode des Großherzogs Friedrich Franz II., der seinen Onkel Kaiser Wilhelm tief verehrte, noch ein sehr angesehenes Element der Gesellschaft. Nur Herzog Paul hat sich zurückgezogen. Es ist eine eigenthümliche Beobachtung, daß in Mecklenburg verhältnißmäßig viele Bekehrungen zur römisch-katholischen Kirche vorkommen. Solche Fälle wie der Uebertritt der bekannten Gräfin Hahn-Hahn sind selbst außerhalb des hohen Adels nicht vereinzelt. Der in Breslau gestorbene Schriftsteller Dr. Hager, ein hervorragendes Mitglied der Partei des Centrums und bis kurze Zeit vor seinem Tode Redakteur der bekannten ultramontanen Zeitung „Schlesische Volkszeitung", war ein geborener Mecklenburger und vor seinem 1875 geschehenen Uebertritt zum Katholizismus Lehrer am Gymnasium zu Schwerin, dann Prediger in einer mecklenburgischen Dorfpfarre. Es ist überhaupt eigenthümlich, wie viele konvertirte Mecklenburger hervorragende Stellungen in der katholischen Hierarchie einnehmen. So ist der bekannte Orden-Provinzial der Jesuiten für die beiden Erzherzogthümer Oesterreich „Pater Bülow" ein geborener Mecklenburger, ein Herr von Bülow, der früher daselbst das Gut Ehmkendorf bei Rostock besaß und cand. jur. war; ein anderer früherer mecklenburgischer Jurist und Gutsbesitzer in der Rostocker

Gegend, von Vogelfang, ist Chefredakteur der ultramontanen Wiener Zeitung „Das Vaterland"; der durch seine Bestrebungen in Tyrol bekannte Besitzer des Schlosses Fragsburg bei Meran, der ebenfalls früher dem Jesuitenorden angehörte und den Namen Pater Alvin dort annahm, ist ein Freiherr von Kettenburg aus der Gegend von Teterow; der jetzige Rektor der Universität Wien, Professor Massen, der so scharf gegen die deutschliberalen Bestrebungen der Wiener Studenten auftrat, lebte vor seinem Uebertritt zum Katholizismus als Advokat in Rostock. Nun sollte das Land es noch erleben, daß ein Prinz aus dem eigenen Regentenhause diesem Zuge folgte.

Der jetzige Großherzog von Mecklenburg-Schwerin, Friedrich Franz III., geboren am 19. März 1851, ist mit der Großfürstin Anastasia, Tochter des Großfürsten Michael von Rußland, vermählt. Die Gesundheitsverhältnisse des Großherzogs werden nicht als günstig bezeichnet. Daher wurde die Vermählung des Prinzen Paul Friedrich, geboren am 19. September 1852, des zweiten Sohnes des verstorbenen Großherzogs, mit der katholischen Prinzessin Windischgrätz nicht gern gesehen. Auf Anordnung des Großherzogs mußte die Prinzessin ihr erstes Wochenbett im Schlosse zu Schwerin halten und das Kind evangelisch getauft werden. Als die zweite Entbindung bevorstand, begab sich das Herzogliche Paar nach Algier. Während Herzog Paul Friedrich von dort zur Beerdigung seines Vaters nach Schwerin reiste, wurde seine Gemahlin am 1. Mai von einer Prinzessin entbunden, welche sofort auf

Veranlaſſung der Schweſter der Prinzeſſin, einer Gräfin Mocenigo von Venedig, die gleichfalls in Algier verweilte, von dem dortigen Erzbiſchof getauft wurde. Daß dies ohne den Willen des Herzogs und ſeiner Gemahlin geſchehen ſei, und daß Erſterer beabſichtige, eine Aenderung eintreten zu laſſen, meldete die „Norbb. Allg. Zeitung", entgegen dem allgemein verbreiteten Gerüchte, der Herzog ſei ſelbſt zur katholiſchen Kirche übergetreten. Einen gewiſſen Abſchluß erhielt dieſe Angelegenheit durch folgendes Ereigniß.

Am 1. November 1884 wurde eine großherzogliche Verordnung veröffentlicht, welche die Verzichtleiſtung des Herzogs Paul Friedrich von Mecklenburg-Schwerin für ſich und ſeine Nachkommenſchaft auf die Rechte der Erbfolge enthielt; nur im Falle des Ausſterbens ſeiner Brüder und deren Nachkommenſchaft ſollte das Erbrecht des Herzogs und ſeiner Nachkommenſchaft wieder in Kraft treten, der Erbberechtigte aber nur unter der Bedingung, daß er zur proteſtantiſchen Kirche übertrete, ſucceſſionsfähig ſein. Die Urſache dieſes Verzichts lag in der Thatſache, daß der Herzog ſich nachträglich entſchloſſen hat, ſeine Kinder katholiſch erziehen zu laſſen. Ob er ſelbſt ſchon zum Katholizismus übergetreten iſt, darüber liegt nichts Authentiſches vor.

Der Herzog Paul war bereits im April 1884 aus der preußiſchen Armee ausgeſchieden. Der eigentliche Grund des Abſchiedes war das eigentliche Verſprechen des Herzogs Paul, ſeine Descendenz in der katholiſchen Religion zu erziehen, weil eine heute noch in Kraft ſtehende Kabinets-

Ordre Friedrich Wilhelm's IV. die Entlassung jedes evangelischen Offiziers aus dem Dienst anordnet, welcher sich
durch eidliches Versprechen vor einem katholischen Priester
zur Erziehung seiner Kinder im katholischen Glauben ver-
pflichtet. Diese Kabinets-Ordre ist von Charlottenburg,
7. Juni 1853 datirt und lautet wie folgt:

„Ein Erlaß des Bischofs von Trier, welcher auf den
Bestimmungen eines päpstlichen Breve beruhen soll, befiehlt
bei Ehen gemischten Bekenntnisses dem evangelischen Bräu-
tigam, in die Hände des Bischofs oder desjenigen seiner
Pfarrer, den derselbe dazu besignirt, einen Eid zu leisten,
kraft dessen er gelobt, seine Kinder der römisch-katholischen
Kirche zu weihen. Bei Verweigerung dieser Forderung ist
die Ehe vom römisch-katholischen Standpunkte untersagt.
Erfüllt er aber diese Forderung, so wird ihm als Lohn das
Erscheinen vor dem Pfarrer an ungeweihtem Ort und die
Erklärung des Entschlusses, eine Ehe eingehen zu wollen,
gestattet, die Einsegnung dieser Ehe dennoch verweigert.
Dies veranlaßt Mich, hierdurch zu erklären, daß Ich jeden
Offizier meiner Armee, der den geforderten, den Namen
wie das evangelische Bekenntniß entwürdigenden Schritt
unternimmt, sogleich aus Meinem Heeresdienste entlassen
werde."

Die Verlobung des Herzogs Johann Albrecht von
Mecklenburg-Schwerin mit der Herzogin Elisabeth zu Sachsen
hat in den Kreisen der Berliner Gesellschaft freudig überrascht. Gehen jeder andern fürstlichen Verlobung gewisse
Andeutungen oder auch Symptome voraus, so erschien

diese ganz unvorbereitet. Als der Herzog sich nach dem Süden begab, wußte man wohl, daß er den Großherzog und die Großherzogin in Cannes besuchen würde, aber nichts verlautete davon, daß diese seine Reise eine Bräutigams= fahrt sein würde. Der Herzog ist eine in hiesigen Gesellschafts= kreisen äußerst beliebte Persönlichkeit. Die Urbanität seines Wesens, die vornehme Einfachheit seiner Person wie seine tabellose Lebensführung haben ihm viele Freunde und hohe Achtung erworben. In der Prinzessin Braut, der Nichte unserer Kaiserin, findet er eine sehr würdige Lebensgefährtin. Ueber die hohe Gesinnung ihres Herzens, über den ernsten idealen Zug ihres Geistes, über ihre umfassende Bildung ist nur eine Stimme sowohl in den Kreisen Weimars, die der Prinzessin von Jugend an nahe standen, als auch in der Bevölkerung der Residenz an der Ilm. Namentlich in Mecklenburg ist die Nachricht von der Verlobung mit freu= diger Genugthuung aufgenommen worden. Der Bräutigam ist eine im Lande populäre Persönlichkeit und eine Ver= tretung des Großherzoglichen Paares, dessen Abwesenheit von der Residenz während eines großen Theiles des Jahres durch den Gesundheitszustand des Großherzogs bedingt ist; eine Vertretung durch ein fürstliches Paar aus der Familie hatte schon längst in den Wünschen der Bevölkerung nicht nur der Residenzstadt Schwerin, sondern des ganzen Landes gelegen.

Das großherzogliche Haus Hessen ist am Ber= liner Hofe meist durch den Prinzen Heinrich vertreten, den Bruder des Großherzogs. Er hat lange in Berlin gelebt als

Kommandeur des 2. Garde-Ulanen-Regiments und ist in der Berliner Gesellschaft eine so altbekannte als sympathische Erscheinung. An seinen Namen knüpft sich für die Berliner eine patriotische Erinnerung. Der 31. Juli 1870 war der Tag, an welchem der König zur Armee abgehen sollte. Es war derselbe, an welchem auch der Aufruf an das Volk veröffentlicht wurde und an allen Anschlagsäulen zu lesen war. Von früh an umstanden schon große Volksmassen das königliche Palais und riefen ihrem König, so oft er sich nur an den Fenstern sehen ließ, ihr Hurrah! zu. Mittags holte das 2. Garde-Ulanen-Regiment seine Standarte aus dem Palais und der König trat bei dieser Gelegenheit auf die Rampe, um die Eskadron vorbeimarschiren zu lassen. Als der Kommandeur des Regiments, Prinz Heinrich von Hessen, an der Rampe vorübertritt, reichte ihm der König die Hand über die Rampe herunter, welche der Prinz ergriff und küßte. Bei diesem Anblick, der so recht ausdrückte, was alle Welt fühlte: — Abschied und Hoffnung auf Wieder- sehn, — Trennung und ungewisser Blick in die Zukunft, — Herablassung und Ehrfurcht, — brach das Volk in hellen Jubel aus und blieb bis zum Augenblick der Abreise in dieser begeisterten Stimmung.

Auch der jüngere Bruder des Prinzen Heinrich, Prinz Wilhelm von Hessen, kommt zuweilen nach Berlin. Groß- herzog Ludwig erschien mit seinen beiden Töchtern, den Prinzessinnen Viktoria und Elisabeth, zur Feier der silbernen Hochzeit seines Schwagers, unseres Kronprinzen. Auf dem berühmten Kostümfest, welches den Glanzpunkt jener Feier

bilbete, wirkten auch die beiden genannten jungen Prin=
zessinnen mit. Im Jahre barauf fand die Hochzeit der
Prinzessin Viktoria von Hessen mit dem Prinzen Ludwig
von Battenberg und biejenige ihrer Schwester, der Prin=
zessin Elisabeth, mit dem Großfürsten Sergius von Ruß=
land statt. Die Battenbergs, bekanntlich Neffen des Groß=
herzogs, haben als Offiziere der preußischen Armee in den
Berliner Hofkreisen lange gelebt. Bei der Geburtstagsfeier
des Kaisers im Jahre 1880 erschien der Vater, Alexander
von Hessen, der in der österreichischen Armee gedient hat,
mit seinem Sohne, dem Prinzen Ludwig, der die Uniform
eines Offiziers der englischen Marine trug. Ludwig's
jüngerer Bruder, Alexander, war bamals bereits zum Fürsten
von Bulgarien erwählt. Er war Sekonde=Lieutenant im
Regiment Garbes du Corps in Potsbam. Als er wegen
der Annahme des bulgarischen Thrones schwankte, sagte
ihm Fürst Bismarck: „Nehmen Sie an! Es wird immerhin
eine angenehme Erinnerung für Sie sein."

Fürst Alexander, heute entthront, hat sich als ein
ebenso energischer als selbständiger und politisch kluger
Staatsmann erwiesen und zu biesem Ruhme den des
Kriegsführers gefügt; er hat das Herz aller Ebelgesinnten
in Deutschland im Sturme gewonnen. Die Bulgaren wurden
einst unter dem türkischen Joche als eine ganz verkommene
unkriegerische Rasse geschilbert. Sie haben sich schon im
Kriege von 1877 jenseits des Balkan und im Schipkapaß
tapfer geschlagen und ihr Blut stromweise vergossen. Jetzt
hatten sie am eigenen Monarchen auch noch den als Vorbild

voranleuchtenden und den echten Soldatengeist ihnen ein=
flößenden Führer gefunden. — Die Berliner Lieutenants
auf den Thronen der Balkanhalbinsel machen ihrem Vaterlande durchaus Ehre. König Karl und Fürst Alexander haben
seitdem wiederholt Berlin besucht und in der Berliner
Gesellschaft die schmeichelhaftesten Huldigungen gefunden.
Fürst Alexander war im Mai 1884 in Berlin, er stattete
auch dem Fürsten Bismarck einen Besuch ab, wobei letzterer
selber sich der Worte erinnerte, die er gegen den Fürsten
vor der Annahme der Krone gesprochen hatte.

Im Anfang des Jahres 1885 gab die Heirath des
Prinzen Heinrich von Battenberg, eines jüngern Bruders
Alexanders, mit der Prinzessin Beatrice von England Anlaß zu allerlei politischen Kombinationen, die den Fürsten
Alexander betrafen. Man sprach von der Fühlung, die
dieser mit England gegen Rußland suche, und stellte den
politischen Gegensatz des Fürsten Alexander gegen die
kaiserlich-russische Dynastie in ein überaus grelles Licht.
Wir haben es hier nicht mit den Protesten zu thun, welche
dagegen in den diplomatischen Kreisen Berlin's erhoben
wurden. Wir wollen nur einen Punkt hervorheben, der
Familienverhältnisse betrifft. Die Mutter des Fürsten
Alexander ist die Tochter des ehemaligen polnischen Kriegs=
ministers Grafen Moritz von Hauke, die bei ihrer Ver=
mählung zur Prinzessin von Battenberg erhoben wurde.
Man hat nun den unter dem Namen Bozak in der polnischen Revolutions=Geschichte von 1863 bekannt gewordenen
Grafen Josef Hauke als Bruder der Fürstin von Batten=

berg bezeichnet und von fortbauernden polnischen Be=
ziehungen der fürstlichen Familie gesprochen. Graf Josef war
aber nicht Bruder, sondern Vetter der genannten hohen
Dame und lange vor seiner Betheiligung an dem Aufstande
1863/1864 der „verlorene Sohn" der Familie. In Ruß=
land erzogen, mußte dieser bei Ausbruch des Orientkrieges
von 1853 den Abschied aus dem Leibgarde=Husaren=Regi=
ment nehmen, weil er eben damals in demonstrativer Weise
einen Urlaub ins Ausland nachgesucht hatte. Unter Kaiser
Alexander II. reaktivirt, dem Kriegsminister beigegeben, zum
Rittmeister und Oberstlieutenant in der Kaukasus=Armee
befördert, mit einem Ehrensäbel „für Tapferkeit" aus=
gezeichnet und zum kaiserlichen Flügeladjutanten besignirt,
mußte Graf Hauke wegen intimer Beziehungen zu polnischen
Revolutionsmännern 1862 zum zweiten Male den Abschied
nehmen. Während des Aufstandes befehligte er unter dem
Titel eines Woiwoden von Sandamir eine Bande, die
bei Opatowo (23. Februar 1863) geschlagen wurde und
nach deren Vernichtung er sich in Paris niederließ, um
1870 französische Dienste zu nehmen. Er fiel im Januar
1871 vor Dijon. Eine eigentliche Rolle hat Hauke auch
unter den Aufständischen nie gespielt, auch nie Beweise be=
sonderen Vertrauens derselben erhalten. Nicht wegen seines
Namens, sondern auf Grund einer Czartoryski'schen Em=
pfehlung erhielt er ein untergeordnetes Kommando und
auch das nur auf kurze Zeit. Mit seiner Familie war
Graf Josef vollständig zerfallen, da diese bereits im Jahre
1830 auf die russische Seite getreten und derselben unent=

wegt treu geblieben war. Nie ist auch nur das Geringste über Verbindungen des Hauses Battenberg mit dem Grafen Josef oder anderen irgendwie an polnischen Unternehmungen betheiligten Mitgliedern der Warschauer Aristokratie oder der Emigration von authentischer Seite bekannt geworden.

Die Streichung des Fürsten Alexander von Bulgarien aus den Listen der russischen Armee, welche nach Ausbruch des Serbischen Krieges erfolgte, hatte die Familie des Fürsten ungemein peinlich berührt; es war das leicht begreiflich, wenn man sich zurückruft, in welchem intimen persönlichen Freundschaftsverhältniß Kaiser Alexander II. mit seinem Schwager, dem Prinzen Alexander von Hessen, dem Vater des bulgarischen Fürsten, stand. Auch die Kaiserin stand ihrem Lieblingsbruder, dem Prinzen Alexander, ganz besonders nahe. Es wurde daran erinnert, daß zu der Zeit, als Kaiser Alexander II. ein häufiger Gast auf Schloß Heiligenberg bei Jngenheim, dem Landsitz des Prinzen Alexander, war, und in der Begleitung seines Vaters der damalige Großfürst Alexander sich gleichfalls daselbst befand, derselbe sich gegen seine Vettern, die Prinzen von Battenberg, in einer Weise ablehnend verhielt, die nicht unbemerkt bleiben konnte. Auch später hatte der russische Kaiser keinen Zweifel daran gelassen, daß seine Sympathien in Bezug auf die Battenberg'sche Familie nicht die gleichen wie die seines Vaters waren. Von Seiten des Fürsten Alexander von Bulgarien wurde die Maßregel, welche ihn aus der russischen Armeeliste strich, lediglich mit Schweigen beantwortet. Mit welchem Stolze und welcher landsmännischen

Befriedigung man in Darmstadt und Berlin die Thaten des Fürsten Alexander verfolgte, bedarf keiner weiteren Darlegung. An der Seite des Fürsten kämpften außer seinem Bruder, dem Prinzen Franz Josef, noch einige Hessen, die zu der militärischen Umgebung des Fürsten gehörten. Die Spenden für die bulgarischen Verwundeten gingen in großen Beträgen ein, Sendungen wurden unausgesetzt befördert und jeder neue Sieg der bulgarischen Fahnen, welche den hessischen Löwen im Wappen trugen, wurde mit allgemeinem Jubel begrüßt.

Der letzte Kurfürst aus dem Hause Hessen und der letzte deutsche Kurfürst überhaupt wurde vor einigen Jahren in Kassel zu Grabe getragen. Seine Kinder aus der Ehe mit Gertrud Fürstin von Hanau, Gräfin von Schaumburg, führen den Titel Prinzen von Hanau. Sie sind außer jeder Beziehung zum Berliner Hofe. Ihre Mutter, die dem Kurfürsten in morganatischer Ehe angetraut, war ein geborenes Fräulein Falkenstein aus Bonn, das sich mit dem preußischen Lieutenant Lehmann verheirathet hatte. Auf Wunsch des Kurfürsten Friedrich Wilhelm wurde diese Ehe gelöst und die geschiedene Frau Lehmann trat nun vom Katholizismus zum Protestantismus über, um so das letzte Hinderniß für die Verbindung mit dem hessischen Kurfürsten zu beseitigen. Es dauerte nicht lange und der Kurfürst erhob die morganatische Gemahlin in den Grafen- und kurz darauf unter dem Titel einer Fürstin von Hanau in den Fürstenstand. Die Kinder der neuen Fürstin aus erster Ehe aber wurden als Herren von Scholley in den Adelstand erhoben und traten meistentheils in den österreichischen Militärdienst.

Man kann von Kurfürst Friedrich Wilhelm sagen: er hatte seinen guten und seinen bösen Engel. Sein guter Engel war seine Mutter Auguste, eine geborene Prinzeß von Preußen, deren Andenken in den Hessenlanden ein gesegnetes ist und ein dauerndes bleiben wird. Sein böser Engel aber war die Fürstin Gertrud, die ihren ganzen Einfluß aufbot, um den Kurfürsten zu Oesterreich hinüber zu ziehen, die ihn durch dieses Hinneigen zu Oesterreich um sein Kurfürstenthum brachte. Die Fürstin von Hanau hoffte nämlich, wie man sich erzählte, durch Oesterreich die Nachfolge ihrer Kinder aus zweiter Ehe, der Prinzen und Prinzessin von Hanau, auf dem hessischen Thron zu erwirken.

Größere Gegensätze, als das Leben am hessischen Hofe und dasjenige am preußischen, lassen sich wohl kaum denken! In Berlin Verehrung für die Herrscherfamilie in allen Kreisen, besonders aber in den hohen Beamtenkreisen, in den dem Hofe nahestehenden Schichten; in Kassel dagegen, bei aller angestammten Pietät vor dem Hause Hessen, doch eine Abneigung der gesinnungstüchtigeren Elemente, die sich selbst im öffentlichen Leben kundgab. Kam der Kurfürst in seiner mit sechs Isabellen bespannten Kalesche von Wilhelmshöhe nach dem Stadtschloß gefahren, so retirirten die höheren Angestellten in die Hausflure, um den ungeliebten Monarchen nicht grüßen zu müssen. Als in Frankfurt beim Fürstentag die Fürstenauffahrt auf dem Römer vor sich ging und das herrliche Gespann des Kurfürsten auffuhr, glaubte die Menge, es sei Franz Joseph „der Kaiser“. Die kostbaren Teppiche wurden aus dem Römer gerollt, und die Musikchöre intonirten „Gott erhalte Franz den Kaiser“. Erst zu spät, sagte der Frankfurter Witz, merkte man, daß es d e r war, „den Gott n e t erhalte sollt’!“ Ein Frankfurter Antiquar aber hatte des Kurfürsten Bild ausgehängt im Schaufenster, beobachtete in seiner Thür das schaulustige Publikum und brach endlich, als Niemand kam das Bild zu kaufen, in die unmuthigen Worte aus: „H ä n g e n sehen möcht’ ihn Jeder, aber k a u f e n Keiner“.

Als einst der Kurfürst im Frankfurter Theater, seiner Gewohnheit nach, laut während der Vorstellung sprach, bekam er von den Bürgern der damals noch „freien Stadt“ so unangenehme Dinge zu hören, daß er lange Jahre hindurch Frankfurter Boden nicht wieder betrat. Diese Scene spielte sich in demselben Theater ab, in dem Lola Montez den König Ludwig von Bayern zu ihren Füßen sah.

In diesem Buche, das sich mit dem lichtvollen Hohenzollernhofe beschäftigt, müssen wir nur noch einige Mitglieder der Nebenlinien des Kurhauses Hessen erwähnen, die mit der preußischen Königsfamilie in Berührung kamen.

Im Jahre 1884 starb Landgraf F r i e d r i c h W i l h e l m von H e s s e n, der mit einer Tochter des Prinzen Karl von Preußen vermählt war. Die Landgräfin Anna lebt noch, ist jetzt fünfzig Jahre alt und Mutter des Landgrafen F r i e d r i c h W i l h e l m, sowie des Prinzen F r i e d r i c h K a r l, welche Beide als Offiziere der preußischen Armee

öfters in Berlin erscheinen. Den Vater hielten lange poli=
tische Gründe fern von der preußischen Hauptstadt, an der
die Prinzessin Anna mit dem ganzen Heimathsgefühl einer
Berlinerin hing. Es ist wenig bekannt, daß Prinzessin
Anna und unser gegenwärtiger Kronprinz in zarter Jugend
sich herzlich zugethan waren. Die nahe Verwandtschaft
mag wohl verhindert haben, daß diese Neigung durch einen
Bund fürs Leben besiegelt wurde. Balb nach der Lösung
dieser Beziehungen erfolgte die Verheirathung der Prin=
zessin Anna mit Landgraf Friedrich (1853), dem sie fünf
Kinder schenkte. Ihre sieben Jahre ältere Schwester Luise
hat den Kelch unglücklicher Liebe schmerzlicher auskosten
müssen. Sie hatte ihr Herz an den gleichaltrigen Kronprinzen
Oskar von Schweden, den heutigen König, gehängt, der
ihre Liebe mit gleicher Leidenschaft erwiderte. Vertraute
der Prinzessin fragten bereits bei ihr an, ob man zur Ver=
lobung gratuliren dürfe. Die Politik soll dem Herzens=
bunde entgegengetreten sein. Die Gesundheit der Prinzessin
Luise, von seelischen Schmerzen erschüttert, bedurfte in
Italien der Erholung. Die Prinzessin — von ihrer damaligen
Umgebung übrigens als die liebenswürdigste junge Dame
und als das leibliche und geistige Ebenbild ihrer Groß=
mutter, der Königin Luise, geschildert, ging nur mit großem
Widerstreben und kehrte kaum gekräftigt zurück. In Berlin
machte sie dann die Bekanntschaft des ebenfalls gleich=
altrigen Landgrafen Alexis von Hessen=Philippsthal=Barch=
feld. Ihr lebhaftes Temperament fühlte sich von den ihr
leidenschaftlich entgegengebrachten Huldigungen des Land=

grafen angezogen, die Prinzessin rühmte gegen ihre Ver=
trauten die liebenswürdigen Eigenschaften desselben und
zeigte gern seine Photographie, mit einigem Stolze seine
Schönheit hervorhebend. Im Juni 1854 wurde die Ver=
mählung gefeiert. Bald nachher erkrankte der Landgraf
gefährlich, ein Nervenfieber befiel ihn. Es kamen schwere
Tage für die junge Gemahlin, sie verstrichen an seinem
Krankenbette zwischen Furcht und Hoffnung für das Leben.
Der Leidende genas, und in das häusliche Leben schien
das ganze Glück der jungen Ehe ungetrübt zurückzukehren.
Es sollte nicht von langer Dauer sein. Die Prinzessin
Luise bewahrte ihrem Gatten dieselbe treue Liebe, — sie
stieß aber bald auf Kälte und Abneigung. Zwischen
Beide hatte sich ein fremdes Wesen, eine Dame des Hofes,
gedrängt, der bald die ausschließliche Hinneigung des
Landgrafen angehörte. Monbijou, wo Landgraf Alexis
und Landgräfin Luise residirten, wurde die Stätte trauriger
Auftritte, die auch durch finanzielle Verhältnisse hervor=
gerufen sein sollen. Eines Abends suchte die Landgräfin
Luise ihren Schmerz durch Musik zu lindern. Sie hatte
die Lichter am Klavier angezündet, als der Landgraf in
das Zimmer trat, auf das Instrument zuging und die
Lichter mit den Worten ausblies: „Du kannst im Dunkeln
oder am Tage spielen und singen, für besondere Lichter
haben wir kein Geld.“ — Es werden noch manche andere,
ähnliche Scenen erzählt, zur Charakterisirung der Situation
genügt die eine. Im Jahre 1861 erfolgte die Scheidung
der kinderlosen Ehe. Landgräfin Luise ist eine alte Freundin

der Königin Olga von Württemberg, in deren Nähe sie oft weilt.

Württemberg läßt sich am Berliner Hofe durch den Prinzen Wilhelm vertreten, Rittmeister à la suite des Garde-Husaren-Regiments, Sohn eines Cousins des Königs Karl. Die Königin Olga hat dem Berliner Hofe immer sehr fern gestanden. Prinz August von Württemberg, ebenfalls ein Vetter des Königs Karl, der vor einem Jahre verstorben ist, war von seiner Jugend an durch und durch Preuße und Berliner geworden. Er war zuletzt General der Kavallerie und kommandirender General der Garde. Herzliche Sympathie verband den Kaiser mit dem Prinzen, der so lange und so ehrenvoll dem preußischen Staate gedient und in der Schlacht von St. Privat am 18. August 1870 sich blutige Lorbeeren erworben hatte. In unserer Stadt war er, ganz abgesehen von seinem fürstlichen Range, eine der Bürgerschaft werthe und populäre Persönlichkeit. Viele Züge aus seinem Privatleben, die von Mund zu Mund gingen, bewiesen die Güte und die Freundlichkeit seines Herzens. Die innige Verbindung, in der sich gerade Berlin zu seinem Königshause fühlt und weiß, erstreckte sich auch auf den Prinzen August von Württemberg.

Nur wenigen Lesern dürfte es bekannt sein, daß das Haus Hollmannstraße 16 in Berlin alltäglich den Besuch eines Verwandten unseres Königshauses empfing, und daß sich an dasselbe interessante historische Erinnerungen knüpfen. Prinz August von Württemberg war es, der jeden Nachmittag in der fünften Stunde hier vorfuhr, um die in dem genannten Hause wohnenden Verwandten seiner verstorbenen Gemahlin und vor Allem seine noch sehr jugendliche Tochter zu besuchen. Das einstöckige, überaus freundliche Häuschen, über dessen Giebel die Bäume des dahinter liegenden parkähnlichen Gartens hinwegragen, war ehedem im Besitz des Stadtältesten Hollmann, nach welchem die früher „Husarenstraße" genannte Straße ihren heutigen Namen führt. Vor ungefähr sechzig Jahren gelangte das Haus durch Kauf an die Frau Rentiere Bethge, deren drei durch Schönheit ausgezeichnete Töchter sich der Bühne zu widmen gedachten. Während die jüngste und älteste im Laufe der Zeit eine ansehnliche Stellung am hiesigen königlichen Ballet gewonnen, wurde die mittlere Tochter Marie, die sich dem Schauspiel zugewandt, durch die Bekanntschaft mit dem Prinzen August von Württemberg von der Fortsetzung ihres Berufes abgehalten. Der Prinz, den aufrichtige Liebe zu diesem Schritt geführt, erlangte die königliche Bewilligung zu einer Eheschließung, und Marie Bethge wurde ihm als Frau von Wardenberg angetraut. Im Jahre 1869 wurde die überaus glückliche Ehe durch den Tod getrennt; die sterblichen Reste der prinzlichen Gemahlin ruhen auf dem Jerusalemer Kirchhof in der Belle-Allianceftraße. „Hier ruhet in Gott Frau Maria von Wardenberg geb. Bethge. Gest. den 6. Februar 1869", so liest man auf der eisernen Gedenktafel des vom Prinzen August errichteten einfach würdigen Erbbegräbnisses. Die dieser Ehe entsprossene Tochter, die spätere Frau Hauptmann von Schenck, wohnte in dem Hause Hollmannstraße 16, deſſen Beſitzerin ſie war. Mit ihr bewohnten das Haus ihre beiden Tanten, die penſionirten königlichen Tänzerinnen Fräulein H. und A. Bethge, und ihre hochbetagte Großmutter, Frau Rentiere Bethge. Unter den Genannten weilte nun täglich Prinz Auguſt von Württemberg; nur kurze Zeit während des Sommers wurden dieſe Beſuche ausgeſetzt, denn dann weilte der Prinz auf ſeiner Beſitzung im Harz, wohin ihm ſeine Tochter, an der er mit zärtlicher Liebe hing, zu folgen pflegte. Hier aber, im Garten in der Hollmannstraße, fühlte ſich der Prinz am wohlſten, hier tauſchte er mit ſeinen Verwandten Erinnerungen aus, deren Mittelpunkt die früh geſchiedene Gattin bildete, und erſt in ſpäter Abendſtunde kam die Equipage des Prinzen mit den in blaue Livreen gekleideten Dienern, um den hohen Herrn ſeinem Heim in der Wilhelmſtraße wieder zuzuführen.

Da wir gerade von der Hollmannstraße erzählten, ſei hier bemerkt, daß geradeüber vom Hauſe Hollmannstraße 16, der Wohnung der Frau von Warbenberg, der Soltmann'ſche Garten liegt, der erſte öffentliche Kurgarten Berlins, wo bis Ausgang der fünfziger Jahre die vornehme Geſellſchaft verkehrte, um Mineralwaſſer zu trinken, und wo einſt auch eine Henriette Sonntag, ſpätere Gräfin Roſſi, unter anderen berühmten Perſönlichkeiten gewandelt. Sie ſchließen ein gut Stück Berliner Geſchichte, und kein unintereſſantes, in ſich — die beiden Häuſer in der Hollmannstraße.

König Ludwig von Bayern, deſſen tragiſches Ende ſoeben die Welt erſchüttert hat, beſuchte Berlin ſo wenig wie andere Höfe. Seine Mutter ist eine preußische Prinzessin. Das Haus Hohenzollern hat, seitdem die Kurfürsten von Brandenburg die Lehre Luther's annahmen, außerhalb Deutschlands an einen römisch-katholischen Hof niemals eine Prinzessin fortgegeben und nie da sich geholt. Es kamen für seine Vermählungspläne immer nur die englische Königsfamilie, sowie die Oranier und Wasas in Betracht. Mit Rußland ist einmal eine Ausnahme gemacht. Charlotte, Tochter Friedrich Wilhelm's III., vermählte sich dem Kaiser Nikolaus und nahm die griechisch-katholische Konfession an. Friedrich der Große trug trotz seiner freireligiösen Ansichten doch Bedenken, in einen Religionswechsel seiner Schwestern zum Zweck der Vermählung mit andersgläubigen Thronerben zu willigen, daher er die Bewerbung des französischen Dauphin um die Prinzessin Amalie, und die der Kaiserin Elisabeth von Rußland für den Zarewitsch, den nachmaligen Peter III., um die Hand Ulrike Eleonorens ablehnte. Innerhalb Deutschlands hat zwischen Preußen und Bayern die Heirathspolitik das konfessionelle Hinderniß nicht gelten lassen, doch ohne Konfessionswechsel auf preußischer Seite. Doch hat die Mutter Ludwig's II. noch in ihren letzten Jahren sich zum Katholizismus bekehren lassen, womit am unzufriedensten der eigene Sohn gewesen sein soll. Zur silbernen Hochzeit unseres Kronprinzen kam auch der junge Prinz Arnulf von Bayern nach Berlin, ein Vetter des Königs, Sohn Luitpold's. Ein häufigerer Gast am Berliner Hofe ist in der letzteren Zeit Herzog Max Emanuel in Bayern aus der ehemals Pfalz-Zweibrücken-

Birkenfeldischen Linie, seitdem er nämlich nach Hannover zur dortigen Reitschule kommandirt worden ist.

Die Planeten, welche sich um den Berliner Hof als um ihre Sonne bewegen, sind, von Baden abgesehen, vorzugsweise nordische. Anhalt, Weimar, die beiden Schwarzburg führen angesehene Elemente der Berliner Gesellschaft zu. Auch der König von Sachsen erscheint mit seiner Gemahlin und anderen Mitgliedern des königlich sächsischen Hauses bei besonderen Anlässen in Berlin. Reuß j. L. sammt der Paragiatslinie Schleiz-Köstritz führen in großer Anzahl Angehörige der preußischen Armee und dem preußischen Staatsdienst zu. Fürst Heinrich XIV. weilt gern am Berliner Hofe, wie auch der Erbprinz Heinrich XXVII. Reuß ä. L. verhält sich zu Berlin polarisch, wie der verstorbene Herzog von Braunschweig und Mecklenburg-Strelitz. Doch ist letzteres durch den Erbprinzen und die Erbprinzessin am Berliner Hofe vertreten. Reuß ä. L. ist der Fürstin Karoline, die sich 1866 so kriegerisch bemerkbar machte, treu geblieben. Die arme Dame war schon früher dem Klabberabatsch verfallen, sie hatte, um die zur Aussteuer einer Prinzessin erforderlichen 3600 Thaler aufzubringen, eine Steuer aufgelegt. Diese Maßregel wurde von Seiten des Redakteurs Rückert in Koburg einer scharfen Kritik unterworfen. Die Fürstin erhob die Anklage, und der Redakteur wurde wegen Ehrverletzung zu vierzehn Tagen Gefängniß verurtheilt. Diese Thatsache wurde auch vom Klabberabatsch behandelt, und am 15. November 1864 erschien in dem Blatte ein Gedicht. „Ein patriarchalisches Geschichtchen", das die

Affaire behandelte. Fürstin Karoline ließ nun auch den Klabberadatsch verklagen, und wegen verstärkter Böswilligkeit wurden dem Redakteur fünf Wochen zuerkannt. Anklage, Prozeß, Appellation und Verurtheilung hatten etwa ein Jahr erfordert. Am 23. Oktober 1864, nachdem das Urtheil rechtskräftig geworden war, sprach sich der Redakteur Dohm im Klabberadatsch in glänzenden Versen über die Bestrafung aus, in denen es u. a. hieß:

> Denn wenn ich schon fünf lange Wochen brumme,
> Dafür hätt' ich — kaum wag' ich's mir zu gönnen —
> Den schönsten Staatsminister ärgern können.

An demselben Tage traf der Kaiser Alexander zum Besuche des Königs Wilhelm in Berlin ein und wurde vom Ministerpräsidenten von Bismarck auf dem Bahnhofe empfangen. „Nun, wie geht's Ihnen, schönster Staatsminister?" fragte der Kaiser. Bismarck, über diese Anrede einigermaßen verwundert, antwortete etwas. Der Kaiser wiederholte unmittelbar darauf wieder: „Schönster Staatsminister." Da er nun Bismarck's Verwunderung von dessen Miene ablas, fügte er gleich die Frage hinzu: „Ist Ihnen denn der „Klabberadatsch" noch nicht zu Gesicht gekommen?" — „Noch nicht, Majestät." — „Den müssen Sie lesen! Er hat in seiner heutigen Nummer ein köstliches Gedicht." Und der Kaiser citirte aus dem Kopfe die oben mitgetheilten Verse. „Der schönste Staatsminister sind doch unbedingt Sie," fügte der Kaiser lächelnd hinzu. Kurze Zeit nach dem rechtskräftig gewordenen Urtheil trat Dohm seine Strafe in der Stadtvogtei an. Er hatte etwa vier Wochen abgesessen, und es verblieben ihm also noch einige Tage, da brachte der „Klabberabatsch" am 4. Dezember eine prächtige Karikatur von Wilhelm Scholz: unter dem Eisengeflecht einer riesigen Krinoline, die als „Krino-caro-line" bezeichnet war, saß Dohm; seine Kollegen umstehen ihn voll Theilnahme. Am 7. Dezember war der Einzug der siegreichen Truppen aus Schleswig-Holstein, und am folgenden Tage hatte der Minister-Präsident von Bismarck Vortrag bei dem Könige. Der König, der nach der glänzenden soldatischen Feier in bester Stimmung war, hatte den „Klabberabatsch" gesehen und sich über das Bild köstlich amüsirt. Der Minister-Präsident schlug Sr. Majestät vor, dem eingesperrten Redakteur die paar Tage zu erlassen, und der König ging auf diesen Vorschlag sofort ein. Bismarck schrieb nun stehenden Fußes einige Zeilen an Dohm und benachrichtigte seinen Kollegen Eulenburg, zu dessen Ressort die Angelegenheit gehörte, von dem Befehle Sr. Majestät. Die Freilassung wurde auf der Stelle vollzogen. Dohm erhielt alsbald den Brief Bismarck's und wurde durch die folgende Mittheilung freudig überrascht:

Berlin, den 8. Dezember 1864.

Euer Wohlgeboren benachrichtige ich, daß Se. Majestät der König soeben den Nachlaß der noch nicht abgelaufenen fünf Wochen vollzogen hat; das Amtliche erfolgt auf amtlichem Wege. Abgesehen von der gestrigen Feier, ist das hübsche Bild der letzten Nummer auf die Entschließung nicht ohne Einfluß geblieben. Darf ich eine persönliche

Bitte an diese Mittheilung knüpfen, so ist es die, die arme Karoline nun ruhen zu lassen. Mit vorzüglicher Hoch=achtung Euer Wohlgeboren ergebenster

von Bismarck.

*   *   *

Es gab einmal eine Zeit, in den siebziger Jahren, als das Reich noch in den Kinderschuhen stak, und in seiner neuen Herrlichkeit die Neugierde und Bewunderung der ganzen civilisirten und auch der uncivilisirten Welt erregte, in dieser Zeit wollte es in Berlin gar nicht leer werden von den unglaublichsten Fürstlichkeiten aus dem Morgen=lande, dem fernen Osten und dem tropischen Afrika. Da sah der Berliner mit Stolz den Schah von Persien, der es bei seinen Rosen von Schiras doch viel besser hatte, unser Spree=Athen bewundern; da exercirte unsere Feuerwehr vor dem Vicekönig von Aegypten, und Prinzen von Japan und Siam gehörten zu den größten Alltäglichkeiten. — Das allzu „Natürliche" mancher dieser gar zu „fremden Herr=scher", die mitunter Gardinen für Taschentücher hielten, mochte nun unserem Hofe, besonders nachdem der Reiz der Neuheit diesen „Majestäten" abgestreift war, doch mit der Zeit lästig werden, und als sich mal wieder ähnliche Gäste meldeten, wurde freundlich abgewinkt.

Aus Halbasien und Umgebung beehrte jüngsthin der Fürst der schwarzen Berge, Fürst Nikolaus von Montenegro, von Petersburg kommend, den Berliner Hof mit seinem Besuche. Er begab sich sofort nach dem

Kaiserhof, wo für ihn Quartier vorbereitet war. Der Fürst wurde auf dem Bahnhof durch den Kommandanten von Berlin, Generalmajor von Derenthal, und seinen ihm vorausgeeilten Hofmarschall empfangen. In der Begleitung des Fürsten befanden sich nur seine Adjutanten.

Fürst Nikolaus (geb. im Oktober 1841) macht den Eindruck eines Fünfzigers und ist eine außerordentlich eindrucksvolle Erscheinung. Auf der hohen, markigen Gestalt sitzt ein klug dreinschauender Kopf, das tief gebräunte Gesicht von schwarzem Bart umrahmt. Sein Wesen ist überaus einfach und gewinnend. Während seiner früheren, incognito erfolgten Durchreise nach Petersburg kaufte er sich auf dem Bahnhof seine Reiselektüre — französische Romane — selbst und benutzte die wenigen Stunden, die ihm die Zeit zwischen Ankunft des Pariser und Abfahrt des Petersburger Zuges ließ, zu einem Besuche des Opernhauses, in das ihn Baron von Korff begleitete. Als der Fürst dem Kaiser einen Besuch abstattete, hatte er dazu seine Staatsgewänder angelegt: hohe Lack=Stulpenstiefel, weißseidene Pluderhosen, ein kostbares seidenes Gewand aus weißer Seide mit blauem Ueberwurf und Stickerei, ebenso seidenem Gürtel für das Seitengewehr. Durch diese charakteristische Gewandung wurde der fesselnde Eindruck der ganzen Erscheinung noch gehoben. Der Fürst blieb nur kurze Zeit in der Reichshauptstadt.

10*

Aus den Botschafter-Hôtels.

Graf Launay war schon als junger Sekretär in Berlin, als Graf Rossi mit seiner Gemahlin, Henriette Sontag, das damalige sardinische Königreich vertrat. Welche Wandlungen der italienischen und der deutschen Politik und der Beziehungen beider zu einander hat Graf Launay seitdem erlebt! Im Jahr 1860 gab es einen auswärtigen Minister in Berlin, der eine Depesche abfaßte, in welcher dem Grafen Cavour wegen der revolutionären Politik desselben, wegen der Annexion päpstlicher Gebietstheile, der Unterstützung des Zuges Garibaldi's nach Sizilien und Neapel u. s. w. von oben herab der Text gelesen und ihm die tugendhaftesten Vorhaltungen über die Nothwendigkeit gemacht wurden, nur „auf dem legalen Wege der Reform" und „unter Respektirung der bestehenden Rechte" das Einheitsbestreben des italienischen Volkes zu fördern; das gute Beispiel des damaligen preußischen Ministeriums — welches auf diesem Wege es bekanntlich zu dem großen Erfolge einer Militärkonvention mit Koburg-Gotha brachte — wurde dem Grafen Cavour selbstbewußt vorgehalten. Preußische Aristokraten schenkten dem durch Garibaldi entthronten König von Neapel einen Ehrenschild, fast zu derselben Zeit, wo italienische Generale nach Berlin reisten, um das Bündniß Preußens mit Italien vorzubereiten. Im Jahre 1866 waren Preußen und Italien Verbündete, im Jahre 1870 Feinde. Dann war das Verhältniß beider

Staaten längere Zeit hindurch ein wenig definirbares; die allgemeinen Sympathien, die man sich von beiden Seiten entgegenbrachte, hatten politisch wenig Greifbares. Es gilt unter italienischen Staatsmännern als besondere Weisheit, sich die freie Hand vollständig zu wahren. In Italien hat man indessen nach und nach die Einsicht gewonnen, daß man einer Politik der Isolirung zugesteuert war; mit Ernst und Nachdruck hat man eine neue Bahn eingeschlagen, welche der Stabilität aller Verhältnisse in Italien zu Gute kommen und dem politischen, wie dem materiellen Gedeihen des italienischen Staates eine verstärkte Grundlage geben wird.

Seit langen Jahren ist es der Botschafter am Berliner Hofe, Graf Launay, der mit Konsequenz und unbestreitbarem Geschick für diese Wendung thätig gewesen ist; er darf an dem jetzigen Erfolg der von ihm vertretenen Politik einen nicht minderen Antheil in Anspruch nehmen, wie der auswärtige Minister, Herr Mancini, der seinen Namen mit diesem bedeutungsvollen Ereigniß verknüpft hat. Es ist ebensowenig zweifelhaft, daß König Humbert mit aller Ueberzeugung zu der jetzt eingeschlagenen Politik steht. Der leitende deutsche Staatsmann hatte die Konsequenz und den Sinn der italienischen Politik nach Allem, was verlautete, seit 1866 und 1870 ziemlich skeptisch beurtheilt, seine Auffassung der Zustände Italiens war vor noch nicht langer Zeit eine nichts weniger als optimistische.

Unser Kaiser sieht in dem Grafen Launay nicht nur

den Vertreter einer befreundeten Macht, er sieht in ihm auch einen guten Bekannten von lange her.

Es war kein geringes Zeichen des Wohlwollens für den Botschafter des Königs von Italien, daß vor einigen Jahren der Kaiser den Ball, welchen der Botschafter und seine Gemahlin zu geben beabsichtigt hatten, wünschte aufgeschoben zu sehen, um auch mit Ihrer Majestät der Kaiserin auf dem Feste erscheinen zu können. Die Heiserkeit, von welcher der hohe Herr befallen war, war zwar gehoben, — der Kaiser hatte schon der ersten Vorstellung der Frau Lucca im Theater beigewohnt — eine Loge ist aber ein ruhiger, abgeschlossener Raum, dagegen ein Ball, eine Zahl von vierhundert Personen, die ganze Hofgesellschaft umfassend, die heißen Säle — die Pflichten der Courtoisie — ob der hohe Herr auch wohl am Abend des nun festgesetzten Tages in der Casa italiana in der Wilhelmstraße erscheinen würde, in derselben Wohnung, in welcher er früher gleichsam auf italienischem Boden der Gast des Kronprinzen und der Kronprinzessin von Italien, später des Königs Viktor Emanuel gewesen war, ob er in Anbetracht der Schonung seiner Gesundheit die Pflichten der Repräsentation nicht auf Ihre Majestät die Kaiserin und den Kronprinzen übertragen würde? Im Laufe des Nachmittags war in Bezug auf den Anzug für die den Ball besuchenden Offiziere Gala befohlen worden — ein Zeichen, daß der Kaiser kommen werde. Es gestaltete sich das Fest denn auch in der That durch die Gegenwart der Allerhöchsten Herrschaften zu einem überaus glänzenden.

Einige Zeit darauf (es war im Jahre 1880) erhielt Graf Launay von seiner Regierung eine große Auszeichnung. Eine vom Ministerium des Aeußeren inspirirte Notiz sagte in Beziehung auf die Verleihung des höchsten italienischen Ordens an den Botschafter Italiens in Berlin: „Die Verleihung des Annunziaten-, d. h. des höchsten Ordens an unseren Botschafter in Berlin ist ein Zeichen der Wichtigkeit, welche Italien seiner Vertretung bei dem heute mächtigsten Kaiserreiche Europas beimißt. Der Graf de Launay hat bei vielen Gelegenheiten dem Vaterlande eminente Dienste geleistet. Seine Erhebung durch Se. Majestät den König zum Range eines Ritters der Annunziata ist damit auch eine Auszeichnung für die ganze italienische Diplomatie, welcher bisher dieser Orden eigentlich nicht zu Theil geworden ist. Die Botschafter-Generale Menabrea und Cialdini haben ihn als Militärs. Die Verdienste des neuen Ritters in Berlin aber sind derart allgemein anerkannt, daß das Kapitel der Annunziata, darüber dem Gebrauch gemäß befragt, einstimmig — was nicht stets der Fall — für den Grafen als Bruder gestimmt hat.“

In der italienischen Botschaft finden die Feste meist spät in der Saison, oder vielmehr nach derselben statt. So war es 1882, wo wieder der Monat April herankam. In den Botschaften war es während der Winter-Festsaison ziemlich still gewesen. Man tanzte nur in der österreichisch-ungarischen und zuletzt auch in der italienischen Botschaft. In Paris und in Wien, wo die Fasten sehr streng gehalten werden, kommt nach den Osterfeiertagen für Bälle noch eine

kurze Nachsaison. In Berlin ist man weniger darauf ein=
gerichtet. Sowie Mitfasten da ist, werden die kostbaren
Soiréeroben von den Damen zur Ruhe gelegt, die Blätter
der Blumen, die man an dem und dem glücklichen Abende
zum Cotillon erhalten hatte, in dem Museum der Erinne=
rungen, im Album getrocknet, die Saison mit einer Bilanz
von Amüsements abgeschlossen, bis dann eine große Karte
eintrifft: Der italienische Botschafter und die Gräfin de
Launay geben sich die Ehre u. s. w. — Ball — 17. April
Abends 9½ Uhr. Ein Ball bei grünen Bäumen, bei frischen
Frühlingsblumen, — charmant! Der Botschafter und seine
Gemahlin empfingen ihre Gäste in den mittelsten der nach
der Wilhelmsstraße in der langen Flucht gelegenen Repräsen=
tationsräume. Der Botschafter in der kleinen Geheimraths=
uniform mit dem Bande des Großkreuzes des Rothen Adler=
ordens und der goldenen Kette des Annunziatenordens um
den Hals, die Gräfin in einer lichtgrauen Robe, die mit
schwarzen Sammet=Bandeaux und mit Blumen garnirt war.
Il Re Umberto, der Souverän des Botschafters, machte
aus dem großen, unter prächtigen Gobelins im Speisesaale
der Botschaft befindlichen Bilde heraus gleichsam die höchsten
Honneurs, als die Gesellschaft in dem Speisesaal sich an
die glänzend besetzten Büffets begab. Die Kaiserin zog sich
vor dem Souper zurück, der Kaiser und die Kronprinzlichen
Herrschaften verweilten bis zu demselben. Graf und Gräfin
Launay haben es als eine Spezialität ihres Hauses ein=
geführt, daß der Cotillon eine Reihe von allerliebsten Ueber=
raschungen bietet, und so wurden auch diesmal den Tän=

zerinnen und Tänzern charmante Cadeaux geboten, welche
die Empfänger und die Empfängerinnen sicher als eine
bleibende Erinnerung an dieses schöne Frühlingsfest in der
italienischen Botschaft bewahren. —

Die Politik kann recht garstig sein. Die italienische
Botschaft, so hieß es vor einiger Zeit, gedenke ihr lang=
jähriges Heim in der Wilhelmsstraße 66 mit einem präch=
tigen Palais in der Voßstraße zu vertauschen, da die gegen=
wärtigen Räumlichkeiten in verschiedener Hinsicht zu wünschen
übrig lassen. Die betreffenden Verhandlungen wegen An=
kaufs wurden aber suspendirt, weil Herr Depretis, der
italienische Minister des Auswärtigen, in dieser Hinsicht
nicht von der Bedürfnißfrage in dem Grade überzeugt war,
wie sein Vorgänger im Amte, Mancini. Die Botschaft
mußte also nach wie vor in der Wilhelmsstraße bleiben,
der betreffende Miethskontrakt erneuert werden. Man hätte
dem Doyen der Berliner Diplomatie und dem ausgezeich=
neten Gastgeber gern ein noch glänzenderes Heim in seinen
alten Tagen gewünscht.

Um Graf Launay, der das italienische Königreich nun
bald zwei Dezennien bei uns repräsentirt und alle die ver=
schiedenen Phasen der italienischen Politik Preußen und
Deutschland gegenüber durchgemacht hat, bewegt sich eine
Gruppe von Botschaftern, die im Vergleich zu Launay uns
als Jünglinge erscheinen, wenn wir nämlich nicht nach ihrem
Lebensalter, sondern nach dem Datum des Antritts ihrer
Mission in Berlin rechnen. Der Tod und die Politik haben
gerade in den letzten Jahren schnellen Personalwechsel im

diplomatischen Korps herbeigeführt. Graf Schuwalow weilt kaum ein Jahr unter uns, Sir Ed. Malet zwei Jahre, Baron Courcel vier Jahre, Graf Szechenyi sieben Jahre u. s. w.

Es ist an unserem Hofe alter Brauch, daß kurz vor Weihnachten Ihre Majestäten die Botschafter und deren Gemahlinnen zu Tafel bei sich sehen. Im letzten Dezember waren bei diesem Diner die russische, die englische und die türkische Botschaft durch Diplomaten vertreten, die erst im verflossenen Jahre ernannt und deshalb neue Erscheinungen waren. Saburow, Orloff, Schuwalow sind sich schnell gefolgt. Saburow war ein fein gebildeter und klug berechnender Mann. Es wird aber behauptet, daß er sich weder bei unserem Hofe noch beim Reichskanzler zu einer besonders beliebten Persönlichkeit zu machen verstanden habe. Die Spannung, welche einige Zeit zwischen Rußland und Deutschland herrschte, wäre weniger groß geworden, wenn in Berlin eine Persönlichkeit, wie die seines Nachfolgers, Fürsten Orloff, schon früher in versöhnlicher Weise gewirkt hätte. Zu schlimm kann aber das Verhältniß zum Fürsten Bismarck nicht gewesen sein. Denn als Ersterer dem Letzteren aus der Entfernung im Jahre 1882 zum Geburtstag gratulirte, erhielt er die folgende telegraphische Antwort: Je vous remercie de cœur des bonnes paroles de votre télégramme et me réjouis d'inaugurer ma nouvelle année par l'expression des sentiments personnels et politiques, qui nous facilitent l'œuvre à laquelle nous travaillons d'un commun accord. von Bismarck.

Man wird doch schwerlich an eine Ironie glauben dürfen.

Fürst Orloff war im Frühjahr des Jahres 1884 der Bote mit dem Oelzweig, dessen Eintreffen von Paris in Berlin als die Besiegelung galt, daß die Wasser der russischen Feindschaft wider Deutschland vollends verlaufen seien, und die Friedensarche nunmehr auf festem Boden gelandet wäre. Im Februar des genannten Jahres kam die erste Meldung von der Uebernahme des russischen Botschafterpostens in Berlin durch Fürst Orloff in weitere Kreise. In demselben Monat fand sich die Welt mit der Raschheit einer spanischen Wandverschiebung vor ganz neue und überraschende Vorgänge gestellt. Am siebzigjährigen Gedenktage der Schlacht von Bar-sur-Aube, wo Kaiser Wilhelm als jugendlicher Prinz unter den Augen seines Vaters zum ersten Mal dem feindlichen Feuer sich aussetzte, empfing der Kaiser eine russische Deputation unter Führung des Großfürsten Michael Nikolajewitsch, welche ihm die Glückwünsche des Kaisers Alexander III. zu der vor 70 Jahren erfolgten Verleihung des St. Georgsordens überbrachte. Im Saale des königlichen Palais zu Berlin fand ein politisch-militärisches Fest statt, wie es in den Zeiten unzweifelhafter Intimität zwischen den Höfen von Berlin und Petersburg kein Gegenstück hatte. Kaiser und Kronprinz in russischer Uniform, mit russischen Orden geschmückt, umgeben von Prinzen und Generalen, welche russische Uniformen, oder mindestens russische Dekorationen trugen, standen einem russischen Großfürsten gegenüber, der, begleitet von einer ausgesuchten Deputation aus der russischen Armee, dem

beutschen und preußischen Souverän eine in ihrer Art einzige
Huldigung barbrachte. Die Worte, in welche Großfürst
Michael seinen Auftrag kleidete, waren dazu angethan, die
Bedeutung des Aktes noch zu erhöhen. Und diese Feier=
lichkeit bildete nur ein einziges Glied in der Reihe von
Vorgängen, die sich seit dem Besuche des Herrn von Giers
in Friedrichsruhe geradezu drängten: die Sendung des
Grafen Herbert Bismarck nach Petersburg, die Uebertragung
des Berliner Postens an den Fürsten Orloff, die Mission
des Fürsten Dolgorucki in Berlin und Friedrichsruhe waren
diesem militärischen Feste im Palais vorausgegangen; der
Trinkspruch des Generalgouverneurs von Polen, des Ge=
neral Gurko, auf die preußische Armee war um so charak=
teristischer für die Situation, als dieser tapfere Truppen=
führer zum Erben Skobeleff's gestempelt werden sollte.
Diese Freundschaftserweisungen, in solcher Fülle gegeben,
mit so viel Entgegenkommen acceptirt, waren unverwerf=
liche, unbezweifelbare Zeichen für eine gründlich veränderte
Stellung zwischen Deutschland und Rußland.

Im Jahre 1881 hatte es eine Kaiserbegegnung in
Danzig gegeben, an welche sich auch große Friedenserwar=
tungen geknüpft hatten. Sie wurden nicht erfüllt. Die
maßgebenden russischen Kreise fuhren wie zuvor fort, die
Hoffnung zu nähren, vermittelst eines auswärtigen Krieges
der inneren Schwierigkeiten Herr zu werden. Diese Leute
glaubten den Teufel durch Beelzebub, der Teufel Obersten,
austreiben zu können, und hatten schon ganz die traurigen
Zustände vergessen, in welchen sich Rußland während des

letzten Feldzuges befand, den man ebenfalls unternommen hatte, um die Aufmerksamkeit des Volkes von der Lage im Innern abzulenken, und dessen Verlauf jedoch vornehmlich zur Kräftigung der Nihilistenpartei beitrug. Damals wie 1876 und 1879 wurde von der panslavistischen Presse der Haß gegen Deutschland und Oesterreich geschürt. Während die offiziellen Organe der Regierung Artikel brachten, welche in den freundschaftlichen Beziehungen zwischen Rußland, Deutschland und Oesterreich die sicherste Bürgschaft für die Erhaltung des Friedens in Europa erblickten, ließen die Organe der Herren Katkoff und Aksakoff, deren Einfluß in Moskau, Gatschina und Petersburg eher im Wachsen als im Abnehmen war, keine Gelegenheit vorübergehen, um ihrem Haß gegen alles Deutsche beredten Ausdruck zu geben.

Erst das Jahr 1883, und fast erst der letzte Monat desselben hellte die Situation friedlich auf. Das Jahr 1884 hat sodann gute Bürgschaft auf Bürgschaft gehäuft, bis zum granitnen Unterpfande von Skierniwiece. Fürst Orloff schied bald wieder von seinem Posten, er ging nicht bloß aus Berlin, sondern er trat aus dem Staatsdienste, und sein Nachfolger wurde ein Mann, der jener Deputation angehört hatte, welche im Frühjahre 1884 dem deutschen preußischen Souverän die, wie wir sagten, in ihrer Art einzige Huldigung darbrachte. Graf Schuwalow, Bruder Peter Schuwalow's, des früheren Botschafters in London, steht, obwohl schon seit sieben Jahren kommandirender General, erst im Anfang der Fünfziger. Er vereinigt mit den liebenswürdigsten, gewinnendsten Formen einen hervorragenden Verstand und, sobald es die Verhältnisse verlangen, große Energie. In der Petersburger Gesellschaft ist er als Lebemann, jedoch von der besten Seite, bekannt und beliebt, als Vorgesetzter erfreut sich der General der allgemeinen Liebe seiner Untergebenen. Er ist in zweiter Ehe mit einer sehr viel jüngeren Frau, einer geborenen Kamarow, ehemaligen Hofdame der Großfürstin Katharina Michailowna (der Gemahlin des verstorbenen Herzogs von Mecklenburg-Strelitz), vermählt, und führt in Berlin ein großes Haus. In höheren preußischen Militärkreisen ist Graf Schuwalow allgemein bekannt; er war auch in den letzten Jahren zweimal dienstlich in Berlin, als Chef einer Militärdeputation russischer Offiziere und, wie schon erwähnt, als Mitglied der zu Kaiser Wilhelm entsendeten Georgen-Ordensdeputation. Für seine Thätigkeit im letzten türkischen Feldzug als Führer des Gardekorps erhielt der Graf den Georgenorden um den Hals und einen mit Brillanten besetzten Ehrensäbel mit der Aufschrift: „Für Philippopel 3. bis 5. Januar 1878". Preußischerseits ist er mit dem Orden Pour le mérite und dem Großkreuz des Rothen Adlerordens in Brillanten dekorirt worden. Hinzufügen wollen wir noch, daß der Graf, wie seine Gemahlin, die deutsche Sprache völlig beherrschen.

Die Ernennung des Grafen Paul Schuwalow zum Botschafter in Berlin erregte in Petersburger Kreisen großes Aufsehen, da es ein ungewöhnlicher Vorgang war, einem der höchsten Offiziere eine diplomatische Stellung dieser

Art übertragen zu sehen. Indessen lag der Nachdruck nicht auf der militärischen Qualifikation des neuen Botschafters, wie man gegenüber den Eventualitäten kriegerischer Verwickelungen annehmen konnte, sondern auf dem besondern Zutrauen, das der Kaiser Alexander zu dem Grafen Paul Schuwalow hat, und auf der nur sehr beschränkten Auswahl der überhaupt in Frage kommenden Persönlichkeiten.

Jedenfalls kann es nur als ein Zeichen höchst intimer Beziehungen aufgefaßt werden, daß der Zar eine ihm so nahestehende Person mit seiner Vertretung in Berlin vertraute. Als Diplomat ist Graf Schuwalow, der sich als Offizier eines sehr guten Rufes erfreut, allerdings improvisirt.

In den letzten Jahren waren die Empfangsräume der russischen Botschaft nur erleuchtet, wenn ein Mitglied des Kaiserlichen Hauses dort sein Absteigequartier genommen hatte. Kaiser Nikolaus war Ehrenbürger Berlins und wollte für sich und seine Familie hier ein Haus besitzen. So baute er das Palais, das selbst unter den modernen Prachtbauten Berlins durch die Vornehmheit seines Stils sich einen ersten Rang erhalten hat. Durch den Wechsel in den Chefs der Botschaft während der letzten Jahre waren die Räume der ersten Etage für die Berliner Hofgesellschaft verschlossen, während sie einst der Mittelpunkt der glänzendsten Geselligkeit außerhalb des Hofes gewesen waren. Als der Kaiser von Rußland den bisherigen kommandirenden General des Gardekorps, Grafen Paul Schuwalow, zu seinem Botschafter bei dem Kaiser von Deutschland und

Könige von Preußen ernannte, war auch der Hoffnung der Berliner Hofgesellschaft ein Impuls gegeben, daß mit dem neuen Botschafter, seiner Gemahlin und Tochter, das frühere glänzende Gesellschaftsleben wieder in diese Räume einkehren würde. Nach dem ersten Empfangsabend (Januar 1886) schien diese Hoffnung in Erfüllung gehen zu wollen. Wenn man die Gesellschaft übersah, die beim Ankommen sich zuerst um das Botschaftspaar gruppirte, dann in die anliegenden Säle vertheilte, dann mußte man sich allerdings fragen, wer an dem zweiten festgesetzten Abende noch kommen sollte, da an diesem ersten schon der größte Theil Derjenigen, welche ein Recht haben, mit dem Botschafter und seiner Gemahlin in gesellschaftliche Verbindung zu treten, der offiziellen Einladung der Ober-Zeremonienmeister nachzukommen sich beflissen zeigte. Das ist ein Symptom für die Sympathien, welche die Berliner Gesellschaft den neuen Bewohnern des russischen Gesandtschafts-Hôtels entgegenbringt. Wollten wir die einzelnen Persönlichkeiten nennen, so müßte man hier die meisten Namen nennen, welche unserem Hofe, dem diplomatischen Korps, den landsässigen Fürsten, den Spitzen der Civil- und Militärgewalt des Deutschen Reiches und Preußens angehören. Aber auch von Seiten des Botschafters zeigten die Arrangements, welch' hohen Werth er auf den Besuch der Gesellschaft legte. Eine zahlreiche Dienerschaft in großer Livrée, lichtblau mit reichen Wappengalons, stand vom Fuße der großen Treppe bis zum Eingang in die Gemächer. In den Sälen vor dem Empfangsgemache standen die Herren der Bot-

schaft in großer Uniform, um die Ankommenden zu em=
pfangen und zu leiten. Zuerst der Militärbevollmächtigte
Oberstlieutenant von Butakoff, dann die Herren von Knorring,
von Kumanin, von Bacharach, von Arssenieff, der erste
Botschaftssekretär von Budberg und der Botschaftsrath
Graf Murawieff. In der Umgebung des Botschafters
befand sich auch der General Fürst Dolgorucki. Der Bot=
schafter hatte die russische Generals=Uniform mit dem
Bande des Großkreuzes des Rothen Adlerordens angelegt.
An seiner Seite befand sich der Ober=Zeremonienmeister
Graf zu Eulenburg, um, unterstützt von den Kammer=
herren Freiherr von Romberg und von Röder, ihm die
Herren und Damen zu präsentiren; die Militärs vom
Stabsoffizier ab stellte der Major des 2. Garde=Ulanen=
Regiments von Rabe vor. An der Seite der Gräfin
Schuwaloff befand sich die Fürstin Haßfeldt=Trachenberg,
von Vaters Seite her als geborene Gräfin Benckendorff
eine Landsmännin der Gemahlin des Botschafters. Zere=
monienmeister von Usedom präsentirte dieser die Herren.
Mit einem Theil der Hofgesellschaft war das Botschafter=
paar schon bei verschiedenen Gelegenheiten im Schlosse,
im Palais wie bei den Kronprinzlichen Herrschaften be=
kannt geworden. Persönlichkeiten, die sich so sympathisch
geben, wie Graf Schuwaloff und seine Gemahlin, brauchen
nicht erst um diese Gunst der Gesellschaft zu ringen; sie
ist ihnen beim ersten Zusammensein gewiß. „Schönheit ist
ein offener Empfehlungsbrief," sagt ein Sprichwort, das
auf das russische Botschafterpaar wohl anzuwenden ist.

Das Auftreten des Botschafters zeugt von Energie, aber auch von einnehmender Herzensfreundlichkeit. Die Gräfin Schuwaloff steht noch in der Lichtseite jener Jahre, in denen man eine erwachsene Tochter für einen Anachronismus hält. Die Gestalt ist von zarter, graziöser Form, das von dunklem Haar umrahmte Antlitz ist edel geschnitten und spricht von geistiger Lebenbigkeit, die mit jener Liebenswürbigkeit gepaart ist, die den Eindruck macht, daß sie aus dem Herzen kommt und nicht aus gebotener Rücksicht. Sie trug eine Robe von schwerem, rosamattem Seidenstoffe, barüber eine Schleppe von moosgrünem Sammet, große rosa und rothe Blumen und Brillanten als Coiffüre. Die Fürstin Hatzfelbt war in eine lichtrosa Robe gekleidet. Die zarte Gestalt der Komtesse Schuwaloff war in lichte Stoffe gehüllt. Man bekam von diesem Abende und in diesen Sälen eine beutsch-freundliche Witterung, sowohl aus dem Wesen des Botschafters und seiner Umgebung als aus der Anwesenheit eines Mannes, der bei dem russischen Kaiser in höchster Gunst steht und dessen Erscheinen wie das des Bruders des Botschafters, des Grafen Peter Schuwaloff, stets als eine Bürgschaft guter Beziehungen zwischen Rußland und Preußen gegolten hatte — des Grafen Adlerberg. Er trug zu der russischen Uniform und zu dem Bande des Rothen Adlers alle die Zeichen des Vertrauens der Souveräne Deutschlands und Rußlands in brillantenen Dekorationen auf seiner Brust, als höchstes Ehrenzeichen das Bild seines Kaisers in Brillanten am Bande des Anbreasordens. Wie man hört, hatte der Abgesandte des russischen Kaisers seine

Abreise dieses Empfanges wegen verschoben. So mögen denn die Namen, die auch hier vereint vertreten waren, eine fernere Bürgschaft guter Beziehungen zwischen den Nachbarreichen sein. Auch für die Gesellschaft ist es „ein Ziel aufs Innigste zu wünschen", daß Politik und Gesellschaft sich gegenseitig bedingen und unterstützen.

Der englische Botschafter am Berliner Hofe, Sir Edward Malet, gehört ebenfalls zu den neueren Erscheinungen in der diplomatischen Welt Berlins, als der Nachfolger des erst vor zwei Jahren verstorbenen Lord Ampthill. In der Westminster-Abtei in London fand im März 1885 die Trauung des neuen Botschafters mit Lady Ermyntrude Russel, der jüngsten Tochter des Herzogs von Bedford, statt. Der Trauung wohnten der Prinz und die Prinzessin von Wales, die Großherzogin von Mecklenburg-Strelitz, Gladstone mit Gemahlin, die Botschafter Deutschlands und Frankreichs, sowie die übrigen Mitglieder des diplomatischen Korps und die Elite des britischen hohen Adels bei. Der Bischof von Winchester und der Dechant von Westminster vollzogen die Trauung. Das neuvermählte Paar begab sich nach Holwood, dem Landsitze Lord Derby's, unweit Branley in Kent, um dort einen Theil seiner Flitterwochen zu verleben. Die Braut empfing über 300 höchst kostbare Hochzeitsgeschenke, darunter einen indischen Shawl und zwei mächtige Vasen von der Königin Viktoria, und Geschmeide im Werthe von über 10,000 Pfund Sterling von ihren Eltern.

Herr von Bismarck war bereits mit den Eltern des

neuen englischen Botschafters bekannt gewesen, und zwar als Bundestagsgesandter in Frankfurt. Es gab einmal zu jener Zeit eine unliebsame Begegnung zwischen dem preußischen Gesandten und dem Vater des heutigen englischen Botschafters. Englische Blätter berichteten zuerst über eine unverbindliche Aeußerung, die gelegentlich eines Festes über die Lippen des englischen Gesandten am Bunde, Sir Alexander Malet's, gekommen war. Herr von Bismarck nahm das sehr humorvoll auf. Am 8. Oktober 1855 sandte er nach Berlin den nachstehenden vertraulichen Bericht:

„Aus den öffentlichen Blättern habe ich Kenntniß von Aeußerungen erhalten, die der beim deutschen Bunde akkreditirte königlich großbritannische Gesandte, Sir Alexander Malet, auf einem während meiner Abwesenheit zur Feier der Eroberung Sebastopols von Privatleuten, meistens Engländern, veranstalteten Diner in Homburg über preußische Politik in der orientalischen Angelegenheit gethan haben soll. Von diesem Vorgange hat man hier, ungeachtet der Nähe Homburgs, da es sich nur um eine Privatgesellschaft handelte, erst durch die englischen Blätter Nachricht erhalten. Seitdem die Sache hier bekannt geworden, ist sie von mehreren deutschen Blättern mit einer Lebhaftigkeit aufgenommen worden, die ich vorzugsweise dem durch die Ausfälle der englischen Presse auf Preußen und Deutschland verletzten Gefühle zuschreibe. Eigenthümlich aber ist es, daß österreichische Blätter der Sache eine Wichtigkeit beizulegen bemüht sind, welche eine derartige bei einem Privatdiner, wenn auch von einem Diplomaten begangene Un-

vorsichtigkeit in keiner Weise haben dürfte. Sehr viel
stärkere Aeußerungen hat man von anderen Diplomaten,
vor Allem von Herrn von Prokesch, wenn auch vor wenigen
Zuhörern, jedenfalls in weit ungeeigneterer Weise hören
können. Abgesehen von diesen Erwägungen erlaube ich
mir, mit Rücksicht auf die Persönlichkeit des hiesigen englischen Gesandten, meine unvorgreifliche Meinung dahin
auszusprechen, daß ·unsererseits eine amtliche Notiz von
dem Vorgange nicht genommen werde.“

„Sir Alexander ist im Uebrigen jederzeit ein inoffensiver
Charakter, der sich durch Ruhe und Mäßigung bei politischen
Meinungsverschiedenheiten von vielen seiner englischen Kollegen auszeichnet, und dem seine Regierung eher den Vorwurf der Indifferenz, als des zu großen Eifers machen
könnte, der aber, abgesehen von der jetzigen orientalischen
Frage, in seinen Sympathien viel mehr zu Preußen als zu
Oesterreich hinneigt. Zu der Klasse der Engländer ge-
hörend, welche mit einer gewissen Leidenschaft den Vergnügungen der Jagd und des Angelns nachgehen, regen
ihn politische Fragen gewöhnlich nicht lebhaft an, und er
ist zufrieden, wenn die Geschäfte ihn nicht von den gedachten
Vergnügungen abziehen. Sir Alexander ist gegen mich
stets offen und mittheilend gewesen und hat mir auch jetzt,
ohne sich seiner Rede genau zu entsinnen, über das Aufsehn
und die Uebertreibungen, deren Gegenstand dieselbe geworden, in einer Privatkonversation sein lebhaftes Bedauern
ausgedrückt, mit der in der Wahrheit begründeten Versicherung, daß ihm bei seiner ganzen Denkungsweise ab-

fichtliche und überlegte Beleidigungen einer fremden Regierung, oder gar eines befreundeten Souveräns sehr fern liegen. Eine Aufnahme und Verfolgung der Sache von unserer Seite könnte, wenn überhaupt ein Resultat, nur das eines Wechsels in der Person des hiesigen englischen Gesandten zur Folge haben, eine Eventualität, die ich als eine wünschenswerthe a priori nicht betrachte."

Die Sache löste sich natürlicher Weise durchaus friedlich und das Verhältniß zwischen den beiden Gesandten zu einander wurde das intimste, so daß es sich zugleich auf die Familien Beider erstreckte und seine Wirksamkeit auf die heutigen Beziehungen der Familie des Reichskanzlers zu Sir Edward Malet ausdehnte. Ueber die Stellung des englischen Botschafters in Berlin sprach sich einmal Fürst Bismarck in einer Unterhaltung aus, die er in Versailles mit seiner Tischgesellschaft führte. Es war von den Wohnungen der deutschen Gesandten und Botschafter die Rede, und man sprach davon, daß die Villa Caffarelli für die Gesandtschaft in Rom angekauft worden sei, und Geheimrath Abeken erklärte sie für sehr schön. Der Kanzler sagte: „Ach ja, wir haben auch sonst schöne Häuser, auch in Paris und London, das in London ist nur nach festländischen Begriffen zu klein. Bernstorff hat so wenig Raum, daß er, je nachdem er empfängt oder arbeitet oder sonst eine Funktion hat, das Zimmer räumen muß. Sein Legationssekretär hat im Hause eine bessere Stube als er." — „Das in Paris ist schön und wohlgelegen. Es ist wohl das beste Gesandtschaftshôtel in Paris und repräsentirt einen hohen Werth, so daß ich mir schon die Frage vorgelegt habe, ob wir es nicht verkaufen und dem Gesandten die Zinsen des Kapitals, das wir dafür kriegen könnten, als Miethsentschädigung geben sollen. Dritthalb Millionen Franken, die Zinsen davon, das würde eine schöne Aufbesserung seines Gehaltes sein, der nur hunderttausend Franken beträgt. Aber wie ich mir's näher überlegte, ging es doch nicht. Es schickt sich nicht, es ist eines großen Staates nicht würdig, wenn seine Gesandten zur Miethe wohnen, wenn sie Exmissionen ausgesetzt sind, und wenn bei einem Umzug Staatsschriften in Karren über die Straße gefahren werden. Wir müssen eigene Häuser haben, und wir sollten überall welche haben." — „Mit dem in London hat es übrigens eine eigene Bewandtniß. Dies gehört dem Könige, und es kommt da ganz auf die Energie an, mit welcher der betreffende Botschafter sein eigenes Interesse wahrzunehmen weiß. Es kann da geschehen, daß der König gar keine Miethe kriegt, und es geschieht bisweilen wirklich." — — — Bismarck lobte Napier, den früheren englischen Gesandten in Berlin. „Es ging sich sehr gut mit ihm um," bemerkte er. „Auch Buchanan war gut, zwar trocken, aber zuverlässig. Jetzt haben wir Loftus. — Die Stellung eines englischen Gesandten in Berlin hat ihre besonderen Aufgaben und Schwierigkeiten, schon wegen der verwandtschaftlichen Verhältnisse. Sie verlangt viel Takt und Aufmerksamkeit." (Wohl eine stillschweigende Andeutung, daß Loftus dieses Verlangen nicht erfülle!) Wie richtig übrigens diese Bemerkung Bismarck's

daß der englische Gesandtenposten in Berlin ein gar schwer
auszufüllender sei, erhellt aus den Memoiren, welche Lady
Bloomfield, die Wittwe des englischen Diplomaten, der
eine Zeitlang in Berlin beglaubigt war, aufgezeichnet hat.
Die Lady spricht nicht ohne Bitterkeit über ihre Beziehungen
zum Berliner Hof. Besonders zur Zeit des Beginns des
Krimkrieges gestaltete sich die Position des englischen Diplomaten sehr unangenehm. Lady Bloomfield weiß Folgendes
darüber zu berichten. Eine Allianz mit Rußland besaß
namentlich in der Königin eine lebhafte und leidenschaft-
liche Fürsprecherin. Der König wollte absolute Neutralität
beobachten und begegnete deshalb auch dem englischen Botschafter zuvorkommend und mit Höflichkeit, die Königin
aber verletzte mehr als einmal die Rücksichten der Courtoisie.
Im März 1854 gab Lord Bloomfield zu Ehren der Erbgroßherzogin von Mecklenburg-Strelitz einen Ball, zu welchem
auch das königliche Paar erwartet wurde, da es die Etiquette
in Preußen vorschreibt, daß der Hof jeder Fête beiwohne,
welche zu Ehren eines Mitgliedes der königlichen Familie
veranstaltet wird. Bei dem Diner vor dem Balle fragte
der König die Königin, um welche Stunde sie zu den Bloom-
fields gehen wolle. Ihre Antwort war, „sie sei überhaupt
noch nicht entschlossen, zu gehen." Darauf sagte der König:
„Du mußt!" Die Majestäten kamen um 10 Uhr auf den
Ball, der englische Botschafter empfing sie mit seiner Gemahlin bei der Thür des Treppenhauses. Die Königin
nahm den Arm des Botschafters, die einzige Bemerkung
aber, die sie machte, war: „Ihre Treppe ist sehr steil,

Mylord." Lady Bloomfield wurde während des Abends von ihr vollständig ignorirt, als wäre sie gar nicht vorhanden gewesen. Der König wollte über das Diner bei dem Botschafter bleiben, die Königin aber wünschte das Fest früher zu verlassen und stand in ihrem Mantel auf der obersten Stufe der Treppe, wo sie den König erwartete; sie sendete dreimal Boten nach ihm, so daß er schließlich gezwungen war, sich ihrem Willen zu fügen. Am Hofe und in der vornehmen Gesellschaft Berlins gab es nur Feinde Englands, so daß es der Botschafter sogar unterließ, das offizielle Diner am Geburtstage der Königin Viktoria zu veranstalten, nachdem es wie Spott ausgesehen hätte, die Gegner einzuladen, daß sie das Glas auf die Gesundheit der britischen Majestät erheben. Der König aber veranstaltete wie gewöhnlich das Diner zur Feier des Geburtstages der Königin Viktoria am 24. Mai in Potsdam. Er brachte in englischer Sprache und in herzlicher Weise den Trinkspruch aus. Lady Bloomfield saß neben dem König; zwischen der Königin und der Gattin des Legationssekretärs, Lady Augustus Loftus, saß der Erbprinz von Meiningen. Die Königin richtete an diesen zahlreiche Fragen über die Stärke der englischen Armee, die Bewegungen der englischen Flotte ꝛc. Der Erbprinz gab ausführliche Auskunft und sagte schließlich, sich an Lady Loftus wendend: „Mais après tout, que pouvez-vous faire? England ist so klein und Rußland ist so groß, wie wollen Sie es angreifen?" Lady Augustus erwiderte sehr taktvoll, es sei nicht der Augenblick, die relative Macht der

beiden Nationen zu diskutiren, doch hätte sich England in
der Geschichte nicht unbedeutend erwiesen, und so sei es
wohl besser, zu warten und zu sehen, welchen Ausgang
der Krieg haben würde. Nach dem Diner begab sich der
König mit Lord Bloomfield auf die Terrasse, die Königin
aber wollte ihn „schlimmen Einflüssen" entziehen und er=
schien sofort mit der Frage, mit welchem Eisenbahnzuge
die Gäste nach Berlin zurückkehren müßten. Als sie hörte,
daß dies der 5 Uhr=Zug sei, wendete sie sich an den König
mit der Bitte, Lord Bloomfield zu entlassen, da derselbe
sonst nicht rechtzeitig in den Bahnhof gelangen könnte.
Der König war entschlossen, seine neutrale Haltung nicht
aufzugeben, das Volk nahm aber immer entschiedener für
die Westmächte Partei. Bei Kroll verlangte man stürmisch,
daß die österreichische Volkshymne gespielt werde, dann zog
eine vieltausendköpfige Menge vor den Palast des Prinzen
von Preußen und brachte begeisterte Hochrufe auf ihn aus. —
Aus der Frankfurter Gesellschaft zur Zeit des Bundes=
tages, sowie aus der Petersburger Periode hat Fürst
Bismarck mehr als eine Persönlichkeit unter veränderten Ver=
hältnissen wieder in seiner Nähe gefunden oder sie in seine
Nähe gezogen. Wir wollen nur beiläufig erwähnen, daß
der verstorbene Staatsminister von Bülow im Jahre 1852
als Bundestagsgesandter für Holstein=Lauenburg in Frank=
furt zu Herrn von Bismarck in besonders enge Beziehungen
trat, ebenso, daß Herr von Schlözer seine heutigen Be=
ziehungen zum Fürsten Bismarck der Bekanntschaft aus der
Petersburger Zeit verdankt. Hier wollen wir ja aber nur

von den auswärtigen Diplomaten in Berlin sprechen, und heben deshalb hervor, daß die zwischen dem jetzigen österreichisch-ungarischen Gesandten in Berlin, Grafen Szechenyi, und Herrn von Bismarck bestehenden freundschaftlichen Beziehungen schon in Frankfurt angeknüpft wurden, als der Graf dort österreichischer Gesandtschaftssekretär war.

Graf Emerich Szechenyi ist 6 Wochen älter als Fürst Bismarck. Er wurde am 15. Februar 1815 geboren und trat als hoffnungsvoller Erbe des Ober-Hofmeisters der Erzherzogin Sophie, des Grafen Ludwig Szechenyi, unter der allmächtigen Reichskanzlerschaft des Fürsten Metternich in den diplomatischen Dienst; er wurde zum Attaché bei der römischen Botschaft ernannt. Nach kaum einem Jahre ward ihm die Auszeichnung zu Theil, daß er in der Eigenschaft eines außerordentlichen Kouriers dem Wiener Hofe die wichtige Nachricht überbrachte, Kardinal Mastai-Ferretti sei unter dem Namen Pius IX. zum Papst gewählt worden. Da von den meisten Historikern behauptet wird, daß dieses Resultat Metternich ganz und gar nicht zusagte und daß er, um es zu vereiteln, Alles in Bewegung setzte, so wird es interessant sein, zu vernehmen, daß gerade das Gegentheil dieser vielfach acceptirten Ansicht wahr ist, da Niemand Pius IX. freudiger auf dem päpstlichen Throne begrüßte als eben Metternich. Emerich Szechenyi blieb bis 1846 in Italien; in diesem Jahre ward er mit dem Range eines Gesandtschafts-Sekretärs und Geschäftsträgers nach Stockholm versetzt, später in ähnlicher Eigenschaft zur Bundestags-Gesandtschaft nach Frankfurt, wo er, wie bemerkt, auch mit dem preußischen Gesandten Bismarck in vertraulichen Verkehr trat, der in interessanter Weise in St. Petersburg fortgesetzt ward, wohin Szechenyi als erster Sekretär und Geschäftsträger beinahe gleichzeitig mit Bismarck ging. Von St. Petersburg aus wurde er am Hof von Neapel zum Gesandten ernannt und blieb dem König während der Belagerung von Gaëta, und auch als er nach Rom übersiedelte, zur Seite. Heimberufen, trat Szechenyi in Disponibilität; er zog sich auf seine Güter zurück und fand in der Pflege von Kunst und Musik eine seines regen Geistes würdige Zerstreuung. Der Aufforderung Beust's, wieder in den diplomatischen Dienst zu treten und als Botschafter nach St. Petersburg zu gehen, entsprach er aus Gesundheitsrücksichten nicht (so wurde amtlich gesagt; Andere vermutheten politische Gründe). Er verbrachte auch in der Folge den größten Theil seiner Zeit auf seinen Besitzungen, bis ihn das Vertrauen Sr. Majestät des Kaisers von Oesterreich aus seiner Zurückgezogenheit berief, um den Kaiser und die Monarchie in Berlin zu vertreten. Da Graf Szechenyi schon damals unerschütterlich überzeugt war, daß Oesterreich mit dem Deutschen Reiche im engsten Bunde leben und bei jeder wichtigeren Aktion in Uebereinstimmung mit diesem vorgehen müsse — konnten wir diese Wahl in jeder Hinsicht für eine glückliche erklären, da wir darin die vollständigste Garantie für die Zukunft und für die vertraulichen Beziehungen sahen, die der Vorgänger des Grafen Szechenyi, Graf Alois Karolyi, durch viele Jahre mit so ausgezeichnetem Takt und Erfolg zwischen den Höfen von

Wien und Berlin zu erhalten verstand. Die Reise des Fürsten Bismarck nach Wien im September 1879 verwirklichte alle an die Mission des Grafen Szechenyi in Berlin geknüpften Erwartungen.

Graf Szechenyi ist der Gast unseres Kaisers am 18. August jeden Jahres, falls Beide in Berlin anwesend sind. Den Galadiners des königlichen Hofes ist sonst immer das königliche Schloß oder das Palais in Berlin reservirt, nur eine Ausnahme wird alljährlich auf Schloß Babelsberg während des Aufenthaltes Ihrer Majestäten gemacht — am 18. August, dem Geburtstage des hohen Verwandten und Alliirten unseres Königshauses und des Kaisers — des Kaisers und Königs Franz Joseph von Oesterreich-Ungarn. Die Einladungen gelten alsdann dem österreichischen Botschafter Graf Szechenyi, seinem Personal und dem Militär-Bevollmächtigten Oesterreichs. Kaiser Wilhelm erscheint in der Uniform seines österreichischen Infanterie-Regiments, die Kaiserin trägt die Farben des österreichischen Kaiserhauses, schwarz und gold, und Ungarns, roth und grün. Regelmäßig wird auch der Kommandeur des Kaiser Franz-Regiments eingeladen. Die Musik desselben Regiments spielt österreichische Weisen, bevorzugt die österreichische Nationalhymne „Gott erhalte Franz den Kaiser", und Kaiser Wilhelm trinkt mit dem Botschafter Oesterreichs auf das Wohl der apostolischen Majestät. —

Am 13. Februar 1882 Nachmittags 1 Uhr hielt der neu ernannte französische Botschafter Baron de Courcel seinen feierlichen Aufzug, um dem Kaiser seine Akkreditive zu überreichen. In vier Galawagen war der Botschafter mit dem Botschaftspersonal, sowohl denjenigen Herren, welche bereits seit längerer Zeit der Botschaft attachirt, als auch den neu ernannten Mitgliedern Baron de Plancy, Comte Juarez d'Anlon und Camille Labouret vom Zeremonienmeister Freiherrn von Rosenberg aus dem französischen Botschaftshôtel abgeholt worden. Punkt 1 Uhr traf der feierliche Zug vor dem Palais ein. Dem Zuge voraus ritt ein Spitzreiter, während ein höherer Hofbeamter die Wagen akkompagnirte. Die Galawagen waren je mit zwei Rappen bespannt. Das silberbeschlagene Geschirr, die mit rothen Sammetquasten durchflochtenen Mähnen der feurigen Thiere, die in der Sonne glänzenden und glitzernden Wagen — alles das machte einen glänzenden Eindruck. Die Lakaien auf der Bedientenbrücke waren ebenfalls in große Gala gekleidet, weiß mit roth, und trugen einen Degen zur Seite. Beschlag der Wagen, Geschirr der Pferde, und die Tracht der Lakaien, Alles stimmte in den Farben zusammen. Ein sehr zahlreiches Publikum hatte sich vor dem Palais eingefunden, zum Theil war es durch die aufziehende Wache dorthin geführt worden. Als die Wagen dem Palais sich näherten, ging eine große Fluthwelle von Menschen voraus, so daß der Platz dicht gefüllt war. Die Kollegia in der Universität waren beendet, die Studenten strömten heraus, die Posten vor dem Palais wurden abgelöst und langsam fuhren die Wagen zur Rampe empor; ein echtes Stück großstädtischen königlichen Lebens spielte sich ab. Im zweiten Wagen, der sich vor anderen durch besonderen Glanz unterſchied und der oben ſtatt der Kronen Adler trug, befand ſich der neu ernannte Votſchafter Baron de Courcel.

Der Kaiſer empfing den Baron de Courcel im Beiſein des Vertreters des Auswärtigen Amtes, Votſchafters Grafen Hatzfeldt, und des introducteur des ambassadeurs, Vice-Ober-Zeremonienmeiſters von Roeder, und nahm aus den Händen deſſelben das Beglaubigungsſchreiben entgegen. Außer den beiden bereits genannten Herren waren auch die beiden Hofmarſchälle, der General Graf von der Goltz, die beiden Flügel-Adjutanten Major von Broeſigke und Major von Pleſſen zugegen. Unmittelbar nach der Audienz beim Kaiſer wurde der neue Votſchafter Baron de Courcel auch bei der Kaiſerin-Königin, welche vom Oberhofmeiſter, der ſtellvertretenden Oberhofmeiſterin und ihren Hofdamen umgeben war, eingeführt. Nach beendeter Audienz wurde der Votſchafter mit ſeinen Attachés wieder vom Freiherrn von Roſenberg zur franzöſiſchen Votſchaft zurückgeleitet.

Schon wenige Tage darauf ſah man Baron de Courcel auf dem Faſtnachtsballe im königlichen Schloſſe. Der franzöſiſche Votſchafter hat eine elegante Figur und bewegt ſich mit Lebhaftigkeit und Gewandtheit. Die kurze Zeit ſeines Hierſeins hatte genügt, um ihn anſcheinend ſchon heimiſch zu machen, wenigſtens tauſchte er nicht nur mit ſeinen Genoſſen der Diplomatie, ſondern auch mit den Damen freundliche Begrüßungen aus.

Baron de Courcel hat in Heidelberg deutſche Studien gemacht, kennt deutſche Bildung und Litteratur und ſteht daher in Fühlung mit Vertretern der Kunſt und Wiſſenschaft in Berlin, die man auch auf den Festen sieht, die in seinem Hôtel gegeben werden. „Il a approfondi l'esprit de notre langue," sagte einmal der introducteur des ambassadeurs von Roeder zur Gemahlin des Botschafters.

Der französische Botschafterposten hat seit dem Kriege drei Inhaber gefunden, die sehr verschiedene Beziehungen Deutschlands und Frankreichs repräsentiren. Man kennt die Aeußerungen Bismarck's über Gontaut=Biron, der mit Gortschakow gegen Deutschland konspirirte. „Sie hatten — sagte Bismarck — das Ding so arrangirt, daß es an dem Tage der Ankunft des Zaren (Mai 1875) in Berlin platzen sollte, welcher als quos ego auftreten und durch sein bloßes Erscheinen Frankreich Sicherheit, Europa Frieden und Deutschland Demüthigung geben sollte." In der Zeit von 1878 bis 1882 vertrat Graf Saint=Vallier die französische Republik als Botschafter in Berlin. Sein Name erinnert uns an den bedeutsamen Gedankenaustausch des Fürsten Bismarck mit dem Verstorbenen behufs eines deutsch=österreichisch = französischen Bündnisses. Rußland drohte mit einem Revanchekrieg wegen des Berliner Kongresses, der deutsche Staatsmann war nach Wien gegangen und hatte hier das Bündniß abgeschlossen, das heute noch die Situation Europas beherrscht. In England wurde bald darauf der Held des Berliner Kongresses, Lord Beaconsfield, gestürzt. Bereits in Wien hatte Bismarck den dortigen französischen Botschafter Teisserence de Bort aufgesucht und ihm gesagt: Je ne me sers jamais de la parole pour déguiser ma pensée, Mr. Wadington en a eu la preuve à Berlin, et mon désir d'entretenir des relations cordiales avec la France est sincère. In Barzin 'gab es gleich nachher intime Besprechungen zwischen Bismarck und dem Grafen Saint-Vallier. Es handelte sich um nichts Geringeres als um einen Freundschaftsbund, der an Innigkeit und Bedeutung alle bisherigen Allianzen in den Schatten gestellt hätte, der den Wetteifer der Völker auf ein viel weiteres und fruchtbareres Gebiet übertragen und eine neue Aera für Europa inauguriren sollte. Das war ein Projekt, das allerdings bei dem Grafen Saint=Vallier guten Boden fand, nicht aber bei seinen Landsleuten, die ihm vielmehr seine friedliche und freundschaftliche Stellung zum deutschen Staatsmanne sehr übel nahmen.

Graf Saint=Vallier hat es in der That verstanden, sich sowohl in gesellschaftlicher als amtlicher Hinsicht eine höchst angesehene Stellung in Berlin zu verschaffen, und als an seine Abberufung gedacht wurde, konnte der Anlaß dazu jedenfalls nicht in Berlin gesucht werden. Bei seinem Scheiden von Berlin hoffte er noch, einmal wieder nach Berlin zurückzukommen. Er äußerte sich gegenüber seinem Freunde und Nachfolger, dem Baron de Courcel: „Bereiten Sie sich darauf vor," sagte er ihm, „Sie sind jetzt mein Nachfolger; ich werde der Ihrige, wenn ein Umschwung eintritt und meine Freunde wieder an die Regierung kommen. Trete ich jemals in den Staatsdienst zurück, so werde ich keine andere Stelle annehmen, als die, welche ich jetzt aufzugeben durch mein Gewissen gezwungen bin." Dann hat er sich über seinen hiesigen Aufenthalt und seine hiesige Stellung auch einmal so geäußert: „Ich habe mich in Berlin glücklicher gefühlt, als irgendwo, im Verkehr mit der imposanten Persönlichkeit des Fürsten Bismarck, der nicht nur der große Staatsmann ist, den alle Welt bewundert, sondern auch daneben der bestechend liebens= würdige Mann, mit dem zu verkehren eine wahre Freude ist. Einen andern Posten als den des Botschafters in Berlin werde ich auf keinen Fall annehmen."

In Anerkennung seiner Verdienste hatte auch der Kaiser dem Grafen Saint=Vallier, dem er besonders zugethan war, die höchste Auszeichnung, den hohen Orden vom Schwarzen Adler, verliehen, die um so werthvoller war, als sie dem Botschafter nicht erst bei seinem Scheiden von Berlin verliehen wurde, sondern während er noch in voller Thätigkeit war (1880).

Ein Jahr später ließ ihm der Kaiser seine Marmor= büste in wiederholter Anerkennung seiner Verdienste mit einem schmeichelhaften Schreiben durch den Staatssekretär Grafen von Hatzfeldt überreichen. Es war das fast den Franzosen zu viel. Sein Nachfolger, Baron von Courcel, mußte von da Anlaß nehmen, in seiner schwierigen Stellung das äußerste Maß von Vorsicht zu beobachten. In die Zeit seiner diplomatischen Wirksamkeit fallen die engsten Beziehungen, die seit dem Kriege je zwischen den Regierungen Deutschlands und Frankreichs bestanden haben. Wirft man einen Blick auf die Stellung, welche Frankreich zur Zeit der Kongokonferenz im Rathe der Nationen einge= nommen hatte, so ist es erstaunlich, wie rasch und wie

stark der Sturz ist, den es gethan hat. Als die Vertreter
der Seemächte in Berlin zu einer im Völkerrecht bahn=
brechenden Arbeit zusammengetreten waren, hatte sich die
Sache schnell so gestaltet, daß Frankreich thatsächlich die
Leitung in die Hand bekam. Die Interessen der französischen
Republik waren von vornherein jeder Bestreitung entrückt,
ihre Protektion war maßgebend, andere Staaten beschwerten
sich, daß Herr von Courcel in Berlin „Sommer und
Winter" mache. Eine nähere Interessengemeinschaft zwischen
Deutschland und Frankreich schien sich anspinnen zu wollen,
auch noch an anderen Plätzen als in Westafrika fanden
Frankreichs Wünsche und Anliegen einen Rückhalt in der
Haltung Deutschlands und immer stärkere Geltung. Dieser
Beginn der Wiederaufrichtung der Weltstellung Frankreichs
war von kurzer Dauer. Gegenüber einigen partiellen Un=
fällen in Tonkin, die für die Gesammtlage ohne Konsequenz
waren, verloren erst Jules Ferry und sein Ministerium,
dann die opportunistische Mehrheit der Kammer den Kopf.
Jules Ferry fiel, und nicht zum Wenigsten deshalb, weil
er sich enger an die Politik Deutschlands angeschlossen
hatte. Fürst Bismarck mußte dem neuen Ministerium miß=
trauen, das mit einem Artikel im „Temps", der einen
Warnungsruf über die angeblich ungenügende Besetzung
der französischen Ostgrenze mit Kavallerie ausstieß, beputirte.
Herr von Courcel reiste damals von Berlin nach Paris,
und die „Nordd. Allg. Ztg." sendete ihm einen Artikel nach,
worin gesagt war: „Wenn man sieht, daß sich ein Blatt,
wie der „Temps", auf chauvinistische Agitationen einläßt,

so liegt darin ein Symptom, daß die friedliche Entwickelung
der nachbarlichen Beziehungen Frankreichs, wie sie von
Deutschland angestrebt wird, den Stimmungen der Leser
des „Temps" nicht entspricht, und daß unsere Bestrebungen,
die guten Beziehungen zu Frankreich zu pflegen und eine
Politik der Versöhnung anzubahnen, .bisher kein Glück gehabt und keine Gegenseitigkeit gefunden haben, so müssen
wir uns gegen unseren Willen die Sorge aufdrängen lassen,
daß Frankreich nur auf eine günstige Gelegenheit warte,
um allein oder im Bündniß mit Anderen über uns herzu-
fallen." Man sucht also in Paris den Grund des veränderten Verhältnisses zwischen den beiden Nachbarstaaten
mit Unrecht bei Deutschland. Die Verstimmung des letzteren
hat im Gegentheil ihren berechtigten Grund darin, daß
angesichts der chauvinistischen Kundgebungen, die in jüngster
Zeit immer häufiger und heftiger geworden sind, allmälig die Ansicht zum Durchbruch gekommen ist, alle Be-
mühungen, ein dauerndes gutes Verhältniß mit Frankreich
herzustellen, seien vergeblich: Frankreich wolle den dauernden
Frieden nur um einen Preis, den Deutschland nicht zahlen
kann und nicht zahlen will, d. h. Elsaß-Lothringen.

Erst in diesen Tagen haben wir von offiziöser Seite
gelesen, es könne nicht geleugnet werden, daß die Stimmung
in Deutschland, Frankreich gegenüber, augenblicklich eine
unfreundliche sei, und zwar in den maßgebenden politischen
Kreisen sowohl, wie in der Bevölkerung. Mit den rein
geschäftlichen Beziehungen, wie sie durch den französischen
Botschafter, Baron Courcel, aufrecht erhalten werden,

habe dies aber nichts zu thun. Dieser erfreue sich eines wohlverdienten Ansehens und gelte allgemein für einen zuverlässigen und versöhnlichen Mann, der die ihm anvertrauten Interessen in einer Art zu wahren wisse, die an hiesiger maßgebender Stelle in keiner Weise Anstoß errege.

Wir wollen jetzt den Baron Courcel an seinem häuslichen Herde aufsuchen.

Im Januar 1883 wohnten wir einem Empfang in der französischen Botschaft bei. Das Hôtel der französischen Republik am Pariser Platz hat durch den Umbau an Ausdehnung und Eleganz bedeutend gewonnen. Vor 25 Jahren gab es in denselben Räumen ein großes Fest. Der Marschall Mac Mahon war damals Botschafter Napoleon's III. zur Krönung in Königsberg und gab nach der Rückkehr des Hofes eines der großartigsten Festins, welche Berlin je gesehen hatte. Das Haus am Pariser Platze war kurz vorher für den französischen Staat erworben worden. So prächtig der Saal war, der nach dem Garten hin angebaut worden war, so eng war aber noch das Vestibül, so eng die Treppe mit dem weiß lackirten Geländer, welche zu den oberen Sälen führte. An dem Abende, von dem wir hier sprechen, sah sich das Alles ganz anders an. Eine hohe, geräumige Vorhalle, eine breite, mit Teppichen belegte, vom ersten Podest an gebrochene Treppe mit kunstvollem Eisengeländer, flankirt von Marmorsäulen und besetzt mit einer haie von Lakaien in ponceaurother Livree mit den Wappengallons des Botschafters. Die Eintheilung der Festgemächer ist dieselbe geblieben wie vordem; vier große Piecen nach dem Pariser Platze, vier nach der Rückseite; aber sie hatten gegen vordem an Höhe beträchtlich gewonnen und machten darum den Eindruck von wirklichen Festsälen. In der Dekoration der Gemächer herrschte das Ponceauroth mit vergolbeten Möbeln vor. Nur der Ballsaal machte eine Ausnahme. Er ist mit Gobelins bekorirt und mit großen vergolbeten Spiegelleuchtern im Rococogeschmack. An der Stirnseite des Saales erhob sich eine Estrade mit vergolbeten Thronsesseln. Gobelins mit Ansichten französischer Schlösser bilden den hauptsächlichsten künstlerischen Schmuck des Botschafter-Palais. In einem der Säle sieht man auch ein Bild des jugendlichen Ludwig XV.

Die Herren und Damen der Hofgesellschaft, die nachher, für die Botschafter und deren Gemahlinnen üblichen Etiquette denselben den ersten Besuch zu machen haben, gelangten zuerst in ein rothes reich bekorirtes Empfangszimmer, wo Baron de Courcel die Vorstellung der Herren durch den Vize-Ober-Zeremonienmeister Grafen zu Eulenburg im Beisein des introducteur des ambassadeurs von Roeder empfing, durch den Major im Garde-Kürassier-Regiment Freiherrn von Rosenberg der Stabs- und Subalternofficiere. Der Botschafter hatte zum Gesellschafts-Anzuge das große Band der österreichischen eisernen Krone angelegt. Im nächsten, ebenfalls roth montirten Gemache, empfing die Baronin de Courcel die Herren und Damen der Gesellschaft, die Damen präsentirt durch die Gräfin von Schleinitz, die Herren durch den Zeremonienmeister Freiherrn von Rosenberg.

Die Baronin de Courcel ist zur Gemahlin eines Botschafters wie geboren. Eine hohe Gestalt von vollendetem Ebenmaß, von ebenso vornehmer Haltung als Grazie in den Bewegungen, sympathische, ausdrucksvolle Züge von der, Französinnen eigenen Lebendigkeit beseelt, — so erscheint die Gräfin als das Bild einer großen Dame. Zu dem brünetten Typus der fein geschnittenen Gesichtszüge stand vortrefflich eine dunkelrothe Robe mit schwarzen, großen Damastmustern.

Zu der Umgebung des Botschafters befanden sich die Herren von der Botschaft. Das diplomatische Corps erschien fast vollständig; vom Auswärtigen Amte Graf Hatzfeldt; der Hofstaat des Kaisers war vertreten durch den Oberstkämmerer Grafen von Redern, den Ober - Gewandkämmerer Grafen Redern, den Generaladjutanten Grafen von der Goltz, den General à la suite Grafen von Lehndorff, den Ober-Hof- und Hausmarschall Grafen Pückler, den Hofmarschall Grafen Perponcher mit Gemahlin, und durch den Geheimen Kabinetsrath von Wilmowski. Als höchster Vertreter der Armee erschien der Feldmarschall Graf Moltke. Von Fürstlichkeiten erschienen die Familien Radziwill, der Herzog von Sagan, Fürst Putbus, Prinz Croy mit Gemahlin, der Erbprinz und die Erbprinzessin von Bentheim. Von Ministern sah man den Vizepräsidenten des Staatsministeriums, von Puttkamer, General von Stosch, den Minister Maybach mit Gemahlin und Töchtern, den Staatsminister Delbrück mit Gemahlin. Der Hofstaat der Kaiserin war vollständig, Graf Nesselrode, Graf Lüttichau, Graf Gorzewski, ebenso der Hofstaat des Kronprinzen und der Kronprinzessin, Schloßhauptmann von Normann mit Gemahlin, Graf Seckendorf, General Mischke, Major von Pfuhlstein. Unter den Anwesenden bemerkte man ferner viele Offiziere der Garnisonen von Berlin und Potsdam. —

Der türkische Botschafter Tevfik Bey, der auch zu letzten Weihnachten zum ersten Mal jenem Diner bei den Majestäten beigewohnt, residirt im Mosse'schen Hause am Leipziger Platz. In den mit kostbaren Divans ausgestatteten und schweren Teppichen belegten Räumen wurde dem Vertreter des Sultans im Januar 1886 durch den Ober-Zeremonienmeister Grafen Eulenburg, der in seinem Amt von dem Zeremonienmeister von Romberg und Kammerherrn von Roeber, sowie vom Major von Rabe vom 2. Garde-Ulanen-Regiment unterstützt wurde, welch' letzterer ausschließlich die Herren vom Militär vorstellte, die Hofgesellschaft präsentirt. Tevfik Bey, im langen schwarzen türkischen Rock, auf dem der Medjibié-Orden glänzte, begrüßte seine Gäste, die von dem Botschaftsrath Ohan Bagbablian Effendi und den beiden Sekretären Chiikri Effendi und Salim Bey empfangen wurden, im Balkonzimmer. Von hier aus trat die Gesellschaft in die anstoßenden Räume, von denen der nächstgelegene größere mit dem lebensgroßen Oelporträt des Sultans Abbul Aziz geschmückt ist. Von Botschaftern bemerkte man den Grafen be Launay und Sir E. Malet. Aus der Umgebung Sr. Majestät des Kaisers waren erschienen die Generaladjutanten Graf von der Goltz, Graf W. Brandenburg, von Rauch, Graf Lehndorff, ferner der Oberhofmeister J. Majestät der

Kaiserin Graf Nesselrode, vom Hofstaat Fürst Hatzfeldt-Trachenberg, Ober-Gewandkämmerer Graf Redern, Hofjäger-meister vom Dienst Frhr. von Heintze, Hofmarschall von Dönhof. Von den Ministern waren Dr. Lucius, Maybach und Dr. von Stephan erschienen. In der Generalität bildete Generalfeldmarschall Graf Moltke, der den türkischen Nischan-Iftihaï-Orden mit Brillanten trug, den Mittelpunkt. An seiner Seite bemerkte man den Generalquatiermeister Grafen Walbersee. Von höheren Militärs machten ferner ihren Besuch der General-Inspecteur der Artillerie von Voigts-Rhetz, der Kriegsminister Bronsart von Schellendorff, der Kommandeur der Garde-Kavallerie-Division von Winterfeld, Generallieutenant von Schlichting, der Abjutant des Prinzen Alexander, Generallieutenant von Winterfeld II., der Kom-mandeur der 1. Garde-Kavallerie-Brigade Graf von Alten, der Kommandeur des Garde-Füsilier-Regiments von Stülp-nagel, der persönliche Abjutant des Kronprinzen Major von Kessel, eine Menge Stabsoffiziere der verschiedenen Garde-Regimenter. Vom diplomatischen Korps hatten sich der schwedisch-norwegische Gesandte, Generallieutenant Baron von Bildt mit dem Major Fröbing, der babische Gesandte Frhr. von Marschall und die Herren Japaner eingefunden. Das stärkste Kontingent hatten die jüngeren Offiziere ge-stellt, unter benen man auch den Sohn des Oberstjäger-meisters, Prinzen Pleß, bemerkte. Nicht nur die Herren von der Garde, sondern auch die nach Berlin kommandirten Offiziere der Linie waren zahlreich erschienen. Um die Zirkulation nicht zu stören, wurde die Gesellschaft durch ein kleines Seitenpförtchen des letzten Salons über den Korridor zurück und durch einen kleineren Raum, in dem die Bilder des Kaisers und des Kronprinzen hängen, in den tageshell erleuchteten großen Speisesaal geführt, wo ein lukullisches Buffet errichtet war. Während die Gäste an der Tafel sich selbst bedienten, eilte die zahlreiche Dienerschaft des Hauses, in ihren langen rothen Röcken und weißen Strümpfen, geschäftig hin und her, die leeren Gläser mit perlendem Sekt zu füllen. Die Stimmung war eine äußerst animirte, wozu vor Allem die außerordentliche Liebenswürdigkeit des Botschafters, der an Jeden ein freundliches Wort richtete, beitrug. —

Ueber die Persönlichkeit des chinesischen Gesandten Hsü-Ching-Cheng bemerken wir Folgendes. Geboren im Jahre 1837 in Kiang-Chinsu, in der Provinz Che-Kiang, südlich von Shanghai, studirte Hsü-Ching-Cheng in seiner Vaterstadt und erhielt die ersten literarischen und Beamten-Grade zuerkannt. Nach Peking ging er bereits frühzeitig, wo er das Studium der Philosophie als Spezialfach wählte und die höheren Prüfungen mit großer Auszeichnung bestand, so daß er schon im 28. Lebensjahre zum Professor der Philosophie an der Pekinger Universität ernannt wurde. Volle fünfzehn Jahre bekleidete er dieses Lehramt und erwarb sich während dieser Zeit einen großen Ruf in der chinesischen Gelehrtenwelt, als deren hervorragender Vertreter er gilt. Vor vier Jahren zum Gesandten Chinas am japanischen Hofe zu Tokio ernannt, wurde er an dem Antritt dieser politischen Mission durch das Ableben seines

Vaters, das ihm die übliche dreijährige Elterntrauer in seiner Heimathsstadt auferlegte, verhindert. In politischer Hinsicht gehörte Hsü-Ching-Cheng keiner Partei in China an, doch läßt die Thatsache, daß seine Ernennung zum Nachfolger Li-Fong-Pao's unter dem dominirenden Einfluß Li-Hung-Tchang's, des vielgenannten Tientsiner Reform-chinesen, erfolgte, mit ziemlicher Sicherheit darauf schließen, daß auch er zur chinesischen Reformpartei neigt. Die chinesische Gesandtschaft ist völlig auf die europäischen Sitten eingegangen.

Eine Soirée in ihrem Hôtel in der Heydtstraße verläuft genau so wie bei anderen Gesandtschaften. An einem solchen Festabend füllten bei dem Vorgänger des jetzigen Gesandten fast 600 Eingeladene von den Hof-, Militär- und Staatswürdenträgern die Säle des Gesandtschaftshôtels in einer Weise, daß eine Bewegung den Gästen nur mit Mühe möglich war. Um neun Uhr begann die Auffahrt derselben; jeder Einzelne wurde von dem Gesandten Li-Fong-Pao und seinem diplomatischen Ablatus, Dr. Karl Kreyer, empfangen und von den Mitgliedern der Gesandtschaft in den zweiten Saal geleitet, um der Gemahlin des Gesandten, Li-Fu-Yen, vorgestellt zu werden. Mit Bewunderung erfüllte die Eleganz, mit welcher die in ihrem Nationalkostüm erschienenen hochgestellten Söhne des „Reiches der Mitte" den eintretenden Damen den Arm reichten und sie der Gemahlin ihres Chefs zuführten, als hätten sie sich von Jugend auf nach europäischer Art zu Kavalieren vorbereitet. Unter den anwesenden Damen war die Fürstin

Bismarck. Auch die Hofopernsängerin Lilli Lehmann war erschienen. Vor dem Souper, welches um Mitternacht an einem großen Buffet eingenommen wurde, gab es — biesmal gewiß echten chinesischen — Thee und Erfrischungen. Die Jugend tanzte vorher und nachher wacker und zwar europäisch.

Nun wollen wir noch von einem chinesischen Feste erzählen, das zur Zeit des Vorgängers des jetzigen Gesandten in dem Hotel in der von der Heydtstraße gefeiert wurde. Die Chinesen haben bekanntlich eine eigene Zeitrechnung, die nach dem Regierungsantritt des Kaisers datirt. Da es in China keinen Sonntag oder Ruhetag giebt, so wird der jedesmalige Jahreswechsel als ein großes Fest gefeiert. Die Staatsbeamten haben einen Monat Ferien, und das große Siegel, welches die Unterzeichnung des Kaisers repräsentirt, wird vom 20. des 12. Monats bis zum 20. des ersten Monats im neuen Jahr versiegelt. Wie die chinesischen Gesandten in Europa die vaterländische Tracht beibehalten, so wird auch das Neujahrsfest hier in derselben Weise wie dort begangen. Schon früh Morgens wird die gelbe Fahne mit dem Drachen aufgehißt. Die Feierlichkeit begann damit, daß sämmtliche Mitglieder der Gesandtschaft Festgewänder anlegten und sich um 10 Uhr gegenseitig in hierarchischer Weise beglückwünschten. Diese Zeremonie nahm fast zwei Stunden in Anspruch. Der jüngste der Attachés begab sich zuerst in das Zimmer seines nächst älteren Kollegen und zwar, nachdem er seinen Eintritt durch dreimaliges Niederschlagen mit der Thürklinke angezeigt hatte. In das

Zimmer tretend, warf er sich auf den Boden, stand wieder auf, wiederholte nach drei Schritten vorwärts dieselbe Art der Begrüßung, die nun erst von dem Begrüßten erwidert wurde. Eine Beglückwünschung von Person zu Person bildete den vorläufigen Abschluß. Darauf folgte das Grüßen des Kaisers durch sämmtliche Mitglieder der Legation. Sie traten zu diesem Zwecke in den großen Festsaal, wo sie sich, den Blick nach Osten gerichtet, nach dem Throne ihres Kaisers, auf den Boden warfen. Nachdem sie so ihrem Beherrscher einen stillen Gruß zum neuen Jahr dargebracht, beglückwünschten sie alsdann die Gemahlin des im Haag befindlichen Gesandten, Madame Li Fu-Yen, welche, von ihrem dreizehnjährigen Sohne begleitet, ihre Landsleute empfing und dieselben zu einem Dejeuner einlud, welches aus nationalen Kuchen und Früchten bestand, unter denen auch Pommeranzen, das Obst des Glückes, nicht fehlten. —

Der jetzige außerordentliche Gesandte Japans am hiesigen kaiserlichen Hof, Vicomte Schinagawa mit Gemahlin, ist erst im Mai d. J. in Berlin eingetroffen. Hier ist der Gesandte keine fremde Persönlichkeit. Schon vor 10 Jahren bekleidete derselbe den Posten eines ersten Sekretärs der hiesigen japanischen Gesandtschaft und war während seines damaligen vierjährigen Aufenthalts in Hof- und diplomatischen Kreisen gern gesehen. In seine Heimath zurückgekehrt, wurde Vicomte Schinagawa vom Mikado zu wichtigen Aemtern berufen und war zuletzt Unterstaatssekretär im Ministerium für Handel und Ackerbau zu Yebdo. Der Gesandte ist einige vierzig Jahre alt. In seiner Gefolgschaft befinden sich die Legationssekretäre Jnouye und Peitaro Komatsubara, welcher letztere seit der Abberufung des früheren Gesandten Aoki mit Wahrnehmung der Geschäfte der japanischen Gesandtschaft hier betraut war.

Schon der vorige japanische Gesandte Aoki bewohnte die zweite Etage des in vornehmem Geschmack vom Baumeister Rötger erbauten palaisartigen Hauses Voßstraße 7. Aoki, der zur Uebernahme eines hohen Postens in die Heimath zurückberufen wurde, hat sich in Deutschland mit einem abeligen Fräulein der Berliner Gesellschaft vermählt, die jetzt mit ihrem Gemahl nach Japan übergesiedelt ist.

Aoki war — man ist versucht zu sagen — ein echter Berliner geworden, so völlig hatte er sich eingelebt, so vollkommen war er Herr der deutschen Sprache geworden, so sehr hatte man sich daran gewöhnt, den kleinen Herrn im Ordenstern-geschmückten Frack bei offiziellen Gelegenheiten in der Berliner Gesellschaft zu sehen.

So war er z. B. auch bei jenem interessanten Banquet zugegen, das der Präsident des Zentralvereins für Handelsgeographie, Dr. R. Jannasch, zu Ehren Stanley's im Winter 1884 gab. Er saß neben dem brasilianischen Gesandten Baron de Jauru an der Tafel der Ehrengäste und unterhielt sich lebhaft mit Stanley, dem ebenfalls anwesenden Admiral Livonius und verkehrte überhaupt so ungezwungen im Saale, daß man ganz vergaß, daß er der Sohn eines Volkes ist, mit dem wir Deutschen noch vor wenigen Jahrzehnten kaum in Berührung kamen und das

erſt in den letzten Dezennien begonnen hat, ſich der euro=
päiſchen Kultur zu erſchließen.

Aoki's Wirkſamkeit für ſeine in Berlin anweſenden
Landsleute, die meiſtentheils Studien wegen ſich in Deutſch=
land aufhalten, haben wir oft von dieſen ſelbſt rühmen
hören. Die jungen Herren Japaner, welche in Berlin
ſtudiren, gehören ſämmtlich den höheren japaniſchen Ge=
ſellſchaftsſchichten an; ein kaiſerlicher Prinz, mehrere Fürſten
waren unter ihnen. Bei der natürlicherweiſe ſo verſchie=
denen Veranlagung dieſer Studenten, — denn auch in
Japan giebt es ſehr talentvolle und ſehr wenig begabte
Menſchenkinder, was Manchem nicht ſo recht einleuchten
will, der die Herren Japaner zum erſten Mal ſieht und
auf den erſten Blick hin den Eindruck empfängt, daß einer
gerade ſo ausſieht wie der andere — ein Eindruck, den
wir als einen ſehr irrigen bezeichnen müſſen, da wir recht
niedliche und — ſchrecklich häßliche Japaner kennen gelernt
haben — bei der verſchiebenen Veranlagung dieſer japani=
ſchen Studenten, ſagten wir, die durch ganz Berlin zer=
ſtreut wohnen, ſind die Pflichten des Geſandten auch in
dieſer Beziehung keine leichten. Da hat es ſich nun gut
getroffen, daß ſich eine Dame, Frau von L., geborene von L.,
welche in der Artillerieſtraße in Berlin einem trefflich ge=
leiteten Penſionat für Ausländer vorſteht, beſonders der
jungen japaniſchen Herren angenommen hat. In dieſem
Penſionat fühlen ſich die Japaner wie zu Hauſe; hier geben
ſie Diners, kochen ihre Nationalgerichte, ſpeiſen auf japaniſche
Weiſe mit Hölzchen an Stelle der Meſſer und Gabeln, und

die Vorsteherin trägt mit ihren Schutzbefohlenen Leib und Freud, als wären diese ihre Kinder.

Soviel von der japanischen Kolonie in Berlin.

Wilhelmstraße 75/76.

Im Auswärtigen Amte sind in letzter Zeit überraschende Personalwechsel vor sich gegangen.

Im Oktober 1882 wurde der seitherige Botschafter in Konstantinopel, Graf Hatzfeldt, zum Staatssekretär des Auswärtigen Amtes, sowie zum preußischen Staatsminister und Mitglied des Staatsministeriums ernannt. Damit nahm ein Zwischenzustand ein Ende, der seit dem am 20. Oktober 1879 erfolgten Tode des Staatsministers von Bülow gedauert hatte.

In Herrn von Bülow hatte Fürst Bismarck einen treuen, ihm ergebenen Mitarbeiter verloren, der es verstanden hatte, mit wahrer Aufopferung sich in die Intentionen des leitenden Staatsmannes zu finden. Sein weltmännisches und konziliantes Wesen machte ihn hervorragend geeignet zu dem Verkehr mit den Vertretern der fremden Staaten und mit dem Reichstage. Seine unermüdliche Arbeitskraft und seine gewissenhafte Thätigkeit befähigten ihn ganz besonders, das umfangreiche Ressort des Aeußeren mit jener Genauigkeit zu bearbeiten, welche Fürst Bismarck verlangt.

Der lange Zeitraum, während dessen das Staatssekretariat durch Stellvertreter versehen wurde, wies darauf hin, welchen eigenartigen Schwierigkeiten die definitive Besetzung begegnete. Die Vertretung wurde zuerst durch den Fürsten von Hohenlohe geführt, der der Berliner Konferenz präsidirte. Graf Hatzfeld wurde im Sommer 1881 zur weiteren Uebernahme der Vertretung nach Berlin berufen, nachdem er als Doyen des diplomatischen Korps zu Konstantinopel das Zustandekommen der türkisch-griechischen Grenzkonvention wesentlich herbeigeführt hatte. Seitdem wurde der Botschafterposten in Konstantinopel vikarirt, bis Herr von Radowitz von Athen nach Konstantinopel versetzt wurde. Graf Hatzfeld hat als Staatssekretär im Ministerium des Auswärtigen bis zum Sommer 1885 fungirt. Er wurde dann — für das größere Publikum ziemlich überraschend — an Stelle des Grafen Münster, der London mit Paris vertauschte, nach der britischen Hauptstadt als Botschafter des deutschen Reiches gesandt.

Inzwischen hatte der Unterstaatssekretär im Auswärtigen Amte, Dr. Busch, dem Sohne unseres Reichskanzlers, Graf Herbert, Platz gemacht. Dieser hat die vollständige diplomatische Schulung von den ersten Anfängen an erhalten und ist in der regelmäßigen diplomatischen Laufbahn Schritt vor Schritt, wenn auch in raschem Gange, vorwärts gekommen. Das Prinzip der Ancienmität gehört der älteren, vorbismarckischen Schule an und ist heute nicht mehr in Geltung. Bismarck nimmt seine Leute, wo er sie tüchtig findet — und begegnet ihm dies Glück in seiner eigenen Familie, nun so ist er wahrlich der Mann, der über ben Vorwurf des Nepotismus herzlich lachen darf. Wir brauchen uns beshalb gar nicht zu wundern, baß er seinen Sohn, der ihm jahrelang sein „frischester Privat= sekretär" war, in seine unmittelbare Nähe auch im Dienst gezogen hat.

Graf Herbert ist jetzt, nachdem der Posten eines Staats= sekretärs ein Jahr unbesetzt gewesen, in diesen eingerückt. Es mögen ja allerdings wohl einige Schwierigkeiten zu überwinden, vielleicht Empfindlichkeiten zu schonen ober zu burchbrechen gewesen sein.

Der Sohn des Reichskanzlers machte im Sommer 1876, zugleich mit bem Gesandtschaftsattaché Prinz Arenberg, das biplomatische Examen. Wir finden ihn später als Sekretär bei ber preußischen Gesandtschaft in Dresden, als Legations= rath in Berlin, als Botschaftsrath in London. An seinen Namen knüpften sich wichtige Wendepunkte unserer jüngsten Geschichte. Um bie Zeit der Jahreswende von 1882—1883 erschien Graf Herbert plötzlich in Wien. Es war bas bie Zeit ber Erneuerung des beutsch=österreichischen Bündnisses, bes Eintritts Italiens in bie mitteleuropäische Friebens= liga, ber Annäherung Rußlands an bieselbe. Im Jahre 1884 tauchte Graf Herbert in Petersburg auf. Man faßte biese Sendung bahin auf, baß Graf Herbert in einem eminenten Sinne ber Vertrauensmann seines Vaters ist, ber von seiner politischen Einsicht besonders viel hält, unb baß bieser sich über russische Dinge so birekt wie möglich orientiren wollte. Die Versetzung bes Grafen von Rebern unb bessen temporäre

Erſetzung durch Baron Pleſſen, der wieder nach Wien zu=
rückging, boten eine gute Gelegenheit, Graf Herbert wurde
mit der Ausfüllung des Interimiſtikums beauftragt. Er
fand hinreichend Gelegenheit, Eindrücke in ſich aufzunehmen.
Von der Art derſelben, ſo weit ſie politiſcher Natur waren,
mochte Manches in der Geſtaltung der deutſchen Beziehungen
zu Rußland abhängig ſein. In demſelben Jahre finden
wir Graf Herbert im Haag als Geſandten, als welcher er
wiederholt zu Verhandlungen mit dem engliſchen Miniſterium
in den bekannten Konflikten auf kolonialpolitiſchem Gebiete
verwandt wurde. Im Jahre 1885 trat ein kritiſcher Moment
ein. Man erinnert ſich der großen Rede des Fürſten Bis=
marck gegen Lord Granville, durch deſſen Blaubücher über
Neu=Guinea und Kamerun veranlaßt. Dieſe Rede (vom
2. März) rief eine gewaltige Erregung in Deutſchland und
England hervor. Am 3. März bereits reiſte Graf Herbert
nach London ab, am 4. März noch erklärte die „Norddb.
Allg. Zeitung“, daß ein vertraulicher Verkehr zwiſchen den
beiden Staatsmännern Deutſchlands und Englands durch
das Verhalten des einen zur Unmöglichkeit geworden ſei,
aber am Abend deſſelben Tages war Graf Herbert bei
Granville. Am 6. März erfolgte die Replik des engliſchen
Staatsmanns auf Bismarck’s Rede. Seine Erklärung im
Oberhauſe war ſo verſöhnlich, daß man ſie in Deutſchland
nur mit Genugthuung aufnehmen konnte. Die Tendenz
ſeiner Auseinanderſetzung ging dahin, durch Abſchwächung
ſeiner früheren Behauptungen die Brücke zu ſchlagen zu

dem Standpunkt, den Fürst Bismarck mit so scharfer Präzision eingenommen hatte.

Der Reichskanzler hat seinen Sohn längst als eine
lebhaft auf seine Ideen eingehende Persönlichkeit erkannt.
Zudem rühmt er seine seltene Arbeitskraft. Man erinnert
sich in dieser Beziehung der Unterredung, die Fürst Bismarck kürzlich mit einem Mitgliede der nationalliberalen
Partei hatte, das sich bei ihm nach dem Befinden des bekanntlich längere Zeit erkrankt gewesenen Grafen Herbert
erkundigte.

Man darf außerdem nicht übersehen, daß der Kanzler
stets dem Grundsatze Ludwig's XIV. gerne folgte, die Staats-
geheimnisse in möglichst wenigen Händen zu vereinigen, und
daß er das Bedürfniß hat, in seiner nächsten Umgebung
Organe zu besitzen, deren Treue und Diskretion er unbedingt sicher ist.

Bismarck hat sich deshalb in Zeiten der Muße auf
dem Lande der geschäftlichen und diplomatischen Erziehung
seiner Söhne gewidmet, und zwar so, daß diese im Dienst
womöglich noch strenger herangenommen wurden als Andere.
Dafür war das Verhältniß außer Dienst ein um so herz-
licheres, und waren die privaten Einwirkungen an erster
Stelle darauf berechnet, den Charakter auszubilden und
den Söhnen diejenige Selbständigkeit anzuerziehen, die dieselben befähigen sollte, demnächst auf eigenen Füßen stehen
zu können. Diese Art Erziehung erstreckte sich auch auf
Bismarck's Tochter, die jetzige Gräfin Rantzau, die bei-
spielsweise im Dechiffriren von Depeschen geübt war, wie

der älteste Hofrath im Centralbureau des auswärtigen Ministeriums.

Die Ernennung des Grafen Herbert Bismarck zum Staatssekretär des Auswärtigen verursachte, wie vorauszusehen war, einer gewissen Presse nicht geringe Pein. Sie machte darauf aufmerksam, daß der Graf, welcher jetzt erst im 37. Lebensjahre stehe, innerhalb eines nur zwölfjährigen Zeitraumes im Staatsdienste alle Rangklassen bis zur Ministerstellung durchgemacht und „seit Jahren alljährig eine Beförderung" erfahren habe; bei einem neuen Avancement „könnte er nur noch in die Stellung seines Herrn Vaters selbst einrücken". Dabei sei der Posten des Staatssekretärs des Auswärtigen durch die neuerdings erfolgte Gewährung bedeutender Repräsentationsgelder so reich dotirt (50,000 Mark), daß Graf Herbert Bismarck nun fast ebensoviel wie sein Vater, der Kanzler (54,900 Mark), und erheblich mehr als ein preußischer Minister (36,000 Mark) beziehe. Weiterhin ließ dieselbe Presse sich dann in Bemerkungen über die Frage der Befähigung des neuen Staatssekretärs aus, dessen Verdienste in parlamentarischen Kreisen nur durch eine gelegentliche Aeußerung des Kanzlers zum Abgeordneten Gneist bekannt geworden seien. Fürst Bismarck habe nämlich auf einer Matinée erklärt, daß er an seinem Sohne Herbert viel Freude erlebte, da derselbe gute Fortschritte mache, was ja wohl meist der Vorbereitung zu danken sei, welche Herr Professor Gneist dem jungen Diplomaten für das Bestehen des Examens habe zu Theil werden lassen. Man sprach von Protektionswesen und Nepotismus.

Die ultramontane „Germania" beschränkte sich auf die Bemerkung, daß das Avancement, das auch in materieller Hinsicht einen bedeutenden Sprung bedeute, etwas sehr rasch gehe, denn Graf Herbert Bismarck sei noch nicht lange Unterstaatssekretär und außerdem noch jung an Jahren.

Wie wir hernach sehen werden, kann man weder vom Grafen Hatzfeldt, noch vom Grafen Münster sprechen, ohne deren Gemahlinnen zu gedenken. In diese Nothwendigkeit versetzt uns nun Graf Herbert Bismarck nicht, denn er ist noch unbeweibt. Für eine passende Partie, die ihm die Karrière nicht stört, wird Papa schon sorgen. Ein freund= liches Verhältniß Herbert Bismarck's zu einer jungen, schönen und reichen Fürstin litt an dem Uebelstand, daß diese bereits einen legitimen Gatten hatte. Die angebliche Reise nach Italien, und was man sich davon erzählte, ist als ein Abenteuer, das in dem Leben eines künftigen nicht bloß, sondern auch gegenwärtigen Ministers und Diplomaten schon einmal vorkommen kann, längst verpufft und vergessen. Jetzt wird vielleicht an eine ernstere Partie gedacht.

Graf Herbert von Bismarck wurde zur Zeit, als von Münster's Rücktritt vom Botschafterposten in London die Rede war, zuerst als Nachfolger desselben genannt. Lästermäuler schreiben Papa Bismarck die Aeußerung zu: „Nein, nach London geht er nicht, das ist der theuerste Botschafterposten und fordert einen Zuschuß aus Privat= mitteln, den ich nicht geben kann." Um so mehr fiel es auf, daß Graf Hatzfeldt dorthin ging.

Vor seiner Berufung nach London gab die verzögerte

Besetzung des Postens eines Staatssekretärs des Aeußern
durch den Grafen Hatzfeldt schon zu Gerüchten Anlaß, daß
an Allerhöchster Stelle gegen den Grafen Paul Hatzfeldt eine
gewisse Aversion bestehe. Seine Abstammung von der Gräfin
Sophie Hatzfeldt, der intimen Freundin des socialdemokra=
tischen Agitators Ferdinand Lassalle, seine eigenen jugend=
lichen demokratischen Velleitäten sollten namentlich einen
solchen Widerspruch erregt haben, auch sollte von seinen
Nebenbuhlern geltend gemacht worden sein, daß er nicht
von Anbeginn sich der staatsmännischen Karrière gewidmet
habe und in Folge dessen sich über große „Vorurtheile“
seines Standes hinwegsetzte. Wir müssen dem entgegnen,
daß, würde irgend etwas Begründetes gegen die Persön=
lichkeit des Grafen Hatzfeldt sich haben einwenden lassen,
so würde man ihm sicherlich nicht so wichtige und einfluß=
reiche Aemter anvertraut haben, wie geschehen ist. That=
sache ist dagegen, daß Graf Hatzfeldt selbst entschiedene Ein=
wendungen gemacht hat, daß seine unglücklichen Familien=
und Vermögensverhältnisse ihm Rücksichten auferlegten, die
ihm die Annahme dieser Stellung erschweren müßten. Gerade
die Stellung als Staatssekretär des Aeußern legt große
gesellschaftliche Verpflichtungen im Verkehr mit den Ver=
tretern der fremden Mächte auf, die Herr von Bülow
wegen seines bedeutenden Privatvermögens wohl zu tragen
vermochte, für welche Aufwendungen aber das frühere Ge=
halt des Staatssekretärs nicht genügte. Inzwischen war
nun dasselbe bedeutend erhöht worden; außerdem mochten
des Grafen Vermögensverhältnisse günstig regulirt worden

sein; endlich war er auch von seiner Gemahlin, einer Amerikanerin, geschieden worden, und damit waren alle Gründe, welche den Grafen Hatzfeldt bestimmten, dies Amt auszuschlagen, beseitigt; er konnte daher in das ihm schon seit beinahe zwei Jahren designirte Amt endlich im Jahre 1881 einrücken.

Graf Paul Hatzfeldt gilt als einer der befähigtsten und glänzendsten Diplomaten und Staatsmänner, welche sich Fürst Bismarck als Organe seiner großen äußeren Politik herangezogen hat.

Es hieß immer, der Staatssekretär des Auswärtigen, Graf von Hatzfeldt, werde wieder nach Konstantinopel gehen, dort habe er sich sehr wohl gefühlt. Das mit dieser Stellung verbundene Einkommen gestatte ihm, auch Ordnung in seine Privatangelegenheiten zu bringen. Nach seiner Wiedervereinigung mit seiner von ihm getrennt gewesenen Gattin galt es im Kreise der näheren Bekannten des Staatssekretärs als sein höchster Wunsch, auch ein äußerliches Zusammenleben mit seiner Familie herzustellen. Verhältnisse aller Art, wie sie an Höfen mit strenger Etikette sich geltend machen, würden es kaum gestatten, daß diesem Wunsche in Berlin, in Petersburg oder in London Erfüllung werde. In Konstantinopel dagegen bereiten die Verhältnisse in dieser Beziehung keine Schwierigkeiten. Und nun ging allen Prophezeihungen zum Trotze im Sommer 1885 Graf Hatzfeldt, als Nachfolger Münster's, nach London! Er ging dahin, ohne die Schätze Münster's!

Die überraschende Versetzung Hatzfeldt's nach London ist aber aus folgenden Thatsachen heraus zu erklären.

Es wurde im September v. J. als ein „offenes Geheimniß" in gewissen Kreisen bezeichnet, daß man in unserem Auswärtigen Amte der nicht genug energischen Haltung unseres Botschafters am Hofe der Königin von England, des Grafen Münster, die Schuld zuschreibe an dem langsamen Fortgang schwebender Fragen. Graf Münster wäre, so sagte man, einestheils durch seine zweite Ehe mit einer durch Geist ausgezeichneten englischen Dame, dann durch seinen langjährigen, ununterbrochenen Aufenthalt in England und vielleicht auch durch seine hannoversche Vergangenheit mit England schließlich derart verwachsen, daß es nicht zu verwundern sei, wenn hier und dort sich eine gewisse Kollision zwischen unmittelbar empfangenen Eindrücken und erhaltenen Instruktionen ergäbe. Er habe, um eine geläufige Bezeichnung anzuwenden, im Verlaufe der Jahre „zuviel von einem Engländer bekommen". Eine solche Afklimatisirung hätte in Tagen ruhigen und regelmäßigen diplomatischen Verkehrs schließlich nicht viel zu bedeuten, sie werde indeß zu einer Art Gefahr, wenn die Geschäfte entschiedenste Stellungnahme verlangten. Und dieses Erforderniß sei vom Grafen Münster nicht im ganzen Maße erfüllt worden. Etliche der wichtigsten, auf die Kolonialfragen bezüglichen Verhandlungen zwischen Deutschland und England hätten erst durch den Eintritt des Grafen Herbert Bismarck in dieselben den richtigen Zug bekommen. Auch des Botschafters Haltung auf der Londoner Konferenz

sollte ihm nicht die volle Billigung seiner Regierung ein=
getragen haben. Man erinnert an eine Mittheilung aus
St. Petersburg, in der es hieß: Lord Granville habe seines
Präsidentenamtes mit mehr als erlaubter Energie gewaltet
und u. a. dem russischen Vertreter Baron Staal einmal
in geradezu unhöflicher Weise das Wort abgeschnitten. Es
hieß damals weiter, man fände in Petersburg für Baron
Staal insofern eine Art Entschuldigung, als auch eine
andere hochstehende Persönlichkeit keine bessere Erfahrung
gemacht habe. Man bezog das auf den deutschen Bot=
schafter und fand in der erwähnten Thatsache einen weiteren
Grund für den Rücktritt des Grafen. Fürst Bismarck ent=
schuldige eher einmal einen wirklichen Fehler seitens eines
unserer Vertreter im Auslande, als wenn dieser „sich etwas
gefallen ließe". Daß aber trotzdem das Gesammturtheil
Bismarck's über den Grafen Münster als Diplomaten ein
bevorzugt günstiges geblieben ist, daß nur die Abberufung
des Grafen gerade von London aus angegebenen Gründen
wünschenswerth erschien, läßt die nun erfolgende Versetzung
Münster's — nicht etwa in den Ruhestand — auf den
Pariser Posten, der doch immer als ein höherer galt als
der Londoner, erkennen.

Die Installation des Fürsten Hohenlohe als Statt=
halter in Straßburg, der offizielle Empfang seines Nach=
folgers, des Grafen Münster, als französischer Botschafter
in Paris, die Ankunft des Grafen Hatzfeldt in London sind
sich schnell gefolgt.

Graf Münster und Fürst Hohenlohe hatten einst fast

gleichzeitig ihren Posten in Paris und London angetreten. Die freikonservative Partei, der sie angehörten, trug damals schon den Namen Botschafter-Partei. Fürst Hohenlohe löste den Grafen Arnim in Paris ab, Graf Münster den Grafen Bernstorff in London. Beide Botschafter, der ehemalige bayerische Minister und der ehemalige hannöversche Diplomat, hatten zum ersten Male im Zollparlament Fühlung mit einander gefunden. Beide waren sich klar über die Nothwendigkeit, den Norddeutschen Bund zum deutschen Reich zu erweitern, das Zollparlament in ein Vollparlament zu verwandeln. In diesem Sinne war Graf Münster bereits im Norddeutschen Parlament offen hervorgetreten. Nachdem er sich in dem für Hannover so verhängnißvollen Jahre 1866 redlich bemüht hatte, durch gute Rathschläge, welche der König Georg weit von sich wies, diesem die Krone und das Land zu retten, trat er als Mitglied des Norddeutschen Reichstages als entschiedener Anhänger der Umgestaltung Deutschlands auf. Er huldigte sogar einem Unitarismus, der dem Fürsten Bismarck zuweilen zu weit ging. Wäre es auf den Grafen Münster angekommen, so trügen heute alle unsere Goldmünzen das Bildniß des Kaisers, auch die bayerischen und sächsischen. Das deutsche Münzwesen war ein Gebiet, auf welchem Graf zu Münster sich als Parlamentarier ganz besonders bemerkbar machte, nachdem er im Norddeutschen Reichstage nicht bloß durch seine „Austern-Bill" sich einen Namen erworben hatte. Daß die Goldmünzen die Bildnisse der Landesherren tragen sollten, durchschnitt das nationale

Herz des Grafen Münster wie ein Dolch. Sein Antrag, dafür das Bildniß des Kaisers zu setzen, damit dasselbe bis in die Hütten der bayerischen Hochalpen bringe (ultramontaner Zwischenruf: Da giebt es keine Goldmünzen!), war übrigens nichts als eine Wiederaufnahme eines preußischen, im Bundesrathe verworfenen Vorschlages.

Graf Münster lebt in Verhältnissen, die ihm viele Goldstücke unter die Hände gelangen lassen. Bald nach dem Scheitern seines Antrages ging er nach dem Lande, wo die Goldstücke alle einerlei Gepräge tragen, nämlich das Bildniß der Königin Viktoria. Er ließ sich als Botschafter nach London schicken. Alle Welt war darüber einig, daß er für diesen Posten die geeignetste Persönlichkeit war. Er ist ein englischer gentleman comme il faut. Die englische Sprache ist so zu sagen seine Muttersprache. Mit den ersten Lords des Königreichs nimmt er es in Bezug auf Reichthümer auf. Es hat dies immer als ein wichtiger Punkt für einen Botschafterposten in England gegolten.

Wenn ein Graf „Oberküchenmeister" ist, hat dies nichts Erstaunliches an sich; verrathen wir aber, daß Graf Münster ein Kochbuch herausgegeben hat, so wirkt dies im ersten Augenblick etwas verblüffend. Seine Gemahlin, eine geborene Lady Harriet St. Clair, hatte nämlich „Dainty dishes" geschrieben, das nun der Graf auf deutsche Verhältnisse übertrug, mit einer Vorrede versah und unter dem Titel „Gute Küche, eine Sammlung von Gerichten für Reiche und Arme, Gesunde und Kranke" erscheinen ließ.

Schlägt man in einem unserer parlamentarischen Almanache nach, so ist in den biographischen Notizen des Grafen zu Münster von diesem Produkt seiner Muße nichts erwähnt; wir finden vielmehr daselbst aufgeführt seine „Politischen Skizzen", verschiedene Brochüren, z. B. „Mein Antheil an den Ereignissen in Hannover 1866", „Der Norddeutsche Bund und dessen Uebergang zu einem deutschen Reiche". Das Kochbuch hat man für einen parlamentarischen Almanach nicht als würdig der Erwähnung angesehen. Der politische und diplomatische Ruf des Grafen zu Münster ist aber ein zu fest begründeter, seine Verdienste um das Staatswohl zu anerkannt, als daß wir uns nicht erlauben dürften, seiner Rezepte für das leibliche Wohl der menschlichen Gesellschaft im ganz Speciellen zu gedenken. Man darf überhaupt von der Kochkunst nicht so gering denken. Sie hat die größten Blüthen in Paris während der letzten Belagerung getrieben und die Spekulation Bismarck's auf die baldige Aushungerung der Stadt zu Schanden gemacht. Dort gab es eine Kochkunst, die in ihrem Raffinement zuletzt den verarbeiteten Stoff gleichgiltig machte, das Fleisch in der Sauce zu einem — um in der Sprache der spekulativen Philosophie zu sprechen — „aufgehobenen Moment" herabsetzte, weit über die Grundelemente der Pasteten, der Ragouts, der Salate, der italienischen Käse, der Würste, des Eingemachten die Kunst der Zubereitung, also über die Materie den Gedanken stellte. Für Salat eignet sich schließlich jedes Blatt, für die Wurst oder Pastete jedes Fleisch. Der Stoff geht in der Form (das Wort

wieder in philosophischem Sinne genommen) unter, er wird
indifferent. Und eine Stadt, wo der Gedanke dermaßen
die Materie beherrschte, wollte Bismarck in zwei Monaten
aushungern?

Graf zu Münster hat nun allerdings nicht für eine
belagerte Stadt geschrieben, im Gegentheil für eine gut
versorgte, aber deswegen hat er nicht weniger den Gedanken
in der Kochkunst zu Ehren gebracht. Er ist in England erzogen
und durch und durch ein Engländer. Nach seiner Rückkehr
nach Deutschland empfand er von der deutschen Kochkunst
etwa den Eindruck wie von der des belagerten Paris. Sie
zu veredeln, sie auf den englischen Standpunkt zu erheben,
den Deutschen zu reichhaltigerer, schmack- und nahrhafterer
Küche zu verhelfen, war sein Idealbestreben.

Welch geradezu reformatorischen Einfluß ein solcher
Mann wie Graf Münster auf die Büffets der gesetzgebenden
Körperschaften, deren Mitglied er war, ausüben mußte,
kann man nach dem Erzählten wohl begreifen. Nun hat,
seitdem ein deutscher Reichstag existirt, dessen Büffet eine
Rolle gespielt. Aber nach und nach hat auch das Büffet
des deutschen Parlaments seine alte Bedeutung oder das
alte Interesse eingebüßt. Das behauptete schon bald nach
dem französischen Kriege, also beim Beginn des ersten
deutschen Vollparlamentes, der alte Reichstags-Kantinier
Müller, der sich den Norddeutschen Reichstag und das
Zollparlament lobte. „Seitdem wir ganz einig geworden
sind," pflegte er zu sagen, „geht es mit dem Büffet
bergab." Er war der Meinung, daß in der Zeit der

Hoffnung und des nationalen Enthusiasmus vor dem Kriege
der Reichstag weit mehr nach dem Büffet ausgeschwärmt
sei und insbesondere sich mehr in Unkosten wegen des
Dejeuners gesetzt habe, als in der Zeit der Erfüllung, wo
man nüchterner in geistiger und anderer Beziehung geworden
war. Sind die Beobachtungen Müller's richtig, so zählten
der Norddeutsche Reichstag und das Zollparlament mehr
Feinschmecker und in Verbindung damit vollere Porte-
monnaies, als ihr Nachfolger, das deutsche Vollparlament.
Etwas Richtiges mag wohl an dieser Beobachtung gewesen
sein, denn Müller zog sich drei oder vier Jahre nach dem
Kriege von der Bühne zurück, auf welcher er berühmt geworden war und sich namentlich das Verdienst zuschrieb,
an der Wiederherstellung des deutschen Reiches einen großen
Antheil zu haben.

In welch' genialer Weise aber Graf Münster es ver-
stand, seine politische Stellung zum Wohl der deutschen
Küche zu verwerthen, möge uns eine Büffetscene aus dem
Juni des Jahres 1868 lehren.

Der Schwerpunkt des Reichstages war wieder einmal
von dem Sitzungssaale nach dem Büffet verlegt. Der
Raum desselben konnte kaum die hohe Versammlung fassen.
In dem Gewühl war ich einem Tische nahe gekommen, wo
die Feinschmecker aller Fraktionen zu sitzen schienen. Ich
hörte dicht neben mir: „Nicht doch, Kollege, Sie nehmen
ja die unrichtige Sauce." — „Wie so?" — „Nun, ist das
nicht Wildschweinskopf, was Sie auf dem Teller haben?" —
„Allerdings, Herr Kollege." — „Dann nehmen Sie ja

Cumberland=Sauce, nur Cumberland=Sauce. Wildschweins=
kopf verträgt nichts Anderes." „Woher hat die Sauce die
Farbe?" „Von Rothwein oder Portwein vermuthlich, der
daran ist." — „Das nicht allein, die Hauptingredienzen sind
englischer Senf und Johannisbeer=Gelée. Aber nicht wahr,
sie ist zu Wildschweinskopf süperb?" — „Vortrefflich," —
„Wie ist der frische Lachs, lieber Kollege?" — „Ganz
gut." — „Haben Sie einmal Kiebitzeier und Lachs ge=
gessen?" — „Ich erinnere mich nicht, aber ich kann mir
wohl denken, daß es gut zusammen schmeckt; es ist gleich=
sam die höhere Potenz von Rührei und Bückling."

In diesem Augenblick trat ein stattlicher hoher Herr
mit einem charakteristisch gebildeten Kopfe, blondhaarig,
mit mildem Ausdruck des Gesichts, an den Tisch heran,
wo obiges Gespräch geführt wurde. Er schwang in der
Hand eine lange Papierrolle und redete die Tischgesellschaft
mit den Worten an: „Meine Herren, ich möchte einen
Antrag stellen, und suche noch einige Unterzeichner zur
Unterstützung des Antrages; Sie haben vielleicht die Güte?" —
„Wollen Sie die Geschäftsordnung wieder abändern?" —
„Nein, dieses Mal nicht. Mein Antrag ist vielmehr folgender:
Der Reichstag wolle beschließen, dem Herrn Bundeskanzler
zu empfehlen, die Pflege der vorhandenen Austernbänke und
die Frage der künstlichen Austernkultur einer eingehenden
Erörterung unterziehen, und zu dem Ende die nöthigen
Erhebungen und Untersuchungen vornehmen zu lassen." —
„Bravo!" — „Motive: Die wirthschaftlichen Erfolge, welche
die Austernkultur in Amerika, Frankreich und anderen

Ländern gehabt hat." — „Ist schon gut, der Antrag bedarf keiner Motive. — Ich unterzeichne." — „Ich auch." — „Geben Sie hierher." — „Der Antrag wird durchgehen." — „Das ist keine Parteisache, es handelt sich um ein nationales Interesse, höchstens die Ultramontanen werden wieder nörgeln. — „Ich esse die Austern am liebsten gebacken." — „Das ist nicht mein Geschmack." — „Kellner, bringen Sie mir noch ein Glas Erdbeer=Bowle."

Inzwischen hatte sich der Antrag mit Unterschriften bedeckt. Graf Münster — der Antragsteller — hatte die Freude, wenige Tage darauf in erster, zweiter und dritter Lesung von allen Fraktionen ohne Unterschied seinen Antrag angenommen zu sehen. Dagegen stimmten nur die Sozialdemokraten und Professor Ewald. —

Der Vorgänger des Grafen Herbert im Unterstaats=sekretariat, Dr. Busch, gilt als eine der hervorragendsten Kapazitäten im deutschen auswärtigen Dienste. Dr. Busch ist katholischer Eltern Kind; bei der Wahl seines Berufes hatte ihm zuerst die Diplomatie ganz fern gelegen; er hatte sich dem Studium der morgenländischen Sprachen, namentlich des Arabischen, gewidmet. Gelegentlich seines Aufenthaltes im Orient nahm er eine Stelle als dritter Dragoman bei der Gesandtschaft in Konstantinopel an und wurde in dieser Weise in den Konsulats= und diplomatischen Dienst eingeführt, in welchem er eine so überraschend schnelle Karrière gemacht hat. Bezüglich der Mission des Herrn Busch nach Rom, im Dezember 1881, wurde damals gesagt, daß derselbe einen Urlaub zu einer Erholungsreise erbeten hatte, die er antreten wollte, einige Tage ehe Fürst Bismarck aus Varzin zurückkehrte. Fürst Bismarck drückte Herrn Busch den Wunsch aus, er möge seine Ankunft in Berlin abwarten, und war es nach dieser Version eine Art von Gelegenheitsmission, die er in Rom noch übernommen hatte.

Aehnliches ist allerdings auch seiner Zeit von der ersten Sendung des Herrn von Schlözer nach Rom berichtet worden, der bei einer seiner regelmäßigen Ferienreisen nach Rom den Auftrag erhalten hatte, en passant das Terrain zu sondiren.

Wenn Bismarck kürzlich bei einem parlamentarischen Diner vom Papste Leo XIII. sagte, derselbe sei einer der scharfsichtigsten und erleuchtetsten Staatsmänner unserer Zeit, welcher erkannt habe, welche Bedeutung ein konservatives und geordnetes Staatswesen im Mittelpunkte Europas, wie Deutschland, gegenüber der allgemeinen Lage der Verhältnisse besitzt, so läßt der Kanzler, wie uns versichert wird, dem Herrn von Schlözer gern die Anerkennung zu Theil werden, seinerseits zu dieser Ueberzeugung des Papstes ein gut Theil oder das beste Theil beigetragen zu haben. Von Herrn von Schlözer rühmt man, er habe es verstanden, mit dem Papste und seinen Rathgebern, oder doch mit einem Theil derselben sich ein Verhältniß zu schaffen, das zur Verständigung zwischen Preußen und Rom so überaus viel beigetragen, und das insbesondere das Vertrauen zu den Tendenzen der preußischen Regierung mehr und mehr wiederhergestellt hat. Der deutsche Diplomat ist ein im besten Sinne des Wortes feiner Weltmann, für dessen Auftreten und dessen Ton — zumal bei

Kardinalen — eine besondere Empfänglichkeit zu herrschen scheint. Man erzählt, daß selbst das Verständniß für Tafelgenüsse, das er mit der hohen Geistlichkeit theilt, nicht ohne eine Bedeutung für seine politischen Erfolge ist. Herr von Schlözer ist aber auch ein hervorragender Gelehrter, insbesondere Historiker, was ihn vermuthlich noch etwas mehr als seine Zunge und Weltton den römischen Würdenträgern näher bringt und seinen Einfluß erhöht.

Kurt von Schlözer (1822 zu Lübeck geboren) ist ein Sohn des russischen Generalkonsuls Karl von Schlözer und ein Enkel August Ludwig's von Schlözer, des ausgezeichneten Geschichtsforschers und politischen Schriftstellers, der, erst in Petersburg als Professor an der Akademie daselbst, später in Göttingen als Professor der Geschichte und Statistik, bekannt geworden ist, insbesondere durch seinen „Briefwechsel" und durch seine „Staatsanzeigen". Seine wissenschaftliche Bedeutung ist voll auf den heutigen Diplomaten Kurt von Schlözer übergegangen, der ebenfalls durch historische Arbeiten bekannt geworden ist, die nur zur Erhöhung seiner diplomatischen Thätigkeit beigetragen haben. Kurt von Schlözer ging 1871 als deutscher Gesandter nach Washington. Er war in früheren Jahren als erster Legationsrath bei der preußischen Botschaft in Petersburg, an deren Spitze damals Herr von Bismarck = Schönhausen stand, mit letzterem näher bekannt geworden, und hatte später, als Graf Harry von Arnim preußischer Gesandter beim päpstlichen Stuhle war, die Stelle des ersten Gesandtschaftsraths in Rom bekleidet, und das dortige Terrain

14*

und die maßgebenden Persönlichkeiten kennen gelernt. Von Washington aus im Jahre 1881 auf Urlaub in Deutschland, schickte ihn Fürst Bismarck als außerordentlichen Gesandten nach Rom, um wegen Besetzung erledigter Bischofssitze, Revision der Maigesetze und Wiederherstellung des diplomatischen Verkehrs zu unterhandeln. Im nächsten Jahre überreichte er am 24. April als neuer preußischer Botschafter dem Papste sein Beglaubigungsschreiben. Mit dem Namen Schlözer ist seitdem die große Wendung verknüpft, die im Kulturkampfe in den letzten Jahren eingetreten ist und zu der Lage geführt hat, in der wir uns heute befinden, und die durch die Haltung des Bischofs Kopp im Herrenhause gekennzeichnet ist.

Wenden wir uns jetzt einer Persönlichkeit zu, die nicht zu den Sendboten gehört, welche im Auslande die Politik Bismarck's vertreten und besorgen, aber in der nächsten Umgebung des Fürsten zu den intimsten Arbeitern zählt oder doch zählte. (Es wird nämlich seit einiger Zeit etwas von gegenseitiger Entfremdung gemunkelt. Man bringt damit das Avancement des Grafen Herbert und Anderer in Zusammenhang.) Ich will von Lothar Bucher sprechen, der von 1848 her als Mitglied der Nationalversammlung und als großer Revolutionär und Steuerverweigerer bekannt ist. Derselbe hat im Exil eine Wandlung durchgemacht, die ihn im preußischen Staatsdienste zwar etwas in die Höhe poussirte, aber die ihm von seinen alten Gesinnungsgenossen um so mehr übel genommen worden ist. Er läßt sich im Parlament nicht sehen. Wenn da wirklich

einmal auswärtige Politik verhandelt wird, ist es Bismarck
selber, der sie vertritt. Auch sonst sieht man den Einsiedler
wenig. Meist geht er in der Abendstunde spazieren. Wer
ihn sich genauer ansehen will, muß Werner's Kongreßbild
näher betrachten, dessen Beschreibung hier wohl so recht
am Platze ist. Auf diesem Bilde ist Bucher mit anderen
Herren vom auswärtigen Amt und von der europäischen
Diplomatie verewigt. Wir erblicken Fürst Bismarck im
dunkelgelben Kürrasierrock mit Epauletten, die er nur bei
offiziellen Gelegenheiten benutzt. Er bewegt sich leicht und
elastisch in dem Rock, der bei ihm kaum noch den Charakter
einer Uniform hat. In der linken Hand hält er die Adler-
feder mit der silbernen Viktoria, welche ihm Hamburg zum
Unterzeichnen des Friedensschlusses gesendet hat. Er ist
vorgetreten und reicht seine Hand mit kräftigem Druck dem
General Schuwaloff, der von rechtsher herantritt. Der
russische General ist in voller Uniform, mit allen Orden,
eine kräftige Kriegergestalt von schneidiger Spannung, mit
leuchtendem Auge. Zur andern Seite des Fürsten Bismarck
steht der österreichische Delegirte Andrassy in der Generals-
tracht der ungarischen Honveds, eine Gestalt von vornehm
lässiger Haltung und geistvollem Ausdruck. In der anderen
Hauptgruppe, zur linken Seite des Bildes, sitzt der russische
Kanzler Fürst Gortschakoff in hohem Lehnstuhl, die Hand
auf einen Stock gestützt; er trägt die kleine russische Diplo-
maten-Uniform, die sprühenden Augen in dem runden bartlosen Gesicht deckt eine mächtige Brille. Er spricht mit
Disraeli, welcher gedankenvoll, auf einen Stock gelehnt,

neben ihm steht. Die englische Uniform, ein hochschließen-
der blauer Frack und gleichfarbige Beinkleider, hat etwas
Befremdendes, das die stattliche Männerschönheit des Lord
Salisbury nicht zur vollen Geltung kommen läßt und die
eigenthümliche Persönlichkeit Lord Beaconsfield's noch ab-
sonderlicher erscheinen läßt. In einem merkwürdigen Gegensatz zu Disraeli steht die geistvolle Erscheinung des österreichischen Botschafters Karolyi in ungarischer Magnaten-
tracht, neben diesem hat Haymerle, der zweite österreichische
Bevollmächtigte beim Kongreß, Platz gefunden. Die Gruppe
wird vervollständigt durch den italienischen Botschafter
Graf Launay mit wundervoll feingeschnittenem Kopf und
den französischen Minister Waddington in reichgestickter
strammsitzender Uniform, von dem einmal sehr zutreffend
behauptet wurde, daß er genau den Typus eines preußischen
Geheimen Bauraths habe. Die Hauptgruppe zur Rechten
bilden die Vertreter der Türkei, durch den rothen Fez
leicht kenntlich. Kara Theodori Pascha steht am Ende des
Tisches, eben bereit, den Vertrag zu unterschreiben; nach
vorne zu wieder eine der Persönlichkeiten, welche unser
Interesse damals besonders lebhaft erregten, Mehemed Ali,
der Sohn des Musiklehrers Detroy aus Magdeburg, den
wir als einen ersten Feldherrn der Türkei bei uns wieder
sahen, um bald darauf von seinem kläglichen Ende in Al-
banien zu hören; eine echte deutsche Landsknechtsgestalt mit
leuchtenden blauen Augen in dem thatkräftigen und doch
beinahe schwermüthigen Antlitz. Zu der Gruppe gehören
noch der türkische Gesandte an unserem Hofe, Sadullah

Bey, im Gespräch mit dem englischen Botschafter, Lord Odo Russell, dessen geistvoller Kopf in der Berliner Gesellschaft so wohl bekannt ist. Hinter dem großen Sitzungstisch ist wiederum eine Gruppe von Diplomaten in voller Aktion. Der russische Botschafter Oubril unterschreibt den Vertrag, zu ihm wendet sich der deutsche Gesandte am griechischen Hofe, Radowitz, dessen feiner blasser Kopf gegen die robuste Breite des russischen Vertreters interessant absticht. Zur Seite stehen der deutsche Botschafter in Paris Fürst Hohenlohe, der italienische Bevollmächtigte Graf Corti, dessen Kopf eine lebhafte Aehnlichkeit mit den auf uns gekommenen Büsten des Sokrates zeigt, und drei Franzosen, der Botschafter Saint-Vallier, der erste Sekretär der Botschaft, Graf Mouy, und der Direktor des auswärtigen Amtes in Paris, Staats=rath Desprez. Im Vordergrund zur Seite des Fürsten Bismarck hat der seitdem verstorbene Staatsminister von Bülow seinen Platz gefunden, zur anderen Seite gewahrt man — last not least — den energisch geschnittenen Kopf Lothar Bucher's und die Gruppe der Sekretäre des Kongresses, von Holstein, Busch und Graf Herbert Bismarck.

Der uns hier vor die Augen tretende, von uns schon am Anfang dieses Kapitels kurz charakterisirte Staats=minister von Bülow lebt in einem Namensvetter weiter, der als Nachfolger des Herrn von Roeder heute unser Gesandter in der Schweiz ist. Mit keinem seiner Gehilfen hat Fürst Bismarck sich so verstanden, mit keinem ist das Verhältniß vom ersten bis zum letzten Tage von jedem Zwie=spalt der Ansichten so absolut frei gewesen, als mit dem ausgezeichneten, 1879 dem Leben entrissenen Staatsmann, den der Reichskanzler noch bei seinem letzten Aufenthalt in Berlin, nach der Rückkunft von Wien, auf dem Krankenlager in Potsdam zu besuchen eilte. Selten hat auch ein Staatsmann unserem Kaiser so nahe gestanden als eben derselbe. Dasselbe Verhältniß zum Reichskanzler und zum Monarchen scheint auch auf den Namensvetter übertragen zu sein. Dieser wird oft durch Berufung aus der Schweiz nach Berlin ausgezeichnet. Dem Kaiser hält er oft Vortrag, und zumal wenn dieser auf Reisen ist, finden wir ihn in der Umgebung des Monarchen als Vertreter des Auswärtigen Amtes. Die Bülow stammen aus Holstein. Der Staatsminister stand lange im dänischen Staatsdienst, 1852 wurde er als Bundesgesandter für Holstein-Lauenburg nach Frankfurt gesandt, wo er es verstand, sich in hohem Grade die Achtung und das Vertrauen der diplomatischen Kreise zu erwerben, und wo er auch zu dem damaligen preußischen Bundestagsgesandten, Herrn von Bismarck-Schönhausen, in nähere Beziehung trat: eine Bekanntschaft, die nicht ohne bedeutungsvolle Folgen für die spätere Laufbahn des hochbegabten Staatsmannes bleiben sollte. Die immer ernster und bedrohlicher sich gestaltenden Beziehungen zwischen Deutschland und Dänemark veranlaßten Herrn von Bülow, aus dem dänischen Staatsdienst zu treten und der Berufung nach Mecklenburg-Strelitz zur Leitung der Staatsangelegenheiten Folge zu leisten. Als mecklenburgischer Minister nahm Herr von Bülow an den zur Begründung des Norddeutschen Bundes führenden Arbeiten einen ehrenvollen und hervorragenden Antheil. Im Jahre 1868 übernahm er die Vertretung der beiden mecklenburgischen Großherzogthümer im Bundesrathe, in welcher Stellung er seine staatsmännische Begabung so glänzend bewährte, daß ihn 1873 der Kaiser zum Staatssekretär des Auswärtigen Amtes ernannte, woran sich 1876 die Ernennung zum Staatsminister anschloß. In wie ausgezeichneter Weise, mit wie großer Hingebung er die ihm aus dieser Stellung erwachsenen schweren Pflichten erfüllte, dafür legt das Vertrauen des Kaisers und des Reichskanzlers, welches ihm stets erhalten blieb, das ehrenvollste und vollgültigste Zeugniß ab. Der älteste Sohn des Staatssekretärs von Bülow, Legationsrath Bernhard von Bülow, ist erster Sekretär der kaiserlichen Botschaft in St. Petersburg. Ein zweiter Sohn, Legationssekretär Alfred von Bülow, ist Sekretär der kaiserlichen Gesandtschaft in Bern.

Ich komme nun zu dem „Revolutionär" Lothar Bucher mit dem energisch geschnittenen Kopfe zurück, den wir auf Werner's Bild neben dem Fürsten Bismarck und Herrn von Bülow finden. Er hat das Aeußerste in Kraftaussprüchen zu jener Zeit, in der er der Nationalversammlung angehörte, geleistet. „Wenn es möglich sein sollte, daß der eingesperrte Hochverräther von seinen Anhängern befreit wird und mit ihrer Hilfe die Verfassung umstößt: so muß er mit seinen Freunden wohl die Majorität des Volkes darstellen. Dann aber hat er ein Recht, die Verfassung umzustoßen, weil sie nur die der Majorität ist." Mit diesen Worten widerlegte Bucher in der Nationalversammlung bei der Debatte über Abschaffung der Todesstrafe diejenigen Redner, welche die=

selbe für den Hochverrath beibehalten wissen wollten. Hier
haben wir also das Dogma von der „Volkssouveränetät"
— wie Herr Bucher es selbst ein ander Mal genannt und
als die eigentliche Grenzmark zwischen dem Konservatismus
und der Demokratie bezeichnet hat — in der reinsten Gestalt und mit allen nothwendigen Konsequenzen. Die Minder-
heit muß sich der Mehrheit, aber auch nur ihr fügen, und
bei jedem entstehenden Kampfe entscheidet erst der Ausgang,
das fait accompli, darüber, welche Partei sich in der
Majorität befunden. Das heißt die Gewalt als die einzig
mögliche Grundlage des Staates anerkennen. Jedermann
ist darnach berechtigt, jede Staatseinrichtung, die ihm nicht
gefällt, umzustoßen, wenn er die Macht dazu hat. Lothar
Bucher hat nun zwar die Konsequenzen dieser Theorie keineswegs bis zum Aeußersten gezogen. „Es ist gesagt worden"
— meinte er in seiner berühmten Rede über den Belagerungs-
zustand — „es ist gesagt worden, im März habe das Volk
eine Revolution gemacht, im November die Regierung eine
Kontrerevolution. Allerdings ist es die Gewalt, welche in
beiden Fällen den Sieg verleiht; aber nicht die Gewalt
ist es, welche das Recht verleiht." Wie kam er zu einer
solchen Distinktion? Sie konnte in seinem Munde nichts
Anderes sein, als die Scheu, aus seinen eigenen Ansichten
die unabweislichen Konsequenzen zu ziehen! Bucher theilte
die Konfusion seiner Gesinnungsgenossen aus jener Zeit.
„Seien Sie eingedenk des 4. August 1879, rief er am
Schlusse einer Rede zu Gunsten der Abschaffung der Todesstrafe aus, lassen wir den heutigen Tag verstreichen, ohne

der Humanität den längstschuldigen Tribut darzubringen,
so möchte nicht so bald wieder ein so günstiger Tag erscheinen! Bedenken Sie, daß heute gegen den Antrag stimmen
wahrscheinlich eben so viel heißt, als eine Reihe von Todes-
urtheilen unterschreiben!" Also aus Menschenfreundlichkeit
sollte die Todesstrafe abgeschafft werden. Nun wies Lothar
Bucher die Versammlung darauf hin, wie sie „im Zellengefängniß ein viel furchtbareres Ersatzmittel habe". Wie
konnte Bucher die Todesstrafe als unmenschlich brandmarken
und in demselben Athemzuge als Motiv für ihre Abschaffung
erwähnen, daß man ja viel unmenschlichere Strafmittel be-
sitze?! Auch rächte sich die unbewußte Heuchelei an ihm selbst
auf der Stelle. Nachdem er das Zellengefängniß für „furcht-
barer" erklärt und die Leiden des Eingekerkerten poetisch
geschildert, fuhr er fort: „Wenn Sie diese Strafe noch nicht
für hart genug halten, dann behalten Sie die Todesstrafe
bei!" Aber in den Augenblicken der Entscheidung erwachte
Bucher's revolutionäres Temperament. Und dann war er,
der anfangs zur Fraktion Kosch gehörte und nach dem
Fehlschlagen der Steuerverweigerung wieder aus „Ver-
mittlungsrücksichten" nach Brandenburg hinüberging, ent-
schlossener als viele seiner Kollegen, die weiter links saßen.
War seine Entschlossenheit auch nur Sache des Temperaments,
nicht des Charakters: sie unterschied sich doch dadurch von
der „Aufgeregtheit" Anderer, daß er nicht zurückbebte vor
Thaten. Das bewies er zur Zeit der Novemberkatastrophe
durch seinen Antrag auf eine Proklamation an die Armee,
worin dieselbe von der Ausführung ungesetzlicher Maß-

regeln entbunden werden sollte. Das bewies er durch die ver=
schiedenen Aufforderungen, die er in seine Heimath sandte, den
passiven Widerstand in einen aktiven zu verwandeln. Er
bewies es vornehmlich durch sein Benehmen auf der Bank
der Angeklagten, wo unter allen Deputirten, die in Berlin
jenen Platz einnahmen, er allein männlichen Muth zeigte.

Was aber Lothar Bucher als einzig in dieser revolu=
tionären Aera hinstellte, das war sein sozialer Standpunkt
— hier ward er, wenigstens theoretisch, zum Bahnbrecher
der heutigen sozialen Reform. Das Werk Bismarck's hatte
seine Präexistenz in dem Kopfe seines heutigen Ablatus.
Bucher warf den Juristen in seiner Partei vor, daß „sie
sich mit den sozialen Wissenschaften noch nicht befreundet
hätten", deren Studium er ihnen anrieth, „damit sie nicht
von den sozialen Fragen verschlungen würden". Herr von
Bismarck mochte wohl damals in diesem Punkte noch keinen
Anklang an eigene Ideen finden, aber er stellte sich bereits
mit den Revolutionären auf einen guten Fuß. Wie Temme
uns erzählt, brachte das Loos ihn mit Bismarck in dieselbe
Abtheilung. Der hohe Adel, der Kleinadel und fünf Demo=
kraten (Georg Jung, d'Ester, Schulze=Wanzleben und
Temme, der fünfte wird nicht genannt — sollte es Lothar
Bucher gewesen sein?) saßen in der Abtheilung. Temme
berichtet: „Man saß an einem langen Sitzungstische. Der
hohe Adel hatte in geschlossenen Reihen das eine Ende des
Tisches eingenommen; wir fünf Demokraten saßen an dem
entgegengesetzten Ende beisammen. In der Mitte befanden
sich die anderen Mitglieder der Abtheilung. Der Herr von

Bismarck saß mitten zwischen dem hohen Adel. Eines Tages, mitten in einer Sitzung, erhob sich plötzlich der Herr von Bismarck, schob seinen Stuhl mit Geräusch zurück, nahm seine Mappe und seine Papiere, schritt mit Aplomb an der ganzen Länge des Tisches vorüber zu dessen anderem Ende, nahm einen leeren Stuhl und saß auf einmal mitten zwischen den fünf Demokraten. „Die sind mir doch gar zu dumm!" führte er sich bei uns ein, auf das Ende des Tisches zeigend, das er verlassen hatte. Er mochte nicht Unrecht darin haben. Er blieb an unserem Ende. Er war sehr liebenswürdig in seiner Weise; wir blieben ihm nichts schuldig. Wir blieben gute Nachbarn zusammen, obwohl wir politisch oft derb aneinander kamen. Es war wohl ein eigenthümliches Schauspiel, wie aus unserem kleinen Häuflein an dem demokratischen Tischende die kräftigen Angriffe auf Reaktion, Aristokratie und Junkerthum fielen, und dann auf einmal aus der Mitte desselben Häufleins in der junkerlichsten Weise die Demokratie mitgenommen wurde. Der offizielle Streit wurde gewöhnlich im gemüthlichen Privatgespräch fortgesetzt. So erinnere ich mich, daß einmal — ich glaube, es war bei der Debatte über die Aufhebung des Belagerungszustandes in Berlin — der Herr von Bismarck zu seinem Nachbar d'Ester sagte, wenn ich zu befehlen hätte, ich ließe Sie sofort erschießen. Worauf der stets redefertige d'Ester ihm erwiderte: Hm! Herr von Bismarck, wenn wir einmal das Regiment haben, Sie ließe ich hängen. Dem kleinen d'Ester war es trotz der Freundlichkeit, mit der er es sagte, vielleicht voller Ernst."

Lothar Bucher, wegen des Steuerverweigerungsbe=
schlusses angeklagt, flüchtete 1850 nach London, wo er bis
1856 journalistisch thätig blieb, alsdann nach Berlin zu=
rückkehrte und im Dezember 1864, also gerade zur Zeit
der Siedehitze des Verfassungskonfliktes, von Bismarck ins
Ministerium berufen wurde. In die Londoner Zeit fiel die
Abfassung des Buches: „Die Quintessenz des Parlamen=
tarismus, wie er ist“. Die Spitze dieses Buches ist gegen
den französirenden Doktrinarismus gewisser neuerer Politiker
gerichtet und als Schutzschrift für die geschichtliche Auffassung
des Staatslebens zu bezeichnen. Den Zorn des zünftigen
deutschen Liberalismus und seiner Vertreter hatte der Ver=
fasser sich vornehmlich dadurch zugezogen, daß er die Un=
auskömmlichkeit der liberalen Methode und die Bedenklich=
keit ihrer Neigung für Konstruktionen a priori und Gesetzes=
fabrikationen in das denkbar hellste Licht gestellt und den
Nachweis zu führen gewußt hat, das es nur eine wahre
Bürgschaft für „einen dem Bedürfniß entsprechenden Rechts=
zustand“ (als solchen definirt Bucher „die Freiheit“) gebe,
nämlich das Festhalten an den geschichtlich gewordenen Grund=
lagen des öffentlichen Wesens.

Fürst Bismarck hat wenig Arbeitskräfte in seinem
Dienste so geschätzt wie diejenige des Geh. Legationsraths
Lothar Bucher, aber er hat den nun bald siebzigjährigen
Mann über einen gewissen Rang nicht hinauskommen lassen.
In den letzten Jahren war wiederholt von seinem Abschiede
die Rede, als dessen Grund zunehmende Kränklichkeit an=
gegeben wurde. Den einbringlichen Vorstellungen des Reichs=

kanzlers ist es gelungen, Herrn Bucher zum Verbleiben in seiner bisherigen Stellung zu bewegen. Auf die Frage des Herrn Bucher, ob er denn im Dienste zur Ruine werden solle, hat Fürst Bismarck erwidert, es sei das ihr gemeinsames Schicksal, dem sich keiner von ihnen entziehen könne.

Lothar Bucher war lange Jahre der Person des Fürsten Bismarck dermaßen attachirt, daß er in der Umgebung desselben auch vielfach außerhalb Berlins blieb und namentlich ihn auch nach Varzin begleitete. Er befand sich auch beim Kanzler des Norddeutschen Bundes während der Belagerung von Paris in Versailles, zugleich mit anderen Legationsräthen, nämlich mit Abeken, von Keudell, Graf Hatzfeldt. Herr von Keudell ist jetzt Botschafter in Rom, Graf Hatzfeldt in London und Abeken todt. Moritz Busch hat in seinem Tagebuche Lothar Bucher verewigt, wie Anton von Werner in seinem Kongreßbilde.

Es war die unglückliche Liebe zu einer Jüdin in seiner Heimath Hinterpommern, welche Lothar Bucher aus seiner juristischen Karrière in den Strubel des politischen Lebens warf. Er ist Hagestolz geblieben.

Bismarck zu Hause.

Das Leben Bismarck's ist zwischen Ministertisch, Parlament und häuslichem Herd getheilt. Zur Berliner Gesellschaft gehört er nicht, diese sucht er nur bei ganz außerorbentlichen Gelegenheiten auf. Er empfängt bei sich außer einigen vertrauten Freunden nur die Diplomatie und die parlamentarische Gesetzgebung. Sein Heim in Berlin befindet sich seit dem Jahre 1878 in dem ehemaligen Radziwill'schen Palais.

Durchschreitet man den Vorgarten des Palais und betritt durch das Hauptthor den gänzlich schmucklosen Vorhof, welcher birekt in den Garten ausmündet, so befinden sich linker Hand die Wohnungen des Portiers und der Dienerschaft, rechts kommt man sofort in das ebenerbige Wartezimmer, welches unmittelbar an das Arbeitskabinet des Fürsten stößt. Das Wartezimmer ist ebenso wie das Arbeitskabinet gerabezu schmucklos eingerichtet, wie auch die ganze Einrichtung des Kanzlerpalais nichts weniger als luxuriös ist. Wenn bieses Vorzimmer reben könnte, so müßte es gewiß von Tausenden von Menschen zu erzählen, bie mit klopfenbem ober erwartungsvollem Herzen gesessen und gewartet haben, bis die Reihe der Aubienz beim Fürsten an sie kam. Manchem mag schon der Muth bebenklich gesunken sein, wenn er burch die geschlossene Thür hörte, wie die volltönenbe Stimme des Fürsten lauter und heftiger wurbe. Es ist ja bekannt, baß auch Fürst Bismarck heftig werben und dann „bonnern" kann, wie bies ja auch die Eigenthümlichkeit des „Olympiers" zu sein pflegt.

Der große Festsaal, welcher die ganze Mitte der oberen Etage des Reichskanzlerhauses einnimmt, erhielt durch den Kongreß von 1871 eine besonbere historische Weihe. Im

November desselben Jahres wurde ebenda eine Hochzeit ge=
feiert, nämlich diejenige der Tochter des Kanzlers, Marie,
mit dem Grafen Rantzau. Von den Verwandten der Bis=
marck'schen Familie waren unter Anderen der Landrath
von Bismarck=Naugard mit seiner ganzen Familie erschie=
nen; ebenso der Schwager des Fürsten, Herr von Arnim=
Kröchelndorff mit Söhnen und Töchtern, seine Gemahlin —
die bekannte Malwine der Bismarck=Briefe — war durch
Krankheit verhindert, am Feste theilzunehmen. Zur Familie
Rantzau zählten der Graf Brockdorff=Ahlefeldt, die Kom=
tesse Charlotte von Rantzau, der Landrath Baron Heintze,
der Hofjägermeister Baron Heintze mit Gemahlin, der Major
Graf Rantzau vom 1. Garde=Regiment, der Ober=Regie=
rungsrath Graf Baudissin aus Magdeburg mit Gemahlin,
Herr von Eikstedt mit Gemahlin und Herr von Woedtke
mit Gemahlin. Als geladene Gäste wurden die Fürstin
Obescalchi, der Flügeladjutant des Kaisers, Generalmajor
Graf von Lehndorff, der Staatssekretär von Bülow, der
württembergische Gesandte Freiherr von Spitzemberg und
die Geheimräthe Bucher, Tiedemann und Graf Holnstein
bemerkt; von Parlamentariern waren nur die Herren von
Kleist=Retzow, von Blankenburg, Dr. Lucius und Dietze=
Barby geladen; auch der Oberförster Lange aus Fried=
richsruhe bewegte sich in der Gesellschaft. Als Zeuge der
Trauung erschien Punkt 3½ Uhr der Kronprinz, in der
Uniform seiner pommerschen Kürassiere. Der Reichskanzler
empfing seinen hohen Gast an der festlich geschmückten
Treppe und geleitete ihn nach dem Festsaale, wo nunmehr

der kirchliche Akt begann, bei dem Gräfin Brockdorff-Ahlefeldt
und Fräulein von Bismarck-Naugard als Brautjungfern,
die Grafen Herbert und Wilhelm Bismarck als Brautführer
fungirten. Unter den Klängen eines Harmoniums, das
Herr von Arnim, Lieutenant bei den Garbes du Corps und
Neffe des Reichskanzlers, meisterhaft zu spielen verstand,
wurden zunächst zwei Verse des Liedes: „Lobe den Herren,
den mächtigen König der Ehren" gesungen; hierauf trat
der frühere Divisionsprediger und spätere Pfarrer zu St.
Bartholomäus, Vorberg, vor den Altar und hielt über die
Worte: „Freuet Euch über den Herrn" die kurze, ergreifende
Traurede. Nachdem die Ringe gewechselt, das Gebet gesprochen und der Segen ertheilt war, wurde zur Beendigung
der kirchlichen Feier der letzte Vers des vorgenannten Liedes
gesungen. Die Gesellschaft erhob sich nunmehr, um dem
jungen Ehepaar die herzlichsten Glückwünsche abzustatten.
Allen voran der Kronprinz, der sich bald darauf verab-
schiedete. Die junge Gräfin von Rantzau, die eine weiße
Atlasrobe mit einem Myrtenkranz und dem Schleier im
braunen Haar trug, war tief ergriffen, auch der Graf, ihr
Gemahl, der die Uniform des 3. Garde-Ulanen-Regiments
trug, stand ersichtlich unter dem Einbrucke des feierlichen
Augenblickes. Nach einer kurzen Pause wurde zum Diner
geschritten; der Reichskanzler führte die Gräfin Charlotte
Rantzau, die älteste Schwester seines Schwiegersohnes; die
Fürstin Bismarck wurde vom Major Graf Rantzau zu Tisch
geleitet. Die Neuvermählten nahmen ihre Plätze zwischen
denen der fürstlichen Eltern der jungen Frau ein; gegen-

über saßen Herr von Arnim-Kröchelndorff mit der Gemahlin des Majors Grafen von Rantzau und der Landrath von Bismarck-Naugard mit der Gräfin von Brockdorff-Ahlefeldt. Den ersten Toast brachte in kurzen, aber herzlichen Worten der Reichskanzler auf Se. Majestät den Kaiser aus; es folgte alsdann Herr von Bülow, der mit schwungvollen Worten sein Glas auf das Wohl des Brautpaares leerte. Hierauf erhob sich der Major Graf von Rantzau und feierte in beredten Worten das Elternpaar, den Reichskanzler Fürsten von Bismarck und die Fürstin, seine Gemahlin. Das Lob des Kanzlers führte naturgemäß auf die Politik, und Herr von Kleist-Retzow übernahm es, dem deutschen Vaterlande ein Hoch zu weihen. Nachdem noch Graf Lehndorff der Brautjungfern und Brautführer gedacht, ergriff als Letzter nochmals der Reichskanzler das Wort, um auf die Verbindungen der Familien Bismarck und Rantzau zu trinken, von ihr gelte der Wahrspruch Schleswig-Holsteins: „Up ewig ungedeelt!" Die Unterhaltung bei Tisch war eine außerordentlich animirte. Der Reichskanzler und seine Gemahlin machten in liebenswürdigster Weise die Honneurs; es war im schönsten Sinne des Wortes ein echt deutsches Familienfest, das in diesen glänzenden Räumen gefeiert wurde. Das junge Ehepaar trat, während die Gäste zu tafeln fortfuhren, die Hochzeitsreise an; es begab sich zunächst nach Dresden, um von dort über Wien nach Italien zu reisen.

Im Jahre 1885 diente derselbe Raum als Sitzungssaal der Kongokonferenz. Die Ausstattung des durch seine

15 *

Dimensionen imposanten Saales, dessen Fenster auf der Ostseite nach der Wilhelmstraße zu, gegen Westen nach dem Garten gehen, war die durchaus einfache seiner ersten Einrichtung; Thüren, Fries und Pfeiler mit Marmor bekleidet, die Wände in Lichtgrau, die Fensterdrapirungen, Fauteuils u. s. w. in Roth gehalten.

Als Aufgang führte links vom Vorhofe aus eine breite Freitreppe, mit Blattpflanzen und Lorbeerbäumen dekorirt, hinauf durch ein zur Aufnahme der Garderobe eingerichtetes Vestibül in die für die Konferenz bestimmten Räume.

Im Konferenzsaal selbst erinnerte zunächst eine große, an fünf Meter hohe Karte Afrikas von Kiepert an die nächsten Zwecke, welche die glänzende Versammlung hier zusammengeführt hatte. Um einen nach Westen hin offenen Tisch in Hufeisenform nahmen die Konferenzmitglieder in der Reihenfolge Platz, daß in der Mitte der äußeren Querseite der Reichskanzler seinen Sitz hatte, hinter welchem an einem besonderen Tisch die erst nach der Eröffnung eingeführten Sekretäre der Konferenz, die Herren Raindre, erster Sekretär der französischen Botschaft, Graf von Bismarck, Geheimer Regierungsrath im Staatsministerium, und Vizekonsul Dr. Schmidt, beschäftigt im Auswärtigen Amt, ihre Arbeitsplätze einnahmen. Zur Rechten und zur Linken des Reichskanzlers reihten sich dem Alphabet ihrer resp. Länder nach die Bevollmächtigten, so daß rechts vom Kanzler Oesterreich-Ungarns, links Belgiens Repräsentant saßen und an dieselben an der Querseite noch Dänemark und Spanien (Espagne), an den äußeren Längsseiten rechts

die Vereinigten Staaten, Großbritannien, die Niederlande
— links Frankreich, Italien sich anschlossen. Dem Kanzler
gegenüber, in der Mitte der inneren Hufeisenwand, saß
Staatssekretär Graf Hatzfeldt mit einem der französischen
Delegirten zur Linken, dem schwedischen Konferenzbevoll=
mächtigten zur Rechten — an den inneren Längsseiten des
Hufeisens waren rechts die Türkei und Rußland, links die
portugiesischen Konferenztheilnehmer plazirt. Die Flügel=
plätze an den äußeren Längsseiten des Konferenztisches,
dessen nach dem Garten zu gelegene Endflächen mit Büchern,
Brochüren und Karten, kurz mit Allem bedeckt waren, was
die Litteratur aller Welt Neuestes über Afrika gebracht hat,
wurden von den weiteren deutschen Bevollmächtigten: Un=
terstaatssekretär Dr. Busch und Geheimen Legationsrath
von Kusserow, eingenommen. Eine große eichene Standuhr,
Zifferblatt und Gewichte von cuivre poli, vervollständigte
die Ausstattung des Sitzungssaales, für welche die Schreib=
zeuge, Federwischer, kurz alle Metallsachen, welche auf dem
Konferenztische standen, aus der renommirten Fabrik von
Rakenius bezogen waren. Zu Kommissionsberathungen und
Konversationsräumen dienten die nach dem Garten gelegenen
Räume des südlichen Flügels; die Wände eines dieser
Säle bedeckten die kolossalen, auf niedrigen Sockeln bis
zur Decke reichenden Porträtbilder der Kaiser Wilhelm,
Alexander III. und Franz Josef I. in ganzer Figur. Das
Bild des Kaisers von Oesterreich ebenso wie das des
russischen Monarchen sind dem Kanzler bekanntlich in
Skierniewice von den Souveränen zum Geschenk gemacht

worben; das Porträt des Kaisers von Rußland, welches Se. Majestät in der Generalsuniform der russischen Armee zeigt, ist die Kopie eines im Winterpalais in Petersburg befindlichen Bildes dieses Herrschers. Unser Kaiser hat sein Bild dem Reichskanzler nach dem Kongreß im Jahre 1878 geschenkt. Auf dem Kamin des Kongreß=Saales war ein marmorner, kunstvoll geschnitzter Elephantenzahn auf ebenfalls geschnitztem Untersatz von Rothholz zu sehen, ein Angebinde des Kaisers von China, welches dem Reichs=kanzler erst kurz zuvor aus Peking übersandt worden war.

Ueber dem Arbeitszimmer des Fürsten, welches in einem nach dem Garten vorspringenden Parterre=Erker gelegen ist, befindet sich eine Plattform, die gleichzeitig den Balkon zum Zimmer der Fürstin bildet und von wo aus eine eiserne Treppe direkt in den Garten hinabführt. Von hier kommt die Fürstin im Laufe des Vormittags wohl einmal herab, um, wenn sie ganz unbemerkt ist, durch die Orangerie in das Arbeitszimmer des Gatten zu treten und sich nach dessen Befinden zu erkundigen.

Der Fürst lebt in einem überaus glücklichen und zärtlichen Verhältniß mit seiner Johanna, die ihm zu allen Zeiten die treueste Gefährtin des Lebens war, und die es allein wagen darf, dem zürnenden Jupiter zu wider=sprechen.

Der Vormittag wird mit Vorträgen der Ressortchefs, mit Unterschriften, mit Prüfung der von den auswärtigen Gesandtschaften eingegangenen Berichte, Konferenzen und mit anderen unumgänglich nothwendigen Geschäften ver=

bracht, welche sich nicht nur auf das Auswärtige Amt, son=
dern auch auf den Bundesrath, auf das preußische Handels=
ministerium und andere Nebenressorts erstrecken. Während
der Reichstagssitzungen allerdings pflegen diese Arbeiten
manchmal eine plötzliche Unterbrechung zu erleiden. Aus
dem benachbarten Hause in der Leipzigerstraße 4, dem Reichs=
tagsgebäude, kommt die Nachricht, daß diese oder jene
Regierungsvorlage soeben während der Sitzung auf das
Heftigste angegriffen werde. „Anspannen!" heißt dann der
Befehl, der mit aller Energie und Schnelligkeit ausgeführt
werden muß. Wenige Minuten später fährt der Wagen
des Kanzlers durch das Portal des Reichstagsgebäudes ein.
In noch kürzerer Zeit erscheint der Fürst unter der all=
gemeinen Aufmerksamkeit des Hauses und des Tribünen=
publikums im Sitzungssaale, und nachdem er sich in seiner
gewinnenden Form gegen den Präsidenten und die bekannten
Mitglieder des Hauses grüßend verbeugt und sich über das
orientirt hat, was der noch immer sprechende Redner gegen
die Vorlage anführte und selbst aufmerksam die letzten
Ausführungen desselben mit angehört hat, erhebt er sich, um
in der an ihm gewohnten Weise der Opposition energisch
zu Leibe zu gehen. An solchen Tagen, wenn die Debatten
sich endlos dahinziehen, und der Fürst gezwungen ist, wie=
der und wieder das Wort zu ergreifen, und Reden von
längerer Zeitdauer zu halten, verspätet sich auch zu Hause
das Diner, mit welchem man natürlich wartet, bis der
Hausherr heimgekehrt ist.

Eines Tages saß der Fürst an seinem Schreibtisch —

nicht um zu schreiben, denn er lehnte sich mit dem Rücken an den Tisch. Er konferirte mit einem vis-à-vis. Die Rede war — ich kann den Inhalt des Gespräches nicht genau angeben — von Rom, von einer Bulle, von apostolicae sedis munus, von der „Germania", von der „Kölnischen" . . . . . Inzwischen klapperte im Nebenzimmer der Telegraph eintönig weiter, und von zehn zu zehn Minuten fiel durch eine Spalte der Wand eine Depesche, die der große Mann flüchtig las und bei Seite warf. Die erste Depesche — sie kam vom Dönhofsplatze — enthielt die Worte: „Anwesend Leonhard und Falk, erster Redner von Schorlemer=Alst." Die zweite Depesche: „Redner wirft Fürst Bismarck Inkonsequenz in Bezug auf seine Stellung zum Dogma der Unfehlbarkeit vor. . . . . ."

Der Fürst zu seinem vis-à-vis: „Gestern früh ist das Telegramm nach Rom abgegangen?"

Der Legationsrath: „Um zehn Uhr, Durchlaucht."

Der Fürst: „Wir müssen dann doch wohl im Laufe des Nachmittags Antwort haben."

Der Legationsrath: „Nun, es kann der Abend oder auch die Nacht herankommen, Durchlaucht."

Wiederum fällt eine Depesche durch die Wand. Sie meldet: „Redner sagt, daß Fürst Bismarck als größter Revolutionär nicht berechtigt ist, die Bischöfe revolutionär zu schelten."

Der Fürst zu seinem Legationsrath: „Im Abgeordnetenhause wird heute wieder tüchtig gefuchtelt. Sagen Sie, liebster H., die Bulle, von der die „Germania" spricht, und die achtzig Jahre alt sein soll, müßte doch irgendwo aufzutreiben sein."

In dem Augenblicke, in dem der Legationsrath antworten wollte, traf ein Schreiben ein, das ein Expresser vom Dönhofsplatze gebracht hatte und das die Worte enthielt: „Der Abgeordnete von Schorlemer-Alst hat soeben in folgender Weise sich ausgesprochen: Ueberall und immer haben die katholischen Bischöfe nach ihrer Pflicht und nach der Lehre der Kirche von jeder gewaltsamen Auflehnung abgemahnt. Etwas Anderes ist es, wenn sie erklären, daß ihr Gewissen ihnen verbiete, bei der Ausführung der Gesetze mitzuwirken. Das ist keine Auflehnung, das ist eine einfache Erfüllung einer Gewissenspflicht. Die alte deutsche Bundesverfassung war unbedingt ein feierliches Gesetz, und wer hat mehr zu ihrem Umsturz beigetragen, als Fürst Bismarck? Verblündet mit den Erzrevolutionären, hat er 1866 die ungarischen und dalmatischen Regimenter durch die Herren von Usedom und Barral aufgefordert, ihren Kriegsherrn im Stich zu lassen. Ein Mann, dessen Vergangenheit mit solchen Thatsachen belastet ist, darf am allerwenigsten gegen die Bischöfe den Vorwurf revolutionären Verhaltens erheben. Ich verzichte darauf, meinen Beweis weiterzuführen, ich will aber noch daran erinnern, daß trotz des gesetzlichen Verbotes des Duells der Reichskanzler den Abgeordneten Virchow zum Duell herausgefordert hat."

Der Fürst war aufgesprungen, als er diese Worte gelesen. Er kritisirte nichts, sondern rief bloß aus dem Zimmer in den Korridor: „Ich will nach dem Abgeordnetenhause!"

Im Grunde hieß das weiter nichts, als daß Karl die weiße Mütze noch einmal abbürsten und die ebenso weißen Handschuhe bereit halten sollte.

Da spie der Telegraph wieder eine Depesche aus der Wand. Sie kam aber nicht vom Dönhofsplatze, sondern von Rom. Was darin stand, habe ich nicht erfahren können. Nur das weiß ich, daß der große Staatsmann mit seinem Rath noch lange konferirte und daß längst Schluß der Sitzung aus dem Abgeordnetenhause gemeldet war, als der Fürst wieder an Schorlemer-Alst und an sein „Blech" dachte (Lieblingsausdruck des Fürsten). „Auf morgen," sagte er zu sich selbst. Der Morgen kam, es wurde elf Uhr. „Karl, ich will nach dem Abgeordnetenhause, sogleich."

Karl stäubte die Kürassiermütze ab und legte die Handschuhe hinein. Eine Minute später trat er in das Zimmer des Fürsten.

„Durchlaucht, eine Ordonnanz von Sr. Majestät."

Die Ordonnanz trat ein, brachte die Bestellung Sr. Majestät, klapperte die Treppe mit den Sporen wieder hinunter, band das Pferd auf dem Hofe los und ritt zurück.

Durchlaucht zu Karl: „Es soll angespannt werden, nach dem Palais Sr. Majestät."

Herr von Schorlemer-Alst schien nicht erreicht werden zu sollen. Der Wagen, in dem der große Staatsmann saß, fuhr vor dem Palais Sr. Majestät vor.

„Was ist das?" rief der Fürst dem Diener zu, als dieser, vom Bock gesprungen, ihm öffnete. Der Ton des Fürsten war weit aufgeregter, als Tags zuvor nach Kenntniß-

nahme deſſen, was Herr von Schorlemer-Alſt geredet. „Du
haſt mir den Helm nicht in den Wagen gelegt. Soll ich
mit der Mütze zu Sr. Majeſtät? Soll ich noch einmal
zurück und …“ Er ſprach den Satz nicht aus; er wollte
aber ſagen: „Noch einmal den Schorlemer verſäumen?“
Mit einem Blicke, der den Diener zu Boden ſchmetterte,
ſtürzte er aus dem Wagen, überſprang haſtig die Schwelle,
die in das Veſtibül des Palais führt, ergriff einen Helm,
der einem der dort Dienſt thuenden Korps-Gendarmen gehörte, und trat bei Sr. Majeſtät ein.

Drei Viertelſtunden dauerte die Audienz, Stoff genug
für die Zeitungen und den Telegraphen. Was mochte
drinnen Alles geſprochen werden! Dinge vielleicht, die ſich
bald in ganz Europa fühlbar machen ſollten. Inzwiſchen
war die Seele des armen Burſchen draußen, der am Kut-
ſchenſchlag des zurückkehrenden Herrn wartete, ganz und
gar nur von dem einzigen Gedanken erfüllt: „Wie wird
es mir heute noch ergehen?“

Der Fürſt kam zurück noch mit demſelben Dräuen der
Augenbrauen, als wenn die drei Viertelſtunden lang be-
ſprochenen europäiſchen Dinge nicht einen Augenblick im
Stande geweſen wären, ſeine Gedanken von dem vergeſſenen
Helm abzulenken.

„Nach dem Abgeordnetenhauſe.“

Seine Erregtheit ſchien ſich dem ganzen Gefährt mit-
zutheilen, der Kutſcher an der Seite des zitternden Karl,
die Pferde hatten es eiliger. Vor dem Abgeordnetenhauſe
öffnete Karl wieder den Schlag. „Der Wagen fährt nach

Hause. Du packst sofort ein und gehst diesen Abend noch nach Varzin zurück." Der Fürst sprach das mit der Bestimmtheit, welche ausdrückte, was ein einmal von ihm gesprochenes Wort zu bedeuten habe. Eine Minute später war er im Minister= zimmer und ließ sich über die Sitzung im Abgeordnetenhause informiren. Wieder eine Minute später trat er hinter der Gardine auf der Ministerstrabe hervor. War das heute ein Blick! Der Gruß nach dem Präsidentensitz fast nur mecha= nisch. Und obenein sprach gerade wieder der Schorlemer.

Es folgte ein Rede=Duell zwischen dem Ministerpräsi= denten und dem Centrumsmann, wie es heftiger noch nicht gewesen. Die Klio dort auf der Journalistentribüne konnte kaum mit der Feder folgen. Die Druckerjungen über= stürzten sich mit dem angeschwollenen Manuskripte, die Telegraphendrähte zitterten durch Europa — von dem ver= gessenen Helm hatte Niemand eine Ahnung.

Desto mehr beschäftigte er die arme Seele, die in der Wilhelmstraße von Höllenpein zusammengeschnürt war — beim Einpacken! Ja, Karl packte ein, zwar zögernd und mit vielen Pausen, aber doch hoffnungslos. Wie gewöhn= lich pflanzte er sich aber bei der Rückkehr des Fürsten aus dem Abgeordnetenhause an gewohnter Stelle im Korridor auf, um Handschuhe, Mütze . . . in Empfang zu nehmen. Der Fürst sah ihn nicht an und bediente sich allein. War Karl schon außer Dienst? Nein, er wurde noch zum Ser= viren beim Mittagsmahl gerufen. Sein verstörtes Aus= sehen fiel der Familie und anderen Tischgästen auf. Sie sahen fragend den Fürsten an. Dieser blickte finster und stumm vor sich hin, wie wenn er den vergessenen Helm den Schädel drücken fühlte.

Nach aufgehobener Tafel zog sich der Fürst in sein Kabinet zurück. Er traf Karl auf dem Korridor. „Mensch," sagte er zu ihm, „ich glaube gar, Du hast geweint. Ich habe Dich im Stillen schon beneidet, daß Du nach Varzin zurückgehst, was gäbe ich darum, wenn ich hier fort könnte und erst wieder Kohlfelder sähe! Nun gut, bleibst Du lieber hier und putzest lieber den Helm, dann bleibe, aber vergiß ihn nicht wieder, wenn ich zu Majestät fahre."

Am anderen Tage servirte Karl bei Tische mit ganz anderer Miene. Jetzt fiel wieder sein aufgeklärtes Gesicht auf. Die Gesellschaft blickte abermals den Fürsten fragend an. Dieser trug das Vorgefallene in bester Laune vor.

Es herrschte eine angenehmere Temperatur, als am Tage zuvor. Der Legationsrath B. bemerkte: „Die Leute packen immer lieber in Varzin nach Berlin ein, als umgekehrt, nur den Chef treibt es hier fort."

„Glauben Sie nur," erwiderte die Fürstin, „eine Wrucke interessirt meinen Mann mehr, als Ihre ganze Politik." —

Das Diner der fürstlichen Familie, welches im engsten Kreise in den Zimmern der Fürstin eingenommen wird, dauert nur sehr kurze Zeit, dann setzt sich der Fürst an den Kaffeetisch, um sich eine kurze Erholungspause zu gönnen und eine Pfeife zu rauchen. In seiner gewohnten anregenden und liebenswürdigen Weise plaudert er hier über die Ereignisse des Tages, über den vielleicht soeben stattgehabten Redekampf im Reichstag und auch über häusliche Angelegen=

heiten. Dabei ist er aber auch nicht einen Augenblick müßig. Ebenso wie beim Frühstück, das in der wärmeren Jahreszeit auf dem Balkon über dem Arbeitszimmer eingenommen wird, ist der lange Bleistift, dessen sich der Fürst zu bedienen pflegt, in ununterbrochener Thätigkeit, um Notizen, Entscheidungen u. s. w. auf eingelaufene Aktenstücke, Briefe, Berichte u. s. w. zu machen. Unmittelbar nach dieser karg genug bemessenen Erholungspause begiebt sich der Fürst wiederum in sein Arbeitszimmer, um bis in die späte Abendstunde hinein unermüdlich allein oder mit Beamten und Diplomaten zu arbeiten. Das Abendbrod nimmt der Fürst wiederum im Kreise seiner Familie ein und empfängt für gewöhnlich um diese Essenszeit keine anderen Besucher, als seine Tochter, die Gräfin Rantzau mit ihren Kindern. Diese ungefähr zweistündige Zeit für das Abendbrod ist diejenige, in welcher der Fürst sich ganz und gar seiner Familie widmet. Die Aergernisse des Tages sind verraucht oder schon etwas vergessen. Der Fürst ist in liebenswürdigster Laune, er reißt durch seine humoristischen und sarkastischen Bemerkungen, durch seine vortrefflichen Schilderungen der einzelnen Vorfälle alle seine Hörer mit sich fort. Und selbst Tiras, der „Reichshund“, sitzt dann höchst aufmerksam da und macht so glänzende Augen, als verstände er, was sein Herr vorträgt. Tiras ist bekanntlich der unzertrennliche Begleiter des Fürsten, so lange sich derselbe zu Hause befindet. Tiras, der Nachfolger des früheren Reichshundes „Sultan“, begleitet den Fürsten auf seinen Gartenpromenaden, liegt zu seinen Füßen im Arbeitszimmer und sorgt mit peinlicher Gewissenhaftigkeit dafür, daß dem Fürsten von keiner Seite „ein Leid geschehe". Er ist ein großes, schwarzes, glatthaariges Exemplar, von einer Hunderasse, die zwischen Wolfshund und Bernhardiner steht. In der ersten Zeit seiner Amtsthätigkeit als Reichshund war er außerordentlich bissig, und die Dienerschaft', ja selbst die Fürstin mußten öfter vor ihm die Flucht ergreifen; aber der Fürst ließ es nicht an so einbringlichen Ermahnungen mit der Hundepeitsche fehlen, daß Tiras sich jetzt ein gesetzteres Leben angewöhnt hat, allerdings nur für so lange, als er glaubt, daß für seinen Herrn keine Gefahr drohe. Es ist ja in weiten Kreisen bekannt, daß fremde Leute, die beim Fürsten Bismarck Audienz haben, nicht einmal beim Vortrag heftige Gestikulationen anwenden dürfen, weil Tiras sonst sofort wüthend emporfährt.

Nach dem Abendbrod begiebt sich der Fürst wiederum in sein Arbeitszimmer, um dort, gewöhnlich zusammen mit einem der Räthe, eine oder zwei Stunden zu arbeiten. Liegen bringende, wichtige Angelegenheiten vor, dann allerdings muß die Stunde des Schlafengehens immer weiter hinausgeschoben werden. Glücklicherweise erfreut sich der Fürst jetzt eines zwar kurzen, aber außerordentlich festen und wohlthuenden Schlafes, während er früher durch seine Schlaflosigkeit körperlich mehr und mehr heruntergekommen war.

Länger verweilt der Fürst in der Gesellschaft natürlich, wenn jene kleinen Kreise bevorzugter Gäste eingeladen sind, welche zum Beispiel an den parlamentarischen Soiréen theilnehmen. In der jovialen Art und Weise des Fürsten, seine Gäste zu begrüßen und zu unterhalten, liegt ganz und gar nichts Gemachtes; sein ganzes Benehmen und seine Redeweise haben durchaus nichts Burschikoses; er ist liebenswürdig und witzig, ohne seiner Würde auch nur das Geringste zu vergeben.

Der Fürst, welcher in früherer Zeit sehr spät am Morgen aufstand, hat sich jetzt zu einer rationelleren Vertheilung von Schlaf und Arbeit bequemt. Er erhebt sich, seitdem Schweninger sein ärztlicher Berather geworden, schon in den Morgenstunden von seinem Bett und macht einen Spaziergang durch den Park, der von der Wilhelm- bis zur Königgrätzerstraße reicht, und herrliche, uralte Bäume besitzt, die theilweise durch Eisenstangen zusammengehalten werden müssen, um sie vor dem Zusammenbrechen zu bewahren. Für den Spaziergang benutzt der Fürst den sogen. „Kanzlersteg", d. h. eine schmale gepflasterte Kolonnade mit gemauerten Säulen, welche sich an das Nachbargrundstück, dem Fürsten Pleß gehörig, anlehnt, und unter welcher der Fürst allen neugierigen Blicken entzogen wird. Selbst auf diesen Spaziergängen nämlich wurde er durch zudringliche Neugier belästigt. In der Nähe der Königgrätzerstraße grenzt an den Park ein Grundstück, welches früher ebenso wie das jetzige Reichskanzlerpalais Eigenthum des Fürsten Radziwill war, aber verkauft wurde, bevor der Staat das Palais für den Kanzler erwarb und einrichtete. Von den Fenstern dieses Grundstückes aus wurde der Fürst in ganz ungeheuerlicher Weise belästigt. Fremde mietheten nämlich die Fenster, und mit Opernguckern und Fernrohren verfolgten sie jede Bewegung des spazierengehenden Fürsten, dessen Aufmerksamkeit sie sogar mitunter durch Zurufe zu erregen suchten. Besonders entwickelten Engländer auf diesem Gebiete eine überwältigende Unverfrorenheit. Dieser Belästigung hat sich der Kanzler dadurch zu entziehen gewußt, daß an hohen Masten ungeheure Leinwandflächen über der Mauer ausgespannt wurden, welche jeden Ausguck in den Park verhinderten. Bevor sich der Fürst zum Spaziergang in den Garten begiebt, macht er persönlich davon dem Portier die Anzeige; das ist das Zeichen, daß der Fürst für Niemand zu sprechen sei. Erwartet der Fürst wichtigen Besuch von Beamten oder anderen Persönlichkeiten, die auf jeden Fall vorgelassen werden müssen, so theilt er dies dem Portier mit, und dieser dirigirt die Gäste sofort nach dem Garten, wo die Verhandlungen im Umhergehen geführt werden.

Der Fürst ist als Landmann ein außerordentlicher Freund der freien Natur, und so hat er denn auch bestimmt, daß der Platz im Park, der unmittelbar unter den Fenstern seines Schreibzimmers liegt, möglichst in seinem ursprünglichen Zustande erhalten werde. Nur ein ganz besonderes Blumenparquet, auf welches der Blick des Fürsten fällt, sobald er von der Arbeit aufsieht, wird stets, sobald es die Jahreszeit erlaubt, in Flor gehalten und je nach dem Monat mit Schneeglöckchen, mit Maßliebchen, Tulpen, Rosen, Astern auf das Reichste besetzt. Unmittelbar neben dem Arbeitszimmer des Fürsten befindet sich eine Orangerie,

in welcher er während der wenigen Minuten auf= und ab=
zugehen pflegt, während deren er Pausen in der Arbeits=
thätigkeit macht.

Die Grafen Wilhelm und Herbert wie die Gräfin
Marie haben längst ihren eigenen Hausstand begründet,
und so sind denn jetzt die Eltern, von einer wenig zahlreichen
Dienerschaft umgeben, die alleinigen Bewohner des Palais
in der Wilhelmstraße. In Bezug auf Geselligkeit ist es
dort sehr still. Die Fürstin repräsentirt zwar ihr Haus
am Hofe, wo sie den Reigen der fürstlichen Damen eröffnet,
denn ihr gebührt bekanntlich die erste Stelle nach den
Prinzessinnen des königlichen Hauses. Sie erscheint mit=
unter in der Gesellschaft, aber sie empfängt zu Hause nur
einige wenige nähere Bekannte. Sie geht auch am Hofe
einfach, trägt etwa eine weiße schlichte Atlasrobe, ein kleines
Bouquet aus hellen Rosen schmückt Haupt und Brust. Zu
Hause, auf der Straße, auf Reisen ist die Einfachheit geradezu
auffallend, mehr als kleinbürgerlich. Die Gräfin Rantzau
ahmt ihr darin nach. Uebrigens leben Graf und Gräfin
Rantzau in der Voßstraße, drei Treppen hoch, fast ganz
außerhalb der Gesellschaft. Die Fürstin Bismarck hat
selber nie darauf Anspruch gemacht, eine Schönheit zu sein,
aber beim Sprechen gewinnt sie sehr, und ihr Auge strahlt
von herzgewinnender Güte. Die Gräfin Rantzau zeigt in
ihrem Aeußern, welchen kräftigen und stattlichen Mann sie
zum Vater hat. Selbst der Schritt bezeugt die Abkunft.
Auch sie darf kaum als eine Schönheit gelten, und doch ist
sie eine der anziehenberen Erscheinungen in der Damenwelt.

Alle drei Kinder sehen ihrem Vater mehr oder weniger ähnlich, Graf Herbert hat auch seine Gestalt, Graf Bill ist ein wenig kleiner.

Die Empfangsräume der Fürstin stoßen an den Fest-saal in der ersten Etage. Hier allein ist die im Uebrigen streng beobachtete Einfachheit durch bildnerischen Schmuck gehoben. Eine besondere Treppe gestattet den direkten Eintritt in diese Gemächer. Schon diese in lichtem Marmor ausgeführte Treppe mit dem schwer vergoldeten Geländer und dem breiten vom Maler Marschall bildnerisch ge-schmückten Fries ist von prächtigster Wirkung. Das Vor-zimmer, das man nunmehr zunächst betritt, ist mit einer lichtgrünen, mit Bronze durchwirkten Tapete bekleidet. Die beiden Salons der Fürstin selbst sind wahre Schmuckkästchen. Der eine zeigt eine ganz hell grünliche Relief=Tapete, der andere eine Tapete in unbestimmt gelblich grauem Ton mit großem damastartigen Muster, gleichzeitig en relief ge-preßt. Eine breite Borbüre, harmonisch zur Tapete, schließt die Wände von den Decken ab, die L. Burger's Meister-hand mit Gemälden geziert hat. Als Motiv ist für diese Gemälde in beiden Zimmern die Schilderung des Lebens einer Fürstin zur Zeit des Mittelalters gewählt. Der eine Salon, dessen Deckenfläche ein in die Länge gezogenes Rechteck bildet, zeigt vier reizende Tableaux; das eine der-selben veranschaulicht uns das Zusammenleben der Fürstin mit dem Ehegatten, das zweite zeigt uns die Fürstin, ihren Kindern gegenüber Mutterpflichten ausübend, und die beiden anderen stellen uns Scenen aus dem wirthschaftlichen Walten der Frau dar, wie sie, die Bleicherinnen beaufsichtigend, den Armen Gaben spendet und wie sie, auf freiem Balkon sitzend und die Töchter unterweisend, die vom Jagdzug heimkehrenden Knaben empfängt. Im zweiten Salon ist die Decke mit vier ovalen Medaillons geschmückt, in denen ideale Figuren die Dichtkunst, die Blumenzucht, die Musik und das häusliche Walten versinnbildlichen, während in den Tableaux, die jene Medaillons verbinden, ähnliche Motive zum Ausdruck gekommen sind. Die Möbel, in beiden Salons gleich, sind aus Nußbaum, matt und blank polirt und mit schwerem seidenem Brokat, roth und gold gemustert, über= zogen. Die Form der Möbel ist hier eine überaus zierliche, Stühle und Tische sind mit reicher Holzschnitzarbeit ver= sehen. Zwei vergoldete Blumentische schmücken den einen der Salons. Den Fußboden bedecken echt persische Teppiche, für Verbreitung einer behaglichen Wärme zur Winterszeit sorgen kunstvolle Kamine.

In den letzten Jahren gehörte eine Zeit lang halb und halb zum Hausstande des Fürsten Bismarck Professor Schweninger, der Königgrätzerstraße 9 wohnte, einen eigenen Schlüssel zur Hinterthür des Kanzlerparks besaß und es so außerordentlich nahe zu seinem hohen Patienten hatte. Die Fürstin, welche voll Dankbarkeit gegen den Arzt ist, der ihren dem Tode nahen Gatten wieder vollkommen gesund machte, wollte es nicht dulden, daß der unbeweibte Professor sich einen eigenen Haushalt gründete. Kam er einmal nicht zu Tische, so wurde augenblicklich zu ihm hinübergeschickt, um zu fragen, warum er nicht bei Tafel erscheine, zu welcher

er ein= für allemal eingeladen war. Allerdings hatte er bei
der Tafel, deren Gerichte weniger kostbar und zahlreich
sind, als in hundert anderen Berliner Familien, auch noch
ärztliche Pflichten zu erfüllen, denn bekanntlich bestand die
Kur, die er für den Fürsten anwandte, in einer besonderen,
geregelten Diät. Indessen ging der ärztliche Tischgast keines=
wegs streng zu Werke, und wenn dem Fürsten eine Speise
besonders schmeckte, so gebot ihm Schweninger durchaus
kein Halt! Ja, er redete dem Fürsten selbst zum Essen zu,
wenn er z. B. aus seiner eigenen Heimath volksthümliche
Speisen wie Knackwürste und andere bayrische Delikatessen
kommen ließ, um sich mit diesen Tischgaben gewissermaßen
für die genossene Gastfreundschaft zu revanchiren.

Ernst Schweninger, der jetzt so viel genannte
Leibarzt des Fürsten Bismarck, war vor drei Jahren noch
eine ganz unbekannte Persönlichkeit, und erst die glückliche
Kur, welche er an unserem Reichskanzler vollbrachte, trug
seinen Namen in alle Welt und brachte ihm die Professur
an der altberühmten Berliner Universität ein. Schweninger
ist 1851 zu Neumarkt in der Oberpfalz als der Sohn eines
angesehenen Bezirksarztes geboren. Mit sechszehn Jahren
Student der Medizin, mit zwanzig Jahren Arzt, wurde er
bald Assistent des als Diagnost und pathologischer Anatom
berühmten Professors Buhl und blieb dies auch zehn Jahre
lang, bis eine leidige Liebesgeschichte die so hoffnungsvoll
begonnene Laufbahn des jungen Gelehrten kreuzte. Diesen
zehn Jahren verdankt Schweninger zumeist seine ärztliche
Bildung, wie denn auch in dieser Zeit die meisten seiner

litterarischen Arbeiten entstanden sind, die über Diphtherie, Tuberkulose, Haut- und Haartransplantationen u. s. w. handeln. Den Fürsten Bismarck lernte Ernst Schweninger erst im Oktober 1882 kennen, als er, einer Aufforderung des Grafen Bill folgend, Varzin besuchte. Er fand ihn in einer merkwürdigen nervösen Abspannung und Deroute, dabei in seiner Verdauung völlig gestört, mit den lästigsten Schmerzen im Magen und Unterleib behaftet und bereits in seinen Kräften so heruntergebracht, daß Alles daran gelegen war, diese zu erhalten, wenn nicht über kurz oder lang ein schlimmer Ausgang befürchtet werden sollte. Nur der sorgsamsten, gewissermaßen von Stunde zu Stunde geleiteten Diät, die nur in rationellem Sinne gehandhabt und nach Verhältniß jeweilig verändert wurde, und die ganze Lebensweise des Fürsten, Essen, Trinken, Schlafen, Arbeiten und Bewegen beeinflußte, gelang es allmälig, die Kräfte zu heben, die Verdauung zu befördern und den gesammten Unterleib in Ordnung zu bringen. Nur ihr war die Beseitigung der so hartnäckigen Gelbsucht zu danken, und durch sie wurde dem erschöpften Nervensystem in einer Weise aufgeholfen, daß dasselbe sich wesentlich gebessert hat und der Fürst wieder seine Arbeiten in vollem Umfange aufnehmen konnte.

Vor einiger Zeit hat Professor Schweninger herausgegeben: „Gesammelte Arbeiten; erster Band." Das Buch ist „Seiner Hochgeboren dem Grafen Wilhelm von Bismarck in unbegrenzter Verehrung, Liebe und Dankbarkeit" gewidmet, und in der Vorrede nimmt der Leibarzt des Reichskanzlers Gelegenheit, sich öffentlich über seine Beziehungen zur Kanzlerfamilie auszusprechen und sein medizinisches Glaubensbekenntniß in folgender Weise darzulegen:

„Verehrtester Herr Graf! Indem ich diese Blätter der Oeffentlichkeit übergebe, bitte ich Sie, die Widmung derselben gütigst anzunehmen. Es ist mir ein dringendes Bedürfniß, Ihnen damit nicht nur ein schwaches Zeichen meiner großen Verehrung, Hochachtung und Dankbarkeit zu geben, sondern auch zu sagen, daß es für mich zeitlebens die schönste Aufgabe sein wird, Ihnen und Ihrer hohen Familie meine bescheidenen Dienste zu widmen. Was in diesen wenigen Blättern niedergelegt und theilweise schon früher in zerstreuten Artikeln — die, wie es scheint, Vielen unbekannt geblieben sind — veröffentlicht ist, macht nur einen Theil der seit zehn Jahren streng wissenschaftlicher Bethätigung in pathologischer Anatomie und Pathologie gewonnenen Resultate aus. Einer Reihe von Umständen, deren Aufzählung hier zu weit führen würde, ist es zuzuschreiben, daß nicht mehr Arbeiten bis heute zu Tage gefördert sind.

„Als ich im Jahre 1879 in die praktische ärztliche Thätigkeit gedrängt wurde, da hatte ich keine Ahnung, daß dieselbe eine Ausdehnung und Bedeutung gewinnen würde, wie sie heute vorliegt. Dadurch, daß Sie nach jahrelangen, vergeblichen Konsultationen und Bädergebrauche gegen eine hochgradige Gicht auch noch bei mir sich Rath zu erholen den Muth hatten, und daß dieser bei Ihrer staunenswerthen Energie zu dauerndem Erfolge führte, ist meine Thätigkeit auch weiteren Kreisen bekannt geworden.

Freilich für diese war nur der Nebenerfolg, der gleichsam mit als reife Frucht abfiel — die Befreiung von erheblicher Körperfülle — in die Augen springend. Und als vollends mir die Ehre zu Theil ward, den Reichskanzler, Ihren Durchlauchtigen Herrn Vater, zu behandeln und von den bedenklichen Störungen der Ernährung, der bedrohlichsten Zerrüttung von Körper- und Nervenkraft zu heilen, da richtete sich bekanntlich und begreiflicher Weise eine Welt von Augen auf meine Thätigkeit. Was Unwissenheit und Bosheit neben absoluter Unkenntniß der Verhältnisse seit dieser Zeit zu Tage gefördert haben, ist allgemein bekannt. Unbekannt aber ist geblieben, daß gerade bei dem Fürsten damals durchaus von keiner Beseitigung der Körperfülle die Rede sein konnte — der Fürst war ja abgemagert und heruntergekommen in der bedenklichsten Art, — sondern daß Alles darauf ankam, den Körper zu ernähren, die Kräfte zu heben, die zerrütteten Nerven wieder zu beleben. Ich habe mit Gleichmuth ertragen, was über mich als Entfetter, Wasserentzieher, Milchkur-Doktor, Herzmuskelstärker u. s. w. gefabelt wurde, und mir an der Freude genügen lassen, daß es gelungen ist, wie Sie von der Gicht, so den Fürsten von der allgemeinen Ernährungsstörung mit ihren schlimmen Begleitern zu befreien. Ein ganzes System, eine ganze Kurmethode hat man mir nachgesagt und mich schließlich zum Spezialisten für Fettleibige gestempelt. So weit diese Aufgabe an mich herangetreten ist, habe ich dieselbe mit der Energie und Thatkraft des stets individualisirenden Arztes erfüllt. Aber ich bin nie in eine Schablone verfallen, an der alle Regime bis dahin krankten und wohl auch zu Grunde gingen — sondern ich habe, unbekümmert um die Lehren der heutigen Therapie, meine Wege mir selbst gebahnt auf Grund der individuell gewonnenen Anschauungen und im Zusammenhalt mit den wirklich brauchbaren Etappen einer streng wissenschaftlichen Forschung. Ich habe mich nie mit der Bekämpfung lästiger Symptome aufgehalten, sondern diese, wo es anging, nach Möglichkeit als Wahrzeichen des zu Grunde liegenden Uebels bestehen lassen, um nach der Beseitigung des letzteren zu sehen, wie die von ihm bedingten Symptome von selbst verschwinden. Ich war mir bewußt, wie wenig dazu medikamentöse Hilfen, die ich mir indeß nach Bedarf wählte, oft beitragen können. Aber ich habe mich nie gescheut, den, wenn auch langwierigen und mühevollen Weg vielleicht mit brauchbaren Abkürzungen wieder zurückzulegen, auf dem die mir Zugeführten ihre Erkrankungen aller Wahrscheinlichkeit nach acquirirt hatten. So habe ich die Freude gehabt, eine Reihe von allgemeinen Ernährungsstörungen und schlimmen Symptomen, wie verschiedene Formen von Blutarmuth, Herzfehlern, Abmagerungen, Hämorrhoidal-Beschwerden, Leber-Anschwellungen, Magen-Erweiterungen, Asthmen, Migränen, Darmträgheiten, Verstopfungen u. s. w., radikal zu hemmen und selbst zu beseitigen. So bin ich auch zur ergiebigen Bekämpfung und Beseitigung der Fettleibigkeit gekommen, die, wie ein nüchterner Blick zeigt, unter den mannigfachsten Verhältnissen und Lebensweisen zu stande kommt und ebenso auch beseitigt werden kann. Mit Bier und

Brot, mit Zucker und Fetten, mit viel und wenig Essen und Trinken kann man eben so gut dick, wie dünn werden, Hämorrhoiden und Magen-Erweiterungen bekommen oder nicht, Leberschwellungen und Herzkrankungen veranlassen und verhindern — es fragt sich nur wie und wann? Sobald diese Dinge für mich spruchreif sind und ich Zeit finde, werde ich damit an die Oeffentlichkeit treten und diejenigen enttäuschen, welche Schablonen und starre Kurmethoden erwarten und das Einfachste, wie so oft, im Suchen nach Spitzfindigkeiten unter dem Titel sogenannter Wissenschaftlichkeit übersehen haben. Die absichtlich oder unabsichtlich in die Welt geschleuderten Irrthümer über mich und meine Behandlung geben mir aber keinen Anlaß, diese Publikation zu beschleunigen.

„Mögen Sie und alle wohlwollenden Leser dieser wenigen Zeilen und des vorliegenden Werkes wenigstens auf das Fundament schließen, auf dem ich die ärztliche und möglichst gewissenhafte Behandlung meiner Kranken stets in ernster Weise aufzubauen bestrebt war — mir wird das genügen! Zufrieden und glücklich aber will ich sein, wenn Sie, den ich so sehr verehre und hochhalte, diese Widmung als ein schwaches Zeichen meiner Dankbarkeit gütig aufnehmen. Berlin, im März 1886."

Der politische Parteistreit um die Schweninger-Kur ist verstummt, der wissenschaftliche wird besto lauter. „Es würde nun und nimmer eine Schweninger-Kur geben, wenn nicht schon vorher eine Oertel-Kur existirt hätte," ist das Thema einer Broschüre, in der es u. A. heißt:

„Es ist bekannt, daß kein Geringerer als der Reichskanzler Fürst Bismarck durch das bei ihm zur Anwendung gebrachte Heilverfahren die Kur zu einer populären im weitesten Sinne des Wortes gemacht und ihr für Jahre hinaus nicht allein den Namen „Schweninger=Kur", sondern auch durch den Einfluß seiner Persönlichkeit ein dauerndes Interesse gesichert hat. Das Aufsehen, welches die Methode bei Aerzten und Laien erregte, war um so begreiflicher, als es sich dabei nicht etwa um den Gebrauch eines Heilmittels, sondern um eine ganz bestimmte Modifikation der bisherigen Lebens= und Beschäftigungsweise des Fürsten handelte, die in Kurzem eine durchgreifende und anhaltende Besserung seit Langem bestehender Konstitutionsanomalien zur Folge hatte. Ganz abgesehen von dem persönlichen Verdienst, war man allgemein geneigt, den mit scheinbar so geringen Mitteln erreichten Erfolg als eine wissenschaftliche Groß= that ohne Gleichen zu betrachten und mit dem Namen des glücklichen Arztes den des Erfinders der Kur für alle Zeiten zu verknüpfen.

„Es half nichts — und das ist der wissenschaftliche Punkt —, daß von gewichtiger Seite der Einwand er= hoben wurde, daß die zur Anwendung gelangten Methoden nicht neu, sondern, wenn auch in engen Kreisen und in bisher wenig beachtetem Maße, dem Aerztepublikum seit Langem bekannt gegeben seien. Es machte auf die Be= wunderer Professor Schweninger's keinen Eindruck, selbst als unwiderleglich festgestellt wurde, daß derselbe — damals pathologischer Anatom und als solcher der internen Medizin völlig fern stehend — Gelegenheit hatte, jene Methoden nicht allein theoretisch, sondern auch praktisch in Anwendung gezogen zu sehen. Erst als im Jahre 1884 das epoche= machende Werk Professor Oertel's in München (Handbuch der allgemeinen Therapie der Kreislaufstörungen) erschien, aus welchem hervorging, daß bereits vor neun Jahren der Verfasser seine Methode der Behandlung der Fettsucht sowie der damit verknüpften Störungen des Herzens, des Respi= rations= und Verdauungsapparates ersonnen und in Mün= chener ärztlichen Kreisen vorgetragen hatte, da galt für den vorurtheilslosen Beurtheiler die Prioritätsfrage unbe= dingt entschieden.

„Trotzdem fehlte es auch jetzt nicht an Stimmen, welche den direkten Einfluß der Methoden Oertel's auf die Reichs= kanzlerkur leugneten und das große Verdienst des Mün= chener Gelehrten um diesen Gegenstand herabzusetzen ver= suchten. Es erscheint uns dem gegenüber zu betonen nothwendig, daß, wie wir aus zuverlässigster Quelle wissen, Professor Oertel nicht allein mit Professor Schweninger lange vor der Behandlung des Reichskanzlers über die Prinzipien seiner Heilmethoden vielfach Unterredungen ge= pflogen und ihn auf die überraschenden Erfolge derselben hingewiesen, sondern daß er demselben auch speziell mit Bezug auf das Leiden des Fürsten Bismarck, von dessen Krankheit er sich schon vor Jahren auf Grundlage seiner zahlreichen Beobachtungen ein Bild gemacht hatte, seine Ansichten geäußert und bestimmt präzisirte Behandlungs= vorschläge entworfen hat. Mit Rücksicht auf die günstigen

Erfolge in ähnlichen Fällen betonte Professor Oertel Dr. Schweninger gegenüber als wichtig für die Reichskanzlerkur: Die Nothwendigkeit einer nach seinen Grundsätzen geregelten Diät, Reduktion der Flüssigkeitsmenge im Körper und Regulirung derselben durch Verminderung der Aufnahme von Flüssigkeit in Speisen und Getränken, Erhöhung der Muskelarbeit vorzüglich auch in Beziehung auf die Wasserausscheidung durch die Haut, Ernährung durch Darreichung bestimmter Quantitäten von Eiweiß und Kohlehydraten, Theilung der Mahlzeiten, Kräftigung des Herzmuskels durch Bewegung u. s. w. Bei Anwendung dieser Methoden glaubte Professor Oertel eine sichere Heilung des Reichskanzlers voraussagen zu können. Welches Verdienst Professor Schweninger und welches Professor Oertel demnach an dem Heilerfolge zukommt, geht aus diesen Thatsachen ohne Weiteres hervor. Jedenfalls hat der Erstere den Reichskanzler wieder gesund gemacht und ein gutes Honorar in der Form einer Professur an der Berliner Universität und in derjenigen einer sehr lukrativen Kundschaft erhalten. Arm wie Hiob ist er nach Berlin gekommen, er wird es einst als ein Krösus verlassen." —

Wie reich ist Fürst Bismarck? Das ist eine Frage, welche viele Leute nach dem 1. April 1885 beschäftigte, an welchem Tage der Reichskanzler zu Varzin und Friedrichsruh noch sein altes Stammgut Schönhausen zurückerhielt, eine Frage, die offiziös die folgende Abfertigung erfuhr: „Durch verschiedene Zeitungen ist neuerdings eine Notiz gegangen, die den Grundbesitz des Reichskanzlers zum

Gegenstand hat und bei genauerer Betrachtung eine Tendenz verräth, die sich auf den ersten Blick vielleicht nicht gleich ersehen läßt. Diese Tendenz ist thatsächlich die nämliche, welche gewissen englischen Preßerzeugnissen zu Grunde liegt, die für die Demokratie der Zukunft Propaganda machen, indem sie den Landbesitz und das Einkommen der Aristokratie umständlich beschreiben, um der misera contribuens plebs die Jämmerlichkeit ihrer Lage vor Augen zu führen. Die fragliche Notiz trägt den gleichen Charakter, da sie nur den Zweck verfolgen kann, den Fürsten Bismarck dem Neide und der Begehrlichkeit Minderbegüterter zu benunziren. Schon daß der Reichskanzler als Beispiel eines Latifundienbesitzers gewählt ist, läßt den demagogischen Ursprung des Artikels erkennen. Giebt es doch viele deutsche Grundbesitzer, die nicht nur reicher als Fürst Bismarck sind, sondern über sehr viel ausgedehntere Liegenschaften verfügen, trotzdem aber bis jetzt noch nicht zum Gegenstande öffentlicher Denunziation gemacht worden sind. Daß man nichtsdestoweniger den Besitz des Reichskanzlers als Beispiel herausgerissen, läßt demgemäß auf mit Haß gepaarte politische Abneigungen des Urhebers schließen.

„Im Uebrigen sind die an anderen Orten gemachten Angaben vollständig aus der Luft gegriffen. Die Vermögensverhältnisse des Fürsten Bismarck sind bei Gelegenheit von Einkommensteuerveranlagungen wiederholt und eingehend geprüft worden. Auf Grund dieser Prüfungen sind wir in der Lage, zu versichern, daß die Angaben über die Schuldenfreiheit der Bismarck'schen Güter völlig unrichtig sind. Auf

ben Besitzungen des Fürsten ruht vielmehr eine Hypotheken=
last, welche eine jährliche Verzinsung mit etwa 120,000 Mark
erfordert. Rücksichtlich der Einzelangaben des erwähnten
Artikels ist ferner zu bemerken, daß der Friedrichsruher
Besitz keineswegs ausschließlich aus einer Staatsschenkung
herrührt, daß das eigentliche Gut Friedrichsruh nebst dem
benachbarten Neumühle (welche eine Enklave in dem Sachsen=
walde bildeten) vielmehr erst vor einigen Jahren von dem
Reichskanzler für 240,000 Mark angekauft worden ist.

„Bei Ueberweisung des Sachsenwaldes war der Ertrag
desselben nach Ausweis der Dotationsakten auf 34,000
Thaler veranschlagt worden. In den für das Holzgeschäft
besonders günstigen Gründerjahren mag der Brutto=Ertrag
sich vorübergehend auf 80,000 Thaler belaufen haben —
Sachkennern aber braucht kaum gesagt zu werden, daß forst=
und landwirthschaftliche Einnahmen beständigen Schwan=
kungen ausgesetzt sind, und daß die in den letzten Jahren
erzielten Erträge zu der erwähnten Summe von 80,000
Thalern in gar keinem Verhältniß stehen.

„Anlangend das neuerworbene Gut Schönhausen wurde
a. a. O. behauptet, daß dasselbe 16,000 Thaler jährlich
einbringe. Wenn der Artikelschreiber dem Reichskanzler
ein Pachtgebot in diesem Betrage machen wollte, so glauben
wir ihm den Zuschlag verbürgen zu können. Ist doch be=
kannt, daß der alte Besitz Schönhausen, welcher an Acker=
fläche um nur hundert Morgen hinter dem neuen zurücksteht,
vor einigen Jahren für den Pachtzins von 8000 Thalern
vergeblich ausgeboten wurde. Wie jeder Grundbesitzer, be=

findet sich auch der Reichskanzler in der Lage, bei wechselnden, in der letzten Zeit stetig abnehmenden Erträgen, dennoch seine Schulden gleichmäßig verzinsen zu müssen.

„Beiläufig sei noch bemerkt, daß, aus Anlaß des Erwerbs von Schönhausen, die Zahl der an den Reichskanzler gerichteten Unterstützungsgesuche eine Höhe erreichte, die Antwortsertheilungen an die einzelnen Petenten unmöglich gemacht hat."

Trotz dieser offiziösen Nachrichten über die Vermögensverhältnisse des Reichskanzlers, glauben wir auf das Bestimmteste versichern zu können, daß sich der Fürst Reichskanzler durchaus nicht in drückender Lage befindet, daß vielmehr diese „Freude und dieser Stolz Deutschlands" in recht geordneten Vermögensverhältnissen lebt, und das hohe Glück genießt, auch in seinen Privatverhältnissen ein freier, selbständiger Mann zu sein. Doch, Scherz bei Seite, daß es nöthig geworden ist, öffentlich festzustellen, daß Bismarck kein Krösus ist, um ihn dadurch Anfeindungen politischer Art zu entziehen, ist ein trauriges Zeichen der Zeit. Sollte man doch denken, jeder Deutsche, welcher Partei er auch angehöre, müsse dem großen Kanzler „Alles Gute" wünschen — worunter ja auch recht viel Geld, in dieser Welt, wie sie nun einmal ist, einbegriffen sein muß.

Die Minister.

Die Minister gehören bei uns zum Hofe. Kann man sie auch nicht zum Hofstaate rechnen, so haben sie doch immer noch gewisse Obliegenheiten als Hofbeamte. Jedenfalls gehören sie zur Hofgesellschaft gleich den Botschaftern und Anderen. Sie geben Ballfeste, auch der Kultusminister, und folgen Einladungen zu Tanzabenden, öffnen ihre Salons für größere Reunions, geben Diners, nicht bloß parlamentarischer Art, finden sich bei den Empfängen der Botschafter ein und sprechen französisch, so gut es eben geht. Da unsere Minister meist langlebig in ihrem Amte sind, dank der Abwesenheit des parlamentarischen Regiments, das fortwährend die Minister stürzt und erhebt, und sie kaum je zu einiger Ruhe kommen läßt, so bilden sie sich auch zu stehenden Erscheinungen in der „Gesellschaft" aus, wodurch ihre Beziehungen enger werden, als anderswo. Es ist freilich der Politik des Fürsten Bismarck vorgeworfen, sie nütze „köstliche Kräfte" vor der Zeit ab. Ueberblickt man aber die Veränderungen, welche sich auf einen vierundzwanzigjährigen Zeitraum vertheilen, einen Zeitraum überdies der folgenreichsten Entwickelungen und Neugestaltungen, so wird man über ihre geringe Zahl erstaunt sein. Die ausscheidenden Minister waren zum Theil hochbejahrte Männer, wie Bobelschwingh, Heydt, Roon, oder sie hatten, wie Graf Friedrich zu Eulenburg, einen schweren Posten sechszehn Jahre hindurch unter schweren Zeitumständen verwaltet. Nur einer

von den Ministern, welche Kollegen des Reichskanzlers geworden, hat sein Amt wenig über ein Jahr bekleidet, Herr
Hobrecht, sonst ist die geringste Zeit im ministeriellen Amte
4 Jahre, wenn man von der ebenfalls kürzeren Amtszeit
des Grafen Königsmark absieht. Andere Dienstzeiten be-
tragen 9 bis 10 Jahre, wie bei Delbrück und Camphausen;
die Rücktritte sind meist wegen langer Anstrengung im
Dienste erfolgt, oder die wesentliche Veränderung der politischen Verhältnisse hat, aber dies nur in den selteneren
Fällen, einen Einfluß geübt. Kann man da wohl im Ernst
sprechen von einer massenhaften „Vernutzung köstlicher Kräfte
vor der Zeit"? In demselben Zeitraum der Amtsführung
des Fürsten Bismarck haben andere Länder 20—30 Wechsel
des ganzen Ministeriums und außerdem noch Wechsel wichtiger Posten in denselben erlebt. Es ist keine Uebertreibung,
sondern die statistisch begründete Wahrheit, daß eine Festigkeit der höheren Staatsämter, wie im deutschen Reiche und
in Preußen, sich in keinem Lande der Erde wiederfindet.
Und das kommt ihrer Stellung in der „Gesellschaft" zu
Gute; sie schlagen da tiefere Wurzeln.

Ich will unsere Minister nach ihrer rein menschlichen
Seite darstellen, ich will sie zu Hause, auf der Promenade
und anderswo belauschen, überall wo sie mit Faust sprechen
können: „Hier bin ich Mensch, hier darf ich's sein." Jupiter,
Mercur und andere Götter haben oft Menschengestalten
angenommen. Unsere zehn Halbgötter lassen sich auch oft
von Profanen, vor denen sie sich sonst als Olympier streng
zugeknöpft halten, auf rein menschlichen Wegen ertappen.

Ich denke dabei nicht an Jupiter, wie er die Semele besucht, oder gar die Europa; ich meine andere Metamorphosen. So trat ich vor längerer Zeit auf dem Spittelmarkte in ein Magazin von Küchen- und anderen Hausgeräthen. Ein Herr, der mir den Rücken zuwandte, bückte sich gerade über ein Geräth, über dessen Gebrauch er sich von dem Geschäftsinhaber belehren ließ und das er dann eigenhändig selber probirte, indem er eine Kurbel wie die einer Kaffeemühle herumdrehte, und siehe da, der gelehrige Schüler hatte den richtigen Griff bald fort, die Austerschaale spaltete sich mit Leichtigkeit. Es war eine Austerspaltmaschine nach einer neuen patentirten Konstruktion. Der Käufer zahlte 21 Mark und bat die Maschine ihm zuzuschicken.

„Wohin, mein Herr?" fragte der Verkäufer.

„Leipziger Platz, landwirthschaftliches Ministerium."

Ich hatte den Ackerbauminister längst erkannt, nicht den heutigen — auf den komme ich gleich zu sprechen, muß aber mit seinem Amtsvorgänger beginnen. Mir fiel in dem Eisenwaarengeschäft ein Gespräch ein, das ich einmal am Buffet des Abgeordnetenhauses zwischen eben diesem Herrn Minister und unserem unvergeßlichen, jetzt längst zur Disposition gestellten Parlamentsmarketender Müller vor Jahren belauscht habe. Die Unterhaltung betraf eine Sauce, ein Thema, an dem sich auch bald Graf Renard und Herr von Denzin betheiligten. Dr. Friedenthal war damals noch simpler Abgeordneter. Als er das Portefeuille erhielt, hauchte Müller gegen mich lebhafte Klagen aus. „Renard todt und Friedenthal Minister, das ist ein schwerer Schlag für mich," sagte er mir, „jetzt habe ich nur noch Denzin als besten Frühstücksgast. Nachdem auch Denzin todt, hat Müller seine Demission eingereicht, und sie ist auch angenommen worden. Als Minister frühstückte Dr. Friedenthal nur noch zu Hause oder bestellte sich wie seine Kollegen höchstens eine Tasse Bouillon nach dem Ministerzimmer. Seine Diners in seiner früheren Privatwohnung in der Lennéstraße, dann in seiner Amtswohnung am Leipzigerplatz, galten als die exquisitesten. Seine Mittel erlaubten ihm das. Von dem reich dotirten Fürsten abgesehen, nahm es wohl nur der Finanzminister Camphausen mit dem Landwirthschaftsminister, was Privatvermögen betrifft, auf; doch machten Beide nicht denselben Gebrauch davon. Heute ist Dr. Friedenthal in seinem Amte durch einen Mann ersetzt, der ihm in vielen Dingen gleichkommt, in anderen wieder nicht. Dem mehrfachen Thaler=Millionär ist seit 1879 ein mehrfacher Thaler=Millionär gefolgt, dem Lukullus ein Lukullus ... Ob Beide schon als Christen geboren, Dr. Friedenthal als Protestant, Dr. Lucius als Katholik, ob schon die Eltern vom Judenthum übergetreten sind, weiß ich nicht genau. Uebrigens war Minister Friedenthal Dr. juris, Minister Lucius Dr. medicinae, praktischer Arzt, Wundarzt und Geburtshelfer.

Dr. Lucius ist am 20. Dezember 1835 in Erfurt geboren, somit 51 Jahre alt. Er studirte in Heidelberg und Breslau Medizin, machte 1860 den spanischen Feldzug gegen Marokko und 1860—62 die preußische Expedition nach

Ostasien als Gesandtschaftsarzt, die Feldzüge 1864, 66 und 70 als Landwehr-Kavallerie-Offizier mit. Seit 1863 bewirthschaftete er seine Güter Klein- und Groß-Ballhausen bei Erfurt. Im Reichstage gehörte Dr. Lucius der deutschen Reichspartei an. Er ist einer der intimsten Hausfreunde des Reichskanzlers, mit dem er sich duzt. Ihm, dem begütertsten Grundbesitzer der Provinz Sachsen, fiel die Aufgabe zu, den Sohn des Kanzlers, den Grafen Wilhelm Bismarck, im Kreise Mühlhausen als Kandidaten einzuführen.

Der Landwirthschaftsminister spricht im Parlamente nur, wenn er dazu gezwungen ist, er spricht dann äußerst gewandt und gefällig, gründlich wie ein Professor und streng sachlich, aber als ein vollendeter Schönredner. Er zeigt den Mann von reicher Welterfahrung und scharfem Verstande. Seine Dialektik bringt es fertig, den Schutzzoll zu vertheidigen, während er im Grunde der Seele Freihändler sein soll. Im persönlichen Verkehr ist er die Liebenswürdigkeit selber und erweckt durch seine außerordentliche Freundlichkeit sofort das persönliche Vertrauen jedes Einzelnen. Seine ästhetische Beanlagung tritt namentlich in dem Arrangement bei großen Diners und Ballfestlichkeiten hervor. Darin hat er seinen Amtsvorgänger nicht bloß erreicht, sondern übertroffen. Seine Küche ist berühmt, aber was ihm bei Abgeordneten und Ministern den größten Ruhm verschafft hat, sind seine Cigarren. Ihre Güte ist sprichwörtlich geworden. Die Komplimente, welche dem Minister regelmäßig darüber gemacht werden, erwidert er in liebenswürdiger Manier damit, daß er den Kennern unter seinen Gästen (und das sind sie wohl ziemlich alle) beim Fortgehen stets noch einige Proben mitgiebt. Es soll auch vorkommen, daß der Eine oder Andere ohne besondere Aufforderung des Herrn Ministers sich mit Proben versieht, eben wegen ihrer Vortrefflichkeit und Unerschwinglichkeit.

Dr. Lucius ist in seiner Erscheinung einfach und an=spruchslos, ohne daß deswegen das Tuch seines Rockes den reichen Mann verleugnet, dem für eine gebiegene Umhüllung keine Summe zu hoch ist. Nichts ist ihm gleichwohl pein=licher als seinen Reichthum zur Schau zu tragen. Es giebt unter den Ministern auch solche, die ihre Gäste gern durch ihre prunkenden Gemächer führen und auf die werthvollen Gemälde aufmerksam machen, nicht ohne Hinzufügung des Preises. Wenigstens sagte man das vom Vorgänger des Dr. Lucius.

Der heutige Ackerbauminister ist ein kleiner Herr mit raschen kurzen Bewegungen, die den scharfen Beobachter an seine Abkunft erinnern. Ich komme jetzt auf ein wichtiges Thema und frage, wo sind die stattlichen und wohlbeleibten Figuren geblieben, die in den siebziger Jahren die Minister=sessel einnahmen? Man stelle Lucius neben Friebenthal, Scholz neben Camphausen, Friedberg neben den verstorbenen Leonhardt. Vor zehn Jahren zeichnete das Embonpoint eine ganze Hälfte unseres Ministeriums dermaßen aus, daß, hätte man beide Hälften gegenüber gewogen, die Waagschale mit Fritz Eulenburg, Falk, Achenbach, von Kamele, Hofmann sofort in die Höhe geschnellt wäre. Ich weiß nicht, welches Prinzip dabei zu Grunde liegt, daß Fürst Bismarck sich nur noch mit schlanken Ministern umgiebt. Vermuthlich weil er jetzt die eigene Entfettung betreibt, soll nun auch das Ministerium dieselbe mitmachen und den Eindruck einer Schweninger-Kur gewähren. Vor zehn Jahren noch dachte Bismarck wie Cäsar bei Shakespeare:

> Laßt wohlbeleibte Männer um mich sein
> Mit glatten Köpfen, und die Nachts gut schlafen.

In einem Briefe klagte Fürst Bismarck einem Kollegen einmal, daß Falk so leicht nervös würde. Und heute haben die hageren Minister nicht bloß das Uebergewicht, sondern sogar die Alleinherrschaft.

Charakteristisch ist das Zahlenverhältniß des abeligen zum bürgerlichen Element in unserem Ministerium. Dieses hatte sich im Laufe der Zeit mehr und mehr entadelt. Man nehme einen früheren Jahrgang der Gesetzgebung, z. B. vom Jahre 1862, da findet man als Gegenzeichner von Auerswald, von der Heydt, von Platow, Graf Schwerin, Graf Pückler, von Roon, von Bernuth, Graf Bernstorff. Nach dem Kriege war der Adel nur noch dem auswärtigen Amte (Fürst Bismarck und Herrn von Bülow), dem Kriege und der letzten Säule aus alter Zeit, dem Minister des Innern reservirt. Damals wollte man behaupten, die Edelleute in unserem Ministerium hätten andere Manieren als die Bürgerlichen. In der That trugen jene den Aristokraten vom Schädel bis zur Zehe mit sich herum. War dieser Herr von Bülow eine Hochtory-Erscheinung! Graf Friedrich Eulenburg war der Hofmann par excellence. Beim Kriegsminister kam das aristokratische Wesen vorzugsweise in den

Formen liebenswürdiger Höflichkeit gegen Jedermann zum Vorschein. Vom Fürsten rede ich nicht. Nun stelle man daneben den biederen, fast formlosen Justizminister von damals, Dr. Leonhard, den steifen Finanzminister, den behäbigen Landwirthschaftsminister, den Pastorssohn Falk, den nonchalanten Handelsminister, den schlichten Präsident des Reichskanzleramtes. Und doch — wer war der vornehmste von allen Ministern, wenn man die Vornehmheit in Unnahbarkeit setzt? Das war unstreitig Herr Camphausen. „Ist der Herr Minister zu Hause?“ fragte so ein naiver Profaner im Hôtel am Kastanienwäldchen, der bei anderen Ministern schon öfters leichten improvisirten Zutritt gefunden. „Excellenz sind nicht zu sprechen,“ lautete die Antwort.

„Ob wohl Excellenz Zeit haben, dieses Schreiben gleich zu lesen und eine mündliche Antwort darauf zu geben?“

„Excellenz haben keine Zeit.“ Fürst Bismarck war mit der Zeit auch unzugänglich geworden, aber ich glaube, er hätte sich von einem Engländer oder Franzosen immer wieder interviewen lassen, die anderen Minister auch von Deutschen, als da sind Bittsteller, Bewerber, Neugierige, sogar Korrespondenten. Ich meine selbst, die Minister bei uns waren in dem Verhältniß zugänglicher, als sie mit dem Liberalismus, und war es auch nur der Altliberalismus, sich nicht identifizirten. Graf Eulenburg und Herr von Kameke leuchteten in Nahbarkeit voran, soweit meine Beobachtungen reichen. Hätte der Finanzminister Camphausen als Junggeselle eine Liaison gehabt — er hatte keine — und hätte er einmal ein Billet-Doux erhalten, er hätte dasselbe, ehe

er es las, durch die Kanzlei, die Registratur u. s. w. gehen,
rubriziren und mit dem Aktenzeichen versehen und dann
sich über den Inhalt von einem Geheimen Oberfinanzrath
Vortrag halten lassen. Er las nichts ohne Aktenzeichen.

Heute ist das anders. Das Verhältniß zwischen dem
adeligen und bürgerlichen Element im Ministerium hat sich
wieder mehr zu Gunsten des ersteren gestaltet, aber wer
möchte einem Lucius, einem Friedberg, einem Maybach, einem
Scholz (Letzterer ist zwar jetzt geadelt, aber doch bürgerlich
ins Ministerium gekommen) die Unnahbarkeit oder die steife
Vornehmheit ihrer Vorgänger nachsagen? Im Gegentheil,
sie sind, der Eine mehr, der Andere weniger, die zugäng-
lichsten und liebenswürdigsten Leute. Der Wechsel im Justiz-
ministerium ist sogar im ganzen Publikum tief empfunden
worden. In solchem Kontraste steht der heutige Justizminister, der durch und durch in preußischen Traditionen
lebt, Sprechstunden auch für den Geringsten hat und auf
Alles leutselig eingeht, zu seinem Amtsvorgänger, der ein
Hannoveraner war und es bis zur letzten Stunde geblieben
ist. Der heutige Finanzminister hat sich auch wieder freund-
licher zu dem das Kastanienwäldchen aufsuchenden Publikum
gestellt und hat bei aller Ueberbürdung mit Arbeit doch noch
Zeit übrig, nichtamtliche Besuche anzunehmen, auch Korrespondenten zu empfangen, nicht bloß den offiziösen Herrn Schwein-
burg. Wenigstens sagte er neulich im Parlamente, als ihm
der Verkehr mit diesem vorgeworfen wurde: „Mein Haus
steht Jedermann offen, ich bevorzuge Niemanden, leider
kommen die anderen Herren Zeitungskorrespondenten nicht

zu mir." Im Uebrigen ist Herr von Scholz, ein im Ministe=
rialdienst aufgewachsener Beamter, auf dem finanziellen Ge=
biete so zu sagen ein Schüler Camphausen's, von schlagender
Beredtsamkeit und großen Kenntnissen. Die Opposition be=
hauptet von ihm, daß seine Leistungsfähigkeit eine bank=
barere sein würde, wenn er nicht berufen wäre im Bannkreise
des Kanzlers sich zu halten und alle parlamentarischen
Niederlagen desselben auf finanzpolitischem Gebiete auf seine
Schultern zu nehmen. Herr von Scholz ist eine idealistisch
angelegte Natur, ein bedeutender Förderer von Kunst und
Wissenschaft, und mancher Ressort=Chef hat schon darüber
Klage geführt, daß er gegen den Kultusminister, wenn es
sich darum handelt, Geld dem Finanzminister abzudrängen,
zurückstehen müsse. Der Finanzminister erscheint als ein
noch ziemlich junger Mann, nicht groß, mit keuschem Bart=
wuchs, brünett. Er stammt aus Schweidnitz in Schlesien, wo
vor 3 Jahren sein Vater, der Geh. Sanitätsrath Dr. Scholz,
das seltene Fest des sechszigjährigen Doktorjubiläums feierte.
Der Jubilar war damals 82 Jahre alt; er hatte von An=
beginn seiner ärztlichen Laufbahn an in Schweidnitz gewirkt,
woselbst er lange Jahre hindurch u. A. am Korrektions=
und Krankenhause als Anstaltsarzt thätig war. Von seinen
drei Söhnen hat einer gleich ihm den ärztlichen Beruf ge=
wählt; derselbe ist gegenwärtig Generalarzt beim Schlesischen
Armeekorps. Ein zweiter Sohn widmete sich dem Offizier=
stande, verstarb aber bereits als Hauptmann. Der dritte
Sohn, welcher im Jahre 1833 geboren ist, ist der gegen=
wärtige Chef des preußischen Finanzressorts.

Das Hôtel des Finanzministeriums hat in den letzten Jahren oft seine Bewohner gewechselt. Zwischen Camphausen und Scholz ließen sich dort noch Hobrecht und Bitter nieder. Als der ehemalige Bürgermeister von Berlin das Hôtel bezog, kamen nach langer Zeit die 40 bewohnbaren und möblirten Räume wieder einmal zu ihrer vollen Geltung. War es doch ein Familienvater, der dort einzog. Zu den Gegensätzen zwischen dem heutigen Ministerium und dem der siebziger Jahre gehört auch das jetzt beseitigte Cölibat. Die gegenwärtigen Minister sind (mit einer Ausnahme) beweibt und glückliche Familienväter. Das war früher nicht. Man denke an Camphausen, Delbrück, Fritz Eulenburg. Was das heißen will, das Cölibat eines Ministers, das zeigte das Finanzhôtel, als der Garçon Camphausen auszog. Herr Hobrecht fand viel Staub vor. Sein Vorgänger speiste nicht einmal zu Hause. Kochgeschirr und Porzellan wurden in Camphausen's Küche nur angerührt bei Gelegenheit jener seltenen, aber berühmt gewordenen Gastmähler im engen Kreise guter politischer Freunde. Berühmt nämlich durch ihren Wein und ihre gediegene Unterhaltung. Wenn Braun-Wiesbaden einmal den Ausruf „diese Sorte ist wunderbar" nicht unterdrücken konnte, so will das etwas sagen. Der Minister erwiberte: „Ich will es nicht in Abrede stellen, daß ich mir eine Ehre daraus mache, wenn ich die Kenner vom Rhein her nicht unbefriedigt lasse. In der That ist dieser Johannisberger etwas Seltenes — von meinem Ministergehalte könnte ich es nicht, nur mein kleines Privatvermögen setzt mich in den

Stand...." Einer der Herren flüsterte seinem Nachbar zu: Zwei Millionen Thaler. Der Minister setzte seine Rede fort, indem er über die Kärglichkeit der preußischen Minister=gehälter sprach, bei denen nicht einmal ein Junggeselle auskäme, geschweige ein Familienvater. „Meine Herren, man stellt sich immer als eine Seligkeit vor, wenn man zum ersten Male mit Excellenz angeredet wird, und doch kostet der erste Tag gleich 6000 Mark — so viel Gold ist an der Minister=Gala=Uniform, und so viel muß man selbst zahlen, wenn man die Uniform von seinem Vorgänger übernimmt, was oft ganz unausführbar ist. Bedenken Sie die Arbeit des Schneiders, als nach Falk Puttkamer kam, nach Kameke Bronsart.... Ich hoffe, die Herren im Par=lamente werden mir keinen Querstrich machen, wenn die königliche Staatsregierung mit einem Antrage auf Erhöhung der Ministergehälter an Sie herantritt." — „Da haben wir den Salat," rief ein Tischgast aus, „daher der wunder=bare Johannisberger."

Genug, Herr Camphausen speiste nur ausnahmsweise im Kreise guter Freunde und hervorragender Weinkenner zu Hause. Er nahm sein Diner in dem „Millionär=Klub" in der Jägerstraße an der Seite von Delbrück. Beide theilten sich regelmäßig in eine halbe Flasche Medoc, und auch diese tranken sie oft nicht ganz aus. Das geschah selbst, als der Milliardenregen am dichtesten auf Kastor und Pollux niederprasselte. Nach Tische machten sie regelmäßig zu Fuß eine Promenade durch den Thiergarten, der große Kastor und der kleine Pollux. Wer ihnen da nahe kam,

hörte nichts als große Zahlen von mindestens sieben Stellen.
Da sprach eines Tages Kastor, der Große, wieder von
Richter-Hagen. Pollux hörte nicht darauf, er antwortete
zerstreut. Kastor berechnete die Ueberschüsse des nächsten
Haushalt-Etats. Pollux gab gar keine Antworten mehr.
Kastor sprach eben die Zahl aus: 99,900,000 Mark, da
hörte er neben sich Pollux leise deklamiren: „Und herrlich,
in der Jugend Prangen, wie ein Gebild aus Himmels-
höhen, sieht er die Jungfrau vor sich stehen...." „Aber
Delbrück!" — Pollux erröthete und gestand seine Liebe,
sowie seinen Entschluß, sich nächstens zu verheirathen. Kastor
schlug die Hände über dem Kopf zusammen. Er dachte
an die halbe Flasche im Millionär-Klub, er dachte an die
Promenaden im Thiergarten.

Der Finanz- und Aktenmann Camphausen war nicht
ohne Empfindsamkeit. Man hat ihn sogar einmal im Reichstage weinen sehen. In unseren und anderen Parlamenten
gehören Thränen zur Seltenheit, außer denen, welche die
„stürmische Heiterkeit" vergießt. Die Gesetze werden meist
unter vielem Lachen gemacht, und geht es zuweilen auch
noch so ernst her, es fehlt selten der Schalk, der die Stimmung, wenn sie wirklich einmal gedrückt wird, nicht schließlich
durch ein bon mot in allgemeine Heiterkeit auflöst.

Wunderbar erscheint es — mein Gedächtniß reicht in
Bezug auf das parlamentarische Treiben an den beiden
Enden der Leipziger Straße ziemlich weit zurück — daß
im Gegensatze zu der Ausgelassenheit der Landes- resp.
Reichsboten ernste Thränen bisher nur am Ministertisch

gefloſſen ſind. Ich erinnere mich mehrerer Fälle und — es war immer ein Finanzminiſter, der weinte. Das that z. B. Herr von der Heydt einmal, als er nämlich — es handelte ſich, wenn ich nicht irre, im Jahre 1868 um die Auseinanderſetzung der annektirten Stadt Frankfurt mit dem Staate in Bezug auf die Vermögensverhältniſſe — die Nachricht in das Abgeordnetenhaus brachte, der König habe, um dem Streit zwiſchen der Landesvertretung und der Regierung ein Ende zu machen, ſich huldvollſt entſchloſſen, die Summe, um die der Streit ſich drehte, (700,000 Thaler) aus der Privatſchatulle zu zahlen. Wenn Herr von der Heydt bei dieſer Mittheilung ſich die feuchten Augen wiſchte, ſo war das ſicher ein Zeichen eines tiefen und weichen Gemüthes. Immerhin fiel der Kontraſt auf zwiſchen dem weinenden Rathgeber der Krone und der Erſcheinung, die ſonſt der Finanzminiſter bot, dieſer trockene Geſchäftsmann, dieſer echte Sohn einer Kaufmannsfamilie, der ohne höhere Ideen, ohne große, allgemeine Prinzipien mehr nach jedesmaligen Zweckmäßigkeitsgründen handelte und dem es überall nur auf ein gutes Profitchen für den Staat ankam.

Eben dieſer Herr von der Heydt weinte aus wirklicher Rührung. Sein Nachfolger hat aus anderen Gründen naſſe Augenwimpern gehabt. Der Kontraſt erſchien hier zuerſt faſt noch größer. Herr von der Heydt war ein zugänglicher Mann, Herr Camphauſen ſtets zugeknöpft, wenn er nicht amtlich zu verhandeln hatte. Herr von der Heydt ſprach immer leiſe und weich, wenn auch nur phyſiſch weich,

so daß von da bis zu einem feuchten Auge die Natur
keinen zu großen Sprung machte; Herr Camphausen sprach
immer volltönig, gleichmäßig entschieden. Da folgte das
Wort dem Wort in so herrlich gemessenem, langsamem
Schritte, daß es eine Lust für die Stenographen war,
seine Rede nachzuschreiben. Und doch hat man Saiten
erklingen hören, die auch bei diesem trockenen Rechenmeister
auf Gemüth hindeuteten. Er verschmähte in seinen Reden
keineswegs die Würze, er wendete sogar süße Bilder an.
„Sie sehen, meine Herren," sagte er einst im Abgeordneten=
hause, indem er den neuen Staatshaushalts=Etat vorlegte
und zergliederte, „daß ich alle Verwaltungen mit gleicher
Liebe umfaßt habe." Der Hagestolz! sprach von Liebe!
Wo aber Liebe ist, dürfen wir uns über Thränen nicht
wundern. Es war im Frühjahr 1878, in der bekannten
Abschlachtungs=Scene, wo Camphausen sich von seinen
innersten Gefühlen überwältigen ließ, als seine eigenen
Freunde, die Nationalliberalen, in schwarzem Undanke auf
ihn losstürmten, um ihm das Portefeuille zu entreißen,
Fürst Bismarck aber seinem Nachbar am Ministertische die
Hand drückte, als Zeichen seiner weniger wandelbaren Ge=
sinnung gegen ihn. Die einzige Liebe des Hagestolzes,
das Portefeuille, war wohl einiger Thränen werth!

Den Finanzminister Hobrecht habe ich acht Tage nach
seinem Einzuge hinter dem Gießhause mal besucht. Schon
eine Viertelstunde vor der festgesetzten Zeit betrat ich das
alte Hôtel mit seinen mir wohlbekannten langen Korridors,
wo einst die Rabe, die Patow, die Bodelschwingh, die von

der Heydt, die Camphausen gewandelt, stieg die breite
Treppe hinauf, die zu dem geräumigen Flur führte, wo
sich die für unsere Finanzzustände und Finanzminister
charakteristische Inschrift über dem Eingange zum Vor-
zimmer des Ministers findet:

> „Was frag' ich viel nach Geld und Gut,
> Wenn ich zufrieden bin!"   Gellert.

Während ich die Inschrift studirte, schlüpfte ein weib-
liches Wesen bei mir vorüber, um hinter einer Thür bald
wieder zu verschwinden. Welcher ungewohnte Anblick in
diesem Hôtel! Neun volle Jahre hatte in diesen Räumen
kein weiblicher Fuß gewandelt. Der heilige Antonius in
der egyptischen Wüste hat solchen Fuß nicht scheuer von
sich gewiesen, als der Minister, der 1878 diese Räume verließ. Das heilige Vestafeuer des Junggesellenlebens hatte
hier drei mal drei Jahre unausgelöscht gebrannt — aber
erwärmt hatte es das Hôtel nicht. Es ging jetzt ein
wärmerer Hauch durch das Haus, seitdem „drinnen waltete
die Hausfrau und lehrte die Mädchen und wehrte die
Knaben". Ein frostiges Wesen herrschte ehemals hier, kalte
strenge Miene überall, vom Minister bis zum „Pförtner",
(um mit Adelung-Stephan zu sprechen). Es war mir gleich
beim Eintritt ins Hôtel die verwandelte Miene des mir
aus früherer Zeit wohlbekannten Portiers aufgefallen. Er
rühmte mir die große Umwandlung, die seit dem Abgange
des „Unnahbaren" und dem Einzuge eines Familienvaters
vor sich gegangen, und sagte mir: „Gehen Sie nur immer

hinauf, jetzt giebt es wieder Zutritt zum Minister, und wenn Sie etwas Schriftliches haben, wird es auch ohne Aktenzeichen gelesen."

Als im Verlaufe des Gespräches mit dem Minister die Unterhaltung einmal stockte, fing ich an: „Ew. Excellenz haben eine schöne, geräumige Wohnung."

„Ja, es war auch hohe Zeit; ich hatte in der Potsdamer Straße zum 1. April gekündigt und hatte bis acht Tage vorher noch nicht wieder gemiethet, da wurde zufällig diese Wohnung vakant . . . Ohne sie war ich der Obbachlosigkeit nahe . . ."

„Darf ich fragen, auf wie lange Sie hier Kontrakt gemacht haben?"

„Nun, ich habe, um nur diese Wohnung zu bekommen, mir jede Bedingung gefallen lassen müssen. Ich wohne auf vierundzwanzigstündige Kündigung."

„Eine prekäre Existenz, Excellenz! Da spricht man noch von den gewöhnlichen Berliner Miethskontrakten . . . Ihr Wirth macht es schlimmer."

„Ich denke aber doch, ein Jahr hier wohnen zu bleiben; der Landtag ist heimgegangen, der Reichstag hat in dieser Session nichts mehr mit mir zu thun, dann kommt der Sommer, da stehe ich fest, durch die Herbstsession des Landtages werde ich mich schon durchschlagen, da giebt es keine so heikligen Fragen; in der nächsten Reichstagssession aber denke ich zu fallen."

„Haben Excellenz so wenig Vertrauen zu den Nationalliberalen?"

„Volles Vertrauen — aber mein Wirth!"

„Wohin denken Excellenz nach der Kündigung zu gehen? Vielleicht ebenfalls nach der Schweiz?"

„Darüber bin ich mit meiner Frau noch nicht einig. Aber die Abschiedsrede an meine Räthe habe ich schon in der Tasche."

Es ist so gekommen, wie der Minister voraussah. Nach einem Jahre trat der große Musikkenner Bitter als Finanzminister das Erbe des Herrn Hobrecht an. Er hat drei Jahre das Hôtel bewohnt. Ebenso lange waltet jetzt Herr von Scholz darin. Kommt einmal die große Umwandlung unserer politischen Verhältnisse, von der jetzt Viele träumen, so können die vierzig möblirten Zimmer des wandelbaren Hôtels leicht wieder an einen Hagestolz fallen. Herr von Scholz selber schätzt die Kenntnisse seines Rivalen Eugen Richter sehr hoch.

Ich wende mich nun wieder zu den verheiratheten Ministern, von denen Herr Maybach, der sich kaum von einer ernsten Krankheit erholt hatte, seit wenigen Wochen den herben Verlust einer theuren Gattin beklagt, ein Ereigniß, woran auch der Hof herzlichen Antheil bezeugt hat. Der Arbeitsminister ist der Nabob unter den Ministern. Kein anderer Etat, selbst der des Kriegsministers nicht, reicht an den seinigen heran. Er, der Milliarden-Minister, kann mit einiger Geringschätzung auf die Kollegen herabsehen, die ihren Etat nach Millionen berechnen. Kein anderer Minister, auch der Kriegsminister mit seinen Offizieren nicht, führt das Scepter über eine so weit verzweigte Be=

amten - Hierarchie, als der Arbeits - und Eisenbahnminister.
In seinem großen Reiche geht die Sonne nicht unter, denn
man kennt in diesem nicht den Unterschied von Tag und
Nacht. Im März 1878 war es, wo Herr Maybach eines
Morgens zitternd zum ersten Mal auf der Adresse eines
aus dem Königlichen Civil - Kabinet kommenden Schreibens
die Worte las: Sr. Excellenz, dem Herrn Staats - und
Handelsminister ..... Maybach ist geborener Westfale und
steht seit Langem inmitten der Eisenbahnverwaltung. Als
Regierungsassessor bei der westfälischen Bahn angestellt,
wurde er vom damaligen Handelsminister von der Heydt
beauftragt, die Verhandlungen wegen des Ankaufes der
Oberschlesischen Bahn durch den Staat zu leiten. Maybach
ward nachher mit der Direktion der Ostbahn betraut und
fungirte als Staatskommissarius bei der Tilsit-Insterburger
Bahn, um später als vortragender Rath in das Handelsministerium berufen zu werden. Bei der Annexion Han-
novers wurde er zum Präsidenten der Direktion der hannoverschen Staatsbahnen und später nach dem Rücktritt des
Geheimrath Scheele zum Präsidenten des Reichseisenbahn-
amtes ernannt. Die Ruhe, welche nach Annahme des bekannten Gesetzes wegen Uebertragung der preußischen Bahnen
auf das Reich in der Durchführung des Reichseisenbahn-
projekts eintrat, veranlaßte Herrn Maybach, von seinem
bis heute noch nicht wieder besetzten Posten zurückzutreten;
auf direkte Anordnung des Reichskanzlers wurde er zum
Unterstaatssekretär im Handelsministerium ernannt. Herr
Maybach hat sich als Handels - und späterer Arbeits-Minister

seinen Weg nur sehr allmälig und mühsam gebahnt. Seine Eisenbahnpolitik stieß nicht bloß auf heftigen Widerstand, auch sein parlamentarisches Auftreten wurde ihm oft als ein abstoßendes vorgeworfen. In seinem Ressort galt er als nicht frei von Schroffheit. Es zirkulirten über ihn Anekdoten, die einen gewissen Hochmuth bezeugen sollten. Bei der Vorstellung irgend eines seiner Beamten, die mit den Worten begann: „Ich habe das Vergnügen . . . . ." sollte er mit den Worten eingefallen sein: „Sie haben nicht das Vergnügen, sondern die Ehre." Gleich in der Herbstsession von 1879 erregte er im Abgeordnetenhause einen Sturm der Entrüstung. Er hatte die Verstaatlichung preußischer Eisenbahnen zu vertreten. Manche persönliche Interessen, sagte er, würden verletzt werden, die der Direktoren und der Börse. „Aber ich rechne es mir gerade als Verdienst an, in dieser Beziehung die Thätigkeit der Börse zu beschränken. Ich glaube, daß die Börse hier als ein Giftbaum wirkt, der auf das Leben der Nation seinen verderblichen Schatten wirft, und dem die Wurzel zu beschneiden und die Aeste zu nehmen ein verdienstliches Werk der Regierung ist." Es gab einen Aufruhr nach dieser Rede im Abgeordnetenhause. Abgeordneter Richter ließ der Erregtheit der einen Seite des Hauses Worte durch eine Rede, die mit den Worten schloß: „Der Herr Minister hat uns nur bewiesen, daß er keine blasse Ahnung von dem Wesen der Börse hat." Dem Lärm entsprach der in der Burgstraße und in der Presse. Herr Maybach berichtigte sich selbst in der Sitzung des folgenden Tages dahin, daß er

sagte, er habe nicht die Börse an sich als einen Giftbaum
bezeichnen wollen. „Die Börse ist ein nothwendiges Glied
in unserem wirthschaftlichen Verkehr. Nur dann glaube
ich, daß sie eine verderbenbringende Thätigkeit entfaltet,
wenn sie die öffentlichen Transportanstalten, die mono-
polistisch gearteten Hauptverkehrsadern in die Kreise ihrer
Spekulation zieht. Diese großen Anstalten des Staates
sollten aus dem Verkehr der Börse ausscheiden." Herr
Maybach setzte gegen eine energische Opposition die Grund-
legung zu der Verstaatlichung der preußischen Eisenbahnen
durch. Gewisse Konflikte mit der Volksvertretung dauerten
trotz dieses ersten Triumphes immer noch fort. Man warf
seiner Eisenbahn-Verwaltung vor, daß sie ihre Beamten
schlecht bezahle und unter einem politischen Drucke halte.
Minister Maybach protestirte dagegen, namentlich gegen
die Behauptung, daß er das Petitionsrecht der Beamten
verkümmere; der Untergrabung der Beamtendisziplin werde
er mit allen Mitteln entgegentreten; die Verwaltung habe
nicht bloß das Interesse der Beamten, sondern auch das
öffentliche Interesse zu vertreten. Ein anderes Mal vertheidigte er seine Politik gegen Angriffe, die unter dem
finanziellen Gesichtspunkte gegen dieselbe gerichtet wurden.
Er formulirte sein Programm dahin, daß die Staatsbahnen
keine melkende Kuh für die Finanzen seien, daß vielmehr die
wirthschaftlichen Vortheile im Vorbergrunde stehen sollten.
Man darf heute wohl sagen, daß im Publikum sich das
Vorurtheil gegen die Verstaatlichung der Privatbahnen gelegt hat. Man erkennt allgemein an, daß für den Verkehr

auf den Eisenbahnen die Erleichterungen und Bequemlich=
keiten sehr erweitert worden sind. Auch die Presse, und
zwar diejenige der ehemaligen Opposition der Verstaat=
lichung, hält zum Theil mit einer guten Zensur für den
Arbeitsminister nicht mehr zurück. Die „Nat.=Ztg." nannte
ihn kürzlich „den ausgezeichneten Verwalter unserer Staats=
bahnen", den sie noch lange dem öffentlichen Dienste erhalten
sehen möchte. Herr Maybach war vor einiger Zeit schwer
krank. Man sieht es ihm heute noch an. Seine hohe Ge=
stalt ist etwas gebeugt, und der ernste und strenge Aus=
druck seines intelligenten, scharfblickenden Gesichtes ist noch
ernster und strenger geworden, als er bisher schon war.
Herr Maybach macht den Einbruck des personifizirten
Arbeitsbranges, der nicht bloß in den Akten seine Bethä=
tigung sucht. Trotz seiner Beamten=Karrière spricht er mit
der Sachkenntniß des praktischen Mannes, der sein Lebe=
lang zwischen Baugerüsten zugebracht und in Wasserstiefeln
selber die Tiefbauten geleitet hat. Es wird von ihm ge=
sagt, daß vielleicht kein anderer Arbeitsminister die Ver=
staatlichung der Privatbahnen durchgesetzt hätte, da ein
solches Arbeitskapital und eine solche Sachkenntniß sich
nicht häufig mit derjenigen Objektivität zusammenfänden,
welcher das Gelingen des Werkes und der Triumph über die
Opposition vorzugsweise zuzuschreiben ist. Herr Maybach
hat einmal gesagt: Die Staatsbahnen transportiren konser=
vativen Roggen, klerikalen Wein, nationalliberalen Raps,
fortschrittliches Petroleum. „Je mehr desto besser," setzte er
hinzu. Wie die Bahnen, so ist in der That der Minister

über die Parteien erhaben. Jede Parteistellung würde er als unerträglich mit seiner Politik ansehen, die nur die Sache im Auge hat, d. h. das Bestreben, die Verstaatlichung möglichst zum Segen für das Gemeinwohl ausschlagen zu lassen. Herr Maybach ist vor Allem ein Geschäftsmann. Er ist auch kein Schönredner. Das verträgt sich nicht mit seinem Fache und seinen Zielen. Rühmt man an anderen Ministern das menschlich Liebenswürdige, z. B. an Herrn von Bötticher, so tritt bei Herrn Maybach lediglich der gut rechnende und geschickte Fachmann hervor. Ihn schiert es wenig, welche Zeitungen auf den Bahnhöfen ausgelegt werden. Wo die Direktionen irgend eine politische Richtung aus den Restaurants der Eisenbahnstationen ausgewiesen haben, ist auf die im Abgeordnetenhause erfolgte Klage regelmäßig Remedur eingetreten. Der Arbeitsminister ist auch bei den Parteien, bei denen er nicht beliebt ist, doch geachtet.

Herr von Bötticher, obwohl preußischer Staatsminister, hat wie der preußische Minister Präsident seinen Schwerpunkt im Reiche. Wir kennen ihn daher fast nur vom Bundesrathstische im Reichstage her, wo er als Staatssekretär des Innern 'seinen Platz hat. Er ist unter den preußischen Ministern der jüngste, nicht der Anciennetät, sondern dem Lebensalter nach. Eine abgerundete Rede, fließende Sprache, klassische Formen zeichnen ihn aus, dazu ein klangvolles, herrliches Organ, eine stattliche Persönlichkeit, die Vornehmheit und Freundlichkeit verbindet! Eben dieser Redner ist zugleich der beliebteste Minister. Der Ab geordnete Richter rühmt an ihm die strenge Sachlichkeit, wogegen er gern viele andere Minister weit in den Schatten stellt. Andere rühmen die parlamentarische Uebung, die Sicherheit seines Auftretens, die Tüchtigkeit in seinem Ressort, auch juridische Bildung. Wer bis in das Hôtel des Staatssekretärs des Innern zu gelangen Gelegenheit hat, weiß auch von dem treffenden Witz und den gesellschaftlichen Talenten desselben zu erzählen. Die Umgangsformen machen sich aber auch im Parlamente bemerkbar. Herr von Bötticher ist überaus glücklich in der Polemik und versteht es, allen Parteien gerecht zu werden. Man sagt, er neige zur Polemik im Gefühl seiner Sicherheit und im Bewußtsein, daß seine Formen niemals verletzen. Es wird versichert, daß sich die Sozialdemokraten noch niemals über ihn beschwert haben. Sie rühmen sein „geschicktes Verhalten“. In den Kommissionssitzungen vergißt er jede Gegnerschaft vollends. Er steht dort mit allen Parteien auf dem besten Fuße und verkehrt mit den Mitgliedern in kollegialischster Weise. Dort, in den Kommissionssitzungen, soll er überhaupt sich ganz besonders heimisch fühlen. Es ging vor einiger Zeit eine Anekdote durch die Blätter, worin erzählt wurde, daß bei Berathung des Unfallversicherungsgesetzes im Reichstage dem Minister von Bötticher Mittheilung von einem interessanten Ereigniß in seiner Familie wurde. (Herr von Bötticher war durch ein Töchterchen erfreut worden, wodurch sich seine Kinderzahl auf acht gesteigert hat.) Kurz bevor Herr von Bötticher den Sitzungssaal verließ, trat als der erste der Gratulanten

der Abgeordnete Dr. Windthorst auf denselben zu und fügte
die für die „kleine Excellenz" charakteristischen Worte hinzu:
„Hoffentlich, Excellenz, ist kein „Unfall" passirt." Man
sieht hieraus, wie Windthorst und von Bötticher mit einander verkehren. In der That ist es nicht bloß Herr Windthorst, sondern das Centrum, und sind es überhaupt alle
Parteien, die Herrn von Bötticher — um es trivial auszubrücken — gern haben. Aufmerksame Beobachter wollen
bemerkt haben, daß, wenn der Staatssekretär des Innern
sich mit dem Reichskanzler begrüßt, seine Verbeugung um
einige Grade weniger von der geraden Linie abweicht, als
diejenige anderer Minister und Bundesräthe, von denen
einige ihre Höflichkeit und Ehrerbietung sogar durch eine
ganz besonders geneigte Haltung bezeigen. Es wird das dem
Herrn von Bötticher als größere Selbständigkeit angerechnet.
Man wird wohl in solche Formen nicht zu viel hineinlegen
dürfen, das ausgeprägte Selbständigkeitsgefühl, männliche
Würde liegt schon in dem Reden und in dem ganzen Auftreten des Herrn von Bötticher überhaupt. Man sagt auch,
er wäre der Minister, der in seiner parlamentarischen Vertretung der Reichspolitik am wenigsten mit sich selbst in
Widerspruch käme. Man nennt ihn den Konflikts-Ausgleicher,
im Gegensatz zu Anderen, die als Konflikts-Verschärfer gelten.

Herr von Bötticher war früher Oberpräsident von
Schleswig-Holstein und zeigte als solcher für die heimische
Industrie ein ganz besonderes Interesse, vornehmlich inter-
essirte er sich für das Brauwesen. Das beliebteste Gebräu
in jenen Provinzen war das in Neumünster fabrizirte,

welches auch Herr von Bötticher mit besonderer Vorliebe trank. Der frühere Braumeister von Neumünster, Herr Scheffel, welcher jetzt die technische Direktion von „Tivoli" mit gutem Erfolg leitet, übersendet regelmäßig Herrn von Bötticher zum Neujahrswechsel seine Glückwünsche, welche jener seinem Landsmann sofort eigenhändig erwidert und ihm den besten Dank ausspricht.

Auch unser Kultusminister, Herr von Goßler, hat mitunter Gelegenheit, sich an devotest dedizirten Bierspenden zu laben. Er ist der Abgott der Studenten und kann ab und zu selber noch Student sein. Er hat bei seinem Aufenthalte in Königsberg im vergangenen Jahr gezeigt, was er als Zecher zu leisten vermag. Er verweilte bei den Studenten bis tief in die Nacht und war doch wieder pünktlich zum Frühschoppen erschienen, eingedenk des alten Sokrates, der mit gleicher Virtuosität trinken und dursten konnte. Daß Herr von Goßler für die Nützlichkeit und Ritterlichkeit der studentischen Schlägermensuren plaidirt, hat ihm die liberale Opposition sehr übel genommen.

Unser Kultusminister ist geistig und körperlich eine überaus frische Erscheinung, ein flotter Turner, der täglich mit eisernen Hanteln seine Uebungen anstellt. Als Redner ist er schlagfertig und zu jeder Zeit informirt. Er ist eine Kleinigkeit größer als Falk, hat dasselbe schwarze Haupthaar, dieselbe Frische im Gesicht, aber einen stärkeren Körperbau und ein Auge, welches eine ungewöhnliche geistige Schärfe ausdrückt. Sein Organ ist klar und hell. Er ist ein Mann von streng konservativer und streng kirchlicher Rich-

tung. Das hindert ihn nicht an einer absoluten Objektivität, die ihn als Minister in ein ebenso aufrichtiges Verhältniß zum Geheimrath Virchow wie zu einem altlutherischen
General-Superintendenten setzt. Er hat eine ausgesprochene,
aufrichtige Liebe zur Wissenschaft, zu deren Förderung er
mit großem Geschick jede nöthige Summe dem Herrn von
Scholz abzuringen weiß. Sein Verhältniß zu den Beamten
des Kultusministeriums wird als das vorzüglichste geschildert, seine Sprechstunden für das größere Publikum sind
vielleicht die frequentesten. Der Geistliche, der Professor,
der Studirende, der Zahnarzt, die Schullehrerwitwe haben
dort das bunteste Rendez-vous und die zuvorkommendste
Aufnahme.

Ich will nun noch ein Wort von dem Minister des
Innern sagen. Herr von Puttkamer hat in seinem
Amte Vorgänger gehabt, die bei aller konservativen Richtung doch es verstanden, mit den Liberalen sich in leibliche
Beziehungen zu setzen. Der ältere Graf Eulenburg galt
zwar anfangs als ein unausstehlicher Reaktionär, aber seine
Verwaltungsreform kam doch in Fluß und gewann ihm
viele Freunde. Seine persönliche Liebenswürdigkeit und
zuletzt der Widerstand, den seine Reformen als Konzessionen
an den Liberalismus beim Fürsten Bismarck fanden, endlich
sein Sturz in Folge dessen söhnten vollends alle Welt mit
ihm aus. Er war eine angenehme Erscheinung auf der
Tribüne. Seine Rede war ruhig und klar und der Gleichmuth der Seele verließ ihn auch nicht, wenn Virchow seine
unbarmherzige Geißel über ihn schwang.

Aus einem anderen Zweige als der Minister Graf Fried:
rich war sein Nachfolger Graf Botho zu Eulenburg, ein
Bruder des Grafen August, des heutigen Ober-Zeremonien:
meisters des Kaisers. „Klug wie die Eulenburgs und gut
wie die Dohnas", heißt ein ostpreußisches Sprüchwort. Aus
ersterer Familie waren die ehemaligen Minister des Innern.
Graf Botho kam, vielleicht begünstigt durch seine Geburt
und Familienbeziehungen, sehr früh in seine Laufbahn; aber
man kann in unserer Zeit, in der eine hervorragende Amts:
thätigkeit dem Urtheil Aller sich bloßstellt, diesen Weg nicht
machen, ohne daß man etwas und zwar ein recht gut Theil
von dem besitzen muß, was auf dem Rumpfe eines Mannes
sitzt und von jeher die Welt regiert hat. Graf Eulenburg
war eine Kapazität, ein Mann von weit umfassender Ge:
schäftskenntniß, ein unermüblicher Arbeiter, eine der konzi:
liantesten Persönlichkeiten und, was die Hauptsache zur
Geltenbmachung dieser für einen Minister des Innern eben
nicht ganz unwesentlichen Eigenschaften ist, er war noch
nicht verbraucht, er hatte noch jene Herzenskraft, die zu
allererst zum Regieren nothwendig ist. „Ich kann die Preu:
ßen nicht ausstehen," pflegte die jetzt verstorbene Fürstin
S. in Wiesbaden zu sagen, „aber den Eulenburg, den mag
ich." Und so sagten Viele von dem neuen Regierungs:
Präsidenten, der damals in Nassau eben keine sehr leichte
Stellung hatte. Dasselbe Lob, das ihm bei seinem Ab:
gange aus Wiesbaden folgte, begleitete ihn auch von Han:
nover nach Berlin. Graf Eulenburg trug das Gepräge
seiner Geburt auch in seinem Aeußern. Kavalier durch und

durch. Er war blond, bis einige Jahre vorher zeigte sein
Aeußeres, ohne daß es von ihm gewollt war, die Präten=
sionen „de jeune premier". Seitdem war er im Aeußern
in jenes Stadium getreten, wo das erhöhte moralische Ge=
wicht der Person sich durch einen, wenn auch nur leisen
Ansatz zum Embonpoint geltend macht. Vermögen besaß
der Graf nicht oder wenigstens kein für seine Stellung
und seinen Rang nennenswerthes. Er war lange umfreit.
Man sah seine Karrière voraus; man glaubte, daß er die
Wahl einer Lebensgefährtin nur nach Jugend, Rang und
Reichthum treffen werde, bis man eines Tages erfuhr, daß
er sich mit einer Dame verlobt habe, die, wenn auch von
vornehmer Geburt und in der hervorragenden Stellung einer
Oberhofmeisterin der Prinzessin Albrecht in Hannover, eben=
falls kein Vermögen besaß und bereits Mutter von erwach=
senen Söhnen aus einer ersten Ehe war. Aber der Geist,
die persönliche Anmuth, Liebenswürdigkeit und Herzensgüte
der Gräfin Kaiserlingk, geb. von Alvensleben, hatten nicht
allein die Gesellschaft, sondern auch den Oberpräsidenten
von Hannover derart gefesselt, daß daraus eine Fesselung
für das Leben wurde. Bisher hatte man an diesem nur
die geistigen Fähigkeiten, die geselligen Talente schätzen ge=
lernt, nun lernte man auch den Mann von Herz kennen.
Wie er sich weiter als politischer Charakter dem Reichs=
kanzler und dem Parlamente gegenüber bewährt hat, dar=
über hat die Zeit ihre Bulletins gebracht.

Graf Botho ist wie Graf Friedrich dem Drucke des
Fürsten Bismarck gewichen. Herr von Puttkamer

weiß den Friktionen mit dem Reichskanzler beſſer auszu=
weichen. In der Fortführung der Verwaltungsreform wie
auf anderen Gebieten beſteht eine ſanfte Anſchmiegung,
die vor heftigen Zuſammenſtößen ſchützt. Dafür gilt aber
auch Herr von Puttkamer als die Inkarnation der über
Preußen und Deutſchland hereingebrochenen „Reaktion“.
Allerdings iſt Herr von Puttkamer einer von den wenigen
Miniſtern, die den ganzen Beifall der konſervativen Partei
haben. Man kann zu dieſen auch Herrn von Goßler zählen,
indeſſen iſt die konſervative Partei mit dieſem keineswegs
in allen Punkten einverſtanden geweſen. Das iſt noch
weniger mit Herrn von Bötticher der Fall, der jene Partei
ſchwer verletzte, als er zu Gunſten der obligatoriſchen Fort=
bildungsſchule am Sonntage erklärte, daß die „Fortbildung
des Geiſtes auch ein Gottesdienſt“ ſei. Unſer Landwirth=
ſchaftsminiſter Lucius iſt bei den Konſervativen ebenfalls
ziemlich ſchlecht angeſchrieben, weil er „noch etwas Sta=
tiſtik“ über die von dem Landwirthſchaftsrath behauptete
Nothlage des deutſchen Ackerbaues für nothwendig erachtete.
Dem Herrn von Scholz geht es nicht beſſer. Er hat kürz=
lich die Bimetalliſten ſo zerzauſt, daß dieſe glaubten, „auf
den groben Klotz“ ſeiner Rede ihrerſeits „einen groben
Keil“ ſetzen zu müſſen. Gleichwohl gilt das gegenwärtige
Miniſterium als ein „reaktionäres“. Seitdem im Jahre
1879 die alte wirthſchaftliche und kirchliche Politik auf=
gegeben iſt, hat der Liberalismus ſeinen Platz aus der Re=
gierung in die Oppoſition verlegt und erkennt höchſtens die
fachmänniſche Tüchtigkeit eines Maybach, eines Scholz und

Anderer an. Nur einem Minister verweigert sie hartnäckig die Indemnität, nämlich dem Herrn von Puttkamer. Es ist ein Mann von imponirender Erscheinung, dessen vornehme Gesichtszüge von einem üppigen langen, jetzt ergrauten Barte umrahmt sind. Seine überaus fließende, schlagfertige, aber auch herausfordernde Beredtsamkeit wird von der Opposition als junkerhafte Unerschrockenheit ausgelegt. Er denkt über Wahlrecht und Wahlfreiheit der Beamten gerade so wie Bismarck und Andere, er hat als früherer Kultusminister die Sache des Staates weniger preisgegeben als sein Nachfolger, er hat als Minister des Innern die Verwaltung im Sinne der Gutachten sämmtlicher Provinzial-Landtage reformirt, aber die See verlangt ein Opfer, und Herrn von Puttkamer's Name braucht nur genannt zu werden, so sehen wir, wie es den oppositionellen Blättern in den Fingern zuckt, und wie sie Mühe haben, oder vielmehr durchaus sich keine Mühe geben, die innere Wuth niederzukämpfen über den vollendeten „Reaktionär", die eigentliche Personifikation unserer Zeit.

Wir folgen diesem Dunkelmann aus dem Parlamente, wo er soeben mit Herrn Rickert (der Personifikation seiner Opposition) einen heftigen Strauß gehabt hat, auf dem Rückwege in sein Hôtel. Es giebt da ein parlamentarisches Diner, wobei es nicht bloß splendide, sondern auch geistreich, witzig und anmuthig zugeht. Man erkennt den herausfordernden Minister nicht wieder. Das liegt nicht bloß in dem Verhältniß des Wirthes zu seinen Gästen. Wir finden den Minister vielmehr ganz und gar nur von seinen konservativen Getreuen umgeben. Die Opposition ist von diesem Parquet ausgeschlossen. Es ist noch nicht lange her, daß Herr Rickert hier Gast war. Das ist anders geworden, seitdem Herr von Puttkamer im Parlament immer mehr zum Sündenbock für das ganze Ministerium geworden ist. Aus den parlamentarischen Diners, bei denen sich die Parteien vereinigen, sind Parteidiners geworden. Das ist in anderen Minister-Hôtels keineswegs der Fall.

Vor einigen Jahren klagte einmal Herr von Puttkamer über seine Dienstwohnung. Wie boshaft die Opposition gegen den Minister des Innern sein kann, bewies ein Bericht wie der folgende über diese Angelegenheit, den ich wörtlich zitire, um eine eigene Darstellung zu umgehen:

„Herr von Puttkamer," so schrieb ein Berliner Blatt, „hat in dem Abgeordnetenhause im Feuilletonstil von den Leiden seines Minister-Hôtels gesprochen. Damit hat er jedoch in baulichen Kreisen sehr angestoßen und seine Behauptungen werden einer Revision unterzogen, bei welcher sie das Schicksal der Decken im Ministerium des Innern theilen, sie fallen nämlich aus Mangel an Haltbarkeit zu Boden. In so ernsten Zeiten kann man das Glück, einen scherzhaften Minister zu besitzen, nicht hoch genug schätzen, die ganze Baufrage hat unter den Händen des Herrn von Puttkamer den Anstrich einer Nachtischkonversation erhalten. Nachdem der Minister ausdrücklich sich auf den Stuckarbeiter als die Quelle der von ihm in dem Abgeordnetenhause gemachten Mittheilungen bezogen hat, haben

die „Architektenkreise" diesem Sachverständigen andere entsprechende Autoritäten entgegengestellt, und lassen dieselben
jetzt in der „Köln. Zeitung" zu Worte kommen. Danach
stimmten mit den Angaben des berufenen Stukkateurs, es
hätten „einige der schweren Rosetten" beim Herabfallen
recht erhebliche Verheerungen unter dem Mobiliar ange=
richtet, die Aussagen der ministeriellen Dienerschaft nicht
überein, welche eine einzige tassengroße leichte Rosette „auf=
gesetzt" haben will, und der eine „Gipsbalken", welcher,
nach der sachkundigen Erklärung des Stuckarbeiters, „im
Begriff ist herunterzustürzen", habe sich bis heran trotz
wiederholter Aufforderung nicht melden wollen. Damit
stimmt auch die aus guter Dienerquelle stammende Angabe,
es sei eine mindestens verfrühte Nachricht, daß Herr von
Puttkamer sich an die hiesige Feuerwehr um Ueberlassung
einiger sicheren ledernen Kopfhelme gewandt habe, deren
sich diejenigen Herren, welche den Minister mit ihrem Be=
suche beehren, zur mehreren Sicherung ihrer mit Frakturen
bedrohten Schädel bedienen sollten. Als bemerkenswerth
wird noch die Aussage einer klassischen Zeugin, der ministeriellen Scheuerfrau, bezeichnet, aus welcher hervorgeht, daß
in den zahllosen Diensträumen des ausgedehnten Gebäudes
während der nunmehr fünfjährigen Benutzung der Scheuer=
und Putzlappen nur selten geschwungen worden und das
sogenannte Staubwischen ein nahezu unbekannter Begriff
gewesen ist, was denn eine hochgradige Schwärzung der
„Dekorationen" an Wänden und Decken, sowie eine arge
Verstaubung der Tapeten u. s. w. zur natürlichen Folge

gehabt hat. Deshalb steht man jetzt vor umfangreichen Deckenanstrichen, Tapetenerneuerungen und Aehnlichem, was bei einem großen Gebäude, das fast 1½ Millionen gekostet hat, natürlich ein theures Vergnügen ist. Wir wollen hoffen, daß dieser Streit, der unter so erheiternden Umständen begonnen hat, nicht vor dem Karneval sein Ende erreicht."

Es ist bezeichnend, daß, sobald ein Minister als besonders reaktionär gilt, bald auch das Gerücht entsteht, daß er beim Kronprinzen schlecht angeschrieben sei. Ob das mit Herrn von Puttkamer wirklich der Fall ist, kann ich nicht entscheiden. In einem sehr heftigen Anprall der Opposition auf den Herrn von Puttkamer ist dieser einmal glänzend durch einen kaiserlichen Erlaß herausgehauen worden. Es gab einmal — am 15. Dezember 1881 — eine große Sitzung im Reichstage. Ueber dieselbe schrieb man s. Z. Folgendes:

„Der Reichstag hat am Donnerstag eine in des Wortes vollem Sinne unerhörte Verhandlung erlebt. Wir haben hocherregte Scenen in diesem Hause gesehen, so an dem Tage, da der Elsässer Teutsch seinen herausfordernden Protest von der Tribüne vorlas, und an dem anderen, da der Reichskanzler dem Zentrum den Mordgesellen Kullmann an die Rockschöße heftete. Aber sie waren nicht entfernt zu vergleichen mit dem Vorgange, der heute noch in allen Gemüthern nachzittert. Niemals seit dem Jahre 1879 ist die Regierung so heftig angegriffen und so schwach vertheidigt worden, wie an diesem 15. Dezember. Bis zu einem gewissen

Grabe wäre das schlechterdings nicht zu vermeiden gewesen; denn die Sünden der gouvernementalen Presse, die schroff parteiische Handlungsweise zahlreicher Beamten im letzten Wahlkampfe mußten zu einer parlamentarischen Auseinander= setzung führen, die unmöglich zum Vortheil der Regierung ausschlagen konnte. Aber eine einigermaßen geschickte Ver= tretung des Regierungsstandpunktes hätte, durch Mißbil= ligung der notorisch erfolgten Mißgriffe und Ausschrei= tungen, der Anklage die Spitze abbrechen, die hochgehenden Wogen der Erregung beschwichtigen können. Statt dessen hielt der preußische Minister des Innern, von Puttkamer, für gut, Oel ins Feuer zu gießen. Zum ersten Male in Preußen und im Reiche wurde aus seinem Munde in voller Nacktheit verkündet, daß die Regierung im Wahlkampfe von ihren Beamten eine Thätigkeit für die von ihr prote= girte Partei erwartet. Und mehr als das: zum ersten Male in Preußen und im Reich wurde für solche Parteithätigkeit der Beamten ausdrücklich der Dank des kaiserlichen Herrn in Aussicht gestellt. Den Eindruck, den diese Hereinzerrung der erhabenen Person des Kaisers in den Kampf der Par= teien, diese Proklamirung der Parteiherrschaft, diese Ver= leugnung der besten Traditionen des deutschen, insbe= sondere des preußischen Beamtenthums im Reichstage machte, spottet jeder Beschreibung. Er allein ist es denn auch gewesen, der den Führer der Nationalliberalen veran= laßt hat, das Wort zu ergreifen. Die nationalliberale Fraktion hatte sich an dem allgemeinen Wahlprüfungs=An= trage der Fortschrittspartei und der liberalen Vereinigung

nicht betheiligt; ihr schien derselbe im gegenwärtigen Augen=
blicke, so lange das der Wahlprüfungskommission vor=
liegende Material noch nicht durchgängig gesichtet war,
zum mindesten verfrüht; sie war deshalb auch auf ein Ein=
greifen in die Debatte durchaus nicht vorbereitet. Aber
die Wahlpolitik, welche vom Regierungstische in aller Form
verkündet wurde, machte das Schweigen unmöglich. Herr
von Bennigsen hat die tiefe Kluft zwischen dem Stand=
punkte des Ministers von Puttkamer und den Grundbe=
dingungen eines konstitutionellen Staatslebens zum vollen
Bewußtsein gebracht; maßvoll wie immer übte er an dem
hetzerischen und verleumberischen Verfahren der Regierungs=
presse, an der Ankündigung einer Nachahmung des fran=
zösischen Präfektenapparats, an dem Flüchten der verant=
wortlichen Regierung hinter den Schild des kaiserlichen
Namens eine wahrhaft vernichtende Kritik. Der Dank des
freisinnigen Deutschlands wird ihm dafür nicht fehlen.
Die Scenen tiefster Erbitterung, wie sie sich um die Mitter=
nachtsstunden im Reichstagshause abspielten, können dem
Freunde des Vaterlandes wahrlich nicht gefallen. Aber
das muß jeder unbefangene Zuschauer zugeben: nicht den
Reichstag, wenigstens nicht in erster Linie den Reichstag,
trifft die Schuld daran."

Solche Sprache führte damals die Entrüstung. Wie
vernichtend für den unglücklichen Minister, der unerhörte
Grundsätze zum ersten Male in Preußen in ganzer Nackt=
heit proklamirte und damit einen Eindruck machte, der
jeder Beschreibung spottete! Ja, tiefste Erbitterung gab es,

man denke auch nur: in Preußen ein französisches Präfekten=
thum! Wahrlich! wer nur noch einen Hauch von Selbst=
achtung und konstitutioneller Werthschätzung in sich fühlte,
schien bei solchen Zornesergüssen mitzittern und in den
„Dank des freisinnigen Deutschland“ an Herrn von
Bennigsen einstimmen zu müssen.

Nun kommt der Erlaß vom 4. Januar 1882. Er
bestätigt ausdrücklich die „unerhörte“ Theorie des Ministers
von Puttkamer und verheißt den treuen Beamten könig=
lichen Dank. Er fegt die Theorie des Herrn von Bennigsen
fort, der am 15. Dezember in der Abendsitzung den König
herrschen, aber nicht regieren lassen wollte, und gegen „die
Flucht der Minister hinter den Schild des kaiserlichen
Namens“ seine Entrüstung hatte laut werden lassen. Und
am 24. Januar tritt der Kanzler in der parlamentarischen
Arena auf und fordert Diejenigen heraus, die ihn der
Feigheit beschuldigen, indem sie ihm den Vorwurf der
Deckung durch den Monarchen machen. „Also Sie, Herr
Lasker, machen mir den Vorwurf der Feigheit?“ — „Bei
Leibe nicht, Gott bewahre!“ Und so wollte denn Niemand
es gewesen sein. Niemand wollte dem Kanzler vorgeworfen
haben, er suche für sich Deckung hinter der Person des
Königs. Was der Erlaß nach der Interpretation des
Reichskanzlers den Beamten untersagen und auferlegen will,
mußten die Herren von Bennigsen und Eugen Richter als
berechtigt anerkennen. Man hatte gegen Windmühlen ge=
kämpft. Fort war die nervöse Erbitterung vom Abend
des 15. Dezember, fort der Eindruck jener Sitzung, „der

jeder Beschreibung spottete", fort der Anspruch auf den "Dank des freisinnigen Deutschlands". Nur seinen Prügel= knaben wollte der parlamentarische Falstaff nicht heraus= geben. War man vor dem großen Recken ins Mauseloch gekrochen, so sollte doch Herr von Puttkamer für die Niederlage büßen, mit der der Sturmlauf geendet hatte. Lange noch erfrischten sich die Blätter an dem dünnen Faden eines Widerspruchs zwischen dem Minister und Bis= marck. "Der Bismarck ist uns über, aber den Puttkamer haben wir erlegt. Wollt ihr's glauben, so ist's gut; wo nicht, so mag die Sünde auf deren Haupt fallen, welche die Tapferkeit belohnen sollten."

Dies ist ungefähr die Tonart, in der die gouvernemen= tale Presse Puttkamer vertheidigt. Der freundliche Leser wird je nach seiner politischen Ueberzeugung mehr dem einen oder dem anderen glauben.

Es wird erzählt, daß der Kronprinz den kaiserlichen Erlaß erst aus den Zeitungen erfahren habe. Der Kron= prinz mag sich auch gewundert haben, als er hörte, daß Herr von Puttkamer, als Minister Volksversammlungen besucht, und zwar antisemitische. In der That machte es einiges Aufsehen, als er im Oktober 1882 eine Wahlver= sammlung der Konservativen im ersten Berliner Wahlbezirk, in welcher Herr Stöcker seine Rede hielt, beiwohnte. Er lauschte von einer Loge aus, hinter einer ihn schlecht ver= bergenden Säule, den Worten des Redners. "Der Fall — so bemerkten die liberalen Blätter — daß ein aktiver Staatsminister sich an einer politischen Parteiversammlung betheiligt, ist bisher ohne Beispiel und das Aufsehen daher erklärlich." —

Ich habe noch nicht von unseren uniformirten Ministern gesprochen, vom Kriegs= und vom Marineminister. Herr Bronsart von Schellendorf hat, wie Herr von Puttkamer, zwei große Vorgänger gehabt: Roon und Kameke. Letzterer galt als ein besonders konstitutionell gesinnter und handelnder, ebenso wie parlamentarisch geschulter Minister, was einem Kriegsminister bei uns immer ganz besonders hoch angerechnet wird. Bei Herrn von Kameke waren die gesellschaftlichen wie die parlamentarischen Formen aristokratisch im besten Sinne des Wortes. Er war in Allem das Gegentheil von Schroffheit, von Parteisucht, von bureaukratischer Selbstüberhebung. Hätte er übrigens keine Uniform getragen, so würde er kaum als Militär sich verrathen haben, sondern eher als ein gut bürgerlich und mildgesinnter Civilbeamter. Bronsart von Schellendorf ist auch persönlich ein sehr liebenswürdiger und zugänglicher Mann, hat aber namentlich im Anfange seines parlamentarischen Auftretens durch einen gewissen Mangel an ruhiger — körperlicher wie geistiger — Haltung, an der Wucht eines Roon und an der Präzision des Ausdruckes bei Kameke, an jener Reserve gegenüber dem Parteiwesen, die dem echt parlamentarischen Minister zukommt, sich manche verdrießliche Friktionen zugezogen. Er ist zu eifrig, spricht zu viel und braucht zu viele Worte, um einen Gegenstand klar und erschöpfend darzulegen. Nirgends aber verleugnet er den geistreichen, aus der Schule

Moltke's hervorgegangenen Militär. Es ist eine hohe, stolze Erscheinung, ein preußischer General, wie man ihn in der Phantasie sich nur ausmalen kann. Sein Kollege Caprivi nimmt durch seine herkulische Gestalt — er ist groß und breitschultrig wie Bismarck — eine etwas aparte Stellung unter den Minister-Erscheinungen ein.

Die kleinen Diners und Soupers bei dem Junggesellen — Caprivi ist unverheirathet — erinnern alte Parlamentarier an die reizvollen Stunden, die sie einst bei Camphausen hinter dem Kastanienwäldchen und bei Delbrück in der Wilhelmstraße genossen. Herr Caprivi ist von außerordentlicher Freundlichkeit und Gefälligkeit gegen Jedermann, auch im Verkehr mit seinen Beamten nicht militärisch befehlend, sondern höflich ersuchend. Derselbe dienstrührige Mann, der gegen sich selbst von äußerster Strenge ist, ist desto schonungsvoller und nachsichtiger gegen Andere. Die Wissenschaft hat an ihm einen begeisterten Jünger, sein Umgang ist ein ausgesuchter, und seine Verwandtschaft geht bis in Gelehrtenkreise. Dazu gehörte u. A. der verstorbene Direktor der Ritter-Akademie in Brandenburg, Dr. Köpke, ein bekannter Historiker. Der wissenschaftliche Zug und der entsprechende Verkehr unseres Marineministers erinnert an Graf Schwerin-Putzar, den Schwager Schleiermacher's. Als Caprivi ins Ministerium berufen wurde, gab es einige Ueberraschung. War er doch kein Marinemann. Indessen empfand man doch Genugthuung darüber, daß dadurch die Kandidatur des Herrn Batsch hinfällig wurde, dem zu wenig die parlamentarische Rede zu Gebote

stand, und der eben nur Fachmann war. Caprivi, als
ein Mann der Wissenschaft, steht auch seinen Mann als
Parlamentarier. Sein objektives Urtheil findet allgemeine
Anerkennung. Im Uebrigen hat das Marine-Departement
als unpolitisches Gebiet nicht die Bedeutsamkeit anderer
Ressorts. Unsere Marine ist zu fest gefügt, um noch zu
großen Schwierigkeiten und Kämpfen Anlaß zu geben.
Auch gelüstet es den Herrn von Caprivi nicht, eine politische Rolle zu spielen, was einst Herrn von Stosch in eine
schiefe Stellung brachte.

Es giebt noch einen dritten uniformirten Minister bei
uns. Es ist Fürst Bismarck. Seit 1866 hat er den bürgerlichen Rock ausgezogen, also seitdem er die ersten Erfolge
seiner nationalen Politik aufzuweisen hatte. Als er damals aus dem Kriege zurückkehrte, lehnte er bekanntlich den
Lorbeerkranz ab, den ihm eine junge Dame auf dem Bahnhofe in Görlitz darbot. „Nein, mein gnädiges Fräulein,
sagte er, ich verdiene diesen Kranz nicht, ich bin nicht Kombattant gewesen und habe an den Siegen keinen Theil."
Das Fräulein hatte Geistesgegenwart genug, um zu er-
widern: „Aber Excellenz haben doch den Krieg angefangen."
Bismarck nahm jetzt lächelnd den Kranz. Er mußte sich
wohl seitdem als „Kombattant" vorkommen, denn er hat
die Uniform nicht wieder abgelegt. Im konstituirenden
Reichstag 1871 erschien er noch mitunter im Jaquet. Damals sagte man, wenn man ihn in Generalsuniform sah,
er wollte diese bloß abtragen, um dann ganz wieder als
unser Einer zu erscheinen. Die Sache verhielt sich, wie

die Folge gezeigt hat, gerade umgekehrt, das bürgerliche Jaquet sollte im konstituirenden Reichstage abgetragen werden.

Die Prinzen des kaiserlichen Hauses.

Das kaiserliche Haus zählt unter seinen Angehörigen zwei alte Junggesellen, es sind das die Söhne des Prinzen Friedrich, eines Vetters des Kaisers Wilhelm, und der Prinzessin Luise von Anhalt-Bernburg, die Prinzen Alexander und Georg. Prinz Alexander ist 1820 geboren. In früheren Jahren hatten Gesundheitsrücksichten ihn genöthigt längere Zeit Aufenthalt in der Schweiz zu nehmen, wo an den Ufern des Genfer Sees sein gastliches Haus für jeden Preußen offen stand. Seit 1864 hat er seinen Hofhalt nach Berlin verlegt, in vornehmer Gastlichkeit sein Palais zu einem Vereinigungspunkt hervorragender Persönlichkeiten machend. Vor Allen ausgezeichnet durch die Eigenschaften seines Charakters und Herzens, ist der Prinz ein in unseren Militär- und Civilkreisen gleich verehrter und geliebter Herr. Sein sechs Jahre jüngerer Bruder Georg ist durch eine Reihe dramatischer Arbeiten, wovon die meisten unter dem Namen G. Konrad erschienen, rühmlich bekannt. Der Prinz ist eine imposante Erscheinung, an der die Jahre allerdings nicht spurlos vorübergegangen sind; seine hohe, etwas vorgeneigte Gestalt ist den Berlinern wohlbekannt, da

der Prinz viel zu Fuß durch die Straßen der Stadt spazieren
zu gehen pflegt, hie und da vor einem Laden verweilt,
sich die ausgestellten Kunstsachen oder Bücher betrachtet,
um dann, freundlich den ehrfurchtsvollen Grüßen des Publikums dankend, etwa seine Schritte dem Thiergarten zu-
zulenken und dort auf einsamen Pfaden ungestört über
seine poetischen Arbeiten nachzusinnen.

Prinz Georg trägt für gewöhnlich den Interimsrock
des 1. pommerschen Ulanenregiments Nr. 4, dessen Chef
er ist. Seine herrliche Figur kommt aber erst voll in
ordengeschmückter Gala-Uniform zur Geltung, wenn er einer
Hoffestlichkeit oder einer Galavorstellung im Opernhaus
beiwohnt. Von derartigen öffentlichen Schaustellungen ist
nun zwar der Prinz gar kein Freund; das rein Mensch-
liche, Natürliche, Einfache ist seiner schlichten Sinnesart
gemäß. In seinem Palais versammelt der Prinz oft er-
lesene Kreise aus der Berliner Gelehrten- und Künstlerwelt
um sich.

Von seinen Dichtungen gehört „Phädra" zu den
Repertoirstücken des Königlichen Opernhauses, wo es
mit der begleitenden Musik von Wilhelm Taubert aufge-
führt wird; aber auch „Kleopatra", „Wo liegt das Glück",
„Medea" haben sich auf den Bühnen erhalten. Seine
Dichtungen zeichnen sich durch tiefes, mitunter schwär-
merisches Gefühl und durch eine Sprache voll musikalischen
Wohlklanges aus. Hätte der Prinz den harten Kampf
ums Dasein durchringen müssen, hätte er als einfacher
Sterblicher das Licht der Welt erblickt, seine Dichtungen

würden ihn doch aus der Menge emporgehoben haben,
denn seine Dramen lassen in ihm einen Dichter von Gottes
Gnaden erkennen.

Als das Berliner Nationaltheater noch das ideale
Bestreben hatte, dem Volke die Werke unserer großen Dichter
in würdiger Weise vorzuführen, und der treffliche Shake=
spearedarsteller Otto Lehfeld als Lear, Richard III., Macbeth,
aber auch als Götz von Berlichingen und Wallenstein das
Berliner Publikum in das „im fernen Norden" gelegene
Theater lockte — damals sah man auch den Prinzen
Georg oft in der Prosceniumsloge des Nationaltheaters,
dem er seine Protektion in vieler Beziehung zuwendete.
Prinz Georg ließ auch einige seiner Dichtungen auf dieser
Bühne in Scene gehen; so das phantastische Drama „Ado=
nia" mit dem dazu gehörenden Nachspiel Suleiman. Bei einer
solchen Première von „Konrad" fiel dann allerdings der
bei solchen Gelegenheiten übliche Hervorruf des Autors
fort, nicht etwa, weil das Stück mißfallen hatte, wohl aber
weil das Pseudonym „Konrad" für den größten Theil des
Publikums ein öffentliches Geheimniß war, weil man wußte,
daß die hohe Stellung des Autors den Beifall in dieser
Form verbot. In den Zwischenakten aber promenirte der
prinzliche Autor im Garten des Theaters und forderte
die ihm persönlich bekannten Anwesenden zu freimüthiger
Kritik auf.

Das lebendige Gefühl für Naturschönheit, das den
Prinzen beseelt, läßt ihn mit fürsorglichem Auge darüber
wachen, daß der herrliche Park, der sich hinter seinem

Palais bis zum Thiergarten erstreckt und der reich an ur-
alten Baumriesen ist, in seiner ursprünglichen, waldähnlichen
Wildheit erhalten bleibt. Im Sommer weilt der Prinz
meist in deutschen Gebirgen oder in der Schweiz; in letzterer
hat sich besonders Rigi-Kulm jahrelang seines Besuches zu
erfreuen gehabt. —

Zwei Witwen trauern an unserem Hofe, Prinzessin
Maria von Anhalt, Gemahlin des Prinzen Friedrich
Karl, Witwe seit 1885, und die Prinzessin Alexandrine,
Tochter des Prinzen Albrecht von Preußen, welche sich
1865 mit dem Herzog Wilhelm zu Mecklenburg-Schwerin
vermählte und seit 1879 Witwe ist. Der Bruder der
Prinzessin Alexandrine, Prinz Albrecht, der jetzige Regent
von Braunschweig, erscheint nicht nur häufig am Berliner
Hofe, sondern sieht auch zuweilen in seinem schönen Palais
in der Wilhelmstraße die höchste Gesellschaft versammelt
und übt mit seiner Gemahlin, der Prinzessin Marie von
Sachsen-Altenburg, die glänzendste Gastfreundschaft aus.
Seine Gemahlin, 1854 geboren, ist eine Tochter des Herzogs
Ernst und eine Nichte der ehemaligen Königin von Hannover,
der Gemahlin des Königs Georg V. Prinz Albrecht hatte
die Prinzessin Marie zuerst im Jahre 1872 kennen gelernt,
als sie zur Einsegnung ihrer Kousinen, der Töchter des
Prinzen Friedrich Karl, am Hofe zu Potsdam zum Besuche war, und seine Neigung für dieselbe trat alsbald
entschieden hervor. Das echt weibliche, sinnige und ge-
müthvolle Wesen der jungen, lieblichen Prinzessin entsprach
seinem eigenen, von jeher auf Ernstes gerichteten Sinn.

Im Herbst, kurz vor dem Tode des Vaters, fand die Verlobung statt, und die Vermählung wurde auf das Frühjahr 1873 festgesetzt. Am 18. April verließ die Fürstin-Braut ihre Heimath unter den Zeichen der herzlichsten Theilnahme der altenburgischen Bevölkerung und traf am Nachmittag in Berlin ein. Von dem Bräutigam freudig begrüßt, begab sie sich zunächst nach dem Schloß Bellevue, von wo erst am folgenden Tage der feierliche Einzug in die Residenz stattfinden sollte. Die Schwester des hohen Bräutigams, Herzogin Wilhelm von Mecklenburg-Schwerin, empfing in ihrer Wohnung die junge Braut, welche unmittelbar nach der Ankunft von dem Kaiserpaar und dem ganzen königlichen Hause aufs Herzlichste begrüßt wurde. Der Einzug in Berlin erfolgte am 19. Mittags in hergebrachter feierlicher Weise. Die Prinzessin Braut saß an der Seite der Kronprinzessin in dem alten prachtvollen, von acht Rappen gezogenen preußischen Krönungswagen, vor und hinter demselben vier sechsspännige, glänzende Wagen mit dem prinzlichen Gefolge, der ganze Zug geführt und geschlossen von Schwadronen der Garde-Dragoner und der Garbes du Corps. Das schönste Geleit für die junge Prinzessin aber waren die innigen Gefühle und Wünsche, mit welchen sie von der in dichten Massen zu ihrem Empfang herbeigeeilten Bevölkerung begrüßt wurde. Diesen Wünschen gab der Oberbürgermeister der Hauptstadt, welcher sie mit den Abgesandten, der städtischen Behörden am Brandenburger Thore erwartete, in seiner Begrüßung Ausdruck. Im königlichen Schlosse wurde die Prinzessin am Fuße der großen Wendeltreppe

von dem Bräutigam, von dem Kronprinzen und sämmt=
lichen Prinzen, sodann in den königlichen Prunkgemächern
von den Majestäten und den Prinzessinnen und dem ge=
sammten Hofe empfangen und zu den Gemächern geleitet,
in welchen zuvörderst die Ehepakten endgültig unterzeichnet
wurden. Die Trauung wurde am 19. Abends in der großen
Schloßkapelle in der würdigsten und zugleich glänzendsten
Weise vollzogen. Die gesammte hoffähige Gesellschaft, außer
den Angehörigen des königlichen Hofes selbst, die höchsten
Würdenträger des Reichs und des Staates, die Botschafter
und das ganze diplomatische Korps, die hohe Generalität
und das Offizier=Korps von Berlin und Potsdam waren
zu dem königlichen Feste erschienen und erfüllten die herr=
liche Kapelle mit einem strahlenden Glanze. Der Hof=
prediger Dr. Kögel hielt eine tief ergreifende Traurede über
das Wort: „Friede sei mit Euch!" Als dann die Ringe
zwischen dem jungen Paare gewechselt waren, erscholl mit
dem Segen des Geistlichen zugleich der Donner der Geschütze
vom Lustgarten her. Aus der Kapelle begab sich die könig=
liche Familie in festlichem Zuge zunächst nach der Schwarzen=
Adler=Kammer, wo unter dem Bilde Friedrich's des Großen
dem jungen Paare die Beglückwünschungen dargebracht
wurden, und hierauf nach dem Weißen Saale, wo der
Kaiser und die Kaiserin mit dem neuvermählten Paare
unter dem Thronhimmel Platz nahm, um die Huldigung
der Festversammlung entgegenzunehmen, deren sämmtliche
Theilnehmer einzeln mit Verbeugung vor dem Throne vor=
übergingen. Hiernächst fand in dem prächtigen Rittersaale

für die königliche Familie und ihre fürstlichen Gäste eine sogenannte Zeremonientafel statt, das heißt ein Festmahl mit dem höchsten hergebrachten Zeremoniell, in dem nach altem Kaiserbrauch der Oberst-Truchseß (Fürst Putbus) dem Kaiser die Suppe, der Oberst-Schenk (Prinz Biron) den Wein reichte, und sämmtliche Hofstaaten die königliche Tafel umstanden. Gleichzeitig speiste die gesammte übrige Gesellschaft an verschiedenen glänzenden Buffets. Die eigentliche Hochzeitsfeier schloß nach alter brandenburgischer Weise mit dem Fackeltanz, einer Polonaise in gemessenem zeremoniösen Schritt, welche das junge Ehepaar mit sämmtlichen Mitgliedern des Königshauses mit einem nach dem andern aufführte und bei welchem die vornehmsten Räthe des Königs mit Fackeln voranschreiten, um schließlich das junge Paar bis vor das Brautgemach zu geleiten. Der Kirchgang des jungen Paares fand am Sonntag (20.) in der Schloßkapelle im engeren Kreise der königlichen Familie, doch unter Zulassung zahlreicher Theilnehmer aus allen Kreisen der Bevölkerung statt. Am Abend des 20. nahm das junge fürstliche Paar die erste Cour entgegen. Die aus allen hoffähigen Kreisen zahlreich zur Huldigung Erschienenen wurden der Prinzessin theils von dem Prinzen selbst, theils von den höchsten Staats- und Hofbeamten einzeln vorgestellt. Die zarte, liebliche Erscheinung, sowie das wahrhaft liebenswürdige Wesen der Prinzessin machten auf Alle, welche an dieser Vorstellung Theil nahmen, den gewinnendsten Eindruck. Am darauf folgenden Tage der Feierlichkeiten vereinigte ein Galadiner, ein feierliches Mittagsmahl, im

königlichen Schlosse das gesammte Königshaus und die
höchsten Würdenträger des Staates und des Hofes, — am
Abend endlich fand eine festliche Aufführung im Opernhause statt, zu welcher Einladungen an alle höheren Kreise
ergangen waren. Das junge fürstliche Paar, welches inzwischen von dem königlichen Schlosse in das Palais des
Prinzen Albrecht übergesiedelt war, begab sich zunächst auf
das Schloß Kamenz in Schlesien, um die ersten Wochen
dort in stiller Zurückgezogenheit zuzubringen. Sodann nahm
der Prinz mit seiner jungen Gemahlin Residenz in Hannover,
wohin ihn seine militärische Stellung rief.

Prinz und Prinzessin Albrecht weilen in ihrem Palais
in Berlin nur zu kurzem Aufenthalt, um dann meist die
königliche Familie zu einem Diner bei sich versammelt zu
sehen. Dieses Berliner Palais des Prinzen Albrecht verdankt, einem interessanten aktenmäßigen Vorgang seine Ent-
stehung. Der reiche Baron Vernezobre, der sich seine Reichthümer bei den Law'schen Bank- und Papier-Spekulationen
verdient hatte, kam Anfang vorigen Jahrhunderts nach
Berlin, kaufte sich großen Grundbesitz in der Mark, spielte
eine hervorragende Rolle am Hofe, fiel aber in Ungnade,
weil er seine Tochter nicht einem Offizier, für den der
König als Freiwerber auftrat, geben wollte. Der König,
der für seine Offiziere reiche Partien haben wollte, und
in solchen Dingen keinen Spaß verstand, befahl nunmehr,
daß das Fräulein den Kapitän auf der Stelle heirathen
solle. In größter Verlegenheit wendete sich der Baron
Vernezobre an den Minister von Marschall, welcher auch

ben König bewog, seinen Befehl zurückzuziehen, jedoch nur unter der Bedingung, daß Vernezobre in der Wilhelmstraße ein neues prachtvolles Palais erbauen würde, wozu er den Grund und Boden ihm schenken wolle. Vernezobre fügte sich und baute das Schloß, das heute dem Prinz Albrecht gehört. Die Birch-Pfeifer hat diese köstliche Geschichte in ihrem Lustspiel „Wie man Häuser baut" auf die Bühne gebracht.

Das letzte Mal (vor drei Jahren) sahen wir dort das kronprinzliche Paar mit der Prinzessin Viktoria, Prinz und Prinzessin Christian von Schleswig-Holstein, die Prinzen Wilhelm und Alexander, Prinzessin Friedrich Karl, Herzogin Wilhelm von Mecklenburg-Schwerin, Erbprinz und Erbprinzessin von Sachsen-Meiningen, Prinz und Prinzessin von Hohenzollern, den Erbprinz von Anhalt und Herzog Johann Albrecht von Mecklenburg-Schwerin im großen Gartensaale versammelt, als das dreimalige Anschlagen der Glocke die Anfahrt Ihrer Majestäten meldete. Prinz und Prinzessin Albrecht kamen ihren höchsten Gästen in dem Vestibül entgegen, wo nach herzlicher Begrüßung Ihre Majestät die Kaiserin Augusta den Arm ihres Neffen annahm und sich in den Saal geleiten ließ, während Se. Majestät der Kaiser dessen Gemahlin führte. Alsbald wurde zur Tafel geschritten, die im neu hergestellten, gleichfalls im Erdgeschoß gelegenen Speisesaal aufgeschlagen war. Dazu mußte man das Gobelinzimmer und das sogenannte Königin-Luise-Theezimmer passiren, beides Räume von vollendet schöner Ausstattung; der Plafond des letzteren

zeigt in allegorischer Darstellung die Vereinigung der Häuser
von Hohenzollern und Oranien, über dem Thürsims erhebt
sich die Bronzebüste der hochseligen Königin Luise, im
Speisesaal ist in gleicher Weise die Büste des verewigten
Prinzen Albrecht angebracht. Man kann sich kaum einen
schöneren Raum als diesen Saal denken, der an Pracht
seines Gleichen suchen dürfte. Ein prasselndes Feuer in
dem mächtigen Marmor-Kamin verbreitete eine behagliche
Wärme; tausendfach brach sich das Licht der Krystallkronen
an den Wänden, die den Eindruck eines einzigen großen,
mit Goldarabesken überdeckten Krystallspiegels machen, ver-
vielfältigte sich an der Decke, deren Ornamente in gleichem
Stil gehalten sind und drei Spiegelmedaillons, von den ver-
schlungenen Initialen des prinzlichen Paares umrahmt, frei
lassen. Das feinste chinesische und japanische Porzellan dekorirt
außerdem die goldschimmernden Wände. In der japanischen
Hauptstadt Jeddo sind auch die beiden rothseidenen Fenster-
stores angefertigt, deren Mittelstücke der preußische Adler
bildet, während dem Rande die verschiedensten Fabelthiere,
Palmenzweige u. s. w. kunstvoll eingewebt sind. Die Tafel
gewährte mit ihrem reichen Silberschmuck einen prächtigen
Anblick, vor dem Platze Ihrer Majestät der Kaiserin prangte
ein wunderschönes Bouquet, welches die seltensten Exemplare
der Gewächshäuser von Schloß Kamenz enthielt. Ihre
Majestät, deren frisches Aussehen Freude und Bewunderung hervorrufen mußte, trug eine überaus geschmackvolle
Toilette von bordeauxrothem Atlas mit hellgelbem Devant,
kostbarer Brillantschmuck glänzte im Haar und um den

Hals. Die schöne Gestalt der Prinzessin Albrecht schmückte rother Sammet; die Kronprinzessin trug hellgraue Seide. Se. Majestät der Kaiser trug aus Courtoisie für seinen Gastgeber, gleich diesem, die Uniform des 1. Garde-Dragoner-Regiments, der Kronprinz die Uniform seiner Schlesischen Dragoner, Prinz Christian von Schleswig-Holstein die der 3. Garde-Ulanen mit den Generals-Epaulettes. Im oben genannten Theezimmer wurde nach aufgehobener Tafel der Kaffee servirt.

*   *   *

Prinz Wilhelm wird erst noch die Thronbesteigung seines Vaters abzuwarten haben, ehe er in Berlin ein eigenes Heim für die Wintersaison gewinnt und dort Feste geben kann. In Potsdam muß er sie meist außerhalb der Saison legen, und es wird Mai, ehe im Stadtschloß der weiße Bronzesaal sich öffnet, unter dem Bilde Ludwig's von Sylvelster, welches König Friedrich Wilhelm I. mit König August dem Starken von Polen darstellt, die Tanzreihen sich entwickeln und in dem imposantesten und prächtigsten Raume des Schlosses, dem Marmorsaal mit der üppigen Bilderpracht, der Apotheose des Großen Kurfürsten auf grauem schlesischen Marmor, das splendide Buffet aufgeschlagen wird.

Ueber die junge Ehe des Prinzen gingen gleich im ersten Jahre Gerüchte, welche das ausgezeichnete Verhältniß der beiden Eheleute im Verlaufe der Zeit gründlich widerlegt hat. Man kann die Prinzessin sehr oft Mittags am

Arme ihres Gemahls durch die Straßen Potsdams prome=
niren sehen. Oefter treten die Herrschaften in Läden ein,
um Einkäufe zu machen; oft aber auch, namentlich bei
gutem Wetter, wird der Spaziergang weiter, vor die Thore
der Stadt, ausgedehnt. Ist die Witterung weniger günstig,
so unternimmt die Prinzessin ihre Promenade zu Wagen.
Auf dem Rücksitze sitzt dann der kleine Prinz Wilhelm, das
frische, blonde Kinderhaupt mit dem weißen Federhut zum
Gruße rechts und links bewegend; wenn ein Offizier oder
eine Truppe ihm begegnet, so grüßt er militärisch, mit der
Hand an den Hut fassend. Der kleine Prinz gedeiht ganz
vortrefflich. Auch seine beiden jüngeren Brüder, Eitel=Fritz
und Adalbert, entwickeln sich ausgezeichnet. Viel beschäftigt
sich die Frau Prinzessin mit Lektüre und mit Musik. An
den Abenden, an denen ihr Gemahl auf Jagdreisen von
Potsdam abwesend ist, oder in Dienstsachen sich nach Berlin
begiebt, versammelt die Frau Prinzessin einen Kreis von
Damen aus der Stadt, mit denen sie gemeinsam Näh=
arbeiten für wohlthätige Anstalten ausführt. In neuester
Zeit findet Prinz Wilhelm, welcher von jeher großes In=
teresse für Seewesen an den Tag legte, ein besonderes Ver=
gnügen darin, sich unter Anleitung des Malers Salzmann,
der bekanntlich den Prinzen Heinrich auf der letzten Reise
um die Erde begleitet hat, im Malen von Oelbildern mit
Marinemotiven zu üben. Daß Prinz Wilhelm für die
Künste veranlagt ist und ihnen mit Enthusiasmus huldigt,
ist bekannt. Aber man würde doch wohl nur eine unter=
geordnete Seite beim Prinzen Wilhelm berühren, wollte

man seinen künstlerischen und wissenschaftlichen Sinn her-
vorheben. Er ist doch vor Allem der schneidige Soldat,
der sein Husaren=Regiment in frischester, vom militärischen
Elan gehobener Jugendkraft führt, oder im großen Saale
des Regimentshauses zu Potsdam einen Vortrag über die
Manipeltechnik der Römer hält. Die Lorbeeren des Prinzen
Friedrich Karl, die Lorbeeren seines Großvaters lassen ihn nicht
ruhen. — Bisweilen sucht der Prinz einen Studentenkreis am
Gendarmenmarkt auf und schwelgt in der Erinnerung an
Bonn. An dem alljährlichen Diner der Bonner Borussia
im Kaiserhof nimmt er auch mitunter, den Ehrenplatz ein-
nehmend, Theil. Bei diesem Fest präsidirte das letzte
Mal, als ältestes Mitglied des Korps, der frühere Finanz=
minister von Bitter (mit 110 Semestern). Neben demselben
saß der Erbgroßherzog Friedrich von Baden und eine Reihe
hervorragender bekannter Herren, unter ihnen Erbprinz von
Reuß j. L., Landrath von Meyer=Arnswalde, Regierungs=
präsident von Pilgrim, Fürst Salm=Dyck, beide Söhne des
Fürsten Bismarck, Herr von Mirbach=Sorquitten. Nach
dem Toaste auf den Kaiser, den der Präsidirende aus=
brachte, toastete Prinz Wilhelm in herzlichster und er-
hebender Rede auf das Blühen und Gedeihen des Korps.
— Die altbekannten Lieblingslieder: „Stoßt an, Borussia
soll leben, Hurrah Hoch!" u. s. w., sowie fröhliche Sala-
mander unterbrachen mehrfach das Diner. Die Anwesenheit
so vieler hochgestellter Personen that der ungenirten heiteren
Stimmung nicht im Geringsten Abbruch. — Prinz Wilhelm
ist auch ein verwegener Parforce=Jäger im Grunewald,

jagt in Steiermark beim Semmering Hochwild, oder auf den Gütern des Fürsten Radziwill in Rußland — Bären, denen er die Jungen raubt und seinen Jungen zum Spielen mitbringt. So eine Hochwild- oder Bärenjagd, oder aber ein Flottenfest in Kiel, oder eine streng offizielle Mission muß es schon sein, um ihn zu vermögen, eine Reise anzutreten. Den Wandertrieb, die Unruhe, die Einen nicht zu Hause duldet, kennt er nicht. Italien und die Schweiz, auch England lockten ihn wenig. Er geht zu seinem Freunde, dem Erzherzog Rudolf, nach Laxenburg, und von da in die Karpathen, wo es ebenfalls Bärenjagden giebt. Er weilt gern in Rußland. Vor zwei Jahren registrirten mit augenfälliger Genugthuung die Petersburger Blätter den Umstand, daß Prinz Wilhelm in Gatschina das Kreuz geküßt und daß er bei einigen Gelegenheiten mit den Untermilitärs einiger Truppentheile russisch gesprochen hatte. An einem Tage fand vor dem Prinzen die Vorstellung der Leib-Schwadron des Chevalier-Garde-Regiments statt. Halb 9 Uhr Morgens trat der Prinz aus dem Saltykoff'schen Portale des Schlosses heraus, begrüßte die Schwadron in russischer Sprache und schritt, gefolgt von dem Großfürsten Wladimir, dem Korps-, Divisions-, Brigade- und Regiments-Kommandeur, die Front derselben ab. Darauf wurde die Schwadron von ihrem Kommandeur in verschiedenen Gangarten, zuletzt im Parademarsch vorbeigeführt. Prinz Wilhelm trat darauf an die inzwischen in Schwadronsfront formirten Gardisten heran und rief ihnen ein „spassibo kawalergardi" („Danke, Chevalier-Garden!") zu, wonach die Schwadron unter den Klängen eines russischen Marsches wieder abrückte.

Prinz Wilhelm spricht Russisch; der Kronprinz spricht dafür Spanisch. Auch Bismarck spricht Russisch und kein Spanisch. Der Kronprinz hatte einmal in Versailles ein Gespräch mit Bismarck über Sprachen, wobei er erklärte: „Ich will nicht mehr Polnisch lernen". Bismarck bemerkte, daß der große Kurfürst so gut Polnisch wie Deutsch gesprochen hätte, und die späteren Könige gleichfalls Polnisch verstanden. Erst Friedrich der Große habe sich damit nicht abgegeben; der habe aber auch besser Französisch wie Deutsch gesprochen. Der Kronprinz liebt die romanischen Sprachen, Prinz Wilhelm die slawischen. Man fragte im Herbst 1883, als der Kronprinz mit zahlreicher Umgebung in Spanien war: Wie mögen sich die germanischen Gäste mit ihren romanischen Wirthen verständigen? Dient etwa bei dem Gepränge der Feste, bei den feierlichen Zeremonien, auf Hofbällen und Gelagen, wie im privaten vertraulichen Verkehr und bei den zufälligen Begegnungen das Französische, das nun doch einmal immer noch Weltsprache ist, als das Vermittlungsidiom? Man traute unseren Deutschen nicht so viel Spanisch zu, um der Unkenntniß der deutschen Sprache bei den Spaniern entgegen zu kommen. Auch weiß man ja, wie wenig im Verhältniß zum Französischen und Englischen, das unsere Fürstenkinder mit der Ammenmilch schlürfen, und die gewöhnlichen Sterblichen schon in der Elementarschule beginnen, das Spanische bei uns traktirt wird, sogar in dem Grade, daß uns unverständliche Dinge oder Worte

„spanisch" vorkommen. Man betrachtete es daher als ein gutes Glück, daß der König Alfons des Deutschen mächtig war. Er hatte es, sozusagen im Exil, bekanntlich in Wien, gründlich erlernt, erhielt sich durch seine erlauchte Gemahlin in Uebung, sprach mit dem deutschen Gesandten nicht anders als deutsch, und seine Vorliebe für Schiller, den er fort= gesetzt las, gab seinem Ausdrucke sogar etwas Klassisches. Diese Vertrautheit mit dem Deutschen hatte jedenfalls die Herzlichkeit des Verkehrs zwischen ihm und unserem Kron= prinzen erhöht. Denn wenn dieser auch das Spanische versteht, so konnte es ihm unmöglich ein so treuer Dol= metscher seiner Empfindungen sein, als beim Könige Alfons das Deutsche.

Es ist ein seltener Fall, und immer nur Zufall, daß ein Fürst romanischer Rasse Deutsch spricht. Auch Napoleon III. war des Deutschen mächtig, auch er hat es als Zögling einer deutschen Schule gelernt und blieb oder kam später in Uebung, als er als Kaiser die „deutsche Frage" ganz besonders studirte, fortwährend nach dem Rhein ausschaute, täglich die „Kölnische" las, so oft er sie auch verbieten ließ, anfangs auch den „Klabderabatsch", worin er allwöchentlich seine Karrikatur fand, bis er ihn ganz und gar verbieten ließ. Kaiser Napoleon sprach fließend deutsch mit einigen „Provinzialismen". Im Jahre 1867, zur Zeit der Welt= ausstellung, gab es bekanntlich in Paris auch eine Kon= kurrenz= und Wettaufführung der Militär=Musik sämmtlicher europäischen Armeen. Ich weiß nicht mehr, welche preu= ßische Regimentsmusik (sie gewann den ersten Preis durch das Spiel der Ouvertüre zu Weber's „Oberon" und eines Marsches) an jenem olympischen Wettkampfe theilnahm. Kaiser Napoleon ließ sich die Militärkapellen einzeln vorstellen. Bei dem preußischen Chore fesselten einige kolossale, verschlungene Tubas oder dergleichen seine Aufmerksamkeit. „Nehmt ihr die mit in die Schlacht?" fragte er den Kapellmeister. „Zu Befehl, Majestät." — „Aber wie können die Leute solche schweren Dinger auf einer Retirade schleppen?" — „Sire, die Preußen retiriren nicht." — Napoleon lächelte und sagte: „Die Antwort freut m i r." Seit dem Kriege forcirt man in Paris die deutsche Sprache. Das Sprachstudium steht eben überall mit der Politik im Zusammenhange. Wenn die Deutschen von jetzt an mehr Spanisch treiben, und der Spanier mehr Deutsch, so hat das einen anderen Grund, als bei den Franzosen, aber der Hintergrund ist ebenfalls ein politischer. Seit dem Kriege mit Frankreich ist die russische Sprache, wenn auch nicht obligatorisch, so doch ein wichtiger Unterrichtsgegenstand unserer Offiziere. Sie wird ihnen bringend empfohlen, die Gelegenheit dazu gegeben sie zu erlernen, und die Kenner dieser Sprache finden eine besondere Berücksichtigung. Jetzt sind wir nun plötzlich mit der Wahrnehmung überrascht worden, daß auch, wenngleich in engeren Kreisen, das Spanische schon längst bei uns kultivirt worden ist. Die militärischen Begleiter des Kronprinzen sind, mit gutem Kastilianisch ausgerüstet, auf dem Boden Spaniens erschienen, so daß die Annahme, diese friedliche Mission sei schon lange geplant gewesen, nahe liegt. Und die Kenntniß des Spanischen beim

Kronprinzen selber, deutet sie nicht auf die Politik hin, die seit dem Kriege, besonders aber seit dem Jahre 1874, als der Aufstand des Don Carlos der Sache der Ultramontanen Europas Vorschub zu leisten drohte, Spanien gegenüber deutlich genug auch für den Laien von deutscher Seite verfolgt worden ist? Ich weiß freilich nicht, wie lange der Kronprinz schon das edle Kastilianisch treibt. Aber jedenfalls länger, als er im Scherze gegen die Deputation in Eisleben bemerkte, bei der er sich auf seiner Durchreise durch Deutschland nach Genua wegen Ablehnung der Einladung zum Lutherfeste mit den Worten entschuldigte: „Sie begreifen jetzt, meine Herren, warum ich nicht kommen konnte, ich mußte mich zum Besuche in Spanien vorbereiten und — in 14 Tagen Spanisch lernen, das ist auch keine Kleinigkeit." Der Kronprinz hat in Madrid und anderswo die dortige Landessprache in einer Weise gehandhabt, die eine längere Vorbereitung verrieth. Insbesondere muß sein Ohr schon viel Uebung gehabt haben, was ja bei den neueren Sprachen zum Theil wichtiger ist, als der eigene Gebrauch der Sprache. Mit einer geringen Sprachkenntniß läßt sich viel sagen, aber um Alles zu verstehen, was Einem gesagt wird, ist mehr Studium und Uebung erforderlich. Auf dem großen Balle in Madrid haben sich die spanischen Damen an den Kronprinz vielfach herangedrängt, und von anderen Damen unterschieden sich auch diese darin nicht, daß sie viele Worte lieben. Sie fanden immer gleichwohl ein volles Verständniß beim Kronprinzen, auch jene Dame, welche auf ihre Frage, warum der Prinz, nachdem er mit der Königin den von der Etikette vorgeschriebenen Tanz absolvirt hatte, nicht mehr am Ball theilnähme, die Antwort erhielt: „Soy ya abuelo (ich bin schon Großvater!)."

Unser Kronprinz hat nacheinander Französisch, was einmal Hof- und Weltsprache ist, dann Englisch, als die Politik der Freundschaft Deutschlands für England mit seiner Herzensneigung zusammenfiel, später auch Italienisch, als die Centraleuropäische Friedensliga an Stelle des Drei-Kaiserbündnisses sich erst aus weiter Ferne ankündigte, endlich Spanisch gelernt, als es ebenfalls nur von ferne gut schien, enge Bande mit Spanien zu knüpfen. So spiegelt sich in dem Sprachstudium die deutsche Politik. Vier, fünf Sprachen lassen sich immer noch mit einiger Meisterschaft beherrschen; die österreichischen Thronerben lernen aber alle Sprachen der zahlreichen Nationalitäten ihres Kaiserreiches, es sollen 12—14 sein, und die verschiedenen Nationalitäten pikiren sich darauf, von dem gemeinsamen Herrscher in ihrer eigenen Sprache haranguirt zu werden. Da müssen die einzelnen Völkerstämme wohl mit einigen feierlichen Anreden in ihrem Idiom zufrieden sein. Was übrigens für Oesterreich die Nationalitäten sind, das sind für uns die Glieder der europäischen Friedensliga.

Man hat das Studium der russischen Sprache bei unseren Offizieren vor Jahren kriegerisch gedeutet und sogar gesagt, Graf Moltke habe, als er dieses Studium bald nach dem französischen Kriege empfahl, während das Drei-Kaiser-Bündniß noch bestand, und Fürst Bismarck noch an der Befestigung desselben arbeitete, die Wendung vorausgesehen, welche die Dinge nehmen könnten. Das Russische des Prinzen

Wilhelm hat sicherlich nicht diesen Ursprung, er liebt die Russen und daher spricht er ihre Sprache. Ist auch hier ein politischer Hintergrund, so ist er doch ein friedlicher. Jedenfalls nimmt der Prinz bei seinen Neigungen und bei seiner Politik eine andere Richtung als sein Vater.

Doch kommen wir endlich von unserer fast wissenschaftlichen Abhandlung über das „Sprachenlernen am Hofe in seiner politischen und gesellschaftlichen Bedeutung" wieder auf unseren Prinzen Wilhelm zurück.

Daß dieser eine ungewöhnlich energische und geistig hervorragende Persönlichkeit ist, hat er von früh auf bewiesen. Der Prinz ist unter den Augen des preußischen Volkes erzogen; er war der erste preußische Prinz, der sich neben dem Sohne des schlichten Bürgers auf die Schulbank setzte, um zu bestätigen, daß er in dem Wettkampfe um Wissen und Tüchtigkeit auf jeden Vortheil verzichtet, den ihm seine Geburt verlieh; die Welt weiß, wie ernst er die Aufgabe genommen hat, sich auf die Erfüllung der Pflichten vorzubereiten, die sein hoher Beruf ihm auferlegt. Der frühere langjährige Referent im Berliner Kultusministerium und Leiter des höheren Schulwesens in Preußen, Geheimrath Ludwig Wiese, der 1875 in den Ruhestand trat, spricht in seinen „Lebenserinnerungen und Amtserfahrungen" auch vom Prinzen Wilhelm, den er bei einer Inspektion des Kasseler Gymnasiums kennen gelernt hat. Wir erfahren aus dem Buche, daß der Prinz eine Vorliebe für Horaz hatte; er hat freiwillig mehrere Oden übersetzt und auswendig gelernt, und bisweilen brachte er Münzen und

Abbildungen antiker Gegenstände, durch welche er eine Stelle illustrirt glaubte, mit in die Klasse. Wiese erzählt uns aber auch, daß es, neben dieser Vorliebe für den römischen Odenbichter, sehr ernste Studien waren, denen der Prinz mit der Pflichttreue der Hohenzollern oblag.

Einem Mitschüler des Prinzen verdankte ich spezielle Mittheilungen über die Kasseler Schulzeit, die hier einen Platz finden mögen. Ueber die Lehranstalt, der der Prinz nach seiner Vorbereitung durch Lehrer des Joachimsthaler Gymnasiums in Berlin zugeführt werden sollte, waren die Eltern längst mit sich einig. Der Uebergang vom häuslichen zum öffentlichen Unterricht erfolgte, sobald auch der zweite Sohn, Prinz Heinrich, weit genug vorgebildet war, um in einer mittleren Stufe des Gymnasiums eingeführt zu werden.

Die Wahl der Anstalt konnte nicht auf Potsdam oder Berlin fallen. Es galt, die Prinzen dem Hofleben, seiner Nähe und der vorwitzigen Hauptstadt zu entrücken, um sie ganz und gar in ihrem Schulberuf aufgehen und den Zwang dieses neuen Berufes nicht in Widerstreit mit einem neuen Zwange gerathen zu lassen. Einer neuen Provinz das Vertrauen nicht allein, sondern auch die Ehre der wissenschaftlichen Ausbildung eines Hohenzollern und des künftigen Kaisers einzuräumen, lag nahe und konnte selbst einen politischen Hintergrund haben. Hannover war bereits durch einen prinzlichen Hofstaat aus der Dynastie ausgezeichnet. Kassel fiel der bescheidenere Hofstaat zweier Schüler zu; hatte der Vater der beiden Prinzen als Student mit seinen Kommilitonen Kolleg gehört, so wurde hier ein weiterer Schritt gethan, Unterthan und Herrscher theilten dieselbe Schulbank. Die Wahl Kassels wurde durch den Ruf des Gymnasiums und den Namen des Direktors vollends entschieden. Letzterer, Professor Dr. Vogt, antwortete auf die an ihn gerichtete Anfrage: „er betrachte den Wunsch der Eltern als einen Befehl, erwarte aber von den beiden künftigen Zöglingen seiner Anstalt die strikte Uebernahme derselben Pflichten und Respektirung derselben Ordnung und Zucht, wie von jedem anderen Schüler, und könne keine Unterschiede zulassen". Und gerade das war es, was die erlauchten Eltern wollten.

Der Uebersiedelung ging die Konfirmationsfeier voraus, die am 1. September 1874 in der Friedenskirche bei Sanssouci vollzogen wurde, in Gegenwart der Mitglieder des königlichen Hauses, des Prinzen von Wales und anderer fürstlicher Gäste, während die Ritter des Schwarzen Adler-Ordens, die Staatsminister, Vertreter der Generalität, der Stadtbehörden von Berlin und Potsdam, Repräsentanten von Kunst und Wissenschaft und die gesammte Geistlichkeit der beiden Residenzen der Feier als Zeugen beiwohnten. Der Domchor sang: „Jauchzet dem Herrn alle Welt", und die Gemeinde: „Eine feste Burg ist unser Gott". Hofprediger Heym hielt die Predigt, nachdem der Prinz mit lauter, weithin vernehmlicher Stimme das Glaubensbekenntniß verlesen hatte. Nach Beendigung der Feier ging der junge Konfirmande auf den Kaiser zu, der ihn herzlich umarmte und küßte, ebenso auch die Kaiserin, die an den

Enkel warme Worte der Liebe und Ermahnung richtete. Die Kronprinzessin schloß den jungen Prinzen mit innigster Rührung in ihre Arme. Nachdem der Kronprinz dem Kaiser die Hand geküßt und von ihm auf das Innigste ans Herz gedrückt worden, ging auch der Vater auf seinen Sohn zu, ihn küssend und ihm kräftig die Hand schüttelnd. Auch die Lehrer des Prinzen empfingen von dem Kaiser und der Kronprinzessin dankenden Händedruck.

Kassel war dem Prinzen kein unbekannter Ort. Er hatte mit seinen Eltern mehrere Wochen im Jahre 1872 auf Wilhelmshöhe zugebracht und an der Schönheit der Umgebung sich erfreut. Dieser Besuch der alten hessischen Hauptstadt mochte bereits mit der Absicht, dem dortigen Gymnasium die Söhne anzuvertrauen, zusammenhängen, und der Geschmack, den Prinz Wilhelm an den Schönheiten der Natur dort fand, bei ihm den Wunsch verstärken, dort einen längeren Aufenthalt zu nehmen.

Wir treten jetzt in diejenige Periode des Lebens des Prinzen ein, die in dem kurzen Zeitraum, auf den er jetzt zurückschaut, seine theuerste Erinnerung bis heute ist. Fallen doch die Jahre seiner wichtigsten Entwicklung in diese Zeit, und hat er dort Bande geknüpft, an Lehrer wie an Schüler, wie er sie in den ganz neuen, ungewohnten Gesellschaftskreisen nicht erwartet hatte, und die für ihn um so inniger wurden. Noch heute, mitten in dem militärischen Berufe, dem er sich, als ein echter Hohenzoller mit ganzer Seele hingiebt, weilen seine Gedanken oft mit Vorliebe bei jener schönen Zeit, in der er nicht

bloß seinen wissenschaftlichen Neigungen, sondern auch seiner
natürlichen Empfänglichkeit für ungezwungene, aufrichtige
Freundschaft vollauf sich hingeben konnte. Er nimmt herzlichen Antheil an Allem, was er von seinen früheren Lehrern
oder Mitschülern hört. Er folgt mit Aufmerksamkeit den
Familienereignissen fröhlicher und trauriger Art, den Ver-
lobungen und anderen Begebenheiten, um seine Glückwünsche
oder sein Beileid darbringen zu können. Er kennt die alten
Bekannten, wenn er mitten in militärischer Beschäftigung
begriffen ist, und entreißt sich dieser, um jene zu begrüßen.
Er kennt sie wieder, wenn er im Wagen „Unter den Linden"
hineilt, und empfängt sie freundlich. Sein Herz, das dank-
bar für Kassel schlägt, trieb ihn auch wieder dahin, als vor
einigen Jahren das dortige Gymnasium seine Säcularfeier
beging.

Dem kleinen Hofstaate der beiden Prinzen in Kassel
stand der Generallieutenant von Gottberg vor, mit dessen
Familie sie dort im Fürstenhause wohnten. Dieses Palais,
einst die Residenz hanauischer Prinzen, liegt dem kurfürst-
lichen Schlosse gegenüber und ist dem Gymnasium benachbart.
Als Civilgouverneur begleitete die Prinzen der Geh. Rath
Prof. Dr. Hinzpeter. Ein Kammerdiener, zwei Lackeien,
das Küchen- und Stallpersonal vervollständigten den Hofstaat. Sechs Pferde, darunter zwei Wagenpferde, standen
ihnen zu Gebote. Im Sommer wurde die Residenz nach
Wilhelmshöhe verlegt, wo die Prinzen das Erdgeschoß
eines Seitenflügels bewohnten, etwas fern von den
Räumen, die 1870.71 den französischen Exkaiser beherbergt

hatten. Die Prüfung des Prinzen Wilhelm für das Gymnasium wies ihm einen Platz in der Obersekunda an. Dr. Häußner, jetzt Direktor des Gymnasiums, übernahm hier die spezielle Leitung des Prinzen. Für ihn trat in Prima als spezieller Mentor Dr. Hartwig ein, derselbe, der ihn auch in den Sommerferien des nächsten Jahres nach Scheveningen in Holland ins Seebad begleitete. Der Direktor Dr. Vogt unterrichtete ihn im Griechischen, Dr. Schimmelpfennig (jetzt todt), später Dr. Weber im Lateinischen, Dr. Schorre, später Dr. Auth I. in der Mathematik, Dr. Lindenkohl in der Religion, Dr. Hartwig in der Geschichte. Daneben hatte der prinzliche Zögling Lektionen im Französischen bei M. Aimé, im Englischen bei Mr. Thornton und an der Akademie der Künste Unterricht im Zeichnen bei dem hochbegabten Professor Stiegel. Der öffentliche Unterricht wurde meist durch Privatstunden unterstützt. Der Tag war von Morgens bis Abends reichlich ausgefüllt und es blieben, außer an den Sonn- und Festtagen und den Schulhalbtagen, nur wenige Freistunden zur Erholung, die allerdings dann um so energischer mit körperlicher Anstrengung ausgefüllt wurden.

Wir wollen in schnellen Zügen einen solchen Tag skizziren, wie er die Regel im Leben des Prinzen bildete. Es braucht wohl kaum bemerkt zu werden, daß bei der Gewöhnung von Hause her, bei der auf den Prinzen gewandten strengen Aufmerksamkeit, bei dem Gewicht der Verantwortlichkeit, die auf seinem Militär- und Civilgouverneur ruhte, in Bezug auf strenge Pflichterfüllung,

Pünktlichkeit, Ordnung, Fleiß große Anforderungen ge=
stellt und erfüllt wurden. Hier folgt die gewöhnliche Tages=
eintheilung in Kaffel.

Der Prinz stand des Morgens um 6 Uhr pünktlich
auf. Mit Repetitionen und Vorbereitungen für den Schul=
unterricht wird die Zeit bis zum Beginn desselben in An=
spruch genommen. Dann zur Schule. Das Fürstenhaus
und das Gymnasium stoßen mit ihren Höfen zusammen.
Aber eine kleine Mauer oder eine Art Wall trennt diese.
Der Hof und Spielplatz des Gymnasiums hat ein höheres
Niveau, als der Hof des Fürstenhauses. Der Prinz hat
sich Stufen herrichten lassen, die die Scheidewand hinan=
führen. So hat er sich einen kürzeren Schulweg hergestellt,
mit Umgehung der Straße, an die die Vordergebäude des
Fürstenhauses und des Gymnasiums stoßen. Er eilt die
Stufen hinan und ist mit einem kleinen Sprunge auf dem
Spielplatze der Schule, eine Viertelstunde vor dem Beginn
der Lektionen. Die noch freie Zeit wird regelmäßig zum
Besuche des Direktors und seiner Familie angewandt.
Er erkundigt sich nach Allem, er interessirt sich für Alles,
was die Familie betrifft. Das Gespräch mit dem Direktor
geht dann auf die Schule, auf den Unterricht über. Es
erweitert sich zu allgemeinen Besprechungen. Alles wird
berührt, nur nicht Politik. Am wenigsten läßt er die hohe
Stellung, zu der er einst berufen ist, Gegenstand der Unter=
haltung werden. Er berührt sie nicht und läßt sie nicht
von Anderen berühren. Kunst, Wissenschaft und was sonst
von allgemeinem Interesse ist, wird besprochen. Eine klare

Sprache und insbesondere große Entschiedenheit dokumentiren eine männliche Gesetztheit, der gleichwohl alles Gemachte und jede Treibhausreife fern liegt. Ein Zeichen mit der Glocke ruft den Primaner in die „Prinzenklasse". So heißt sie im Munde der Schüler. Die Büsten, die hier auf ihn niederschauen, versinnbildlichen den doppelten Charakter der Gymnasialerziehung, den nationalen und den klassischen. Die hervorragendsten Glieder der Hohenzollern-Dynastie hier, und die Koryphäen des griechischen und römischen Alterthums, ein Sophokles, ein Cicero dort, sind in trefflichen, das Auge erfreuenden Bildern und Skulpturen dargestellt. Man hat dieses Klassenzimmer für den außerordentlichen Gast aus Potsdam eigens geschmückt, und in alle Zukunft soll zum Andenken an denselben der Reichthum an Emblemen erhalten bleiben. So lange als der Prinz noch Sekundaner war, diente die „Prinzenklasse" als Sekunda, später, nach seiner Versetzung, als Prima. — Es ist Geschichtsstunde. Der Prinz hält einen Vortrag über den Zug Alexander's von Macedonien nach Indien. Er hält ihn mit scharfer Accentuirung und mit dem lebhaften Interesse, das ihm vor allen anderen Unterrichtszweigen die Geschichte einflößt. Er trägt in seine Schilderung des Feldherrn die ganze Wärme seiner Empfindungen für Größe und Ruhm. Die Frühstücks-Zwischenpause führt alle Schüler auf dem weiten Hofe zusammen. In Gruppen stehen sie beieinander, plaudern und bejeuniren. Der Prinz zieht es vor, als echter Peripathetiker den Platz in langen und schnellen Schritten zu

meſſen, ſo daß zwei intimere Mitſchüler, die ſich ihm an-
ſchließen, Mühe haben, ihm zur Seite zu bleiben. Er will
ſeine blecherne Doſe öffnen, um ihr ein Weißbrötchen mit
ſaftigem Wildbraten zu entnehmen, da ſchließt er ſie wieder,
er ſucht ſich Freund S. auf, in deſſen Händen er einmal
grobes Schwarzbrot geſehen, gegen das er ſeine Weizen-
ſemmel ſofort umgetauſcht hatte. Seitdem ſorgen die
Eltern des S. regelmäßig dafür, ihrem Sohne ein Stück
derbes Kommißbrot für den Prinzen mitzugeben, der ſich
daſſelbe ſelten entgehen läßt. Es folgt Lektion auf Lektion.
Nach der Schule großer Spaziergang mit Profeſſor Hinzpeter durch die Aue. Der Schulunterricht wird beſprochen,
es werden Partien für die Nachmittagsfreiſtunden am
Mittwoch und Sonnabend, das Programm für den nächſten
Sonntag verabredet. Dann Mittagseſſen. Es iſt ein
kleines Diner, entre soi. Nur Sonntags giebt es Gäſte.
Dann Konferenz mit dem Hofmarſchall, und endlich Prä-
paration für den nächſten Tag ununterbrochen bis zum
Thee um 10 Uhr.

Die Tagesordnung ändert ſich natürlich nach der
Saiſon. Im Winter, wo das Fürſtenhaus bewohnt wird,
wird das benachbarte Gymnaſium im Sprunge erreicht;
die Blechdoſe mit dem Frühſtück iſt überflüſſig, denn die
Nähe der Wohnung geſtattet das Dejeuner zu Hauſe.
Von dem Sommeraufenthalte in Wilhelmshöhe aber führt
ein kleiner, zweiſitziger Wagen mit zwei ſchwarzen, weiß-
geſprenkelten, kleinen Pferden den Prinzen zur Schule und
von da nach den Nachmittagsſtunden direkt zurück. Die

Exkursionen, denen die Freistunden am Nachmittage des Mittwochs und des Sonnabends gewidmet sind, erstrecken sich auf alle Jahreszeiten gleichmäßig.

An den Exkursionen betheiligt sich bald ein weiterer, bald ein engerer Kreis von Schulfreunden. Der Prinz liebt besonders die winterlichen Fahrten. Kein Wetter wird gescheut, der schwere Boden, der Kassel umgiebt und an die westfälische rothe Erde erinnert, wird bis über die Knöchel gemessen, der Botanisirstock mit dem Spaten an einem Ende und mit dem Hammer am anderen, zum Zerschlagen der Mineralien, dient dem Prinzen als Stütze. Triefend von Schweiß und von Regen, abgehetzt von der Weite des Weges, vom Erklimmen der Berge und von der Schwere des Bodens, aber desto fröhlicher und zufriedener wird der Heimweg angetreten. Heitere Gespräche haben neben wissenschaftlichen Untersuchungen die Zeit ausgefüllt. Ist der Kreis der Begleiter ein engerer, nur ganz intime Bekannte umfassend, dann ist der Prinz mittheilsamer, vertraulicher, und legt Alles, was sein Inneres beschäftigt und bewegt, mit einer Offenheit dar, die seine Freunde in Erstaunen setzt. Er entwickelt Grundsätze, die sie bewundern und sie mit Stolz die Ehre und das Vertrauen schätzen lehrt, das ihnen geschenkt wird. Ihren Mund aber bindet gegen Andere die Verschwiegenheit, die durch solches Vertrauen zur strengen Pflicht gemacht wird. Der Prinz wird von Allen, auch den näheren Bekannten, mit „Sie" angeredet, und redet ebenso diese an. Aber in dem Eifer des Gesprächs, in der Erregung seines Herzens sagt er einigen gegenüber „Du“; er wiederholt es, bis das „Sie“ seines Freundes ihn dann erinnert, daß er sich hat fortreißen lassen. Dann mit einem leichten Erröthen scheinen seine Mienen etwas auszubrücken, wie das Wort des Don Carlos an seinen Freund: „Nun noch eine Bitte, nenne mich ‚Du‘, ich habe Deines Gleichen um dieses Vorrecht der Vertraulich= keit stets beneidet“, aber die Etiquette ist stärker als der Zug des Herzens.

Dem Eifer des Prinzen für anstrengende Exkursionen entspricht seine Liebe zum Sport jeder Art. Er wird unter der Leitung des Lieutenants von Hengel vom Königin= Elisabeth-Regiment und des Lieutenants von Wurmb im Fechten auf Hieb und Stoß unterrichtet, und bald überflügelt er in diesen Künsten seine Lehrer. Er theilt als guter Schwimmer die Gewässer der Fulda mit kräftigen Armen. Auf dem Eise in der Aue oder auf Wilhelmshöhe beweist er seine Virtuosität auf den Schlittschuhen in gezirkelten Wendungen. Sein Lieblingsspiel ist Krocket und Kricket, namentlich ersteres, das auf Wilhelmshöhe mit Mitschülern vielfach produzirt wird. Mr. Fox, ein junger Engländer, der geraume Zeit in Kassel mit dem Prinzen verkehrte und der ein Meister in diesem heimischen Spiele war, findet an dem Prinzen bald einen gelehrigen Schüler. In der Schnee= zeit werden die Bälle von Holz von anderen ersetzt. Eines Tages will der Prinz des Morgens früh den Wall er= klettern, der seinen Hof vom Spielplatz des Gymnasiums trennt, da überschüttet ihn ein Regen von Schneebällen. Der in der Nacht frisch und dicht gefallene Schnee hatte die Kommilitonen zu diesem Angriff gereizt, als ob sie dadurch den Prinzen von ihrem Terrain abwehren sollten. Der überraschte Prinz schüttelt sich schnell die harten Eisflocken ab, hat aber sofort selber einen Ball geformt, mit dem er, weit ausholend und in Fechter-Attitüde einen tüchtigen Wurf thut. Der Haufe seiner Gegner fliegt auseinander und der Prinz steht mit einem Satze auf dem bestrittenen Terrain.

„So nahm Hektor und trug gradan zu den Bohlen den Feldstein,
Welche das Thor verschlossen mit dicht einfugender Pforte,
Nahe trat er hinein, und gestemmt nun warf er die Mitte,
Weit gespreizt, daß nicht ein schwächerer Wurf ihm entflöge,
Schmetternd zerbrach er die Angeln umher, und es stürzte der Marmor
Schwer hinein . . .“

Die homerischen Kämpfe fesseln den Prinzen ganz besonders. Er setzt die Iliade über die Odyssee, und Hektor ist sein Liebling.

Der Sonntag hat seine strenge Ordnung wie andere Tage; nur die Arbeit ruht. Die Theilnahme am Gottesdienste in der Garnisonkirche ist obligatorisch. Spazierritte oder Spazierfahrten füllen die Zeit bis zum Diner aus, das an diesem Tage den Prinzen in ungewöhnliche Gesellschaft bringt. Es erscheinen bei ihm zu Gaste die Großwürdenträger der Stadt und Provinz, der Oberpräsident, der Oberbürgermeister oder andere Spitzen der Civilbehörden, Militärs verschiedenen Ranges, Lehrer u. s. w. Der Nachmittag dient wieder zu Promenaden und Fahrten, bis dann der dem Prinzen so besonders am Herzen liegende

Sonntag Abend kommt. Mitschüler und andere jugendliche Freunde theilen ihn mit ihm. Es ist Lesezirkel. Man liest deutsche Klassiker. Damit wechseln aber Aufführungen von Charaden, ein „faible" des Prinzen, wie er sich selber einmal ausgedrückt hat. Er liebt es mit gewisser Passion, zumal mit Bruder Heinrich, Charaden darzustellen und das jugendliche Auditorium sie errathen zu lassen. Er erfindet alle Charaden selber, die Namen Schimmelpfennig, Linden=kohl, auch Hinzpeter und Gottberg, viele Andere geben Stoff dazu. Man versteigt sich aber auch zu eigentlichen Dramen leichten und ernsten Genres. Der Prinz, der im deutschen Unterricht eine besondere Gewandtheit zeigt, über ein vom Lehrer ihm gestelltes Thema nach kurzem Besinnen sich sicher auszulassen, besitzt auch die Gabe, die Idee und das Gerüst eines Dramas schnell zu entwerfen. Dann werden die Rollen unter die Theegäste vertheilt und das improvisirte Spiel nimmt sofort seinen Anfang, so gut es eben geht. Oft ist es nur ein leichter Scherz, der dem Kopfe des Prinzen entsprungen, zuweilen versteigt sich sein Erfindungstalent zu einem heroischen Stoffe. Er entwirft schnell wie folgt:

Karl der Große in Aachen — der Sachsenherzog Witte=kind hat sich schon lange ruhig verhalten und Unterwürfig=keit an den Tag gelegt. Darüber entbrennt seine Tochter in edlem Zorn. Sie schließt sich dem sächsischen Ober=priester Sigmar an, der ihren Vater als Todfeind haßt. Die zu einem Gastmahle versammelten Frankenhäuptlinge werden niedergemetzelt. Aber Brunhilde läßt Karl's Sohn

Ludwig entkommen, den sie liebt. Der tragische Knoten ist damit geschürzt, die Dinge verwickeln sich mehr und mehr. Brunhilde giebt sich zuletzt selbst den Tod. Sofort wird das Stück in Scene gesetzt. Auch die Brunhilde findet ihren Darsteller.

So verliefen die schönen Tage in Aranjuez-Kassel. Zu Ostern 1875 war Prinz Wilhelm nach Prima versetzt, und im Januar 1877 machte er sein Abiturienten-Examen. Um des mit seinem vollendeten 18. Jahre eingetretenen Termins seiner Volljährigkeit willen wurde das Examen für alle Abiturienten schon in den Anfang des Januar verlegt und dadurch der Kursus der Prima um zwei Monate verkürzt. Der Prinz bestand das Examen mit dem Prädikat „Genügend".

Unter den 17 Abiturienten, die am 25. Januar 1877 in der Aula des Gymnasiums geprüft wurden, erhielt Prinz Wilhelm sein Zeugniß als der zehnte. Bei derselben Feierlichkeit kamen drei Denkmünzen aus der zu Ehren eines 1802 verstorbenen Rektors von dessen Nachkommen errichteten „Karl Ludwig Richter-Stiftung" an die drei am fleißigsten und würdigsten befundenen Primaner zur Vertheilung. Unter diesen befand sich auch Prinz Wilhelm.

Als einen Beweis der Anerkennung ihrer Thätigkeit verlieh der Kaiser den Lehrern des Prinzen verschiedene Orden. Das kronprinzliche Ehepaar bewies seine Erkenntlichkeit durch eine „Prinz Wilhelms-Stipendium" genannte Stiftung von 1000 Mark jährlich, welches einem würdigen

mittellosen Schüler des Kasseler Gymnasiums zur Ermög=
lichung des Universitätsstudiums verliehen werden soll.

Die Eltern hatten ihren Tribut der Anerkennung
wiederholentlich den Lehrern nicht nur, sondern auch den
einzelnen Schülern, die durch näheren Verkehr auf ihren
Sohn einwirkten, gezollt. Bald erschien der Kronprinz,
bald die Kronprinzessin in Kassel, namentlich an dem Ge=
burtstage des Prinzen, und ließen sich dann die Lehrer
und die jugendlichen Freunde desselben vorstellen. Am
21. November 1875, dem Geburtstage der Kronprinzessin,
besuchte diese mit ihrem Gemahl das Gymnasium. Im
Schulhofe hatten sich sämmtliche Klassen aufgestellt, in ihrer
Mitte wehten die Fahnen. Als die hohen Gäste am Ein=
gange der Anstalt erschienen, da tönte ihnen von den jugend=
lichen Lippen ein begeistertes Hurrah entgegen. Dann be=
wegte sich der festliche Zug in die schöne Aula, und hier
begrüßte der Sängerchor den seltenen Besuch, worauf der
Direktor des Gymnasiums berebte Worte des Willkommens
sprach. Den Sedantag des Jahres 1875 feierte das Gym=
nasium bereits am 31. August durch eine musikalisch=
deklamatorische Abendunterhaltung, bei welcher Gelegenheit
der Direktor den Schülern eine von der Kronprinzessin
geschenkte kostbare seidene Fahne feierlich überreichte. Und
als sich den 1. September die Gymnasiasten an dem städti=
schen Festzuge hinaus nach der Karlsaue betheiligten, da
trug Prinz Wilhelm die neue Fahne und schwenkte sie in
Jugendlust inmitten seiner Kameraden.

In dem vorgeschriebenen, von jedem Abiturienten ein=

zureichenden Lebenslauf gab der Prinz Staats- und Rechts-
wissenschaften als Gegenstand seines künftigen Studiums
an. Ehe er aber die Universität Bonn bezog, riefen ihn
militärische Pflichten nach Potsdam.

Am 9. Mai 1877 empfing der Kaiser im Beisein des
Kronprinzen den Prinzen Wilhelm, um denselben seinen
militärischen Vorgesetzten vorzustellen. Dieselben waren der
Prinz August von Württemberg, als kommandirender General
des Gardekorps, der Kommandeur der 1. Garde-Infanterie-
Division, Generallieutenant v. Pape, der Kommandeur der
1. Garde-Infanterie-Brigade, Generalmajor von L'Estocq,
der Kommandeur des 1. Garderegiments z. F. Oberst
von Derenthall, der Kommandeur des 2. Bataillons, Major
Graf zu Rantzau, und der Kommandeur der 6. Kompagnie,
bei welcher Prinz Wilhelm eintrat, Hauptmann von Peters-
dorff. Zum Schlusse der Ansprache, welche der Kaiser an
die Offiziere und an seinen Enkel hielt, sagte er zu diesem
Letzteren: „Nun gehe und thue Deine Pflicht, wie sie Dich
gelehrt werden wird; Gott sei mit Dir!"

Noch an demselben Morgen begab sich der Kronprinz
mit seinem Sohne nach Potsdam, wo im Exerzierhause
die 6. Kompagnie in Parade aufgestellt war. Sämmtliche
Offiziere des Regiments waren befohlen, und der Vater
stellte nun denselben seinen Sohn mit warmen Worten,
die besonders die Leistungen dieses trefflichen Regiments
betonten, vor, in welchem er selber 1½ Jahr die 6. Kompagnie geführt habe (1849—1850).

Auch an die Kompagnie selber trat der Kronprinz mit

seinem Sohne heran, erinnerte an die Zeit, wo er dieselbe geführt habe und stellte den Prinzen Wilhelm in Reih und Glied ein. Dieser zog darauf seinen Degen, erhielt als Premier-Lieutenant die Führung des zweiten Zuges und marschirte an der Spitze desselben gleich darauf an seinem hohen Vater in Paradeschritt vorbei.

Von nun an that er Dienst, wie jeder gewöhnliche Lieutenant, auf der sogenannten Nauener Kommunikation. Seine Wohnung nahm er im Potsdamer Stadtschloß, welches glorreiche Erinnerungen an den größten Helden des vorigen Jahrhunderts birgt. Sein militärischer Begleiter, Major von Liebenau, wohnte mit ihm im Schloß. Einige Hauptleute, Lehrer an der Potsdamer Kriegsschule, unterrichteten den Prinzen in den Kriegswissenschaften, Hauptmann Diener in der Befestigungskunde, Hauptmann Meyer in militärischen Aufnahmen, Hauptmann von Neumann in der Waffenkenntniß und Hauptmann von Vietinghoff in der Taktik. Major von Liebenau, welcher als militärischer Begleiter den Generallieutenant von Gottberg ablöste, bekleidete an dem Tage der Vermählung des Prinzen die hohe Stellung eines Hofmarschalls in dem neuen Hofstaate des jungen Paares.

Prinz Wilhelm hat sich an einem fremden Hofe einen ebenbürtigen Freund aufgesucht, wie sein Vater es auch gethan hat. Während dieser aber sein Herz an Italien hing und mit dem Kronprinz Humbert, dem heutigen König, einen innigen Freundschaftsbund schloß, hat Prinz Wilhelm am Wiener Hofe ein solches Band angeknüpft. Kronprinz

Rudolf ist ein alter Gast des Berliner Hofes. Man erinnert sich seines Aufenthaltes in der preußischen Hauptstadt im März 1878. Er stand damals im zwanzigsten Lebensjahre. Der Erzherzog ist von großer, schlanker Statur, in der ganzen Erscheinung und in seinem Auftreten seinem Vater, dem Kaiser Franz Josef, in dessen Jugendjahren frappant ähnlich. Die Gesichtszüge weisen mehr in das bayerische Herzogsgeschlecht nach Seite der Mutter hin, doch fehlt die historische Habsburger Unterlippe nicht ganz. Kronprinz Rudolf ist wohl einer der sorgfältigst erzogenen Prinzen; er hat einen Lernstoff zu bewältigen gehabt, gegen den die Klagen wegen Ueberbürdung unserer gelehrten Schulen verstummen müßten. Schon die Erwerbung der Kenntniß der verschiedenen Hauptsprachen in dem sprachenreichen österreichischen Reich ist eine Aufgabe, sie war aber mit einem weitumfassenden Studienplan verknüpft, auf dessen genaueste Einhaltung und Durchführung Kaiser Franz Josef selbst mit Konsequenz hielt; die Prüfungen, welche mit dem österreichischen Thronerben in einer gewissen Oeffentlichkeit angestellt wurden, waren nichts weniger wie Schaustücke. Man glaubt auf dem Gesicht des Kronprinzen die Spuren solcher Anstrengungen lesen zu können, und er trägt in dieser Richtung einen Zug an sich, dem man bei gewöhnlichen Sterblichen in Examenszeiten zu begegnen pflegt. Auf dem Hofballe sah man jedoch den Prinzen in fröhlicher und jugendlicher Unbefangenheit, wie er sich denn als ein sicherer und unermüdlicher Tänzer erwies. Interessant war es, in der Quadrille den österreichischen Kronprinzen dem

ungefähr ein halbes Jahr jüngeren Prinzen Wilhelm gegen=
über zu sehen. Kronprinz Rudolf trug die kleidsame Uniform
seines preußischen Ulanen=Regiments, Prinz Wilhelm die
Infanterie=Uniform seiner Charge, was das Charakteristische
des Gegenübers noch hob. Man bemerkte den unausgesetzten
herzlichen Verkehr, in welchem der Kaiser mit seinem öster=
reichischen Gaste blieb, in dessen Nähe er vorzugsweise dem
Tanze zuschaute.

Zwei Jahre waren vergangen, seitdem der Thronerbe
der Habsburgischen Monarchie unserem Kaiserhause einen
Besuch abgestattet hatte. Schon damals wurde der Kron=
prinz Rudolf mit großen Ehren empfangen und durch den
Kaiser ganz besonders ausgezeichnet. Seitdem hatten sich
große politische Wandlungen vollzogen, Deutschland und
Oesterreich waren in noch engere freundschaftliche Beziehungen
zu einander getreten. Der Kaiser hatte jetzt den besonderen
Wunsch ausgesprochen, den Sohn seines Verbündeten bei
Gelegenheit der bevorstehenden Herbstmanöver als seinen
Gast zu begrüßen. Diesem Wunsche wurde seitens des
österreichischen Hauses auf das Bereitwilligste entsprochen,
und welche hohe Bedeutung man hier dem Besuche beilegte,
ging deutlich aus dem feierlichen Empfange hervor, welcher
dem österreichischen Kronprinz zu Theil wurde. Das ganze
offizielle Zeremoniell war aufgeboten worden, um dem Gaste
einen seinem hohen Rang gebührenden Empfang zu be=
reiten. Der Kaiser hatte es sich trotz der frühen Morgen=
stunde nicht nehmen lassen, selbst nach dem Bahnhofe zu
eilen, um dort dem Gast den ersten Gruß entgegenzubringen.

Gegen neun Uhr lief der Salonwagen, der von dem Dreßdener Kourierzuge abgehängt worden war, auf dem Geleise vor den Königszimmern ein. Die Musik intonirte die österreichische Nationalhymne: „Gott erhalte Franz den Kaiser!" und die Ehrenwache präsentirte das Gewehr. Der Kronprinz Rudolf verließ schnell den Wagen und eilte dem Kaiser entgegen, welcher seinen jugendlichen Gast aufs Herzlichste umarmte und küßte. Gleiche herzliche Begrüßungen wurden mit dem Kronprinzen und dem Prinzen Wilhelm ausgetauscht, während Kronprinz Rudolf den übrigen Prinzen die Hand reichte. Nachdem dann noch die Suite begrüßt worden war, schritt Kronprinz Rudolf, welcher die Uniform des Kaiser-Franz-Grenadier-Regiments Nr. 2, bei welchem er bekanntlich à la suite geführt wird, und das Band des Schwarzen Adler-Ordens angelegt hatte, an der Seite des Kaisers dem rechten Flügel der Ehren-Kompagnie zu, begrüßte hier die direkten Vorgesetzten der Kompagnie in freundlichster Weise und nahm dann aus den Händen des Hauptmanns von Gaudy den Frontrapport entgegen. Alsdann wurde die Front der Kompagnie abgeschritten, wobei die Fahne salutirte. Die hohen Herrschaften traten noch für kurze Zeit in die Königszimmer ein, wo die beiderseitigen Suiten vorgestellt wurden.

Der Kaiser brachte seinen erlauchten Gast selbst nach dem königlichen Schloß, wo der Kronprinz die Königszimmer nach der Lustgartenseite zu bewohnte, in denen er zwei Jahre vorher Wohnung genommen hatte. Es folgte nun zu Ehren des Kronprinzen Rudolf in den nächsten

Tagen Fest auf Fest, und militärische Schauspiele wechselten mit Galadiners und Festvorstellungen ab.

Prinz Wilhelm hat die Besuche seines Freundes regelmäßig erwidert und findet stets in Wien eine überaus herzliche Aufnahme. Den Besuchen der beiden Freunde einen politischen Hintergrund beizulegen, wäre verfehlt. Aber die Häufigkeit der Besuche, welche den persönlichen Verkehr zwischen den einzelnen Mitgliedern der beiden Fürstenhäuser inniger gestaltet haben, als es sonst die Hofetiquette erkennen läßt, spricht doch ihre Sprache und charakterisirt die Beziehungen Oesterreichs und Deutschlands zu einander als sehr erfreuliche. Das letzte Mal war Prinz Wilhelm mit seiner Gemahlin im Oktober 1885 in Wien. Nach dem Besuch von 1883 machte Prinz Wilhelm seinem Freunde ein ebenso schönes wie sinnig erdachtes Geschenk. Es war dies eine in prächtigem Album befindliche Sammlung photographischer Reproduktionen von Scenen und Begebenheiten aus dem Kriege 1870/71 nach Gemälden berühmter Meister, wie A. von Werner, Graf Harrach, Bleibtreu, Adam, Eschwege, Faber du Faur, C. Freyberg, E. Hünten, L. Braun, Bodenmüller, W. Emelé, Th. Lang u. A. Die von dem Prinzen Wilhelm persönlich gewählten dreiundvierzig Blätter stellen nicht nur preußische Heldenthaten dar, sondern auch ruhmreiche Kämpfe der mit uns verbrüderten Bayern, Württemberger, Badenser, Hessen und Braunschweiger.

Es ist eine Thatsache von Bedeutung, daß Kronprinz Rudolf als Vertreter des österreichischen Kaisers die Stelle

eines Pathen beim erften Kinde des Prinzen Wilhelm über=
nahm, denn es war der erfte Fall, in dem ein regierendes
Mitglied des Habsburger Kaiferhaufes einer proteftantifchen
Taufe als offizieller Zeuge beiwohnte. Eine andere Pathen=
fchaft bietet gerade heute einiges Intereffe. Als es im
September 1884 wieder eine Taufe in Potsdam bei Prinz
Wilhelm gab, übernahm König Ludwig von Bayern eine
Pathenftelle. Es war das vielleicht diefelbe Zeit, in der
der König von Bayern einen Verhaftsbefehl gegen den
Kronprinz von Preußen ausftellte, für den Fall diefer als
Infpekteur der füddeutfchen Truppen nach Bayern kommen
follte. Man muß wohl in Berlin und Potsdam über den
Geifteszuftand des Königs Ludwig II. in gänzlicher Un=
kenntniß geblieben fein, wofür auch der Umftand fpricht,
daß Fürft Bismarck mit dem Bayern=König noch bis vor
Kurzem in politifcher Korrefponden3 geftanden hat.

Wie Prinz Wilhelm, fo hat auch fein jüngerer Bruder
Heinrich in Kaffel feine allgemeine wiffenfchaftliche Vor=
bildung erhalten, ehe er fpeziell für feinen künftigen Beruf
ausgebildet wurde. Im April 1877 wurde er mit großer
Feierlichkeit, der die Eltern beiwohnten, in die kaiferliche
Marine eingeführt, und zwar an Bord der „Niobe“. Der
Kronprinz fprach bei diefer Gelegenheit die Worte: „Ich
übergebe den Sohn der jungen, fich noch entwickelnden
Marine mit dem Vertrauen, daß er zu ihrer Förderung
beitragen und den Ruhm, den die Armee bereits erworben,
wenn die Forderung an ihn herantritt, auch auf die Marine
zu übertragen helfen wird.“

Im September 1880 gab es in Kiel ein Fest, welches bei allen Theilnehmern dadurch einen unverlöschlichen Eindruck hinterließ, daß es den tiefsten Blick in das Familien- und Gemüthsleben des kronprinzlichen Paares gestattete. Am 5. April desselben Jahres nahm die gedeckte Panzerkorvette „Adalbert" aus den ostasiatischen Gewässern ihren Kurs heimathwärts. Sie führte am Bord den Prinzen Heinrich, welcher mit dem Range eines Seeoffiziers im Dienste der deutschen Flotte eine Uebungsreise von fast 2 Jahren gemacht hatte. Für den 29. September war das Eintreffen auf der Rhede von Kiel avisirt, — ein Tag bewegter Herzensfreude für das königliche Haus, für das Elternpaar, welches den Sohn nach zweijähriger Trennung gleichsam als einen Neugeschenkten wieder ans Herz drücken konnte — ein Fest des Wiedersehens, verstanden und empfunden im ganzen Volke.

Der Kronprinz und die Kronprinzessin und Prinz Wilhelm mit kleinem Gefolge kamen mit dem Morgenzuge gegen 9 Uhr auf dem Bahnhofe in Kiel an. Es war jeder größere Empfang verbeten. Auf dem Perron meldeten sich der oberste Chef des Marine-Ressorts, der Chef der Admiralität, Staatsminister General der Infanterie von Stosch in Gala-Uniform, sowie Kapitän Hollmann, Stationschef Admiral Kinderling und der Kommandant von Kiel. Ohne längeren Aufenthalt bestiegen die hohen Reisenden den bereitstehenden Wagen und fuhren nach der Jensenbrücke. Aus den auf Straßen und Plätzen dicht gedrängt stehenden Menschenmassen blickten strahlende und freudig bewegte Gesichter auf die kronprinzliche Familie; laute Zurufe bekundeten das lebhafteste Interesse, das die Menge nahm. An der mit Masten und Kränzen geschmückten Jensenbrücke lag das kaiserliche Boot, blau, mit rothem Balbachin mit überhängenden Teppichen ausgeschmückt und mit der kronprinzlichen Flagge versehen. Es war bestimmt, die Herrschaften eine Strecke weit in das Hafenwasser zu führen, bis an die teppichbelegte Brücke, welche zum Bord der kaiserlichen Yacht „Hohenzollern" emporführte. Das Schiff lag ungefähr in der Mitte des Hafens, zwischen Kiel und Ellerbeck. In gleicher Linie weiterhin waren auf=gefahren das Wachtschiff „Arcona", eine gedeckte Korvette, und dann die Uebungsschiffe „Rover", „Mosquito" und das Panzerschiff „Preußen", das größte der damals im Hafen liegenden Fahrzeuge unserer Kriegsmarine. Sämmt=liche Schiffe hatten über allen Toppen geflaggt; Flaggen wehten von dem alten Hause der Herzöge von Holstein, vom Schlosse in Kiel, dem künftigen Wohnsitze des Prinzen Heinrich, von allen am Hafen befindlichen Gebäuden, drüben von der kaiserlichen Werft in Ellerbeck, von allen kleinen Dampfern und Booten, die sich auf der blanken Fluth um die in vornehmer Ruhe daliegenden Schiffe tummelten. Während die kaiserliche Barke unter den fast in musi=kalischem Takte geführten Ruderschlägen der Mannschaft im Paradeanzug ihrem Ziele sich näherte, donnerte von allen Schiffen der Salut, auf den Raaen standen die Schiffs=mannschaften in dem weithin leuchtenden Parade=Anzuge. Es wurde einmal der Kaisersalut gegeben, 31 Schüsse, und dann siebenmal der Prinzensalut, jedesmal 21 Schüsse. Der Kommandant der „Hohenzollern", Kapitän von Nostiz, empfing die hohen Herrschaften dann am Bord der seiner Leitung übergebenen kaiserlichen Yacht. „Hohenzollern" ist ein aus Eisen gebauter Aviso-Dampfer, der im Kriegsfalle für Kriegszwecke, im Frieden als kaiserliche Yacht benutzt wird. Die „Grille", welche früher diese Bestimmung hatte, war nicht mehr als seetüchtig befunden, und darum rüstete man dieses von der Norddeutschen Schiffsbaugesellschaft erbaute Fahrzeug zu diesem Zwecke aus. Das Schiff ist mit zwei hellgelben Schornsteinen und zwei Masten ausgestattet und gleicht in seiner äußeren Erscheinung der Yacht der Königin Viktoria, der „Osborne". Am Stern hebt sich aus einer vergoldeten Sonne der quadrirte Hohenzollern-schild, umgeben von der Kette des schwarzen Adlerordens, darüber der schwarze Adler und die Kaiserkrone, am Bug der fliegende goldene Adler über dem kleinen Hohenzollern-schild, an den beiden Radkästen die Kaiserkrone, mit ver-goldeten Arabesken. Auf dem Hinterdeck erhebt sich das Pavillondeck, das nach Außen hin die Lage und Pracht der Kaiserlichen Gemächer andeutet, die sich bis weit in den Kajütenraum erstrecken. Alles, was die moderne nautische Technik erfunden hat, alle Errungenschaften der Mechanik, alle Pracht und Eleganz haben sich zur Herstellung dieses schwimmenden Palastes vereinigt. Vier Jahre waren noth-wendig, um ihn herzustellen. Zum ersten Male wurde er bei einer Inspektionsreise des Kronprinzen verwandt; die

hier beschriebene sollte die zweite Fahrt, die er seiner Be=
stimmung entsprechend machte, sein.

Sowie die hohen Herrschaften an Bord angelangt
waren, entfaltete sich am Großmast die Kaiserflagge.

Der Kommandant überreichte dem Kronprinzen den
Rapport. Die Ehrenwache mit der Musik der 1. Flotten=
Division gab die Honneurs. Mit dem Kronprinzen er=
schien der Chef der Admiralität, General von Stosch, am
Bord, dann Prinz Wilhelm, die Kronprinzessin, Gräfin
Brühl, Major von Panwitz, Kammerherr Graf Seckendorff,
Hauptmann von Bülow. Die Offiziere überreichten der
Frau Kronprinzessin einen Strauß von Rosen und Veilchen.
Gegen 9 Uhr 50 Minuten setzte sich das Schiff in Bewegung.
Hoch oben auf dem Pavillon der Kommandobrücke wurde
die Gestalt des Kronprinzen in Dragoneruniform sichtbar,
an seiner Seite stand der Chef der Admiralität, und so
wurde im Vorüberfahren die Flottenparade abgenommen über
„Arcona“, „Medusa“, „Rover“, „Mosquito“, „Preußen“
und „Blücher“. Desgleichen verweilten Prinz Wilhelm und
die Frau Kronprinzessin während des interessanten Schau=
spieles auf der Kommandobrücke. Der Himmel, am Morgen
umwölkt, hatte sich aufgeklärt; es kamen Sonnenblicke, die
dem schnell segelnden Fahrzeug (16 Seemeilen in der Stunde)
das Geleit gaben auf seiner Fahrt durch den Hafen, über
Friedrichsort hinaus, von dessen Strandbatterien die
Kanonen ihren donnernden Gruß der kaiserlichen Yacht
entgegengebracht hatten. Während der Fahrt nahm die
Kronprinzessin die kaiserlichen Gemächer des Pavillons und

Zwischendecks in Augenschein, oben im Pavillon das Vor=
zimmer, den Salon, das Konversations=Zimmer, im Zwischen=
deck den Speisesaal mit der vom Kronprinzen selber auf=
gegebenen Devise: „Vom Fels zum Meer".

Gegen Mittag wurde es auf der Kommandobrücke
lebendiger. Der Kronprinz erschien auf dem obersten Pa=
villon, dann die Frau Kronprinzessin, der Chef der Admi=
ralität, der Kommandant, die Offiziere vom Dienst richteten
ihre Fernrohre nach dem Horizonte, an dem sich die Küste
von Langeland und der südlichste Punkt Fackebjerg zeigte.
Ein dunkler Punkt — dann die Spitze eines Mastes —
immer deutlicher wurden die Kontouren, immer schärfer
das Bild der Korvette „Adalbert", je näher sie dem „Hohen=
zollern" kam. Man erkannte die Mannschaften auf den
Raaen — man sah die Blitze aus den Geschützen, dann
die Rauchwolken und zuletzt hörte man den Schall des
Saluts und weit von den Toppen der Masten wehte in
die See hinaus der Wimpel, den jedes heimkehrende Schiff
führt — der Heimathswimpel. Die Kronprinzessin stand,
auf die Barrière der Kommandobrücke gelehnt, und ihre
Blicke aus den feuchten Augen, über die der schwarze
Schleier wehte, gingen hinaus nach dem ankommenden
Schiffe. Ihre Blicke schienen da unter dem Gewimmel
von Gestalten Denjenigen herausgefunden zu haben, den sie
lange ersehnt und gesucht hatten, ihr Haupt neigte sich im
Grüßen — Prinz Heinrich hatte drüben die Mütze zum
Gruße gelüftet, und der Kronprinz erwiderte seinem heim=
kehrenden Sohne den Gruß in gleicher Weise; dann traten

beibe Eltern eng an einander, und ihre Hände gefaßt, sahen
sie zu, wie das Boot vom „Adalbert" ausgesetzt wurde und
der Heimkehrende mit den raschen Bewegungen des erregten
Herzens die Schiffstreppe in das Boot hinabstieg. Rasche
Ruderschläge brachten es an den „Hohenzollern". An der
Seite seines treubewährten Begleiters, des Kapitän-Lieute-
nants Freiherrn von Seckendorff, saß Prinz Heinrich in der
Seekadetten-Uniform mit dem Abzeichen eines Offiziers. Das
jugendliche Gesicht war von der Sonne der Tropen ge-
bräunt. Sein Auge ging empor nach der Stelle an Bord,
wo er die Eltern vermuthete. Ein paar Schritte die Treppe
hinauf — der Kronprinz breitete seine Arme aus, Thränen
entstürzten seinen Augen, — er hielt den Sohn so lange
umfaßt, als wolle er ihn gar nicht mehr vom Herzen
lassen. Von da ging es ans Herz der Mutter, — gesprochen wurde nichts, — die stummen Blicke, die Um-
armungen waren mächtiger als alle Sprache. Dann begrüßte der Heimgekehrte den Bruder, — das Uebrige entzog
sich den Blicken der Anwesenden, denn die Eltern nahmen
ihren Sohn und führten ihn in die inneren Gemächer.

Gegen zwei Stunden verweilte Prinz Heinrich bei
seinen Eltern. Gegenüber dem Bülker Leuchtthurm wurde
Prinz Heinrich wieder zum „Prinz Adalbert" gerudert.
Beide Schiffe fuhren sodann, die „Hohenzollern" voran,
in den Hafen. Eine Viertelstunde nach den Salutschüssen
der Forts passirte die „Hohenzollern" „Ziethen" und sodann die übrigen Schiffe, von allen begrüßt durch das
dreimalige Hurrah der auf den Raaen stehenden Mann-

schaften. Den Salutschüssen der „Preußen" folgten die=
jenigen der „Arcona". Die „Hohenzollern" nahm darauf
ihren alten Platz gegenüber der Waſſer=Allee des Schloß=
parks ein. Der Kronprinz und Prinz Wilhelm befanden
sich auf der Kommandobrücke, während die Kronprinzeſſin
wieder zu Füßen derselben sich aufhielt. Sie verfolgte
aufmerksam die Bewegungen des nachfolgenden „Prinz
Adalbert". Zahlreiche Ruderboote und kleinere Dampf=
schiffe waren in der Nähe, so daß die Hafenpolizei schwere
Arbeit hatte. Ein von kräftigen Ruderschlägen getriebenes
größeres Boot der „Hohenzollern" schaffte endlich Raum.
Wiederholte Hochrufe der kleinen in ihrem Eifer etwas
zubringlichen Flotille und des am Ufer harrenden Publi=
kums begrüßten die kronprinzlichen Herrschaften.

Eine kleine Viertelstunde nach der Ankunft der „Hohen=
zollern" — gegen 4 Uhr — langte der „Prinz Adalbert"
an und legte sich zwischen die „Hohenzollern" und die
„Arcona". Kaum hatte „Prinz Adalbert" an der für ihn
bestimmten Boje angelegt, als auch die Paradeflaggen hoch=
gehißt, sowie die Fallreps und Treppen niedergelassen
wurden. Die Kronprinzeſſin blieb inzwischen auf der
„Hohenzollern". Schon am Morgen verlautete von einer
Unpäßlichkeit, durch welche die hohe Frau auch gehindert
wurde, an dem Diner Theil zu nehmen. Marineminister
Stosch hatte in einem Boote bereits vor Ankunft des
„Adalbert" die „Hohenzollern" verlassen.

Der Kronprinz verließ nun die Kommandobrücke und
stieg unter den Klängen der Musik in die kaiserliche Gig

hinab, gefolgt von mehreren Offizieren der Armee und der Marine. Die Flagge mit dem blauen Kreuz auf dem weißen Grunde verschwand vom Vordermast, die kronprinzliche vom Hintermast, und auf beiden flatterten Marineflaggen. Die Gig nahm ihren Weg, nochmals von den umliegenden Booten lebhaft begrüßt, zum „Prinzen Adalbert", ihr folgte in wenigen Minuten das Ruderboot mit der Ministerflagge.

Nach Ankunft des Kronprinzen auf dem „Prinzen Adalbert" bildeten der Chef der Admiralität von Stosch und die Generäle einen Kreis um den Prinzen Heinrich, der sich in Gala-Uniform mit dem Orangeband befand. Der Chef der Admiralität von Stosch hielt nun an den Prinzen folgende Anrede:

„Ew. königliche Hoheit kehren heim von einer zweijährigen Reise, auf welcher Sie die ganze Erde umsegelt und eine neue Welt gesehen und Huldigungen aller Art empfangen haben. In allen Häfen hat man einen Festtag aus Ihrer Ankunft gemacht, man hat Ihnen gehuldigt als dem Repräsentanten des neu erstandenen Deutschen Reichs, die Fremden in Anerkennung der Macht, die sich plötzlich so gewaltig in Europa geltend gemacht hat, die Deutschen in der reinsten Freude an dem auch ihnen gewordenen mächtigen Vaterlande. Aber Ew. königliche Hoheit haben auf dieser Reise nicht nur gesehen und sich huldigen lassen, sondern, und das ist unser Stolz, und das ist der Grund, weshalb auch wir Festtag gemacht haben, Sie sind Seemann geworden durch treue Arbeit und Pflichterfüllung. Sie sind nicht nur im Lebensalter, sondern auch in ihrem Berufe majorenn geworden. Die deutsche Marine zählt Sie für die Zukunft unbedingt zu den Ihrigen und hat aus der Art und Weise, mit der Sie sich den Aufgaben Ihres Berufes hingegeben haben, die Ueberzeugung gewonnen, daß Sie, dem Beispiele Ihrer Väter folgend, in treuer Pflichterfüllung dem ganzen Offizierkorps ein leuchtendes Beispiel sein werden. Nach menschlicher Berechnung sind Ew. königliche Hoheit berufen, dermaleinst die deutsche Marine zu führen. Die Freudigkeit, mit welcher Sie an die Ihnen geworbenen Aufgaben herangetreten sind, und die Kraft, mit welcher Sie die Gefahren und Mühen des Seelebens ertragen haben, giebt die berechtigte Hoffnung, daß, so wie Ihre Väter große Generale sind und waren, Sie auch ein großer Admiral werden. Sie haben den Willen dazu gezeigt, bethätigen Sie denselben auch ferner. Nehmen Sie ein Beispiel an unserem großen Kaiser, der noch heute, in seinem selten hohen Alter, seine größte Freude und Genugthuung in der Erfüllung seiner ausgedehnten Pflichten findet. Die Leistung macht den Mann, und je höher er in der Welt gestellt ist, je mehr wird von ihm gefordert, je größer ist aber auch der Erfolg und der Lohn. Deutschland darf mit Stolz sagen, sein greiser Kaiser ist in der Arbeit ein leuchtendes Beispiel der Jugend, folgen Ew. königliche Hoheit diesem Beispiel und streben Sie, gleich wie Ihr Herr Vater eine große Kraft in der Armee geworden, dasselbe für die Marine zu werden; die deutsche Marine darf dann reiche Hoffnung auf Ihre einstige Führung setzen. Wir Alle aber gedenken, hier wie immer, unseres Kaisers als unseres Herrn, dem wir im Leben und Tode ergeben sind, und der uns geehrt, indem er seinen Enkel zu dem Unsrigen gemacht hat. Bringen wir dem Kaiser ein dreimaliges Hurrah dar!"

Das begeisterte Hurrah der Besatzung erscholl und mit ihm mischte sich der Kaisersalut der Geschütze.

Der Kronprinz verlas nun zwei Kabinetsorbres des Kaisers. Die erste, an den Kronprinzen gerichtet, drückte die Freude über die glückliche Rückkehr seines Enkels und das wohlgelungene Werk der Seereise aus. Die zweite, an den Chef der Admiralität von Stosch gerichtet, ernannte als Ausdruck des Dankes für die Leistungen den Kapitän Mac-Lean zum Kontre-Admiral und den Kapitän-Lieutenant von Seckendorff, den Begleiter des Prinzen Heinrich, zum Korvetten-Kapitän, außerdem wurden mehrere Orden verliehen. Der Kronprinz schloß an diese Mittheilungen in gehobenem Tone, aus vollem Herzen sprechend, den Ausdruck innigsten Dankgefühls an die Schiffskamerabschaft seines Sohnes. Er hege die frohe, volle Ueberzeugung, daß Prinz Heinrich ein tüchtiger Seemann werde, und werde diese Expedition neuen Schwung für das Ansehen und den Ruhm des deutschen Namens in die Welt bringen. Die Mannschaften beantworteten diese Worte mit einem Hurrah.

Nach den Begrüßungen auf dem „Prinzen Adalbert" begaben sich der Kronprinz, Prinz Wilhelm und Prinz Heinrich nach der „Hohenzollern" zurück, um die Kronprinzessin abzuholen. Prinz Heinrich betrat den deutschen

Boden zum ersten Male wieder, wo er ihn verlassen. Dieselbe Schiffsbrücke in der Wasser-Allee war es, die ihn ans Land führte. Die hohen Herrschaften begaben sich nun zu Fuß nach dem Schlosse, um die Appartements zu besichtigen, die für den Prinzen hergerichtet waren. Auf dem Schreib-tische des Arbeitszimmers waren vom kronprinzlichen Paare die Photographieen Beider in größtem Format aufgestellt. Der Prinz brach beim Anblick derselben in Freudenthränen aus. Um 8 Uhr fand an Bord des „Prinzen Adalbert" das Diner statt. Die kronprinzlichen Herrschaften brachten die Nacht am Bord des „Hohenzollern" zu. Prinz Heinrich blieb in Kiel, um sein Offiziers-Examen zu machen.

Daß ein Hohenzoller, daß ein Sohn unseres Kron-prinzen es mit seinem Berufe ernst nimmt und immer als Vorbild für Andere hervorzuleuchten strebt, bewährt sich auch bei Prinz Heinrich im vollsten Maße. Als er im Oktober 1882 die zweite größere Seereise antrat, wurde Sr. M. S. „Olga", auf welchem sich der Prinz als wacht-habender Offizier befand, auf der Reise von Plymouth nach Madeira vom 23. Oktober bis 1. November von schlechtem Wetter betroffen. Am 26. Oktober, als sich die Korvette nahe der Bucht von Biscaya in einem schweren Sturme befand, hatte Prinz Heinrich die Abendwache von 8 Uhr bis 12 Uhr Nachts. Der Kommandant Kapitän Freiherr von Seckendorff berichtete darüber: „Prinz Heinrich befand sich am Regel-Kompaß; der Navigations-Offizier, welcher mich während der ganzen Nacht anerkennenswerth unter-stützte, hatte in der Mitte der Kommandobrücke, nahe den

Rudergängern Posto gefaßt. Gegen 11 Uhr ging der Kamm einer Welle über das Hinterschiff, sodaß die Mannschaften am Ruder, der Kraft gegen dasselbe nachgebend, losließen und in den Wassergang gespült wurden. Das Ruder schlug mitschiffs und verletzte einen daneben befindlichen Matrosen leicht an der Hand. In dem Augenblicke, als der Prinz das Ruder unbesetzt sah, war er mit einem Sprunge an der Brücke, dem Navigations-Offizier zurufend, ihn zu vertreten, ergriff das Ruder und hielt es mit aller Kraft so lange fest, bis ein durch den Vorfall etwas verblüffter Steuermannsmaat und ein Matrose hinzukamen, um dasselbe zu halten. Der ernste Moment, welcher dem Schiff leicht das Ruder hätte kosten können, wenn es länger losgelassen war, hatte bei dem jungen Offizier blitzschnell gezündet und den Gedanken eines sofortigen thatkräftigen Handelns geweckt. Nach Mitternacht nahm der Sturm ab und ging die See herunter."

Klaus Groth, einer der Lieblingsdichter unserer Kronprinzessin, hat dem Prinzen Heinrich beim Antritt seiner ersten Seefahrt folgendes hübsche Gedicht gewidmet, das hier als gutes Ende seinen Platz finden möge:

Uns künfti Admiral!

Prinz Heinrich to'n 7. Oktober 1878.

Nu richt Di hoch, Du Königskind!
Nu geit dat rut in See!
De Segeln bühnt sik in den Wind —
Nu reck de Hand noch mal geschwind;
To'n letzten Mal: ade.

En letzten Kuß, en letztes Wort —
Wie weet ja, wen dat gelt:
Dat geit vun Vader und Moder fort,
Dat geit hinunt vun Ort to Ort
Und rundum um de Welt.

Doch hett dat Gangspill ok en Klang,
As gung dat bet an't Hart —
En Seemann is dat as Gesang,
Dat singt em to: Nu man ni bang!
Un denn en glücki Fahrt!

Un steist Du denn un sühst torügg
Wo Land un Strand verswindt —
Denn wisch de Thran'n Di ut Gesich,
Denk an den swaren Affscheed nich,
Du büst en Königskind.

Na Di bar sücht de Seemann rop
Vun'n Schippsjung bet to'n Maat,
Un heet dat: Prinz is baben op!
So hevt sik jede Hart un Kopp,
De seewarts mit Di gat.

Un kumt för uns de Ogenblick,
Wo Schipp und Rok verswindt,
So denkt mit Vader un Moder gliek
Mit uns dat ganze düttsche Riek:
Gott seg'n dat Königskind!

Wie wünscht Ju All en glücki Fahrt
Un fröhli Webberkehr,
Blievt uns in Gnaden wul bewahrt
Un makt uns Dütschen Nam un Art
Rund um de Welt en Ehr!

Doch ward Ju mal dat Weltmeer sehn
In Storm un Wogenschall,
Denn — vun den Kopp bet an de Tehn —
Denn wies' Du Di as Kaifersöhn,
As künfti Admiral!

Un nu „Fahrwol" denn noch en Mal,
Un noch en letzten Blick!
Dar — mit de letz Kanonenschall:
En Kaiferwedder öwerall
Un Hohenzollernglück!

⸻ ✦ ⸻

Pierer'sch: Hofbuchdruckerei. Stephan Geibel & Co. in Altenburg.

www.ingramcontent.com/pod-product-compliance
Lightning Source LLC
Chambersburg PA
CBHW051127120726
47905CB00005B/1455